让-保尔·萨特

(1905 – 1980)

Jean-Paul Sartre

萨特文集
Jean-Paul Sartre

沈志明
夏玟
主编

9

文论卷 Ⅱ

沈志明
译

人民文学出版社

JEAN-PAUL SARTRE

Textes extraits de Situations tome IV
©Editions Gallimard, Paris, 1964 :
« Le séquestré de Venise » « Les peintures de Giacometti »
« Masson » « Réponse à Albert Camus »

Textes extraits de Situations tome IX
©Editions Gallimard, Paris, 1972 : « Les écrivains en personne »
« L'écrivain et sa langue » « L'anthropologie » « Sartre par Sartre »
« Saint Georges et le Dragon »

Réflexions sur la question juive
©Editions Gallimard, Paris, 1954 *(présentation d'Arlette Elkaïm-Sartre, Décembre 2004)*

L'existentialisme est un humanisme
©Editions Gallimard, Paris, 1996 *(présentation et notes d'Arlette Elkaïm-Sartre)*

Simplified Chinese translation copyright
©People's Literature Publishing House 2019

All rights reserved

目　次

文论卷〔Ⅱ〕导言 …………………………… 沈志明　1

存在主义是一种人道主义 …………………………… 1
反思犹太人问题 …………………………… 32
答复阿尔贝·加缪 …………………………… 124
威尼斯的幽禁者 …………………………… 151
圣乔治与毒龙 …………………………… 210
贾珂梅蒂的绘画 …………………………… 230
绝对之探求 …………………………… 244
没有特权的画家 …………………………… 257
马松 …………………………… 277
萨特评说萨特 …………………………… 294
作家其人其事 …………………………… 320
作家及其语言 …………………………… 345
人类中心论（又译：人类学） …………………………… 377

文论卷〔Ⅱ〕导言

萨特作品除极少数属于哲学专著,其他所有体裁的创作及文论皆为宣扬其哲学思想的载体,他一再说可以把《存在与虚无》(《实有与虚无》)当作小说来读,《辩证理性批判》某种程度上也是文学作品。不妨可以说,萨特的哲学思想乃至他的人生经历直接嫁接到文学作品的人物、故事、事件之中,当然处处有虚构,包括各种模式的评传也不例外,因为文学是一门艺术。不过,千万不可对号入座,另作别论。总之,哲学在文学中的力量和文学在哲学中的力量都发挥到了极致。这种学问,我们不妨称为艺术哲学,与人物有关的,姑且称为艺术伦理学。闻一多先生说得好:"世界本无所谓真纯的思想,除了托身在文学里,思想别无存在的余地……文字等于思想的躯壳。"又说:"哲学的起点便是文学的核心",也就是说,哲学家庄子的思想是文学家庄子的文学核心,故而他下结论:"庄子的思想本身便是一首绝妙的诗。"[1]闻先生这一哲理结论本身也是一句诗,不禁使人想起萨特的哲理名言:"人是一股无用的激情。"[2]

我们可不可以反过来说,庄子的哲学思想,倘若没有他"绝妙

---

[1] 引自《文章选读》第86、85、84页,叶朗选编,华文出版社。
[2] 《存在与虚无》最后一页最后一句。

的"文学做"躯壳",不可能流传至今。庄子肯定还有其他论述,没准儿,因为文学味儿不够才湮没的。萨特说过,哲学专著是为了用符号交流思想,他引用马克思的话:"总会有哪一天,哲学将不复存在",据他理解,马克思的意见是,哲学总是为自我消亡而产生的,而且必须自我摧毁,而又不断再生。从这个意义上讲,萨特断定哲学具有戏剧性,就是说可以把个体作为个体来研究,进而创作并演出自己的剧本,亲身经历自身境况的种种矛盾,这对天生像个演员的萨特再合适不过了。

闻一多《庄子》一文使我们惊喜之处,还在于解开我们长期以来对 L'être et le néant 译名的一个疑问,早在七十年代末八十年代初,《存在与虚无》已经广为人知和接受,但我们总觉得不大对劲、不大准确。闻先生认为,庄子把现实视为幻觉,而幻觉的存在也是一种存在,真正的虚无才是实有:"万物生于有,有先于无"(庄子语)。与庄子的观念相对应,萨特指出:"开始只有实有,在实有的背景上、在实有的实体中出现了虚无;不应该从开始只有虚无,实有是在虚无的空隙中出现的。"为此闻先生断言:"虚无,或称太极,或称涅槃,或称本体,那无处便是我们真正的故乡。"因此,庄子把虚无称为道,认识道的存在,便是信仰道的实有。这里讲的实与虚,有与无,即实有与虚无的辩证关系,恰恰是萨特哲学思想的核心,所以译为《实有与虚无》更符合 L'être et le néant 的原意。评介这部哲学巨著不是我们的任务,这里只涉及其"普及版"《存在主义是一种人道主义》所产生的轰动效应。

萨特是第二次世界大战在欧洲取得胜利之后首批名满天下的知识分子之一,他的文章可谓脍炙人口,但他的《存在与虚无》却读者寥寥,批评多多。在朋友们的殷切期望和热情鼓动下,他终于同意于一九四五年十月二十八日在巴黎举行一场公开的演讲和讨论会,但出乎意料,一开始就有人捣乱,不时打断演讲,反对者和拥护者皆有,但抗议声压倒赞成声,甚至有些妇女当场晕倒,真可谓一石激起千层浪。批评最强烈的是哲学界、知识界,究其原因,萨特一时忘乎所以,企图以哲学观念解决伦理问题,从而犯下大忌,在西方,把哲学伦理化是不许可的。萨特本人也清楚,事后也后悔不迭。最后把讲稿几经修改,于次年三月由一家小小出版社发表。但谁都没想到,一本薄薄的小册子却供不应求,一时洛阳纸贵。轰动效应引人寻味,因为对那些读不懂《存在与虚无》(《实有与虚无》)的广大中青年知识分子和大学生以及工薪阶层的男女职工来说,确实起到振聋发聩的作用。可以毫不夸张地说这篇演讲是二战后崛起的存在主义走红的宣言书,充当了青年知识分子的精神食粮。萨特本人也脱胎换骨了,从此走出哲学书斋,与广大民众打成一片。尽管他一生走过不少弯路,犯过许多错误,但由此而产生并不断完善的美学伦理学及其文学作品却是不朽的。

萨特哲学是一种无神论存在主义,切入点是如何界定世人。他认为,开始时人只是虚无,后来才成为实有的人,也就是说世界上先出现人,然后人慢慢确定自己是人;人自己创造了自己,不存在原始人性,即"存在先于本质""人是存在先于本质的生物"。但,人不是一开始就创造好的,人始终需要创造再创造。因此,人自己设计自己、决定自己、自己造就自己:人是自己的创造物,而不是上帝的创造物。这可谓萨特的第一原理,即人具有主观能动性、主观尊严性。萨特信奉笛卡儿的"我思故我在",认为这是真理,因为可以充分意识到自己的存在,甚至将其视为绝对真理。唯独无神论存在主义不把人当作客体,一切唯物主义归根到底都是把所有的人,包括自己在内,当作客体,即当作既定反映的总和。萨特赞赏蓬热的名言:"人是人的未来",认为他是存在主义诗人;更推崇笛卡儿的主张:"战胜世界不如先战胜自己",因为只有先战胜自己,才能成为实在,而实在只存在于行动之中,希望远不如行动。人只在自己成为现实时才存在,才能发现自己,同时发现他人,即在发现自己的同时发现他人,所以人只是自己行为的总和:人即自己的一生。我们从中可以看出,萨特特别强调人的主观能动性:"主观性是指人不是封闭自己,而是始终存在于人类世界之中。"这就是存在主义人道主义。

"假如上帝不存在,一切都是允许的",换言之,人注定是自由的,说注定,因为人不是初创的;说人是自由的,因为一经被抛入世界,人就要对自己所作所为负责。既然人致力于成为怎么样,就成为怎么样,而不是想怎么样,就成为怎么样。因此,人要对自己是人这一点负责。人是自由的,不错,但我只有把他人的自由也当作我的自由,才能把我的自由当作我的目的。人自己掌握自己,对自己存在负有全部责任,但不仅对个人负责,而且要对所有人负责。自我选择亦然,所谓自我选择,不仅选择自己,而且选择所有人。因此,我们的责任关系到全人类。总之,世人即自由,自由即选择,选择即责任。

每个人都要成为对自己的社会存在负责任的人,又总要对别人把你变成什么样的人负责,哪怕充其量只能违心承担这种责任。但一个人总能尽力按自己的意愿变成什么样子,不管别人把你看成什么样子。我们从中看出,萨特哲学旨在揭示生活:凡是真理,凡是行为,都包含人所处的某种社会境况和人所具备的主观能动性。我们不妨举犹太人所处的境况做个简单的剖析。

集居在西方国家的犹太人原本完全可以被现代民族同化的,却硬是被现代国家定位为不愿同化之族群。把以色列的子孙们团结在一起的不是他们的经历、宗教、土地,而是他们得以享受犹太人共同的一个境况,就是说他们生活在他们蛮可以视为犹太人的社群中间,可以与其他种族相安无事。但反犹太主义者硬把一个原罪压在犹太人头上:杀害耶稣,而事实上背负十字架是罗马人施行的酷刑,很显然,耶稣是被罗马人处死的,罪名为政治煽动。因此,所谓杀害上帝的族群后代注定生活在崇拜上帝的社会中间,可以想象犹太人所处的境况有多么糟糕。如此看来,犹太人反倒不能选择不是犹太人。因此,身为犹太人,等于被抛入、被遗弃在犹太境况下,并在犹太境况下,通过自己的努力,要对犹太人的命运乃至本性负责。到头来,犹太人不是自由选择成为犹太人,而是境况使然。

撰写并发表《反思犹太人问题》(1944—1946)的萨特经过二战前后的磨炼,已经改变了自己的自由观和自我选择的观念。此时的萨特已经不是战前那种自私自利的斯当达尔式的个体,已经身不由己地被抛入大写的历史,成为对自己所处的社会境况完全负责任的人。他对自己新自由观下了定义:"把一个完全受约束的社会人变成一个不构成受其约束的整体性的人。"尽管如此,人依然是自由的,即在一定的境况下是自由的。这个自由可以作为本真或非本真来定位,根据自由处于自身涌现的境况下对自己做出选择。

本真,在于清醒和真实地意识到人所受的制约,在于承担这种境况所包含的责任和风险,怀着骄傲和卑微,有时怀着恐慌或仇视,致力于诉求自由。就是说,敢于争当犹太人,敢于诉求作为犹太人充分的权利,就像其他非犹太人那样,而不试图逃避,或掩盖自身的特殊性尽管这些特殊性既非种族性的,也非生理性的,更非宗教性的。毫无疑问,本真要求很大的勇气、无比的勇气,所以毋庸惊讶,非本真现象更具普遍性。所以,犹太人的本真性在于自我选择充当犹太人,就是说兑现犹太人的生存状况,即完全承认自身生存状况的现实,不顾犹太人所包含蔑视的贬义,公开宣称:"我是犹太人",即刻取得本真性起点,就是说把别人刻意从外部强加的犹太人称谓,毅然决然地、昂首挺胸地作为自己的称谓,进而把别人强加的特性变成自己刻骨铭心的特性:即宣扬自己的文化、世界观、人生观以及各种特殊美德,最终诉求与非犹太法国人享有各种平等的权利。尽管困难重重,路途遥远,但必须保持犹太人的这种本真性。一言以蔽之,本真性就是人终生不断对自己的价值负责,真正的自由就是承担责任,反过来说,承担责任的人才是自由的。

非本真,在于人面对控制不住的境况时对现实的本能反应,既掌控不住境况之所需,又把握不了投身于境况的方式,更无法自行决定为适应境况所采取必要的生存方式,更谈不上超越自身的境况。比如二十世纪三四十年代的犹太人不敢返回以色列去寻找一个社群或一段历史,以弥补被人拒绝的东西。这种犹太社群不以国家、土地、宗教为基础,至少当时在法国是如此,又不以物质利益为前提,而以境况不同而随遇而安,希望以此建立情感、文化、互助的精神纽带。这些犹太人多有自卑情结,不是受之于外部,而是犹太人自个儿处于自卑情结状态;他们的自我选择以非本真的方式体验自己的境况。故而非本真犹太人是自我造成的,因为非本真犹太人的共同特点出自他们共同的非本真性。这个定义引起当时的犹太知识分子极大反感,有人甚至向萨特提出抗议,此事另当别论。话说回来,给本真和非本真分别下定义是很难的,后来萨特解释道:"整个哲学历史证明本真的东西和非本真的东西是交织在一起的,属于 Dasein(此在,实在,存在,在场)和不属于 Dasein 的东西也是相反相成的。"

其实,萨特深入探讨犹太人的本真性和非本真性在某种程度上为了宣扬马克思的革命论断:"无产阶级应当意识到自己。"萨特指出,所谓非本真犹太人,好比正在资产阶级化的职工们,他们很想否认自己身为职工的生存状况,又不愿意以职工的名义诉求自身的解放,就是说不愿意以革命的态度超越自身的境况。而依然处于穷困的工人们却不愿意改变殉难者的境况,甘愿受压迫被欺凌,这两种情形都不是革命的态度,他们都是非本真职工。

总之,按照萨特的说法,犹太人问题是反犹主义造成的,为解决问题,必须根除反犹主义。怎么根除?萨特号召搞社会主义革命,提出只有社会主义革命才能铲除反犹主义。很遗憾,萨特一九四六年的良好愿望至今在法国尚未实现。但不管怎么说,现如今犹太人在法国的境况已经今非昔比,可以毫不夸张地说,犹太人已经完全与法国社会同化了,并且无论在金融和商业界、文化教育媒体等知识界,都享有举足轻重的地位,他们绝大多数,经过几代人的努力,都成为本真的法国籍犹太人了。

行文至此,不禁想起《答复阿尔贝·加缪》涉及的思想争论,我们在别处已经较为详细评述过这场非同凡响的争论,此处只涉及自由观的分歧,即"无阻碍"自由观与"人道"自由观的分歧。说到底,各自坚持自己的自由观。加缪责备萨特赋予《现代》的同事们一种"天堂般的自由",借此对萨特进行肆无忌惮的攻击,断定这是"被奴役的自主性",等于"把他们推向地狱"。萨特反驳道:"如果您硬要把它们关进两难推理:要么马克思的'预言'是最有效的,要么马克思主义只是一种方法论。"这样的两难推理与组成马克思主义的深刻真理风马牛不相及。换言之,自由不是一种力量,不是谁愿意它如此就如此,而由自由本身限定的:自由实在或不在。假如实在,就可逃脱因果的锁链:自由属于另一种范畴。中心思想依然是破裂、脱离、中断。总之,"自由是不可能被阻碍的:自由没有轮子,没有爪子,没有可衔嚼子的上下颌",不错,但自由也不可能由自身来决定。萨特指出:"由于自由以其行为来确定自我,在积极的格局中遇到局限,但这个格局必然由其行为来完善。我们一旦投入计划,就必须做出选择:计划引导我们,为境况引领方向,两者互动,只是某种超越境况的方式,就是说对境况心知肚明。我们投入的计划就是我们自身:在它的照耀下,我们与世界的关系逐渐明确了;折射我们的目的和手段是与事物的敌对和我们自身的终结同时显现的。"如果人不是自由的,那就不可能"要求活得有意义"。人即自由,同时,人即实在,就是说人变成了物。所以,人一旦实在,就受境况制约,这才让人懂得什么是压迫。萨特说:"我们今天的自由无非只是为获取自由而斗争的自由选择。"言下之意,《现代》同仁们全力支持萨特反驳加缪的攻击,完全出于自觉自愿,是"为自由而斗争的自由选择"。一言以蔽之,非本真人们"过于黏附自己,看不清自己也是个他人":"我即他人。"

"我即他人"是与萨特存在哲学思想名句:"他人即地狱"或"地狱即他人"相反相成的,整合两者意为:"他人不仅是个我见得着的人,而且也是个见得着我的人",也是"意识到我存在的人";"我可不愿意为他人而存在,却愿意选择他人为我而存在",反过来说,"我也愿意他人选择不为他人而存在时我为他人而存在"。这些似文字游戏的道理充满辩证思想,但弄不明白是要吃苦头的。

威尼斯画家丁托列托一辈子弄不懂这些显而易见的道理,所以吃尽了苦头。他像一只鼹鼠,只窝在家里狭窄的画廊才觉得自在,深信艺术家是操鬼斧的神工,尽心竭力且伤筋动骨地加工原材料以便生产和销售种种幻象。他发疯似的争夺总督宫、圣马可善会、执十字架者会馆的订单,而不在乎公侯们、名流们的青睐,不喜欢跟他们打交道,因为他们使他畏惧,激发不了他的灵感,竭力将自己的名声限制在威尼斯城内,决不越出故土一步。他自以为生下来就获得天意特许,按他的意愿把古城换新颜,从某种意义上讲,他并没有错呀。于是他自以为可以用霸道的手段抢走订单,硬让人承认他的权益就是威尼斯赋予他的义务:雅可布受到威尼斯全体劳动人民的委托用艺术夺回纯血统威尼斯人的特权。他"不允许别人用他对待别人的方式来对待他",于是事情离奇地颠倒了过来,他,是本地人,百分之一百的里埃脱人,却反倒像个入侵者,在自己的城市反倒不受欢迎:"时人视他为他人。"

丁托列托的艺术像一把利剑刺穿了他的时代,也只能以他的时代目光来看待艺术。反正他选择了自己的地狱,以致他被幽禁在威尼斯再也出不去了。天才知道他敢做什么,但并不清楚他有多大价值。鼹鼠丁托列托半个世纪窝在画廊迷宫打转,尽管迷宫四壁闪烁着斑斑荣光。直到五十八岁,这头黑暗中的走兽在强光手电追逐下无处躲藏,被另一头走兽提香那无比耀眼的德高望重弄得目眩眼花。厄运注定丁托列托不知不觉成为一个拒绝认识自己时代的见证人,而得罪了所有的人:贵族老爷、手工艺人、爱国者,因此他的画笔揭示了一个荒诞而危险的世界,颠覆威尼斯一切传统价值,连上帝都不见了踪影,简直要让威尼斯遭受亡命之灾。这位资产阶化的画家连资产阶级也不愿意接纳他了,这个不幸者绝望地爱着一座令人绝望的城市。丁托列托爱着他的故土,却令被爱的对象反感透顶:故乡变成他的地狱,对丁氏而言,他即故乡;对故乡而言,他即地狱。丁托列托的一生非常符合萨特对人下的一个定义:"一个人是由别人的目光所定义、所确定、所构筑而成的。"总之,威尼斯冷漠、命运偶然,"他人即地狱",但归根结底,丁托列托的地狱是他自己造成的,尽管我们高度赞赏他的艺术或同情他的凄凉身世,甚至可以认为他是反抗旧制度的殉道者。

不错,萨特同情丁托列托的命运,为他的厄运鸣不平,但毫不犹豫指出他的命运是他自己选择的,目的在于指出丁氏的人生缺乏统一性,或整体性。与之相反,萨特成功地通过贾珂梅蒂的艺术人生,尤其通过贾氏艺术作品,证明生命的统一性或整体性是存在的。贾珂梅蒂塑造的一个个雕像,形只影单,但把它们摆在一起,便可突然组合一个个小小的魔幻社会。这些雕像雏形变幻不定,始终处于虚无与实有之间,始终处于改变、完善、毁灭和重创过程之中,却一开始就单独而扎实地存在于世,并远离他而去闯出一片社会生涯。萨特认为贾珂梅蒂是"绘制虚空"很成功的画家;虚空四处漫延,每个创造物都分泌着虚空。由于雕塑家贾珂梅蒂始终觉得虚空让他十分纠结,所以刻意表达其内心情感,是那种裹挟着他、把他从庇护所拉出来抛弃在暴风雨中,即无限的虚空中。"这位抒情性雕塑家背负着虚空恰似蜗牛背负着硬壳",萨特如是说,不禁回想起一九四一年逃离德国俘虏营回到巴黎时,患上了广场恐惧症。使人倍感难能可贵的是,贾珂梅蒂一旦完成一件作品就将其置之脑后,接着创作另一个虚空,一个接一个,直至生命终结。就像萨特的文章大多有头无尾,一篇接一篇,一部接一部,直到离开人世。这种生命的奇妙统一性正在于贾珂梅蒂寸步不让地从事绝对之探求。总之,萨特所谓整体性,是指人存在于世,总应该有个安身立命的尺度(或称限度),尺度就是整体标准。

最早发现萨特和贾珂梅蒂志同道合的是西蒙娜·德·波伏

瓦,她指出:"贾珂梅蒂的观点近似现象学,主张雕塑处在境况中的面貌是为他人而存在的,保持距离,这样就可以超越主观理想主义和伪客观性的错误。"①《绝对之探求》充分体现了这种志同道合,萨特精彩评说贾氏作品的同时,识别出贾氏创作生涯其实与萨特自己的事业是并行不悖的。贾氏塑造的每个男女形象向我们揭示:"人首先不是为了事后被人看而存在,而是人之所以存在,其本质是为了别人而存在",萨特甚至还说:"人本身就是透过人看出来的。"这与丁托列托的人生存在观恰好相反。

贾珂梅蒂的一个雕像就是他自己出产的一个小小局部虚无,一个个小小细长的雕像,单个或多个并列在台座上,雕像和台座互为依赖,相依为命,在这种凝缩的相互关系中求得互为矛盾的存在。在这样的场景中,虚即为松散了的实、铺展了的实,而实则是定了方位的虚。由此,现实得以显扬闪烁。问题不再是把实从虚中分离,而在于描绘虚与实的整体,这样,即使一个小小的局部虚无也可体现整体性,尽管虚与实的整体性既有一体性也具多样性。萨特写道:"贾珂梅蒂把它们变成树叶丛中的一片片叶子,既分散又融汇在整体之中。他成功了。"至于贾氏之所以把人物拉得细细的、长长的,萨特认为,那是为了创造一种令人冲动的表达,使人感受到人物的纯粹存在、自我献身以及瞬间涌现:原始动势、无限期又不可分的动势,通过又长又细的双腿绝妙地勾画出来,以希腊雕刻的方式贯穿全身,使人物向天升华。这就是所谓名符其实的人体单一性,即行动一致性。

就这样,贾珂梅蒂不仅排除物质材料的惰性力,而且摒弃纯虚无的惰性力。我们知道,现实是纯粹实证性的,是实实在在的,但

---

① 《岁月不饶人》(1960)第499—503页,加利马出版社袖珍版本。

突然之间会化为乌有,所以从实有到虚无任何直接过渡都是不可能的。画家贾珂梅蒂的线条,被确认为否定的开端,从实有到虚无逐步摆渡,在摆渡过程中需要克服一个个随时出现的惰性力。萨特在《辩证理性批判》中以大量的篇幅论述"惰性实践",这与我们没有直接关系,可另当别论。与我们有关的则是这位老先生把自己与文学语言的关系当作一种"惰性实践"关系:文学语言虽与哲学语言有区别,但完全可以使它们相辅相成,不妨举例说明:

卢梭在《忏悔录》中写道:"我待在我待过的地方,我前往我去过的地方,但从未走得更远",此话很明显,主人公对德·华伦斯夫人已失去好感,但惰性力又使他摆脱不了这位包养他的夫人。我们猜想卢梭是承袭有关耶稣的一则故事:耶稣进入耶路撒冷,以色列人隆重欢迎,请他骑上驴背。耶稣骑了一阵,突然跳下驴背,逃到树林后面的河边,不料一觉醒来,依旧骑上驴背进入以色列人的城区。这两则小故事说明惰性力的作用,即一切对客体和对"我"这个主体的深入了解,是从一种恒定实践出发的,其工具和媒介就是语言。

为此,萨特还把他的"惰性实践"理论,移植到艺术作品之中,他从《圣乔治与毒龙》这幅名画中看出"惰性实践"的明显特征:毒龙被圣乔治刺了一标枪已奄奄一息,在圣乔治已经降服毒龙的情况下,公主女郎依然吓得魂不附体,发疯似的逃跑,不断狂奔,直到昏倒。尽管引起她恐惧的外部因素已消失,仍死里逃生似的疯跑,证明她自身已失去停下脚步的能力,这完全表明了惰性力的特征。毒龙其恶随之消逝,其丑虽已失去用途,却依然琢在龙皮上。这不,毒龙与圣徒永远处于惰性的默契之中,而这两个主体布局,其中一个主体借用一条长矛以示不可战胜,通过垂重感和速度感彰显将另一主体置于死地;惰性力雪崩似的向毒龙倾压,而一条轻松自如的武装手臂则僵滞着,这种惰性的奇特序列把我们引入画作的内里,一种突如其来的暴力将其挡住并将其终止:逃跑和死亡似泥浆喷发四溅,这两种存在形式是异质的;布画下端是被动性的世人和客体,上端则是主动性的行为和行云流水:存在即行动。这就是说,惰性客体的未来只是另一种现在而已。

萨特从画面的有机结构中窥见其价值,在创作意图和效果之间的关系中发现其价值,因为不存在先验的美学价值标准。真正的画家从来不在预先规定的条条框框内吸取灵感,往往等把画画完了才算完成。萨特从创作的角度指出:"我们决不说某一艺术品没有目的。当我们谈论一幅毕加索的画时,我们决不说他的画是随意乱画的,我们非常明白,毕加索在绘画的同时也在塑造他自己,他的全部作品与他的一生是融合在一起的。"萨特本人亦然,他笔下的丁托列托、贾珂梅蒂、拉普雅德、马松简直就是他塑造的人物。比如说,拉普雅德看了萨特论述自己的文章倍感诚惶诚恐,甚至不敢继续创作了。而实际上,萨特借机在批判自己哪,比如他对威尼斯幽禁者丁托列托的评说就算得上是个范例。毋庸讳言,萨特的全部作品也是与他的一生融为一体的。

为此,萨特着重指出:"艺术和道德之间的共同点,在于无论在哪一方面,我们都要进行创造和发明。我们不能先验地决定要做什么。"换言之,要按人物和事件发展的内在规律创作。不妨举个相反相成的例子:

艾略特的小说《弗洛斯河上的磨坊》(1860)女主人公麦琪·杜利维爱上小伙子斯苔凡,但他已与一个微不足道的姑娘订婚了。麦琪考虑到人类利害的一致性,决定牺牲自己,放弃了心爱的男人。她体现了激情的价值,并意识到这一点。而斯当达尔的小说《巴玛修道院》(1839)那个桑塞伐利娜公爵夫人认为激情产生人的真正价值,应为伟大的爱情做出牺牲,但决定战胜别的女性来实现自己的幸福。这两种截然相反的道德观其实是等量的,因为两者的目的相同,那就是自由:她们的态度相近,都不应属于肆无忌惮的情欲贪婪。人应该相信自由,除此之外,没有任何人可以救得了自己。

基于对文学艺术创作的上述认识,萨特一向反对为艺术而艺术,认为这种理论愚蠢至极,因为美不是艺术的目的,而是艺术的肉和血,是艺术的自身存在。必须具有自我意识的艺术家才能搞艺术。艺术家的追求是迫使大写自然的外在向人类体现世人的升华,故而迷思,不错。这不,印象派块状化、形状碎片化,把轮廓边线否定了,取消了。马松的蓬勃活力,也成了迷思;塞尚、鲁奥、格里斯的绘画泄露了他们对所谓万能神明的信仰。萨特说:"凡是媒介,都是迷思,因为它隐秘地诉求神人同形同性论:那是个神圣的空间。"上帝熄灭了,艺术的对象依然是世界,尽管现实逃过了世人的耳目,有限与无限的关系颠倒了。原先充实的精神支撑着窘迫和脆弱的肉体,如今脆弱的精神倒成了很受用的支撑。唯一的安全感:无限,即空虚,即黑暗,无论生命体内或生命体外:"上帝不存在了,躲进世人的心灵之后,却被冷落了。"这么说来,艺术天才是相对与绝对的冲突,外在与内在的冲突。画家心里清楚,他不可能出世,即使可能出世,他也将到处拖曳着虚无,如芒在背:只要没有赋予自己创造其他立体空间的权力,那就超越不了透视法。现代派画家无一不是如此。为了论述有关透视法的美学观点,萨特谈到不少画家,我们仅举两例加以说明。

梵高执意通过艺术向我们揭示大自然最温馨最纯洁的纤细优美与丑恶可怖绝对不可分离。没有一片原野体现得了大千世界的魅力或丑恶,除非经过严肃的艺术改造,或确切地说,艺术既赋予得了魅力也赋予得了丑恶,即大千世界的聚合或离散。马松则描绘出一整套巨变奇观:他把矿物界、植物界和动物界变成人类界。这个残酷的畸形世界只不过是我们世间的全面再现。所有暴力并不一定象征我们野蛮的欲望和本能,所有狂暴的色情变态都不过分。施虐淫、受虐淫,一切都为动感服务;从被折磨的农牧神这个人身羊头角的幻想生物身上,必须看得出最平常的动物、植物、世人的特征。马松对自己的种种梦魇深信不疑,这是他无神论现实主义导致的结果。假如上帝不存在,悬岩、植物倒是存在的:人为人自己而存在。

马松以及经历过第一次世界大战的不少画家深度受到超现实主义影响,笃信布勒东的美学名言:"美,是爆炸的积淀。"萨特也为之击掌叫好,引用韩波(兰波)的诗句:"黎明像鸽子一样飞翔"或"他那既猩红又漆黑的伤口在健美的肉体炸开。生命固有的色彩变得黯淡,舞动晃荡,消散在观察工地的视野四周"。萨特称之为碎片化的统一性:黎明,他看到一群鸽子起飞,恰似看见清晨像炸开的一座火药库,叹道:"这种爆炸就是震旦曙光遍地。"其中哲理既形象又明显:毁灭即再生,黑暗尽头是黎明。

请注意,这里萨特所说的碎片化与他一贯反对的实证主义把知识碎片化,毫无共同之处。我们所说的碎片化,指的是一个个小小的虚无局部。萨特一向主张以部分的角度对待整体,以整体的角度对待部分,这意味着人类真理是整体性的,就是说有可能通过不断整体化去把握处于整体性过程的大历史。我们每个人都是这个世界的产物,以各种不同的方式表达世界,但由于我们与自身固有的整体联系在一起,所以我们是以整体来表达世界的。大历史这个客体见证着主体,而主体也一样见证着客体。这是《辩证理性批判》中讲的一个大道理。

萨特凭借"没有特权的画家"拉普雅德来转述这个大道理,尤其对广场街头集会进行了一番哲学思考。我们知道,集群现象在西方,尤其在法国,隔三岔五,很普遍。令人惊异的是,萨特从画中人群的面目表情作为切入点:"十分反常的是,假如人群表情是被模仿的,那对正义的诉求来自外部;假如不再模仿人群表情,那诉求出自艺术本身。"从拉普雅德的布画体现人性的层面上看,他作为画家,凭借自己的画作,拉下艺术家的面具,跟民众打成一片,与民众沟通。请瞧瞧那些"实实在在的民众,吵吵闹闹的民众,惶恐不安的民众",比如十月二十七日在巴黎共和广场举行的集会游行,受到警察的冲击:"人群聚合成整体仿佛是一股熔流,一片浓稠的奔泻,一场向着地平线的溃逃。"尽管场面的细节逐渐隐去,集合游行的意义却长存。画家成为群众中的一员,湮没在自己画作的辉煌之中。

我们可以从中看出,一个个游行者之间的关系是:个人处于众人之中,众人处于人世之中,人世处于众人之中,这就是唯一的现实存在。描绘这个现实存在是既独特又寻常的考验:"拉普雅德协同我们、通过我们、为了我们经历这一切……""最令人惊奇的却是最为简单的事实,正是他以艺术自身的名义选择抽象,导致再次把人置于其布画的中心对象。"为此,萨特称拉普雅德为新型的民众画家。这是个褒义的称号,以示区别于一些无政府主义和资产阶级艺术家使形象变形时带着温文尔雅的讥讽,高谈他们离群索居,根本谈不上与民众沟通。萨特对他们的作品不屑一顾。

谨请读者诸公注意,所谓"无政府主义和资产阶级艺术家",萨特是指他们的艺术品为无政府主义和资产阶级服务,与他们的阶级出身、政治表现、人生道路没有关系。我们知道福楼拜出身资产阶级,本人是资产者,政治思想反动,瞧不起人民大众等等,但在萨特看来,福楼拜无疑是法国十九世纪最伟大的作家,因为他的作品批判资产阶级最激烈最到位。他写道:"我不相信革命文化会忘却波德莱尔或福楼拜,仅仅因为他们是非常资产阶级的,又恰恰不是人民之友。在未来的一切社会主义文化中,他们都将有自己的地位,但那将是根据新的需求和新的社会关系所确定的新地位。"

这里涉及为什么创作、为谁创作、创作什么、有关人生价值观、文学艺术观等问题,甚至阶级斗争等意识形态问题,显然与本文没有直接关系,我们在别处早有详细论述。最后只想引述四小段萨特的重要论点,以示其世界观的主轴索引:

"我与马克思的关系和与弗洛伊德的关系有本质的不同。发现阶级斗争对我而言是一个真正的发现:今天我依然完全相信马克思笔下的阶级斗争。时代变了,……我不相信精神分析学向我们提出的那种无意识。"

"应当能够找到使(精神分析法与)马克思主义相结合的媒介。……精神分析法不是真正的基本方法,但准确地、理性地与马克思主义相结合,就能够是有益的。"

"我的目的是试图揭示个体的发展与历史的发展如何相遇……一位个体,受到自己最沉重、最隐秘的制约,受到自己家庭的制约,可能在一个时段完成一个历史职责。"

"我后来能够为辩证唯物主义提出某些局限,在声明历史辩证法有效的同时,抛弃自然辩证法,因为后者让人像一切事物那样沦为一种自然规律的简单产物。"

若想知晓详情,谨请阅读本卷拙译萨特自述性对话和文章:《萨特评说萨特》《作家其人其事》和《作家及其语言》,这些谈话通俗易懂,足以了解萨特思想历程的概况。

沈志明

存在主义是一种人道主义

演讲的处境*(代前言)

《存在主义是一种人道主义》是一九四五年十月二十九日星期一萨特应"当今俱乐部"——这家俱乐部由雅克·卡尔米和马克·贝格贝岱在解放时以"活跃文学和智力"为目的而创立——要求,在巴黎所做的一次演讲的速记稿,他几乎没有做修改。次年,此稿由纳杰尔出版社出版发行。为什么《存在与虚无》(1943)的作者坚持宣扬其学说的人道主义呢?

应当提请注意,《自由之路》前两卷刚刚首次发表,成功中夹着种种非议。《不惑之年》和《缓期执行》中有些东西引起当时思想正统者的反感,其细节我们不拟详谈。总之,小说主人公被认为意志薄弱和厚颜无耻。萨特曾写道:"我想,使我那些人物令人不舒服的地方,主要是他们的清醒。他们是什么样子,他们心里清楚,并且他们选择了那种样子。"马蒂厄没有立场,缺乏信念,显然远不是时代人物形象或正面人物形象。他唯一的王牌,在于固执地探求一种真正自由的生活,与《生存与虚无》的哲学探求相对

---

* 本文由萨特的养女阿莱特·艾凯因撰写,意在说明萨特的演说《存在主义是一种人道主义》产生的背景及局限性。

应,这种冷峻的清醒也是一种痛苦。他遭遇到的,他所做到的,只有很少的实在性,他还没有真正地生活。当时还看不大出来,问题在于一种正在成长的意识所引起的精神和道德悲剧,它的演变到第二卷结束还没有完成。大概因为阅读这两卷小说(且不说热情的捍卫者)比阅读哲学著作更容易理解,所以小说的发表扩大了萨特存在主义的影响。但由此而引起的分歧,因如今称之为媒体现象而加重且混乱了——过分的渲染夸张,杂乱的混为一谈,分开的或潜伏的仇视,学究气的评论——其原因待考。其结果是:作家出名了,但声誉不佳;公众虽然知道了存在主义,但从各自的背景出发,只记住一些公式话语。诸如:"地狱即他人""存在先于本质""世人是无用的激情",散见于追求轰动的报纸,竟成了妖言惑众的口号。

至于知识分子的批评,虽不屑于谩骂,却尚未深入研究《存在与虚无》①:基督徒除了谴责萨特的无神论,还非难他是唯物主义者;而共产党人则指责他不是唯物主义者。前者责备他"任意把自我置于至上地位";后者认为他是主观主义。总之,偶然、遗弃、焦虑,这些概念,既使前者厌恶,也使后者反感。这种强烈的排斥态度,萨特感觉得出是充满仇恨的。难道这仅仅由于——如某个诽谤所言——在战争大劫难之后,智者们"操心人的定义,以符合历史的需要,以便克服当今的危机"?事实是,抨击往往是道德意义上的,甚至最后是功利主义的,而不是严格的哲学意义的。他们不大留意研讨萨特著作中思想的整体布局,很少留意讨论萨特著作论证的直接关联性。"不是所有人都能读《存在与虚无》的",上

---

① 虽然已经有一些青年哲学家在比他以前的学生更广泛的圈子里关注萨特的著作,如弗朗西斯·让松,发表了《道德问题和萨特思想》(米尔特出版社,1945年11月24日)。——原注

述批评家①这样写道。在众多世人看来,萨特并没有因此而成为典型的反人道主义者,而是在破落的法国最需要希望时使法国人背德。

因此,为了向大众更严密更正确地阐述他的哲学,萨特同意做这次演讲②。他虽有备而来,但对蜂拥而入的听众那种过度激动仍感到困惑。不过,他至少明白听众中半数是哲学爱好者,半数是对脍炙人口的存在主义及其作者的好奇者,于是,他表明存在主义是纯属哲学家研究的一种学说,但仍准备使它或多或少得以普及,因为《存在与虚无》文本既严密又繁冗,经常被误读,被曲解,变成他无法控制的一种客体,却感到要为此负责。由此可以想见,这样的听众,他是笼络不住的,况且他是特别讲给共产党人听的,因为他想靠近共产党人。在几个月前,他还给共产党人的地下刊物写作哩。而此一时彼一时,他们之间的纽带已断裂,而且随着存在主义的扩张,他们之间的敌视愈来愈加剧了。

然而,并非理论推理促使萨特想要这种靠近。《存在与虚无》,他深思熟虑了好几年,是在"奇怪的战争"和被俘囚禁而强迫休闲期间孤芳自赏地构建的。但是用来发现有关存在与世人的一种真理的那种强大智力,并未使他幸免在占领期感到的无能为力。他之所以渴望集体行动,是因为他感受到历史的重负,意识到社会问题的重要。就在同年十月,《现代》第一期出版。萨特创办的这本杂志旨在支持左派的社会和经济斗争,首先是要代表战时受害

---

① 他认为存在主义是"一种思想疾病"。参见皮埃尔·埃马纽埃尔:《对一种定位的思考》(1945年4月《源泉》第41期)及《什么是存在主义?一次攻势的总结》(1945年11月24日)。——原注
② 这已不是他的第一次尝试,他在《行动》周刊推出过关于存在主义的定义,并回答过共产党人的批评。见《关于存在主义:定位》(1944年12月29日)。——原注

人的利益,以专栏、报导、论著为人类解放而斗争。但《现代》团队成员保留批评的自由:"那些既愿意改变人的社会状况也愿意改变人的自身观念的人们,我们始终站在他们一边。所以,对未来的政治和社会事件,我们的杂志将就每个事件来表明立场,不是从政治上表明立场,也就是说,不为任何政党服务"①。

这种判断的自由,党的理论家们是不乐意要的,按照《人道报》固定的表达方式,这种自由是"上反动派的当"②。在理论上,自由观也成了难题,在这次演讲中,萨特从自己的哲学研究出发,至少使共产党的马克思主义者确认他的研究与从经济地位确定人的马克思主义观念不发生矛盾。他在《唯物主义与革命》③中更自如地解释他与共产党人的分歧,写道,"一个人有自由和受束缚不是就同一方面讲的"。

人们责令他从《存在与虚无》④出发在伦理上证实他的介入,更有甚者,人们代替他从这部著作引申出有害的伦理后果,对他加以谴责。萨特希望消除误会,只好前来阐述他自己的论点,只强调别人听得懂的东西,以致一笔勾销人类现实与人类存在不可分离的那种富于戏剧性的空间。比如,他本人的焦虑观,虽继承了克尔恺郭尔和海德格尔,却是经过再创造的,占其本体论论文的中心地位,而在这里被简化为军事长官派部队发起进攻时的伦理焦虑了。这种为普及与和解的努力是徒劳的,因为马克思主义者根本不会善罢甘休。

---

① 《〈现代〉发刊词》,《现代》创刊号,1945年10月。收入《处境种种》第二卷,加利马出版社,1966年。——原注
② 《存在主义者与政治》,M.-A. 勃尼埃著,加利马出版社,1948年。——原注
③ 《现代》第九期和第十期,收入《处境种种》第三卷,加利马出版社,1949年。——原注
④ 介入和责任的概念出自他最初的自由论,其中只隐约地谈起一种伦理观,打算以后为此写一部专著。参见《存在与虚无》第四部分与结论。——原注

真有什么误解吗？令人怀疑，不妨注意一下皮埃尔·纳维尔①在萨特演讲后与萨特交谈时的这句话："我把所有涉及哲学技巧的专业问题搁置一边……"这是难为哲学家呀！对话者既质疑哲学家的学说，又拒绝哲学对话！之后，纳维尔的杂志发表一则简评，对这次不伦不类的对话颇为得意："矛盾被皮埃尔·纳维尔点破了，比更严密的陈述好得多，马克思主义与存在主义及一切哲学的区别一目了然……"②。事实上，之所以要反对引起青年兴趣的萨特存在主义，不仅是因为他的某些论点，而主要是因为他可能引起思想混乱和动摇。"您妨碍人们投奔我们"，罗杰·加罗迪后来对他说。爱尔莎·特里奥莱竟说："您是哲学家，所以反马克思主义。"其实，如果说共产党理论家认为辩论马克思主义，就是削弱积极分子为斗争而不可或缺的信念（况且这是徒劳的，因为马克思主义包含为改变世界所必须的一切真理），那么萨特确实不曾考虑哲学手段为何物，尽管后来于一九四八年重新肯定了哲学手段的价值："想要真理，就是宁要人类存在胜于一切，即使在灾难性的形式下，仅仅因为，这就是存在。"③他后来致力于证明，存在主义面对马克思主义不是一种多余的哲学，这是基于他提出的人类观念，其间不断由他的传记散论来加以丰富④。

---

① 皮埃尔·纳维尔（1904—1993），记者，社会学家，前超现实主义者，共产党活动家，一九二八年因托洛茨基问题被开除出党。一九二九至一九三九年领导托洛茨基运动，一九四五年创建《国际月刊》，仍靠拢法共。——原注
② 《国际月刊》第四期，一九四六年四月。我们对此不以为然。"因为当代马克思主义者不能脱胎换骨，正当他们愿意倾听不顺耳的说词时闭目塞听。这种矛盾把他们束缚住了……"萨特后来评价自己与马克思主义交流失败时如是说。见《方法问题》，《辩证理性批判》第一卷，新版，加利马出版社，一九八五年。——原注
③ 萨特：《真理与存在》，遗著，加利马出版社，一九八九年。——原注
④ 萨特：《方法问题》。——原注

毫不奇怪,萨特很快就懊悔让人发表《存在主义是一种人道主义》。这篇演讲广泛流传,许多人将其视为《存在与虚无》的导言,其实不然。陈述虽清晰,却是简化的。演讲受到萨特当年所遇矛盾的影响。他热切地想站在共产党一边参与集体生活,因为共产党在战后第一年代表千百万人的希望,最彻底的社会变革好像是可能的。但他的选择并非建立在哲学基础之上。对他进行敌意批评的马克思主义者并没有读过他的著作,他也还没有认真研究过马克思著作。他对人的社会和历史空间的思考刚刚开始,再说,现象学本相法难道是思考集体存在的好工具吗?"哲学上有个基本因素,那就是时间。"后来萨特在《方法问题》中写道,"写一部理论著作是需要许多时间的"。那一年,他太忙,不合时宜地忙碌。

因此《存在主义是一种人道主义》是一部应时之作,但只要稍稍接触萨特文字或哲学著作的人都能看出这是他精神生活中一个转折点的最初时刻,尽管还相当模糊,内心还有矛盾。新一轮哲学研究即将开始。对他著作①的异议,他在演讲中已经尽量列举了,尽管相当混乱相当敌意,但都引起他提出新的问题,并在《辩证理性批判》中用哲学来论述,这是在自由地深思熟虑之后进行的,他的遗著可资印证。

阿莱特·艾凯因-萨特

---

① 指《存在与虚无》。——原注

有人对存在主义提出一些指责,在此我想为之辩护。

首先,有人指责存在主义诱导人们沉湎于绝望的静观主义:既然一切解决办法都是不可行的,那么就得认为在我们这个世界上,行动是完全不可能的,结果导致静观哲学产生,而静观是多余无用的,于是使我们返回到资产阶级哲学。这些主要是共产党人的指责。

其次,有人指责我们过分强调人类的丑行,指责我们到处揭露可鄙、可疑、可恶,而忽视令人欣慰的美妙东西,忽视人性的光明面。譬如,天主教批评家梅尔西埃小姐责怪我们忘记了儿童的微笑。

上述两种人都指责我们缺乏人类的博爱,责怪我们认为人在很大程度上是孤独无援的;况且,共产党人说,我们是从纯主观性出发,即从笛卡儿的我思出发的,也就是说从人的高度自我出发的,这就使我们不可能与我以外的人团结一致,因为他们认为,从我思故我在的观念出发,我是不能和其他人取得一致的。

最后,基督教方面谴责我们否定现实,否定人类事业的严肃性:既然我们主张取消上帝的戒律和万古不变的价值标准,那么人们的行为只能飘忽不定、毫无目的了;人人可以各行其是,因此也不可能用自己的观点去批判别人观点了。

今天我想针对这些不同的指责进行反驳,把这篇不长的讲话题名为:《存在主义是一种人道主义》。很多人对我在这里讲人道主义一定会感到惊讶。我们尽量讲清楚我们所讲的人道主义是什么意思。开宗明义,我们讲的存在主义指的是一种学说,这种学说能揭示人的生活,而且名正言顺地提出:凡是真理,凡是行为,都包含着某种社会状况和某种人的主观能动性。我们知道,有人对我们的责难,主要在于我们强调了人类生活坏的一面。最近有一位夫人对我说,某次她一时激动,失言讲了一句很俗气的话,于是她深表歉意地说道:"我想我也成为存在主义者了。"由此看来,人们认为存在主义是粗俗丑陋的。所以有人说我们是自然主义者。其实,我们远比真正的自然主义者更为面目可憎,更令人哗然。所以如果说我们是自然主义者,我们会感到无比惊诧。例如,念左拉小说的人,完全能接受《土地》这样的小说,但翻开一本存在主义的小说,就感到恶心反感。经常使用谚语的人——其实他是很可悲的——认为我们更可悲。常言道:"先顾自己,后顾别人",或"给小人抹圣油,他朝你捅匕首;朝小人亮匕首,他给你抹圣油"①。难道有什么话比这些定见更令人颓丧的吗?我们知道,关于这方面,老生常谈的说法无非是:不应该反对既得利益,不应该反对权力,不应该超越自己的处境去行动,一切不符合传统的行为都是浪漫主义的,一切没有得到证实的企图都是注定要失败的;经验证明,人总是有惰性的,必须有结实的身子才能把人撑住,否则不可收拾。讲这些话的人,恰恰是唠叨上述令人沮丧的谚语的人。这些人,每当我们向他们指出多少有点丑恶的行为时,他们就说这是人之常情,他们喋喋不休地高唱现实主义之歌,就是这些人指责存在

---

① 意谓"恶人欺软怕硬"。

主义太忧郁,以致使我纳闷,好像他们不是责难存在主义的悲观主义,而是责难存在主义的乐观主义。其实,我要给你们讲述的理论中,使人害怕的正是这种理论给人以选择的可能,难道不是这样吗?为了说清楚这个问题,我们应该对这个问题重新进行纯哲学的探讨。

何谓存在主义?使用这个词的人们,多半感到为难,说不清究竟是什么意思。因为今天这是一个时髦的词,人们动辄声称,某某音乐家或某某画家是存在主义者。《光明报》的一个社会新闻栏编辑,署名存在主义者。总之,今天这个词使用之广、含义之杂,以致面目全非、毫无意义了。有人说,如果没有类似超现实主义这样的先锋派学说,醉心哗众取宠和热衷变动的人们一定会求助于存在主义哲学。其实不然,存在主义哲学在这方面帮不了他们什么忙,因为存在主义是最不哗众取宠的哲学,是最朴实无华的哲学,纯粹是为专业人员和哲学家设计的。存在主义本身的定义很简单。事情之所以复杂化了,是因为有两类存在主义者:一类是基督教存在主义者,我认为雅斯贝斯和G·马塞尔便是,他们属天主教系统;另一类是无神论存在主义者,他们中间有海德格尔,还有法国存在主义者以及我本人。这两类存在主义的共同点,仅仅是他们都认为存在先于本质,或者说,应该从主观能动性出发。确切的意思到底指什么?我们在察看一件制成品时,譬如一本书,或一把裁纸刀,这件成品是由某个师傅根据某个概念制成的,这位师傅参照裁纸刀的概念,同时使用预定的生产技术,该技术是概念的组成部分,实际上就是裁纸刀的制法。这样,裁纸刀一方面是根据某种方法生产出来的成品,另一方面又有一定的用途;很难设想某个人生产一把裁纸刀而不知道其用途。因此我们断言,对裁纸刀来说,本质——即旨在生产和确定裁纸刀的制法和性质的总和——先于存在；这样，在我们面前出现的这把裁纸刀或那本书是确实的。于是我们就用技术观念去看世界了，根据这一观念，我们可以说，生产先于存在。

当我们设计一个创世主的时候，这位上帝往往像一位卓越的巨匠。不管我们考察哪种学说，笛卡儿的学说也好，莱布尼茨的学说也好，我们总是承认意志或多或少是和悟性掺和在一起的，至少是意志伴随着悟性；而且也承认，上帝在从事创造的时候，确切知道它在创造什么。因此，神对人的概念，和工业家心目中对裁纸刀的概念是类似的；上帝根据某些技术和某种设想创造了人，酷似制刀师傅根据某种规范和某种技术生产一把裁纸刀。因此个体的人在上帝的悟性中成了某种概念。十八世纪，在无神论哲学家的头脑中，上帝这一概念被勾销了，但并没有因此而取消本质先于存在这一理念。这种理念比比皆是，我们可以在狄德罗、伏尔泰，甚至康德的作品中找到：人具有某种人性，这种人性就是人这一概念的体现，它寄寓于所有人身上，也就是说，每个人都是人这一普遍概念的个别标本。康德认为，从这种普遍性可得出结论：木头人和自然人，与资产者同属一个定义范畴，具备相同的基本品性。因此再次证明，人的本质先于我们生活在自然界这一历史存在。

我所代表的无神论存在主义立论比较严密。无神论存在主义认为，虽然不存在上帝，但至少先有一个生物，这个生物体现了存在先于本质，在被任何概念所确定之前，该生物已经存在了，该生物便是人，或如同海德格尔所说，人的实在。这里所说的存在先于本质到底是什么意思呢？意思是说，人首先存在了，世界上先有人，先出现人，而后人才确定自己是人。存在主义者所设想的这种人之所以很难下定义，是因为开始时人只是虚无，后来才成为人，人自己创造了自己，因此不存在原始人性。既然根本没有什么上帝在为人设计人性。人不仅自己设计自己,而且自己决定自己,只是在存在之后自己设计自己,而且只是为着人这一存在,人才自己决定自己,人是自己的创造物。这就是存在主义的第一原理,也就是我们所说的主观能动性。人们抓住主观能动性这个词来责难我们。其实我们所说的主观性,只是说人比石头,或比桌子有更大的主观尊严性,岂有他哉?我们想说,先存在人,就是说人首先投身于未来,并意识到自己投身于未来;人是一幅生活图景,并在主观上得到反映,人不是一片苔藓,一堆腐烂物,或一株花菜。在有这幅生活图景之前,不存在任何东西。上天不存在任何认知,人致力于成为什么样的人,就成为什么样的人,而不是想成为什么样就什么样。因为通常我们所说的"想要",是指某一有意识的决定,对我们之中的大多数人来讲,是人自己创造自己之后的决定。我可以想参加一个政党,想写一本书,想结婚,这一切只是表示一种选择而已,这种选择只不过比人们称之为意志的东西更为独特、更为自发罢了。但要是真正按存在先于本质来讲,人是要对自己是人这一点负责的。因此,存在主义的第一步就是使所有的人掌握自己,使他对自己的存在负全部责任。我们说人对自己负责,不是说人仅仅对他个人负责,而是说他要对所有的人负责。

主观论这个词有两层意思,我们的对手在这两层意思上要了花招。主观论一方面意味某某个体自己所进行的选择,另一方面是说人要超越人的主观性是不可能的。后一种意思就是存在主义的深刻含义。我们说人自己选择自己,说的是我们之中的每个人进行自我选择,但我们的话还有一层意思,那就是:在自我选择的同时,人选择了所有的人。实际上,我们为创造我们想要成为的人而采取的每一个行动,无不同时在创造我们认为必须成为的那种人。决定成为这个或那个,就是同时在肯定我们所选择的价值,因为我们绝不可能选择恶，我们所要选择的，总是善。对己善而对人恶的行为，绝不可能是善。另外，存在先于本质，我们在存在的同时塑造我们自身的形象，那么这种形象对所有的人，对我们整个时代都是有价值的。因此，我们的责任比我们设想的要大得多，因为我们的责任关系到全人类。假如我是个工人，假如我决定参加某个基督教工会，而不成为共产主义者，假如我想通过参加基督教工会来表明忍耐是适合人类的根本出路，人的天堂不在地上等等，那么我的行为就不仅仅关系到我自己，我要为所有人忍耐，因此我的行为关系到全人类。再举一个有关个人的例子，假如我想结婚，想要孩子，即使我的婚姻只是由我个人的情况，或我的感情，或我的愿望所决定的，我结婚这一行为，在一夫一妻制这一点上，不仅关系到我个人，而且也关系到全人类。因此我既要对我自己负责，也要对所有的人负责，并且我为我所选择的人创造了某一方面的形象；在选择我自己的同时，我选择了我选定的那种人。

讲到这里，我们就不难明白诸如焦虑、遗弃、绝望这些有点夸张的言词的含义了。不用担心，其实很简单。首先，焦虑是什么意思？存在主义者乐意说，人是焦虑的，意思是说：承担责任的人明白他不仅是自己所决定成为的那个人，而且是全人类的合法选择者，这样的人不会丧失责任感，他承担全部的、最大的责任。诚然，有许多人并不忧虑，但我们认为他们是掩盖着自己的焦虑，或者是逃避焦虑。当然还有许多人认为他们的行动只关系到自己，我们对他们说：如果大家都像你们一样，那怎么办？他们耸耸肩膀反驳道：不是所有人都这样。但事实上，人们总该自问：如果大家都这样，那么会出现什么情况呢？人们思想上是摆脱不了焦虑的，除非违心地说话、说谎或借口说：不是所有人都这样，其实这种人心里很不自在。说谎这一事实意味着给予谎言以普遍的价值。甚至当这种人对焦虑表示不屑的时候,焦虑已出现了。这种焦虑,克尔恺郭尔称之为阿伯拉罕焦虑。你们都熟悉这个故事:一个天使命令阿伯拉罕献出他的儿子。如果真来了一位天使,并真的说:你是阿伯拉罕,你要献出你的儿子,那没有二话可说。但每个人都会想,首先,真的有天使吗?其次,我真是阿伯拉罕吗?谁能给我证明这一点呢?曾经有个女疯子,她的幻觉让她觉得:有人给她打电话,并给她下命令。医生问她:"谁给你打的电话?"她回答:"他说他是上帝。"谁能给她证明确是上帝呢?如果一位天使来找我,怎么证明他是天使呢?如果我听到某些声音,怎么证明声音是从天上来,而不是从地狱来的呢?何以见得声音并非出自下意识,或者由于病态所引起的呢?谁能证明声音是冲我而来?谁能证明我被指定把我关于人们的观念和我的选择加诸人类呢?我永远找不着任何征兆来说服我自己。如果一个声音冲我而来,仍需由我来判断这个声音是否天使的声音;如果我认为某个行为是好的,要由我来决定说这是好行为,而不是坏行为。没有任何指令要我成为阿伯拉罕。但我不得不每时每刻做好样子。对每个人来讲,一举一动,好像都有全人类的眼睛在盯着,并以你的行动为榜样而行事。每个人都应该想到:我有权行动,但要使人类以我的行动为准则。如果他不这么想,那他就是掩盖焦虑。这种焦虑不会导致静观主义,不会导致无所作为,这只是普通的焦虑,一切有责任感的人们都能明白这一点。譬如一位军事长官负责一次进攻,他派一些人去赴死,他做出这个决定,事实上他是一个人做出的选择。可能有来自上面的命令,但上面来的命令总比较笼统,而他必须对命令做出解释,这就关系列十个、十五个或二十个人的性命了。他在做出这个决定的时候,不可能没有某种焦虑。所有的长官都有这种焦虑,但并不妨碍他们行动。相反,这是他们行动的条件,因为这意味着他们面临多种可能性,他们在选择其中一种可能性的时候,他们懂得这种可能性之所以有价值,是因为经过了选择。这种焦虑,就是存在主义所描绘的焦虑,我们看到焦虑是由直接责任而引起的,所谓直接责任,是指对所有其他人负责。焦虑不是把我们与行动隔开的帷幕,而是行动的一部分。

至于遗弃,海德格尔很喜欢这个词,我们只是指上帝不存在,而且应该对上帝不存在讲出一套道理,得出结论。有一种世俗伦理学,存在主义是竭力加以反对的,因为这种伦理学想不费吹灰之力就把上帝一笔勾销。一八八〇年左右,一些法国教授企图建立一种世俗伦理学,他们大致的意思是:上帝是一种无用的假设,而且劳民伤财,我们把这种假设一笔勾销算了。但总得要有一种道德,一种社会,一个文明的世界,既然这样,就应该尊重某些道德标准,他们认为这些道德标准先验地存在着,如必须生来诚实、不说假话、不打老婆、养儿育女,等等。因此我们要尽一点绵薄之力,证明这些道德准则依然先天存在,尽管上帝不存在,但这些道德标准是由神明的苍天规定的。说来说去,我认为这其实就是法国人称之为激进主义的倾向:即使上帝不存在,也什么都别改变。诚实的准则,进步的尺度,人道主义的规范始终是一样的,只不过把上帝变成无声无息自行消亡的、过时的假设罢了。存在主义,恰恰相反,认为没有上帝倒是很不方便,因为没有上帝,到神明的苍天里去寻找道德准则的一切可能都消失了,就不存在先验的"善"了,因为不再有包罗万象的、尽善尽美的良知为我们设计"善"了。先知消失无觅处,不再有先验的规定:善是存在的,应该诚实,不该说谎,其实这正是因为我们所生活的范围内只有人的缘故。陀思妥耶夫斯基曾经说,"如果上帝不存在,那么什么都允许了"。这正是存在主义的出发点。确实,什么都是许可的,要是上帝不存在的话。在这种情况之下,人感到被遗弃了,因为人在自己的精神上和精神外,都无法找到依托。首先他连托辞都找不着。存在先于本质,按照这个说法,我们再也不会参照既定的、一成不变的人性来立论。换言之,不存在什么决定论,人是自由的,人即自由。上帝不存在,我们的身前背后没有道德标准的光华,因此在行动之前无所谓做得对,或做得不对。我们孤立无援,无须任何托辞。我想说:人注定是自由的。说注定,因为人不是被创造的;说他自由,因为人一经被抛入世界,他就要对自己的所作所为负责。存在主义者不相信激情的威力,不认为一种崇高的激情是一股能摧毁一切的急流,并必定导致人采取某些行动,因此激情也是一种托辞。存在主义者认为,人要对自己的激情负责;不认为人生在世,必能从某个先兆中得到启示,并有所帮助,因为存在主义者认为,人按照自己的意愿,自己启示自己;所以人既无依托又无援手,人注定每时每刻要创造人。蓬热①在一篇极其出色的文章中写道:"人是人的未来。"这是千真万确的。但若说这个未来是上苍规定的,上帝在天有灵,那就不对了,因为这样一来,就根本没有什么未来可言。若说不管人是怎么出现的,人总有一个未来要塑造,一个未经开垦的未来在等待着他,这话就对了。但在这种情况下,人是无所依傍的。为了讲清楚遗弃的含义,我给你们举个例子,举我的一个学生的例子,他在下列处境下来找我:他的父亲跟母亲闹翻了,而且父亲是个亲德分子,他大哥在一九四〇年德国人大举进攻时被打死了,这个小伙子带着朴素而崇高的感情想为大哥复仇。他的母亲与他相依为命,对他父亲的半明半暗的背叛感到痛心,对大儿子的

---

① 弗朗西斯·蓬热(1889—1988),法国诗人、评论家,萨特认为蓬热是存在主义诗人。

去世感到伤心,她只能从小儿子身上得到安慰。这时,这个青年面临选择:扔下母亲,去英国加入自由法国武装力量呢,还是待在母亲身旁,帮助她活下去。他非常明白,他是母亲的命根子,他若不在,或死了,必然使母亲陷入绝望的境地。他也知道,具体而言,他为母亲每做一点什么都是有效果的,从这层意思上讲,他在帮助她活下去。相反,他若出发去参加战斗,其结果倒是难以逆料的:很可能消失在沙漠里,或一事无成。例如,他去英国,很可能让他转去西班牙,然后无止境地待在西班牙的兵营里;也可能到英国或阿尔及尔后,被塞进一个办公室去抄抄写写。因此他面临两种类型完全不同的行动:一个是具体的、立竿见影的行动,但只是为了一个人;另一个行动是为很多很多人,为一个民族集体,但他行动的结果却是不易捉摸的,也可能要半途夭折。同时,他也为两种不同的道德观而犹豫不决,一方面是道义上的同情,个人的忠诚;另一方面道义的范围要广泛得多,但有效性是不肯定的。必须在两者之间进行选择。谁能帮助他选择呢?基督教学说吗?不行。基督教的学说是:要仁慈、博爱,要为他人牺牲你自己,要选择最艰难的路程,等等,等等。那么什么是最艰难的路程呢?应该亲如兄弟地爱谁?战士还是母亲?为一个整体战斗,其结果有点茫然;为帮助一个具体的人生活下去,其结果是肯定的。这两者哪一种功利大呢?谁能先验地得出结论?没有人能办到。没有任何一种现成的道德能说清:切勿把他人当作手段,而要当作目的。如果我留在母亲身边,我把母亲当作目的,而不是当作手段,但由此可能把在我周围战斗的人们当作了手段;相反,我若加入战斗的行列,我会把他们当作目的,而由此便把母亲当作了手段。

　　如果道德标准含糊不清,如果道德标准对我们所考察的确切和具体的情况显得泛而又泛,那我们只能凭借我们的本能了。这位青年人就是这么做的。我见他时,他说,其实起决定作用的,还是感情,我只得凭感情的冲动选择一定的方向。如果我感到我很爱母亲,准备为她牺牲一切,牺牲我报仇的希望,行动的愿望,冒险的欲望,那么我就留在她的身边。相反,如果我感到我不怎么爱母亲,那么我就走。但如何确定某一感情的价值呢?什么东西能显示他对母亲的感情呢?正是他留在他母亲身边的事实。我可以说,我很喜欢某个朋友,可为他牺牲一笔钱,我只有真的牺牲一笔钱后才能说这句话。我可以说,我很爱母亲,我留在她的身边,我只有真的留在她身边以后才能这么说。我只有用我的行动确认和确定这一情分的价值之后才能断定这一情分的价值。然而,要是我想用这个情分来证明我的行动是正确的时候,我就陷入恶性循环中去了。

另外,纪德说得好,扮演的感情和表现的感情几乎是很难辨别的两件事情:表现出我爱母亲、我留在她的身边和演戏似的表明我留在母亲的身边,这几乎是一码事。换言之,感情是由人们的行为所形成的,因此我在行动的时候,不可能请教感情。这就是说,我既不能在我自身寻找推动我行动的真实状态,也不能请教某项道德给我指出行动的准则。但你会说,至少他可以找一个老师请教。是的,但你若去找一位神甫请教,事实上你已经或多或少地知道他将给你讲些什么。换句话说,选择请教人,这本身就是加入某种行列。其结果是,如果你是基督徒,你会说:去请教一位神甫。但是有合作分子的神甫,有观潮派的神甫,有抵抗运动的神甫。你选择哪一种神甫? 如果这位青年人选择一位抵抗运动的神甫,或合作分子的神甫,他其实已经决定了他将得到的忠告的性质。因此,他来找我时,他已经知道我将给予他的唯一答复:你是自由的,你自己选择,就是说,你去创造吧!没有任何普遍规律可给你指明应该怎么办。在人世上没有什么先兆。但天主教徒说，世上有先兆。就算有吧，那也得由我自己选择先兆所预示的含义。我被俘的时候，认识了一个很出色的人，他是耶稣会的教士，他进耶稣会的经过是这样的：此前他遭到一系列惨痛的失败，童年时代父亲去世了，他家境贫寒，在一个教会学堂得到了助学金，学堂不断向他宣讲他所受到的恩惠；尔后，他没有得到孩子们向往的荣誉奖；后来，将近十八岁时，他失恋过一次。最后，二十二岁的时候——事情说来有点幼稚可笑，但确使他失望到了极点——他要从军没有成功。于是这个青年想，他处处碰壁，一切都完了，这是一个先兆，但是什么样的先兆呢？他当然可以耿耿于怀，陷入绝望。但他对自己做了一番很聪明的判断：这个先兆表明他命中不该当世俗人，只有教会、圣洁、信仰才适合于他，能使他一帆风顺。他就这样得到了上帝的一个启示，于是进了修会。谁能说他对这个先兆的含义做出抉择不是出自他个人呢？人们也许可以在他一系列的失败之后得出不同的结论。譬如，他若是当个木匠或当个革命家就好了。这样说，他对自己的解释便负有全部责任。无所依傍意味着我们选择我们自己成为怎么样的人。遗弃和焦虑是并行不悖的。

至于绝望，这个词的含义是极其简单的。就是说，我们只能寄希望于取决我们意愿的东西，或寄希望于使我们行动有可能实现的各种可能性。当人们想要得到某种东西，总存在着一些可能的因素。譬如，我希望某个朋友来看我，这个朋友乘火车来，或乘有轨电车来，这就是说，火车将准时到达，有轨电车不会出轨。我处在种种可能性之中。这里所说的可能性只有当我们的行动包含着全部可能性时才有意义。当我考察的可能性和我的行动没有密切关系时，我对这些可能性毫无兴趣，因为没有任何上帝、没有任何意向能使世界及其可能性适应我的意愿。其实，笛卡儿说："战胜世界不如先战胜自己。"他说这句话的时候,是想说:不抱希望地行动。马克思主义——我的对话者——反驳我说:"您的行动无疑将受到您死亡的限制,但您能寄希望于他人。这就是说,同时寄希望于其他人在别处所从事的事业,如在中国,在俄国,这可以帮助您;也可以寄希望于您死后人们将要从事的事业,人们将继续您的行动,使革命事业获得成功。您应该寄希望于此,否则您就灰心丧气了。"我首先回答说,我总是对战友们抱有希望,但有一个条件:这些战友要和我一起从事一场具体的和共同的斗争,而且我或多或少能监督一个政党的团结或一个团体的团结,即为了这种团结我作为活动分子在进行活动。我时刻能了解各种活动。在这种情况下,寄希望于该政党的团结和意志,才能像希望有轨电车准时到、火车不要出轨一样。但我不能凭着相信人性善良,相信人总是为社会谋福利而指望我所不认识的人。因为人是自由的,我不能信赖任何人性。我不知道俄国革命会变成什么样。我可以欣赏俄国革命,可以说无产阶级在俄国起的作用在别处还没有,因为有事实给我做了证明,但我不能肯定俄国革命必然导致无产阶级的胜利。我只能局限于我所见到的东西,我不能肯定我的战友一定能在我死后接手我的工作,使之达到完善的程度,因为他们是自由的,他们将自由地决定明天人将是什么样子;明天,我死后,一些人可能决定建立法西斯,而其他人很胆小,茫然不知所措,听之任之,在那种情况下,法西斯将成为人类的真理,而我们只能活该!事实上,人们决定事情怎么样,事情就会怎么样。这样说,是不是我必然沉湎于静观主义呢?不,首先我得承担责任,其次按老公式"希望不如行动"来办事。这倒不是说,我不该属于一个政党,但我没有幻想,我要尽力做我能做的事。譬如,我自问:集体化是否能真正到来?我一无所知,我只知道,在我的权力范围内,能促进实现集体化的事我一定去做。除此之外,我不抱任何希望。

　　静观主义是指一些人的态度,他们说,别人能做我不能做的事情。我向你们介绍的理论恰恰与静观主义相反,因为我的理论是,实在只存在于行动之中。甚至走得更远,我们的理论还有一条:人只是自己设计的生活图景,人只在自己成为现实时才存在,人只是自己行为的总和,人即自己的一生。由此可见,我们不难明白为什么我们的学说使一些人讨厌。因为这些人常常只用一种办法去忍受他们的不幸,他们总是想:"我不走运,但比以前总要好一些。是的,我没有得到热恋,或真心的友谊,那是因为我没有遇到配得上这种情谊的男人或女人,我没有写出好书,那是因为我没有空去写。我没有可为之献身的孩子,那是因为不可能再跟我所找的男人共同生活下去。因此在我身上有一大堆本领、倾向、可能性,本来完全能发挥出来,却没有得到发挥,而我身上的这种价值,只靠我自己采取一系列行动是不会有什么结果的。"而实际上,对存在主义者来说,没有别的什么爱,只有逐步建立起来的爱;没有其他爱的可能性,只有在某种爱中才能表现出爱的可能性;而天才,只有表现在艺术珍品中的天才:普鲁斯特的天才即是他的整个作品;拉辛的天才是他的一系列悲剧,除此以外,什么也谈不上。既然拉辛从未写过新悲剧,为什么要给他写一本新悲剧的可能性呢?一个人投身于生活,他自己在给自己画脸谱,除此以外,什么也谈不上。诚然,这种观点对在生活中不得志的人来说是很冷酷的。但这种观点使人懂得唯有实践才是至关重要的,梦想、等待、希望只能使人感到梦想幻灭、希望落空、等待无用,就是说只能起消极作用,而不能起积极作用。当我们说:"你只是你的一生",这并不意味着艺术家仅仅受他作品的裁判,还有许许多多东西可以确认他。我们想说明,一个人无非是一系列活动,是构成这些活动关系的总和、结构、整体。

根据上述情况来看,其实人们并非指责我们的悲观主义,而是指责始终不渝的乐观主义。人们之所以指责我们的小说,说什么我们在作品中描写的人物都是一些软绵绵的、虚弱的、胆小无耻的,有时甚至是很坏的人,并非只是因为这些人物软绵绵、虚弱、无耻,或很坏。如果我们像左拉那样声明,这些人物之所以这样,是因为遗传的关系,是因为环境、社会的影响,是因为生活或心理所决定的,那么这些人就放心了,他们会说,是啊,我们就是这个样子的,谁都毫无办法。但是存在主义在描写一个胆小无耻的人时,指出此人要对他的胆小无耻负责。他成为现在这个样子,不是由于他的心、肺、脑胆小无耻,也不是什么心理结构所造成,而是他自己的行为所造成的。不存在什么禀性胆小无耻,虽然有容易冲动的脾气,或像老百姓所说的那样,这个人没有血性,那个人性情太刚。但没有血性的人并不一定胆小无耻,因为胆小无耻是一种舍弃或屈服行为,而脾性却不是一种行为。懦夫这个概念是由懦夫的行为所确定的。我们作品中的懦夫之所以使人不快,令人厌恶,是因为我们所展现的懦夫要对自己的懦弱负责,他们是有罪的。而人们希望人一生下来,要么是胆小鬼要么是英雄。人们对《自由之路》最常见的指责是这样的:总之,这些如此软绵绵的人,你怎么让他们成为英雄呢?这种批评简直好笑:因为这意味着人生下来就是英雄。实际上人们心里是这么想的:倘若你生下来就是懦弱的,那么你可以心安理得了,既然你无能为力,那你一辈子不管干什么,你就懦弱一些算了。倘若你生下来就是英雄,那你也可以心安理得,你一辈子总是英雄,你就以英雄的姿态吃饭喝酒。而存在主义者说,懦夫是自己造成的,英雄也是自己造成的。但对懦夫来说,始终存在不再是懦夫的可能性,英雄也始终存在不再是英雄的可能性。重要的是始终承担责任,而不是由一个特殊情况、一个特别的行为来决定你的终生。

至此,我想我们已经回答了对存在主义的部分指责。你们看得很清楚,存在主义不能被视为一种静观主义的哲学吧!因为存在主义以人的行动来确定人的特性;存在主义也不能算是对人进行悲观主义描绘吧!没有比存在主义更为乐观的学说了,因为人的命运取决于人自身;存在主义也不能算是对人的行动拉后腿的尝试吧!因为存在主义告诉人们希望只存在于他的行动之中,只有行动才能使人生活得有意义。因此,在这方面,我们面临的道德是行动和承担责任。然而,人们由此出发,仍然在指责我们把人封闭在个人的主观性之中。人们又一次曲解了我们的意思。确实,我们的起点是个体的主观能动性,但这纯粹是阐述哲理的需要。并非因为我们是资产阶级,而是因为我们要把一种学说建立在真理之上。我们的学说不是一整套漂亮的理论,说得天花乱坠,却毫无实际内容。作为起点,不可能有其他真理,只有我思故我在才是真理——充分意识到自己的存在,这就是绝对真理。研究人,而不研究充分意识到自己存在的人的一切理论,是无视真理的理论。在笛卡儿的我思故我在以外,一切客体只是近乎真实。不是建筑在真理之上的近乎真实的理论必然坠入虚无之中,要确定近乎真实,必须掌握真实。因此为了得到某一真理,必须要有绝对真理,绝对真理很朴素,不难把握,人人伸手可及,问题是要直接去捕捉。

其次,存在主义理论是唯一能恢复人的尊严的理论,唯独存在主义不把人当作客体,一切唯物主义归根到底都是把所有的人,包括自己在内,当作客体,即当作既定反映的总和,这和构成一张桌子,或一把椅子或一块石头的性质和现象的总和没有任何区别。而我们恰恰想建立人类世界,其价值与物质世界的价值是不同的。

但我们所触及的作为真理的主观性不完全是个体的主观性,因为我们已经证明,在我思故我在之中,人们不仅发现了自己,而且还发现了他人。我们与笛卡儿的哲学不同,与康德的哲学也不同,通过我思,我们充分意识到我们的存在是与他人相对而言的,因此我们像充分意识到自己的存在一样,也意识到他人的存在。这样,通过我思,直接意识到自己存在的同时,也发现了所有其他人的存在,而且是作为他自己赖以存在的条件而发现的。他懂得,如果得不到别人的承认,他就不成其为他(比如说他聪明、或很坏、或嫉妒)。我必须通过别人才能得到我的真实,别人对我的存在是不可或缺的,同时对我了解我自己也是不可或缺的。在这种情况下,我是自由的,我在发现我自身的同时也发现了别人,别人则一心想要赞成或反对我。这样,我们立刻能发现我们称之为跨主观性的天地,在这个天地里,人决定着人是怎么样,并且决定着别人是怎么样的。

另外,虽然在个体人身上不可能找到普遍的本质,即所谓人性,但是存在人类状况的普遍性。今天的思想家经常谈论人类状况,而不怎么高兴讲人性了,这并非偶然。所谓状况,他们或明或暗地指先验的界限总体,这些界限勾画出人在世界上的基本状况。人的历史状况是变化的:在一个异教的社会里,人生下来可能是奴隶,可能是封建领主,可能是无产者。不变化的部分是,人必然要生活在世上,必然要工作,必然要与别人相处,必然要死亡。界限既非主观的,亦非客观的,或者说,界限有客观的一面,也有主观的一面。所谓客观的,是因为到处都有界限,到处都可见到界限;所谓主观的,是因为界限被人的生活体验到了。如果人的生活没有体验这些界限,就是说,如果人在其存在中不能自由地规定界限,那么界限就不成其为界限了。虽然生活的图景是各种各样的,但至少我不感到太陌生，因为每一生活图景都是一次尝试，以便跨越界限，或延伸界限，或否定界限，或适应界限。因此，一切生活图景，哪怕是个体的生活图景，都具有普遍价值。一切生活图景，甚至是中国人的、印度人的、黑人的生活图景，都能为欧洲人所理解。为人类所理解，其意思是说，一九四五年的欧洲人从他自己设想的情况出发，以同样的方式投入生活。他可以在自己身上重现中国人的、印度人的或非洲人的生活图景。所谓一切生活图景都有普遍性，指的就是这层意思：一切生活图景对一切人都是可以理解的。这丝毫不是说，一个生活图景对人来说是一劳永逸的，而是说，人们可以遇到同一生活图景。只要我们了解到足够的情况，总有办法理解傻瓜、孩子、未开化的人或外国人。从这层意思上讲，我们可以说人有普遍性，但人的普遍性不是天生的，而是不断形成的。我在选择自己的同时，在理解任何时代的人的生活图景的同时，我在构成普遍性。这个选择的绝对性，并不抹煞每个时代的相对性。存在主义非常乐意指出自由承担责任的绝对性所引起的联系，每个人形成自己的同时也形成一种类型的人，这种承担责任在任何时代都为任何人所理解。存在主义也乐意指出，由上述选择而产生的文化总体的相对性。应该同时指出笛卡儿主义的相对性和笛卡儿式的承担责任的绝对性。从这个意义上来看，我们可以说，我们每个人在呼吸，在吃饭，在睡觉或以某种方式活动的时候，都是在形成绝对性。自由地存在，作为生活图景的存在，作为选择本质的存在和绝对存在之间没有任何障碍。成为一个时期暂时的绝对，那人类历史中产生的暂时绝对和普遍地为人所理解，这两者之间没有任何区别。

我们还没有完全驳回对主观论的批评。因为这种批评是以多种形式出现的。第一种形式是，他们对我们说，你们可以为所欲为,爱怎么说就怎么说。首先,人们说我们是无政府主义;其次,人们说,你们不能判断别人,因为不存在偏爱某一生活图景的理由;最后,人们可以对我们说,你们所选择的一切都是无目标的,你们一只手好像在接受什么东西,另一只手却马上给出去了。上述三种批评意见是非常不严肃的。

首先,第一种意见:你们可以随意选择。这是不正确的。从某种意义上讲,选择是可能的,而不选择倒是不可能的。我始终可以选择,但我应该知道,要是我不选择,其实还是在选择。这一点看上去尽管非常形式化,但有很重要的意义,因为可以限制想入非非和一时冲动。而每次面临某一处境的时候,如具体情况是这样:我是一个有生育能力的人,有个异性的人在我跟前,我可能跟此人发生关系,可能生孩子,那我就不得不选择一种态度。总而言之,我承担一种选择的责任,因为这个选择既关系到我个人,也关系到全人类。即使我的选择事先不知道有任何价值,我的选择和一时冲动亦无共同之处。如果人们以为我们在重复纪德无目的行为的理论,那就没有看出我们的理论与纪德的理论之间有着很大的区别。纪德根本不管境况,纯粹凭冲动行事。我们则相反,我们认为,人处在某一有组织的境况中,他身在其中,既关系到他自己,又因他的选择关系到全人类。他不能回避选择:要么他单身不结婚,要么他又结婚不生孩子,要么他又结婚又生孩子。总而言之,不管他选择哪一种,他不能不对这个问题负全部的责任。也许,他在选择时,没有参照预先确定的道德标准,但说他一时冲动是不公正的。最好把精神选择和一件艺术作品的产生加以比较。让我们稍等片刻,赶紧插入一个说明:此处指的不是美学伦理学,因为我们的对手非常缺乏诚意,他们甚至在这个问题上指责我们。我刚才选的例子仅仅是个比较。话是这么说,难道我们会指责一个画家,说他画画时没有从预先规定的条条框框中吸取灵感吗？我们曾经说过他该画什么画吗？当然不能事先给画面规定条条框框，画家从事他要画的画，恰恰是他在画完了以后才完成画面。当然不存在先验的美学价值标准，而是在画面的有机结构中显出其价值，在创作意图和效果之间的关系中显出其价值。谁都不能预见明天的画将是什么样子的，我们只能等画完以后才能评价。那么这与道德有什么关系呢？我们面临的情况，依然是创作范围。我们决不说某一艺术品是无目的的。当我们谈论一幅毕加索的画时，我们决不说他的画是随意乱画的，我们非常明白，毕加索在绘画的同时也在塑造他自己，他的全部作品和他的一生是融合在一起的。

在道德方面也一样。艺术和道德之间的共同点，在于无论在哪一方面，我们都要进行创造和发明。我们不能先验地决定要做什么。我想关于那个来找我的学生，我已经向你们谈过许多了，他请教了所有的道德原则，康德的或别的什么人的，但没有得到任何启示，结果他不得不创造他自己的规则。我们决不会说，这个青年选择留在他母亲身边，以感情、个人行动和具体的慈爱作为道德基础是一种无偿的选择；也决不会说，他选择去英国，情愿做出牺牲是一种无偿的选择。人自己造就自己，一开始并没有完全造成，人是在选择其道德的过程中逐步造成的。时势所迫，他不得不做出一种选择。我们只能根据某项责任来对人下定义。因此指责我们进行无目的选择是无稽之谈。

其次，人们对我们说：你们不能判断别人。这既对，也不对。这话对的一面，是说，人每次真心诚意地、头脑清醒地选择他要承担的责任和他的生活图景时，不能说别人比他更适于去承担；这话还有不对的一面，是说，我们不相信进步，进步只不过是某种改善；而人在变化不定的环境中始终还是他自己，因此选择始终是对某一环境的选择。自从人们在美国南北战争时能选择拥护奴隶制和反对奴隶制以来,自从人们能赞成法国人民共和运动或赞成法共以来,道德问题始终没有变化。

但我们可以判断,我对你们已经讲过,我们的选择是与其他人比较而言的,我们与其他人比较之下选择我们自己。我们可以判断,某些选择建立在谬误之上,而某些选择却建立在真理之上(也许这不是价值的判断,而是逻辑的判断)。我们可以判断一个人,说他言不由衷。我们把人的状况确定为一种自由选择,人没有借口,也没有援手,因此在我们看来,所有把激情隐藏起来的人,所有杜撰一种决定论的人,都是自欺欺人的。人们会反问:那为什么这些人要对自己自欺欺人呢?我的回答是,我不从道德上判断他们,但我可以说他们的自欺欺人是一种错误。因为人们不能逃避判断真理。自欺欺人显然就是谎言,因为它掩盖承担责任的充分自由。同样,我若是选择宣布某些价值标准在我以前就存在,那么我要说我也是自欺欺人,因为我一方面想要有价值标准,一方面又说这些价值标准强加于我,那我就自相矛盾了。如果有人对我说:我就是要自欺欺人,看你怎么说?我的回答是,没有任何理由要让你这样,但我说你确是自欺欺人的,而合乎逻辑的态度是真心诚意的态度。

此外,我可以做出道德判断。贯串一切具体环境始终的自由,在没有依傍的情况下,只能有一个目的,如果人一旦承认该目的确有价值,那么这个自由的目的就成为自由本身了。我说这话时,是指人只能期望一个东西,这就是作为一切价值基础的自由。这并非意味着人在抽象中期望自由,而只是意味着,真心诚意的人们所采取的行动,其最终意义是寻找这样的自由。加入某个共产主义的工会,或某个革命工会的人希望有具体的目的。具体的目的包含着对自由抽象的期望,而自由是在具体中被人盼望的。我要为自由而自由,而且要让自由贯穿在每个个别的状况中。在寻求自由的同时,我们发现我们的自由完全依赖于他人的自由,而他人的自由又依赖于我们的自由。诚然,自由作为人的定义,不取决于他人,但一旦承担了责任,我不得不在寻求我的自由的同时,寻求其他人的自由,我只有把其他人的自由也当作我的目的,才能把我的自由当作我的目的。因此,在完全的真实性方面,我认识到,人是存在先于本质的生物,人是一个自由的生物,在各种情况下,他只能寻求自由;同时我又认识到,我不能不寻求其他人的自由。因此,自由本身就意味着对自由的渴望,我以渴望自由的名义,可以对那些想完全掩盖他们存在的目的,即完全自由的人们做出判断。一部分人一本正经地,并以决定论作借口来掩盖他们自己的完全自由,这些人,我管他们叫懦夫,另一部分人企图证明他们的存在是必然的,但他们的存在只是一群出现在地球上的人而已,这帮人,我称他们为混蛋。而懦夫或混蛋只有从严格的真实性方面才能得到判断。因此,尽管道德的内容是变化的,但道德一定的形式却是普遍的。康德宣称,自由的宗旨是自由本身和其他人的自由。我们同意他这个观点,但他认为形式性和普遍性就足够构成一种道德了。我们的想法正好相反,由太抽象的原则去给行动下定义是要失败的。我们再一次举这个学生的例子,你们认为他可能根据什么、根据哪一条至理名言才能头脑清醒地决定抛弃母亲或留在她身边呢?没有任何可供判断的手段。内容始终是具体的,因此是无法预见的。自始至终有创造。唯一重要的在于,创造是自己形成的,是以自由形式形成的。

　　让我们来研究研究下述两种情况,你们将看到这两种情况在多大程度上既相吻合又有所不同。先拿《弗洛斯河上的磨坊》①来说,小说中有个姑娘,叫玛琪·杜利维,她体现了激情的价值,并意识到这一点。她爱上了一位小伙子斯苔凡,但他已与一位微不足道的姑娘订婚了。这位玛琪·杜利维,考虑到人类利害的一致性,不再昏头昏脑地醉心于自己的幸福,决定牺牲自己,放弃了自己热恋的男人。相反,《巴玛修道院》中的桑塞伐利娜公爵夫人认为激情产生人的真正价值,她大概会主张:为伟大的爱情值得做出牺牲。而使斯苔凡和他要娶的无头脑的姑娘结合在一起的洞房花烛是平庸无奇的,桑塞伐利娜大概不会喜欢这种爱情,她大概会决定牺牲别的女性,来实现自己的幸福。但司汤达同时指出,如果生活需要,桑塞伐利娜也会为热恋而牺牲自己。这里,我们面临两类截然相反的道德,而我认为它们是相等的:这两种情况所提出的目的是相同的,那就是自由。你们想象得出下述两种态度的结果完全相似:一个姑娘,逆来顺受,情愿放弃一次爱情;另一个女人,出于情欲,情愿无视她热恋的男人先前的姻缘关系。这两种行为从外表上看和我们刚才描述的两种行为是相似的,但实际上完全不同,桑塞伐利娜的态度和玛琪·杜利维的态度要相近得多,而不是什么肆无忌惮的情欲贪婪。

综上所述,你们可以看出,第二条责难既对也不对。人们要是自由地承担责任,那么什么都能选择。

第三种批评意见是:你们一手送出,一手收进,就是说,价值标准并非钉是钉、铆是铆,因为你们选择价值标准。对这种批评,我的回答是,很抱歉,正是这样,但是既然我把上帝老子勾销了,总得

---

① 英国维多利亚时代杰出小说家艾略特(1819—1880)的代表作之一,《弗洛斯河上的磨坊》发表于一八六〇年。

有人来创造价值标准啊！应该恢复事情的本来面貌。此外,说我们创造价值标准,其实我们的意见无非是,生活本来是毫无意义的。在你生活之前,生活是虚无,而要由你来赋予生活以意义,价值标准无非就是你所选择的这个意义。由此你们看得出,存在着创造人类共同体的可能性。

人们指责我说,我不该提存在主义是一种人道主义。他们对我说,你在《恶心》中曾写过人道主义者不对,你还嘲笑过某种人道主义,为什么现在又赞成人道主义了呢？其实,人道主义这个词有两层非常不同的意思:所谓人道主义,人们可以指一种把人当作目的和最高价值的理论。科克托①的作品中就有这层意思的人道主义,如在他的《八十小时内绕地球一圈》一文中,有个人物因为他坐飞机越过高山,于是他便宣称:人是了不起的。这就是说,我个人,虽然没有制造飞机,但享受了这种特殊的创造;我个人,作为人的一分子,我认为自己对属于几个人的特殊行为感到光荣,并对他们的行为负责。这就意味着,我们可以根据某些人最高尚的行为赋予人以一定的价值。当然这种人道主义是荒谬的,因为大概只有狗或马才会对人做一个总体性的判断,只有狗或马才会宣称人很了不起,但至少据我所知,狗马之类倒是竭力避免做这种事情的。我们不能承认一个人可以对人做一个判断。存在主义不对人做任何类似的判断,存在主义决不把人当作目的,因为人始终需要创造。我们不应该相信存在一种我们为之进行奥古斯特——孔德式崇拜的人类。对人类的崇拜导致孔德式的以自己为目的的人道主义,甚至应该指出,导致法西斯主义,这不是我们所需要的人道主义。

---

① 科克托(1889—1963),法国作家,法兰西学院院士。

但人道主义有另一层意思,根本的意思在于:人常常置身于自己之外,在把自己抛向未来和把自己抛离自身的同时,人才使自己存在;还有,人在追逐超验性目的的同时才能存在。人体现超越,只能在超越的范围内掌握客体,人处在超越的心脏,处在超越的中心。除了人类世界,即人类主观世界之外,别无其他世界。人类主观世界是联系超验性和主观性的,超验性是指人的组成部分——不是指上帝是超验的,而是指超越。主观性是指人不是封闭自己,而是始终存在于人类世界之中,这就是我们称之为存在主义的人道主义。之所以称人道主义,是因为我们提醒人说,除了他自己别无其他合法的存在者,他是在无所依傍的情况下决定着自己;还因为我们指出,不该返回自身,而始终要在自身之外寻求目标,即所谓这种解放,或那种特殊成就,等等。恰恰是这样人才能把自己创造成人类。

根据上述几点看法,我们看出,人们对我们提出的批评意见完全是不正确的。存在主义仅仅致力于取得合乎逻辑的无神论立场所得出的一切结果。我们的立场根本不在于把人抛入绝望之中。但如果一定要像基督徒那样把一切不信教都称之为绝望,那么我们的立场确是从对本原的绝望出发的。存在主义是一种无神论,但又不像有的无神论那样竭尽全力证明上帝不存在。存在主义宣称,即使上帝不存在,也无关大局,这就是我们的观点。并非我们相信上帝存在,而是我们认为不是什么上帝存在不存在的问题。应该使人认识他自己,并确信除了他自己,没有任何东西可以救他,哪怕有效地证明上帝确实存在也没有用。从这个意义上说,存在主义是一种乐观主义,是一种行为学说,基督徒们说我们绝望,无非是他们有意把他们的绝望和我们的绝望混为一谈罢了。

反思犹太人问题

引　言

　　一九四四年秋天,法国自由了,或几乎自由了,德寇的四年占领结束了,德国人拖着贝当元帅逃跑了,这个法奸卖国政权首脑溜之大吉了。哲学家扬克列维奇①写道:"在这些罕见的日子里,一切都是可能的,我们执意相许,一切将重新开始,一切将是崭新的,真实的,仿佛可耻的维希及其下流坯子们没有存在过,好像这个解放的朗朗清晨就是我们的第二次生命。"②正当法兰西伦理和社会重振有望之际,萨特着手撰写《反思犹太人问题》③,彼时同盟国尚未发现奥斯威辛和布痕瓦尔德④。

　　德寇占领一开始,"被授权"的报刊,包括失败前代表各种不同政

---

① 弗拉基米尔·扬克列维奇(1903—1985),法国哲学家。
② 扬克列维奇《浸沉在荣誉与尊严中》,原载《现代》一九四八年六月(第33期)。——原注
③ 这部写于一九四四年的散论拖到一九四六年才由保尔·莫里延出版社发表,后一九五四年由加利马出版社再版。其中第一部分先由《现代》发刊,一九四五年十二月(第3期),题为《反犹分子肖像》。——原注
④ 第二次世界大战德国法西斯设立的集中营遗址,位于原东德西南部,离魏玛西北八公里。一九三七至一九四五年间拘禁三十二个国家二十三万八千九百八十名反法西斯战士和平民,其中五万六千五百人被杀害。

治思潮的日报,相继追随纳粹排犹狂言妄语,很快滋生繁衍开来。读者们看到自己喜爱的日报突然向他们高谈"犹太财阀寡头政治""国际犹太暴利交易""犹太—布尔什维克联盟",觉得很不错,单单这个现象就令人毛骨悚然:纳粹宣传唤醒了许多法国人内心的陈腐反犹主义。萨特认为消除精神毒害是一项迫在眉睫的任务。

他不是第一次自省反犹太心理,写于1938年的中篇小说《一个企业主的童年》可以被解读为一个年轻的资产者从不太自信的人物向反犹主义演变,而先前他从未觉察到犹太人的存在。

《反思犹太人问题》既是现象描述又是战斗檄文,被阅读、被思考、被赞扬或被批评,读者之多之广,超过作者的小说或哲学著作,其势头至今依然不减。这部散论分三部分,长短不一,无标题:第一部分是反犹分子肖像,紧接着是对民主人士的简短描述,第二部分很难取个标题,因为好几个主题混杂在一起:既有关犹太人心理和行为分析反犹主义潜在的或有害的冲击,又号召犹太人追求本真性。

为此,最好回顾一下萨特有关本真性的概念,此处不在于个体固有的不变品质,也不是说非本真性就是一种缺陷。本真性这个概念既不可与可靠性和意志主义相混淆,也不可与提出其特点或揭示其内心的我相混淆:

> 一旦与我的自由不同的另一种自由出现在我面前,我便在一种新的实在维度中存在……我处于并通过我与他人维系的关系中学习自由和承受自由,处于并通过别人针对我的行为中学习自由和承受自由。①

非本真性是面对控制不住的境况时人类现实的本能反应,发

---

① 《存在与虚无》(又译《实有与虚无》)第四部分,第一章,加利马出版社,一九四三年。

生在本真性之先，后者"意味着耐心实习掌握境况之所需，之后成为投身于境况的一种方式和自行决定为适应这种境况所采取的生存方式"。① 在这个意义上讲，对他人目光向我反射我的形象所采取谦卑的顺应与高傲的拒绝可能同样是非本真的。至于犹太问题，萨特指出反犹分子把犹太人弄成令人厌恶得难以形容的魔鬼，企图破坏人们想要成为的和合情合理能够成为的这两者之间的内心平衡。例如文学批评家让-克洛德·阿隆："假如我们时不时无意中发现自己疑惧多虑，假如我们在把人捧上天和把人贬得一文不值之间犹豫不决，假如我们在模糊的耻辱和痉挛的傲慢之间不知所措，当我们不知道，对自己和对他人而言，我们自己为物，难道我们能有别的什么作为吗？"②

《反犹分子肖像》文笔犀利，得到犹太读者和非犹太读者一致欢迎，其他两个部分则受到各种不同的评价。彼时读者最多的共和派杂志提及《反思》时有气无力：《民主派肖像》有可能对犹太人不利，因为犹太人竟敢把自己看作犹太人，所以有可能在这些杂志的撰稿人中引发不安，他们设想自己在这方面可免于责备，既然他们仁至义尽，甚至把犹太人奉为人类的普世典范。共产党人毫不犹豫把萨特视为反民主派。确实，对于一个严格信奉马克思主义的人来说，把反犹主义做成一种特殊斗争的主题，则是毫无益处地分散革命的力量：一旦社会主义降临，这个问题就会涣然冰释③。散论第三部分引起犹太读者的某些批评。他们之中大部分人表达

---

① 《滑稽的战争手记》，一九三九年九月至一九四〇年三月，加利马出版社，一九九五年。——原注
② 《犹太教的处境》，载于《诺亚方舟》杂志，一九四六年十月。——原注
③ 《存在主义，反民主的哲学》，作者为 C. 昂格朗，原载《新民主杂志》，一九四七年五月。——原注

两种几乎矛盾的观点。有可能是别的什么样子吗？境况,即使不算犹太人的生存状况,也毕竟是多种多样的。这部应急写就的小书不可能面面俱到。暂且举两个例子,以资说明:让-雅克·贝尔纳,典型的巴黎流行剧本作者,贡比涅集中营①的幸存者,和哲学家罗贝尔·米斯拉依②,君士坦丁侨民的儿子,他们两人感受自己是犹太人的方式能有共同之处吗?

确切地说,这本著作的部分当代读者与萨特经常来往的世俗犹太人并没有什么区别:对法国文化感到很自在,没有跟宗教界有多大瓜葛,也没有与任何犹太社群核心过从甚密,他们对诉诸本真性感到不爽。"要敢于当犹太人!"萨特如此号召他们,但很多犹太人并没有感到自己身上有什么活生生的犹太实在性值得费力追还,除了家族史上几个特殊情况,除了犹太人聚居区发生的一些事情,也大多事过境迁,有几个世纪了,除了人们依旧尊重的几个宗教传统,好像不必在意,以免让近亲远戚不爽。那么有何益处要引起其他法国人注意一些悬疑未决的或逐渐淡薄的问题呢?

不过,萨特心里很清楚,世俗犹太人的某些父母或祖父母曾经是抑或依然是"自感羞耻的犹太人",诚如彼时他们早在遭遇纳粹党徒迫害之前就憎恨自己了。别天真地以为犹太人本真性作为集体现象足以战胜得了反犹主义,但这种反省的努力引导每个犹太个体,在萨特看来,是不可或缺的,因为对犹太人而言,关键在于好好把内心武装起来去正视,魔幻光晕,即使不能减少之。人们好久

---

① 贡比涅,法国城镇,位于瓦兹省。参见《慢性死亡之营》,阿尔班·米歇尔,一九四四年。让-雅克·贝尔纳是法国小说家、戏剧家特里斯当·贝尔纳(1866—1947)的儿子。——原注
② 米斯拉依文章《犹太人反省的状况》,一九六三年,《现代》系列。君士坦丁又称伊斯坦布尔(海峡),旧称博斯普鲁斯(海峡)。——原注

以来披戴这种光晕,从容表现其自由,也许是让周围亲近的非犹太人感觉到,尽管出身犹太,不管与犹太籍维持何种关系,依然是公民,跟其他法国人有着同等价值,并没有什么魔鬼般的、不确定的秘密。

与之相反,另外一些犹太读者责难萨特,在他们看来,他只字未提真正形成犹太人的东西;犹太主义及其派生的文化;这种文化,甚至在并非严格的方济各修士眼里,拥有自身的价值,既在他们日常生活中得以体现,又对道德行为乃至文明事业做出贡献。犹太人的境况以及相向而行的犹太意识自二战结束以来已经演变了:犹太教得以重新发掘,并由后来几代人发扬光大。对《反思》的批评随着岁月的流逝不断强化:"犹太人不是受迫害状况的简单产物",阿尔贝·梅米[1]认不清"犹太人存在的实证性和多元性",是会使犹太消亡的啊![2]《存在与虚无》(又译《实有与虚无》)的作者,作为无神论哲学家,在写这部散论时对犹太教知之甚少,这是事实。然而,虽然他当年不晓得《犹太圣经》行文的特异性,却并不怀疑除了他经常来往的犹太"散兵游勇"个体的活法和想法,很可能有别类犹太人的活法和想法。1940年1月萨特寻思犹太人可能以何种方式名正言顺地替犹太人担名儿:"是否可以争取以后取消这个种族并担当'犹太人'集体代表呢?抑或不可能为犹太人担名儿,却承认犹太教的人文价值,受这种情况的启发,为抵制反犹主义,犹太人就是犹太教徒……我不做决断,也不该由我下决断。"[3]同时,《一个企业主的童年》作者竭力把握有关犹太人生活,

---

[1] 阿尔贝·梅米(1920—),著有《一个犹太人的肖像》(1962、1966),和《犹太人与阿拉伯人》(1974)。——原注

[2] 《一个犹太人的肖像》,加利马出版社,一九六二年。——原注

[3] 《寄语海狸》一九四〇年一月十六日致海狸的信,加利马出版社,一九八三年。萨特非常可能早在那个年代(在阿尔萨斯被动员入伍)就计划著述该题材。——原注

尽可能把握"我们"犹太人。他盘问过最亲近的同志,士兵皮埃尔科维斯基,波兰犹太人后裔,有关他在"花梨树街犹太夏令营"的儿童生活。无可奉告:皮埃尔科维斯基青少年时代,曾经是一个"巴黎街头的顽童",至少如他自己所述。萨特企图做别的尝试,比如在《缓期执行》中的人物比芒查兹,以他一个朋友的父亲为原型。梅米在突尼斯既自然又痛苦的生活,萨特作为非犹太人对犹太人所经历的这种生活现实,不可能产生具体的直觉。

《反思》第三部分不敢奢望道出犹太人的全部是什么,但通过反犹主义拐弯抹角地重点论述犹太人与非犹太人的关系,萨特想按自己的想法扼要描述犹太人几个世纪为融入社会所进行的努力,几个世纪为经济上赖以生存所采取的策略或简单地说,在或多或少敌对的人际氛围内为获得幸存而采用的计谋,这一切在犹太人身上都打上烙印,从而形成了自身的作风和感觉方式、跟非犹太人攀谈的方式,并且表明这一切,正面也罢,反面也罢,都处于糟糕状态抑或为了克服糟糕状态。至少,萨特既向犹太人请教,也向非犹太人请教。

今天的法国人已经不像萨特当年熟悉的或不熟悉的犹太人了,彼时,他们出生于一九〇〇年左右,他们父母生活在十九世纪法国或别处,其中一些人遭受纳粹分子的追捕,沙皇对犹太人的大屠杀组成他们儿时的记忆。这是否等于说劝导本真性就不再必要了呢?不管哪类反犹分子,他们的自欺欺人(又译:真诚作弊)是有可能造成严重阻碍的,因为这种欺骗不费吹灰之力就可使他们成为道貌岸然的人物,甚至赋予他们一种使命。正如萨特所想,如果真是他人的存在是我对自己和对世界的意识组成部分,那么我被置于他人的目光之下,互来互往,并不一定互帮互助,得以造就成才,那么选择非本真性总是可能的,对一切世人一概如此。

《反思》不敢冒昧偏向任何内涵去定位犹太本真性:关键只在于释放先前心理被围捕的意识,根据当代人的见性,主要目的已经达到,即通过一本书能达到的目的已经达到:唤醒和启示非犹太法国人,向他们公开论证反犹分子的神话和动机,非但是虚假英雄,而且伪善伸张正义者,使他们明白反犹仇恨是无根据的,自欺欺人的,凶险恶毒。反犹主义这个词包含上述内容,让他们认知惨遭纳粹主义迫害后死里逃生的少数人不需要无望的怜悯待遇,从今往后,让反犹主义永远不再是一种普遍的"舆论"。

阿莱特·艾凯因-萨特
2004年12月于巴黎

一

世人把国家和自家的全部或部分不幸归咎于社群中存在犹太人,进而提议为纠正这种情况,剥夺犹太人某些权利,抑或排斥犹太人担任某些经济和社会职务,抑或主张把他们全部消灭,假如发生以上情况,人们称之为仇视犹太人的舆论。

"舆论"这个词令人深思遐想……这个词,家庭妇女用来制止可能引起恶化的争论,意味着所有的意见相得益彰,外表无甚大碍,使人放心,于是把想法融入不同的意趣。所有的意趣都是自然的,所有的舆论都是允许的;意趣、色彩、舆论,是不必要讨论的。以民主体制的名义,以言论自由的名义,反犹分子索取权力,到处宣扬反犹十字军东征。同时,自资产阶级大革命以降,我们习惯于以分析的头脑去思考每个对象,就是说好比思考可以把元素分开的化合物，我们注视人物和性格就像观看镶嵌画，每块马赛克砖与其他砖块共存，而这种共存并不影响其自身特性。由此，排犹舆论让我们觉得犹如一个化学分子，可以毫不变质地与随便别的哪些分子结合在一起。一个人可以是好父亲和好丈夫，热忱的公民，精明的文人，慈善家，同时又是反犹分子。他可以喜爱钓鱼和性爱愉悦，宗教上宽仁，对中非土著人的生存状况抱有慷慨的思想观点，另一方面，却憎恨犹太人。有人说人们之所以不喜欢犹太人，是因为经验揭示犹太人恶劣，是因为统计显示犹太人会伤害人的，是因为某些历史因素影响了人们的判断。所以，这种舆论好像是外部原因引起的结果，而愿意研究这种因果关系的人们会疏忽反犹分子本人，一味引证犹太人一九一四年被动员入伍的百分比，引证犹太人在银行家、实业家、律师人数中的百分比，引证自古以来在法国的犹太人历史。他们最终识破一种完全客观的局面，进而界定某种同样客观的舆论潮流，他们称之为反犹主义，列得出图表，抑或造得出一八七〇至一九四四年的变差表册。以至于反犹主义显得既是一种主观志趣，旨在培养人，又是一种无个性的、社会的现象，可以用数字与平均值来表达，并受着经济、历史和政治的常数制约。

　　我的意思不是说这两种概念必然是矛盾的，而是说危险的、虚假的。必要时，我可以接受人们对政府的葡萄酿制业形成一种舆论，就是说根据不同的理由决定赞成或谴责阿尔及利亚葡萄酒自由进口法国：这里问题在于对事情的管理发表自己的意见。但我拒绝把特意针对个别人的学说称之为舆论，更有甚者，这种学说倾向于取消犹太人的权力或者把他们消灭。反犹分子执意攻击的犹太人，不仅仅是根据职务和行政权利所规定的概念人物，而且根据犹太人的境况或行为，正如《民法典》所涉及的。所谓犹太人，是指犹太人后裔,从外表认得出来,根据头发的颜色,也许根据衣服,还听说根据性格,都识别得出来。所以,反犹主义不应包括在言论自由权所保护的思想范畴里。

况且,反犹主义完全谈不上什么思想,首先是一种情绪性偏见,或许可能以理论主张的形式出现。"温和的"反犹分子倒是蛮有礼貌的,他会温和地对您说:"我嘛,倒不讨厌犹太人。不过,我认为由于这样或那样的理由,最好他们尽量少参与国事。"但您若博得他的信任,他便话锋一转,怡然自得地加添道:"您要明白,想必犹太人身上有什么'玩意儿',他们的模样让我感到难受。"类似说辞,我听到过不下一百次,值得费心加以审议。首先这个论点属于情感逻辑范畴。因为说到底,设想一下某个人一本正经说:"想必西红柿里有什么东西,既然我根本不想吃。"另外,此种论调向我们表明反犹主义,即使以最温和、最文明的形式出现,依然是一种诸说混合的整体性,以理性风度的言辞表达出来,却甚至于可能引起肉体上的变化。比如,有些人突然患上性无能,当他们得知与之做爱的女性是犹太女人。他们对犹太人确有一种厌恶感,就像某些人对中国人或黑人感到厌恶。所以,这种厌恶感并非产生于肉体,既然某人在知道她是犹太女人之前非常喜欢她,也就是说厌恶是通过精神使肉体产生厌恶感的。这是心灵的介入,其深度和广度之大,延伸至生理层面,就像歇斯底里那种病情。

这种介入不是经验引起的。我讯问过上百个人,为何他们要排斥犹太人。大部分人只限于罗列传统强加给犹太人的缺点:

"我讨厌他们,因为他们唯利是图,玩弄阴谋,纠缠不休,黏糊讨嫌,没有分寸,等等。"

"不过,您至少跟一些犹太人有来往吧?"

"喔,我尽量避免跟他们来往。"

"我敌视犹太人,"一位画家曾对我说,"因为他们有好批评的习惯,从而怂恿我们的用人们不守纪律。"

以下列举几则更为确切的事例:

一个缺才青年演员硬说犹太人妨碍他的戏剧生涯,老是让他担任低级差使。一位年轻妇女对我说:"我跟毛皮加工商发生过不可容忍的纠纷,他们骗了我的钱,烫坏了我交付的毛皮。嗳,他们全是犹太人。"但为什么她选择恨犹太人而不恨毛皮商呢?那是他内心倾向反犹太主义。教高中的一位同事对我说犹太人"惹他恼火",因为"受犹太人影响渗透的"社会团体为自己的利益干了数不尽的缺德事儿。"一个犹太人考大中学校教师资格竟被录取了,那年我却名落孙山,您总不会让我相信那个家伙的父亲来自克拉科夫或利沃夫①,他怎能比我更加理解龙萨②的诗或维吉尔③的牧歌呢。"况且,他承认自己藐视大中学教师资格会考,"掉书袋"而已,他根本没准儿备就赶考了。因为,他动用两种说辞的方式来解释自己的失败,就像一些狂妄分子,任性狂言乱语,妄称自己是匈牙利国王,但在别人猝不及防追问下,承认自己是皮鞋匠。这种人的思想在两个层面移动,根本不觉得难为情。更有甚至,有时竟为自己的懒惰辩护,说什么准备偏爱犹太人胜于法兰西良民的考试,真是太傻了吧。再说啦,录取名单上,他排名第二十七位,前面有二十六名,录取十二名,淘汰十四名,即使把参加会考的犹太人全部排除,他依然名落孙山,他能被录取吗?即使他在未录取名单上排第一名,假设剔除一名被录取生,为什么被剔除的是犹太人韦伊,而不是诺曼底人马蒂厄或布列塔尼人阿兹尔呢?致使我

---

① 克拉科夫,波兰城市。利沃夫,乌克兰城市,利沃夫州首府。
② 龙萨(1524—1585),法国七星诗社首领。
③ 维吉尔(公元前70—前19),古罗马诗人。

同事大为恼火的必定是他预先对犹太人及其秉性、社会职能抱有某种想法。致使他决定认为比他幸运的二十六名竞争者中，是犹太人抢了他的名额，必定是他先验地在生活操行中偏爱情感推理。远不是经验产生犹太人概念，相反是后者引领前者；即使不存在犹太人，反犹主义也会创造出犹太人概念。

好吧，就算没有体验，难道不该承认反犹主义可以凭某些历史论据得以诠释吗？总不会是空穴来风吧。我很容易反驳嘛，法国历史根本没有资格教训犹太人，他们跟法国一样受压迫，直到一七八九年。之后，犹太人尽自己的能力参与国民生活，肯定得益于自由竞争，取得弱者应有的地位，但不比其他法国人得益更多或更少：他们没有犯下反对法国的罪行，也没有背叛法国。人们之所以相信实证：一九一四年犹太人士兵的人数低于应有的数量，那是因为怀有好奇心去查考统计，因为问题不在于事实本身令有识之士震惊，任何被动员入伍的人都不会自动惊疑自己狭小的天地会有犹太人为伍。但由于历史有关以色列的作用所提供的资料毕竟主要取决于人们的历史观念，所以我想最好向某个外国"借用"所谓"犹太人背叛"的明显事例，并对这种背叛可能对当代反犹主义所产生的反响进行一番估量。

十九世纪波兰人血淋淋的反抗过程中，得益于沙皇绥靖政策的华沙犹太人对反抗者非常冷淡，没有参加起义，所以他们得以在一个毁于血腥镇压的国度维持乃至增加营业额。此事是否确定，我不得而知。可以肯定的，则是许多波兰人深信不疑。反正这一"历史论据"不足以让他们不好意思反对犹太人。然而，我更深入钻研这些事情时，发现其间一种恶循环：据说，沙皇对待波兰以色列人不薄，却乐意施行蹂躏俄罗斯犹太人的暴行。这些截然不同的措施出于同一个原因：俄罗斯政府认为生活在俄罗斯和波兰的犹太人是不可同化的,按其政治需要,下令屠杀莫斯科或基辅的犹太人,因为他们有可能削弱莫斯科帝国,但善待华沙的犹太人,旨在维持波兰各民族的不和。与之相反,波兰人对波兰犹太人一味憎恨和鄙视,但理由是相同的:在他们看来,以色列人不可能融入集体。被沙皇当作犹太人对待,被波兰人当作犹太人对待,以色列人都是被迫的,只要符合已经融入外国共同体内的犹太人利益就行。那么,这些少数民族按照别人对他们的描述来为人处世有什么好奇怪的呢?换言之,这是最重要的,不是"历史资料",而是历史代理人对犹太人产生的想法。

今天的波兰人对以色列过去的行为依旧怀恨在心,他们被同样的想法所煽动,正如执意把祖辈的错误嫁祸于孙辈,首先必须具备一种非常原始的责任感,但还不够:同时必须根据祖辈是怎么样来形成对其孙辈的概念,对长辈的所作所为,人们必须相信晚辈也能做能为:必须深信不疑犹太人的性格是遗传的。就这样,一九四〇年波兰人把以色列人当作犹太人来对待,因为他们一八四八年的先辈们就是这么对待他们的同辈。也许传统的表现在别的形势下,使当今的犹太人能准备像一八四八年的先辈们那样行事。因为,人们对犹太人形成的想法好像决定历史,并非"历史资料"产生这种思想。既然人们同样跟我们拿"社会资料"说事,不妨仔细审视一番,便可得到相同的循环:有人说犹太人律师太多了。难道有人抱怨诺曼底人律师太多吗?即使所有的布列塔尼人都是医生,不至于有人说"布列塔尼向全法国提供医生"吧?定有人反驳说,嗨,这根本不是一码事!或许吧,但恰恰因为是我们把诺曼底人看作诺曼底人,把犹太人看作犹太人。这样,不管我们怎么选边站,犹太人概念总归是最重要的。

对我们来说,很明显,任何外部因数都不能将反犹主义引入反犹分子心中。反犹主义是人自身自由的、完整的选择，不仅是人们对犹太人所采取的总体态度，而且是对一般人，对历史、对社会所采取的态度；这既是一种情绪，也是一种世界观。大概在这个反犹分子身上，某些性格特征比那个反犹分子身上更突出一些罢了。但是，这些性格特征始终兼而有之，相辅相成。话说至此，我们必须试图描述这种诸说混合的整体性了。

我刚才写道，反犹主义是作为一种激情呈现的。大家已经明白事关一种仇恨或愤怒的情感。但在平时，仇恨和愤怒是被煽动的：我憎恨那个使我痛苦的人，那个嘲笑我或侮辱我的人。我们上面讲到，反犹情绪不会有这种特征，而是抢在引发这种情绪的事实前面去了，为了吸取营养，这种情绪要去寻找事实，甚至必须以自己的方式诠释事实，使其真正变得咄咄逼人。然而您要是跟反犹分子谈论犹太人，他会做出各种非常生气和示意动作。再说，我们不断提醒自己，要让一种怒火表达出来，我们必须始终顺天应人，常言说得好，让火气发出来，我们不得不承认，反犹主义选择了情绪化方式才得以生存。选择情绪化生活而摈弃理性化生活的人并非罕见。不过一般来说，人们喜欢所热衷的对象：女人，荣誉，权力，金钱。既然反犹主义选择仇恨，我们不得不推断人们喜欢情绪化状态。照例来说，这类情感并不讨好人的。热切追求一个女人的男子而感情用事，那他是动了欲念的：人们提防为情欲所驱使的推理，旨在通过舆论的各种手段来证明舆论由情欲或嫉妒或仇恨所指使，进而提防所谓孤独意想。与之相反，在这一点上，正是反犹分子首先选择的结果。然而怎么可能选择错误推理呢？那是因为对不可渗透性的怀念。明智的人苦不堪言地探索着，明知他的推理仅为可能而已，其他论述会来质疑他的推理。因此，他从来不大明白向何处去，他是"开放的"，可以被视为优柔寡断的。但有些人总是被石头的永恒性吸引,他们执意显得铁板一块和不可渗透,决不肯改变,要不然,改变会把他们引向何方? 症结在于对自己原始出身胆怯以及害怕真理。致使他们恐惧的,不是真理的内容,对此甚至没有任何怀疑,而是害怕真实的形式本身,这个无限期近似的客体,正好像他们自身的存在处于永久性延缓期。

然而,他们硬要一切都是现实存在的,要马上兑现。他们不想获取的舆论,只希望这些舆论与生俱来。由于他们害怕推理,他们决意采取一种生活模式:推理和探讨只起从属作用,永远只寻求人们已经得到的东西,永远只保持原本已经成形的那个样子。只凭情绪,不及其余。唯有强烈的情感预防方能提供迅如闪电的确信:唯其如此,方能左右推理;唯其如此,方能排斥经验;唯其如此,方能左右推理;唯其如此,方能排斥经验,方能苟延残喘于一世。反犹分子选择仇恨,因为仇恨是一种信义,从根子上选择贬低说辞和情理。现在,反犹分子多么自在呀! 在他们看来,讨论犹太人权利是多么没有价值,多么不足挂齿:反犹分子一上来就另辟蹊径了嘛。他们出于礼貌,顺应一时为自己的观点辩护,顺其自然而主动出击,只是试图通过言语来表达其本能的确信。

我刚才列举几个反犹分子的说辞,一概荒诞不经,诸如:"我恨犹太人,因为他们教唆用人不守规矩,因为一个犹太皮货商坑骗了我",等等,不一而足。务请不要相信反犹分子们完全误解上述回答的荒诞性。他们明明知道自己的说辞是轻率的,不靠谱的,却乐此不疲,让对手尽义务去运用说辞,既然后者信以为真;至于他们自己有权玩一把,甚至喜欢玩弄辞藻,因为抛出滑稽可笑的理由,会使对话者的一本正经乱了方寸,反犹分子便可乐不可支地自欺欺人;因为对他们而言,问题不在于以可靠的论据取信于人,而在于恫吓或误导。如果您把他们逼得太厉害,他们便自行封闭,向您振振有辞地高调回应,说什么辩论的时代一去不复返;不是他们担心被说服:他们只是害怕显得可笑的样子或他们的尴尬相信第三者造成不良的影响,而他们是很想把旁观者拉入他们阵营中去的。

众所周知,反犹分子之所以抵制情理和经验,不是因为信念坚强,退一步说,就算信念坚强,也是因为首先选择了充耳不闻,视而不见。

因此,反犹分子选择了虎视眈眈,其欲逐逐。人们害怕惹他发火,谁都说不好他们情绪上来失去理智会走什么极端,可心里一清二楚,因为这个情绪是由外部挑动的。他们牢牢掌握这种情绪,要发作就发作,随时调度,时而放松马络头让马自由行动,时而勒紧缰绳把马拉住。他并不替自己担心,从别人眼中看到惶惑不安的形象正是他自己的形象,使自己的言语和手势与这个形象相适应。这种外部的原型免除他们到自己内心去寻找自己的人格:选择滞留外部,从不回到内心,若无其事,无非让人害怕;他们逃避理性,更加逃避内心隐秘的良知。但听说只对犹太人如此,是吗?至于其余嘛,倒是行事通情达理的,是吗?不是,我回答这不可能。举个例子,1942年,有个鱼商发现两个跟他竞争的鱼商隐瞒了他们的种族大为恼火,一天拿起笔,告发了他们。有人向我保证,此人倒是蛮平和的、蛮开朗的,是最善良不过的后生。但我不以为然:一个人觉得告发别人很自然,不可能具备我们的人道观念,甚至对受益于他的人们,他也不会以我们的眼光去看待他们:他的慷慨,他的温和,跟我们的慷慨和温和不可同日而语。人们不能定位激情。

反犹分子乐意承认犹太人聪明和勤劳,甚至承认在这方面自愧不如。这种让步不会让他们付出什么大的代价,再说是他把这些优点打上括号的,或不如说这些优点是拥有者提取出来的价值,其结论是,犹太人美德越多越危险。至于反犹分子本人,对自己是怎么样的倒并不抱幻想。他们觉得自己是普通人,很普通的人,甚至是平庸之辈。反犹分子并没有诉求犹太人个体优越的典范。但不要相信他们的平庸会让他们倍感羞耻,相反,还乐此不倦呢,我想说,是其自我选择的。这种人畏惧一切类型的孤独,既畏惧天才型的孤独,也畏惧凶手型的孤独:是群体中滥竽充数的人。不管他的个儿有多么矮小,他依然小心翼翼低下身子,生怕出头露面,更怕面对自己。他之所以成为反犹分子,正因为不可能单独一人成为反犹分子。

"我恨犹太人"这句话,是世人群体性发出的呼声,跟一种传统和一个社群紧密相连发出的呼声:平庸之辈的群体呼声。所以,要适逢其时地提醒一句,人们并非必然卑微甚至谦虚才甘愿平庸。完全相反,因为平庸之辈有一种情绪化的傲慢,反犹主义试图提升平庸本身的价值,进而树立平庸者之中的精英。在反犹分子看来,聪明是属于犹太人的,故而可以心安理得地加以藐视,就像藐视犹太人所有其他美德:反犹分子缺少的这些美德,犹太人正好当作代用品去均衡平庸。扎根外省的、扎根家乡的地道法国人,背负二十个世纪的传统,享有祖先的智慧,在经久考验的习俗指引下,并不需要聪明。树立法国人美德的东西,是一种同化,吸收了一百个世代所积累的优良品质,是通过其周围的客体辛勤劳动的结果,即所有权。不言而喻,那是承袭下来的财产,不是可以购买得来的。反犹分子对现代财产的多种形式,比如金钱、股票等犯有原则性的误解。钞票,股票是抽象的概念,理性的实在,与犹太人的抽象智力相像;股票不是哪个人固有的,既然大家都可能得到,无非是财富的标记,不是具体的财物。反犹分子设想占为己有的类别只有一种,原始的、土地的占有,建立在一种占有关系上,那是一种既实在又魔幻的关系:在这种占有中,被占有的客体和占有者被一种神秘的参与联系在一起,那是地产的诗人。地产象征着地主,赋予地主一种既特别又具体的感知力。当然,这种感知力不顾及永恒的真理和普世价值:普世概念是犹太人的概念,既然它是智力的客体。能够懂得这种微妙意思的,正相反是智力不可能企及的。换言之,反犹主义的原则在于独特客体的具体占有神奇地给这个客体赋予意义。莫拉斯①向我们断定:犹太人始终不能理解这句诗:

  在荒漠的东方,我多么百无聊赖!

  为什么我,平庸的我,能理解最机灵的、最有学问的智者不能懂的东西呢?因为我拥有拉辛②啊,拉辛,我的语言,我的故土。也许犹太人讲的一口法语比我还纯,精通句法、语法比我更深,甚而至于成了法语作家,都无关紧要。这个语言,犹太人只讲了二十年,而我,则讲了两千年。语言风格正确与否是抽象的,后天学的,而我的法语错误却符合语言的精灵。我们从中看出巴雷斯把矛头转向做交易所买卖者的推断。为什么要大惊小怪呢?犹太人难道不是做全国股票买卖的吗?聪明才智能取得的一切,金钱能取得的一切,都让给犹太人了,错,空穴来风嘛。只有不合理的价值才作数,恰恰是不合理的价值始终被他们拒绝了。因此,反犹分子一开始就加入事实上的非理性主义。他们反对犹太人,就像情感与智慧相对立,就像个别与一般相对立,就像过去与现在相对立,就像具体与抽象相对立,就像地产拥有者与动产拥有者相对立。再

---

① 莫拉斯(1868—1952),法国作家,政治理论家,法兰西学院院士。
② 拉辛(1639—1699),法国伟大诗人,剧作家,法国古典主义杰出代表之一。

者,许多反犹分子,也许大多数反犹分子,属于城镇小资产阶级;他们多为公务员、职员、小商人,没有什么财产。但恰恰如此,他们群起而攻击犹太人,因为突然意识到犹太人是有产者,把以色列人想象成盗贼,进而觉得对于令人羡慕的地位,却可能被人盗窃的地位。既然犹太人执意从他们手中窃取法国,那么法兰西就是属于他们的了,所以他们选择反犹主义作为一种手段,得以实现拥有者的资格。犹太人比他们更有钱吗?再好不过了,这么说金钱即意味着犹太人,他们就可以鄙视犹太人了,就像他们鄙视智慧。他们的财产不如佩里尼①更不如博斯②的大农庄主,是吗?无关紧要嘛,只要在他们中间酝酿复仇的怒火,指向以色列盗贼,就心满意足了,反犹分子会立即感到全国上下非他们莫属。

真正的法国人,善良的法国人,都是一律平等的,因为他们之中每个人都只以个体身份共有法兰西。所以,我乐意把反犹主义称作穷人的时髦主义。确实好像大部分富人利用这种情绪,而不沉湎于斯:他们要做更有作为的事。反犹情绪一般在中产阶级中间扩展,恰恰因为中产者既无土地,又无古堡,连房子都没有,只有现钱和股票。一九二五年的德国小资产阶级反犹并非偶然,这种"假领无产阶级"主要操心的是要区别于真正的无产阶级。"假领"毁于大工业,遭到容克③的嘲笑,反倒一心向往容克们和大实业家,从而醉心于反犹,其劲头不亚于穿着资产阶级服装:因为工人们都是国际主义者,因为容克们掌控德国,故而反犹分子也想掌控德国。反犹主义不仅仅喜爱憎恨,还获得有实效的乐趣:把犹太人当作低等的、有害的生物来对待,顿时倍感自己成为精英。这种

---

① 法国城市,位于滨海夏朗德省。
② 法国城市,位于巴黎大区盆地平原。
③ 普鲁士贵族地主。

精英迥然不同于建立在功绩或成果之上的现代精英，倒是各方面都像天生的贵族：我什么都不用做就配得上我的优越，也不会因此而有损尊严。这种优越是一劳永逸授予的，是一种实实在在的东西。

千万别把这种原则居先与价值混为一谈。反犹分子不怎么在意占有价值，因为价值完全像真理，是探索得来的，很难发现的，一旦获得，永受质疑：一步走错，一个错误，便不翼而飞，因此我们要终生不断对我们的价值负责。反犹分子则逃避责任，正如逃避自己的良知，进而为其人身选择无机常态，为其道德选择一成不变的价值标度。他不管做什么，都知道自己要处于标尺的顶端；而不管犹太人做什么，他永远超越不了第一个刻度。我们开始隐约看见反犹分子给自个儿所做的选择意义：因担心自由而选择无法挽回，因担心孤独而选择平庸，出于自尊把无法弥补的平庸变成一成不变的贵族气派。经过种种运作之后，犹太人的生存变得绝对必要的了，否则向谁去显摆高贵呢？更有甚者，正是面对犹太人，只有面对犹太人，反犹分子才自我实现为权利的主体。如果出现奇迹，所有以色列人按反犹分子的意愿，统统消灭了，那他又回到等级森严的社会中去当看门人或小商贩。届时"真正法国人"的资质就一文不名，既然大家都拥有相同的资质了；于是失去对自己国家的权力感，既然不再有人向他提出质疑了。这样，使他靠近贵族和富翁的高度平等突然消失了，况且这样平等是消极的。反犹分子将其失败归咎于犹太人不正当竞争，必须赶紧把他们归到别的什么原因上去。抑或扪心自问，那就可能落入尖嘴薄舌，对特权阶级怀有挥之不去的怨恨。这样，反犹分子很不幸，树敌之后加以摧毁，成了一种生命的必需。

反犹分子非常卖力探索的平均主义与民主政党纲领中的平均

主义毫无共同之处。后者应当在经济等级社会得以实现，应当跟社会功能的多样性保持相融。但，反犹分子诉求的雅利安人平等是违反社会功能等级的，根本不管劳动分工，在他们看来，不用操心嘛。每个公民之所以能够要求得到法国人身份，不是因为公民凭其身份，在其职业中，跟所有其他人，共同从事国家的经济、社会和文化生活，而是因为，在与其他人享有共同身份的情况下，拥有不受时效约束的权利和全国共有的天赋人权。因此，反犹分子设想的社会是一种并列的社会，再说正如人们能够猜想得到的，因为他们的产权理想就是地产。由于事实上，反犹分子众多，他们每个人都出力在有组织的社会内组建一种古板团结一致型的社群。每个反犹分子对这种社团的融入度及其平均主义的色调深浅浓淡度，是由我称之为社群温度的东西来确定的。

例如，普鲁斯特描写反德雷福斯主义如何使公爵与其马夫亲近，如何因为仇恨德雷福斯，一些资产阶级家庭闯入贵族大门。之所以如此，正因为反犹分子诉求的平均主义社群是群众型的，或产生于私刑处死或名誉扫地丑闻的那些即时的社团。平等是社会功能不相干的果实。愤怒把社会捆绑在一起，集体性的目的在于对某些个体施加一种漫射的抑制性惩罚，别无其他；集体的驱动和劝诫强加于个体，压力之大，没有任何个体能得到专业化功能的保护。因此，世人淹没在群众之中，思想方式和社团反应都是纯原始型的。诚然，这些集体并非只产生于反犹主义：一场骚乱，一起凶杀，一次不公，都能使群体揭竿而起。只不过，这些短暂的组织昙花一现，很快消失得无影无踪。由于反犹主义经过多次仇视犹太人的重大危机之后遗留了下来，所以反犹分子组成的社团在正常时期处于潜伏状态，凡是反犹分子却依仗反犹社团的名声，因为根本不懂现代社会组织，于是怀念危险时期，彼时原始社群突然重现,便可搞得热火朝天。人人希望突击融入社团,任凭集体洪流裹挟,滚滚东去。反犹分子索求"法国全民联盟"时,所见所闻的正是沙皇对犹太人大屠杀的氛围。从这层意义上讲,反犹主义,在民主国家,是一种被称为公民反政权斗争的隐性形式。

不妨询问一下某个爱闹事的青年,为什么他们沉着冷静地违反法律,在僻静的街上好几个人殴打一个犹太人:他会对您说,他希望有个强有力的政权,免得他凭自己思想行事而承担重大责任。鉴于共和国政权太软弱,他因喜欢服从而被引导不守纪律。然而他真的希望强势政权吗?事实上,他索求严格的秩序是针对别人的,对他自己则是不负责任的无秩序。他执意凌驾于法律之上,同时又能逃避免认清自己的自由和孤独,故而耍个花招:让犹太人参加选举,政府中就有犹太人了,因此合法政权的基础就是败坏的。不过,最好没有政权,那么不顾忌政令便是名正言顺的喽。况且,不服从要是不成问题,那么不存在的东西就不必服从了。因此,在反犹分子看来,总会有个实际的法国,实际的政府,但要一盘散沙的、没有专属机构的政府,一个抽象的、正式的、受犹太人渗透的法国,这样就适宜群起而攻之了。当然这种长期不断的反叛是社团的事情:反犹分子无论如何不会独立思考和单独行事的,连他们的社团也不会设想以少数党的面目出现,因为一个政党不得不设立创建纲领,确立一条政治路线,这意味着创意、责任、自由,而反犹协会根本不想创建什么,拒绝承担责任,讨厌给自己定位,不想成为法国舆论的某种派别。那样就得制定一个纲领,寻求合法的行动手段。反犹协会更乐意以自己的形象出现:纯正地、消极地对不可分割的实际国家表达自己的感受。

由此可见,大凡反犹分子在不同程度上都是合法权力的敌人,一心充当无纪律社团的守纪律成员,喜欢秩序,但只喜欢社会秩序。大概可以这么说吧,反犹分子决意挑战政治动荡,旨在建立社会秩序,觉得社会秩序以并行的原始平等社会为特征热火朝天地出现于世,但犹太人将被排除在外。这些原则使反犹分子享有一种奇怪的特立独行,我称之为反向自由。因为真正的自由就是承担责任,而反犹分子的自由来自逃避一切责任的结果:他们飘浮在尚不存在的专制社会和他们不认可的官方批准却有容忍性的社会之间,可以为所欲为,不怕被视为无政府主义者,因为他们对于后者深恶痛绝。反犹分子的企图之认真执着,不是一个说辞、一篇演讲、一个行动所能表达的,认为有特权做点儿轻举妄动的事情,像顽童似的,搞闹剧、使拳脚、行清洗、敲竹杠,这一切出于所谓良好动机。政府若强大,反犹主义便萎缩。但在这种情况下,其性质却变了。总之,反犹分子既敌视犹太人,又需要犹太人;既是反民主分子,又是民主政体的私生子,只能在共和国的体制内招摇过市。

现在我们开始明白反犹主义不是一种涉及犹太人的简单"舆论",而是把反犹分子整个人生都抵押进去了。至此,我们跟反犹主义还没完哪,因为它不限于提供道德和政治指令,其本身就是一种思想方法和一种世界观。确实难以断定反犹分子所制定的想法,因为他不明言参照某些思考原则。反犹分子认为,犹太人是彻底的坏,正因为是彻底的犹太教徒;其美德,即使有的话,由于属于犹太教徒的,也转而成为缺德,出自其手的产物必然带有其烙印。如果犹太人建筑一座桥,就因为这座桥出自犹太人之手,从第一桥拱到最后一个桥拱都是坏的。一个相同的行动,犹太教徒作为的和基督教徒所为的,其意义在两种情况下是不相同的,犹太人接触的一切都会沾染天知道什么恶劣的素质。比如德国人首先禁止犹太人进入游泳池:他们觉得要是以色列人跳入被侵占的水,那么池水整个儿被玷污了。严格地讲,反犹分子认为犹太人把一切搞脏了，甚至把呼吸的空气都搞得污浊不堪。我们不妨试一下用抽象的命题来表达可参照的原则，得出下列程式：一个整体包括比整体更多的东西，即包括组成部分总和以外的东西。其实，一个整体决定其组成部分的含义和根深蒂固的性格，比如这个美德不会不加区别地包含在犹太人的性格中，抑或基督徒的性格中，好比不会有氧气不加区别地与氮和氢组成空气、与氢组成水，但每个人则是一个不可分割的整体，包括胆量、慷慨以及思想、哭笑、吃喝的方式。

以上无非要说明反犹分子为认识世界而选择求助于综合思维能力，有了这种思维能力，就可自作主张与整个法国建立牢不可破的统一体，并以综合思维能力的名义揭露以色列人的纯分析批判思考。但必须明确指出，一些时候以来，传统主义者从右、社会主义者从左，诉求综合性原则，旨在反对有分析能力的人，而后者则是执资产阶级民主基础之牛耳的。对一部分人和对另一部分人实施同样的原则是办不到的，或至少，一部分人和另一部分人把这些原则派不同的用场则是可能的。那么，反犹分子拿来派什么用场呢？

反犹主义在工人当中不常见到，有人会说工人当中没有犹太人。这样解释是荒谬的，就算这种流传的说法是真实的，那恰好是工人们应当抱怨这种缺失。纳粹分子对此了如指掌，所以当他们把宣传扩展到无产阶级时，抛出"犹太资本主义"的口号。然而，工人阶级综合思考社会局势，只是不采取反犹方式罢了。工人阶级不是根据种族资料而是根据经济职能来切割全体人员的。资产阶级，农民阶级，无产阶级，正是其关注的综合现实，并从这些整体性中区分次要的综合结构：工人联合会，雇主联合会，托拉斯，卡特尔，政党等等。工人阶级对历史现象的解释完全适合已分化的社会结构，而后者是建立在劳动分工基础上的。

有鉴于此,历史是由经济机构的运转与综合集团互动所产生的结果。

相反,大多数反犹分子处于中产阶级,就是说处在生活水平与之相当或高于犹太人的人们中间,或者说得更准确些,生活在非生产者中间,诸如小老板、商人、自由职业、运输业者、寄生者。资产者确实不生产劳动的,他领导、管理、分配、买卖,他的职能是与消费者直接挂钩,就是说他的活动建立在不断与世人经营的基础上,而工人在操持自己的职业中则不断与物质打交道。靠每天与物质打交道而熟练的工人,他们看到的社会是根据严格的规律产生的现实生产力。工人阶级的辩证唯物主义意味着他们观察世俗社会和物质社会的方式是相同的。资产阶级则相反特别是反犹分子,他们选择了凭个体意志的行动来诠释历史。难道他们在从事自己的职业中不服从这些意志吗?此处我提出一个例外:工程师、企业家和学者,他们的职业接近无产阶级,况且他们中间很少有反犹分子。他们对待社会现象恰似原始人赋予风和日一种小小的灵性。一方靠阴谋诡计和抹黑别人来维系自己的商铺,另一方靠热忱干练和遵守美德来确定世界的进程。因此,反犹主义作为资产阶级现象显得好像以个体的创举来诠释集体的事变。

不错,时有发生无产阶级在其海报和报刊上夸张讽刺"资产者",正如反犹分子丑化"犹太人"。但不应当受这种外表相似的误导:对工人而言,之所以产生资产者,是因为资产者的立场,即外在因素的总和:资产者本人浓缩为外部可识破病症的综合单位,是其行为连在一起的总体。在反犹分子看来,产生犹太人的因素,是其内心存在犹太贪婪性,即类似燃素的犹太素或鸦片的安眠功效。请别误会,从遗传和种族角度来诠释是后来的事情,酷似在原始信仰上披上一层薄薄的科学外衣。早在孟德尔①和戈比诺②之前就对犹太人反感透顶,那些有厌恶感的人们只能做出的解释,恰似蒙田谈及他对拉博埃西③的友谊时说:"因为是他,因为是我。"没有这种形而上的美德,人们硬说是犹太人干的事儿从严格意义上讲是不可理解的。确实叫人难以设想,一位犹太富商如果有理性,应当希望他经商的国家繁荣吧,却相反有人说他千方百计要毁掉这个国家,莫非他冥顽不灵?怎么理解所谓害死人的国际主义?犹太国际主义者怎么会把他们的家庭、情感、习惯、利益、财富的属性和来源,与个别国家的命运维系在一起呢?信口雌黄者高谈犹太人统治世界的意志,却没有解开此话的钥匙,这种意志的表现很难让我们理解嘛:时而有人向我们指出,犹太人背后是国际帝国主义,托拉斯和军火商帝国主义,时而又说他们是武装到牙齿的布尔什维克主义;有人毫不犹豫把责任一石二鸟地推给可恶的共产主义以色列银行家和群居在巴黎花梨树街可耻的资本帝国主义犹太人。

然而,一切昭然若揭,假如我们放弃要求犹太人行为符合理性和适合其自身利益,假如我们相反在犹太人身上识别出一种形而上原则,促使其在任何情况下干坏事,哪怕为此自取灭亡。这个原则,我们猜想得到,是神奇的:一方面是一种本质,一种实体形式:犹太人,不管做什么,都改变不了这本质,不比火更能自我阻止燃烧。另一方面,由于必须仇恨犹太人,却对地震或根瘤蚜仇恨不起来,这种美德也算得上自由。只不过相关的自由有限得令人诚惶诚恐:犹太人有干坏事的自由,却没有干好事的自由:他只有按需

---

① 孟德尔(1822—1884),奥地利遗传学家,遗传学奠基者。
② 戈比诺(1816—1882),法国外交家,作家。
③ 拉博埃西(1530—1563),法国作家。

的自由裁判权,为了承担自己所犯罪行的全部责任,却没有足够的裁判权得以自我改造。奇怪的自由,不是先确立本质也不是构建本质,而是完全屈从于他自己,只不过是一种非理性的品质,却依然不失为自由。据我所知,犹太人只是个创造物,虽然完全自由,却与恶这条锁链紧连在一起,便成为恶鬼,即撒旦。这样,犹太人便可与恶魔同化了。他的意志跟康德式意志相反,是一种自甘邪恶的意志:纯粹的邪恶,无所为而为的邪恶,普世性的邪恶。反犹分子认为,邪恶来到世上,社会上发生一切坏的东西,诸如危机、战争、饥荒、动荡、叛变,直接或间接都应归咎于犹太人,于是害怕发现世界是不完善的,进而必须加以创新和改变,世人又得重新主宰自己的命运,承担令人焦虑的、无尽无休的责任,所以把世上所有的邪恶统统落实在犹太人身上。

按反犹分子的想法,各国之间发生战争,其原因并非来自现行国籍的理念,即帝国主义和利益冲突的理念导致战争。不,而是犹太人从中作祟,在各个政府背后吹阴风点鬼火。即使存在阶级斗争,也不是经济结构有待改善,而是犹太闹事者,鹰嘴鼻煽动者蛊惑工人们的心。由此可见,反犹主义从根本上就是一种善恶二元论:以善的原理反对恶的原理来诠释世界进程。这两种原理之间不存在任何妥协的余地,两者之间必须是你死我活的。举塞利纳为例,他的宇宙观是灾难性的:犹太人遍地皆是,地球完蛋了,关键是雅利安人不要牵扯进去,永不讲私缔约。雅利安人必须保持警惕,即使深呼吸一下,就已经失去纯洁性,因为吸进支气管的空气是被污染的。难道不是一种纯洁派①的说教吗?塞利纳之所以会支持纳粹社会主义论断,是因为他得到酬劳的。其实他心里不是

---

① 中世纪法国及欧洲其他地区的一种异端教派。

这么想的,他本人的想法是,只有集体自杀才能解决问题,他主张非生育,死光算了。至于其他人嘛,莫拉斯或法国人民党令人泄气的程度稍好一点:他们面对长期斗争,尽管时不时令人怀疑,但希望善获得最后胜利,这叫霍尔木兹德对抗阿里曼。① 我想,读者已经明白,反犹分子并不把善恶二元论当作诠释的次要原理来诉求,而是把它当作原始选择来解释和界定反犹主义。因此,我们必须弄清楚,对今天的人来说,这种原始选择能意味着什么。

不妨比较一下阶级斗争的革命思想和反犹主义的善恶二元论吧。马克思主义者认为,阶级斗争丝毫不是善与恶的斗争,而是人类集群之间的利益冲突。这就导致革命者接受无产阶级的观点,首先接受无产阶级是革命者自己的阶级,其次是被压迫的阶级,远非是最大多数的阶级,其命运逐步趋向与人类的命运相混合,最后胜利的结果将必然,包括各阶级的消亡。革命者的目的是改变社会组织。为此,必须毫无疑问摧毁旧制度,但依然不够:首先必须适时建立新秩序。特权阶级决不可能自愿协助社会主义建设,但哪怕表现出真诚协助的愿望,也没有任何站得住的理由加以拒绝。特权阶级之所以不大可能心甘情愿帮助社会主义者,因为受到其地位本身的阻碍,并非受什么内心魔鬼的驱使,情不自禁地干坏事。不管怎么说,这个阶级的一些派别将根据其行为受到评判,而不是根据他们的什么本质。一天波利泽②对我说:"我才不在乎你们的永恒本质呢!"

相反,对反犹二元论者来说,重点在于破坏,不在于利益冲突,而问题是邪恶的力量使社会遭受损失。从此,善首先在于摧毁恶。

---

① 即阿胡拉-玛兹达·霍尔木兹德,古伊朗琐罗亚斯德教崇拜之神,而阿里曼则是琐罗亚斯德教二元教义中的邪恶之神。
② 波利泽(1903—1942),匈牙利裔法国哲学家和马克思主义理论家。

反犹分子的苦楚中隐藏着这种乐观的信仰,一旦恶被铲除,和谐自然而然得以恢复。因此,他们的任务仅仅是负面的:根本不可能在于建设一个社会,仅仅是净化既成的社会。为了达到这个目的,真诚的犹太人出手帮助并无益处,甚至有害,况且犹太人不可能诚心诚意。作为善的骑士,反犹分子是神圣的,而犹太人呢,以其自身的方式神圣,像印度贱民那般神圣,像背负某个禁忌的土著人那般神圣。这样,斗争在宗教层面展开,战斗的结局只能是一种神圣的毁灭。这处立场的好处倒是多方面的,首先不用动脑筋。

我们注意到反犹分子对现代社会一窍不通,不可能设想任何建设性计划。他们的行为不可能涉及技术层面,依然陷于情绪而不能自拔。反犹分子不爱搞长期的事业,则偏爱轰轰烈烈,有如狂犬病发作,酷似马来西亚的杀人狂。他们的思想活动局限于诠释:从历史事件中寻找邪恶力量的蛛丝马迹。因此,这些幼稚而复杂的别具肺肠使反犹分子与偏执狂患者同流合污。此外,反犹主义把革命的苗头引向某些人的毁灭,而非某些体制消亡。一群反犹分子杀害几个犹太人和烧毁几座犹太教堂,便以为大有作为。因此,反犹分子为有产阶级起到安全阀的作用,从而受到后者的鼓励,但有产阶级却得以把一种对现存体制有危险的仇恨转移为对个人的非危险仇恨。尤其是这种幼稚的二元论对反犹主义本身倒是非常让人放心的:之所以关键只在除恶,是因为恶已经到手了,不必焦虑不安地寻找了,不必创新了,不必不厌其烦地质疑了:善已经找到,在行动中受到考验,从结果得以验证,最后承担了道德选择的全部责任。反犹分子的狂怒掩盖着一种乐观主义并非偶然:断定恶为了不必断定善,越专心致志除恶,就越不想质疑善了。不言自明嘛,反犹分子的说辞始终心照不宣。每当神圣破坏者的使命完成,失去的乐园自然而然恢复。眼下,苦活脏活使反犹分子不得分心,没有时间考虑问题:常备不懈,始终战斗,每次愤怒都是一次托词,使其目标转移,不至于在焦虑不安中求善。

为此还得进一步探讨,不妨开始谈谈精神分析方面的事吧。二元论掩盖了向恶的强烈诱惑力。反犹分子认为,恶是他们管的份额,他们的"活儿",善由其他后来人照管,如果有什么善的活。他们处于社会前哨,不理会自己严防的纯美德,只跟恶打交道;他们的义务是揭露恶,指控恶,估算恶的扩展度;所以一门心思收集逸事趣闻,渲染犹太人的淫荡、利欲、诡诈和背叛。总之,反犹分子在污泥浊水中保持洁身自好。请重读德吕蒙①《犹太人的法国》,这本所谓"品德高尚"的书集卑鄙无耻或诲淫猥亵之大成。没有比这本书更透彻地折射反犹分子的复杂本质了:既不愿意选择自己的"善",又担心因显得古里古怪而被大家的"善"强加到自己的头上,他们的道德从来没有建立在价值直觉的基础上,也没有建立在柏拉图称之为大爱的基础上,只不过通过最严格的禁忌表现出来,通过最严密、最无所为而为的命令表现出来。

然而,反犹分子不断沉思的,由直觉得到的,比如口味,正是邪恶。他们可以这样反复思考自己直至自淫,想出诲淫诲盗或大逆不道的情节故事来,让自己心烦意乱,却满足自己反常的邪念。但同时,由于他们把这一切都归咎于卑鄙龌龊的犹太人,所以最瞧不起犹太人,自己便感觉很满足,名誉也没受到影响。我在柏林认识一位新教徒,他的性欲以恼怒的形式表达出来:看到穿游泳衣的妇女,他会大发雷霆,并有意寻找事端发火,以便整天待在游泳池。这就是反犹分子。由此可见,他们仇恨的组成部分之一恰好是对犹太人抱有一种根深蒂固的、充满性欲的倾向。这首先是对邪恶

---

① 德吕蒙(1844—1917),法国记者,政治家。

一种着迷的好奇心,窃以为这种好奇心属于性虐待狂之列。这里要提醒一句,犹太人成为众矢之的,遭受那么多嫌恶唾弃,其实完全无辜,甚至可以说,不惹是生非的,否则根本不懂什么叫反犹主义。

正因为如此,反犹分子老想着跟我们讲什么秘密犹太人协会,什么可怕的、地下的共流会。不过呢,要是当面碰到一个犹太人,大部分情况下都是文弱的男子,甚至手无缚鸡之力。犹太人个体的文弱会被人束缚住手脚,任人蹂躏,反犹分子不会不知道,甚至早已心花怒放了。故而反犹分子对犹太人的仇恨与一八三〇年意大利人对奥地利人的仇恨以及一九四二年法国人对德国人的仇恨不可同日而语。奥地利人和德国人的情况不同,他们是压迫者,冷酷的、残忍的、强势的,拥有武器、金钱、权势,对反抗者可以施加更大的伤害,而反抗者要伤害他们却连想都不敢想。在意大利人和法国人的仇恨中,性虐待狂的倾向是没有位置的。然而,就反犹分子而言,这些犹太人既无武装又不可怕,邪是恶的化身,那么充当反犹分子是挺有趣的事儿,反正永远用不着吃尽苦头才当上英雄:可以殴打和折磨犹太人而不用担惊受怕,充其量让他们诉诸共和国法律,但法律并不严厉呀。所以反犹分子被性虐待犹太人诱惑之深,以至与以色列不共戴天的敌人之中某个人身边聚集一些犹太朋友并非罕见。当然这些犹太小男子被他们誉为"特殊的犹太人",被断定:"这些人与其他人不一样。"

我上面谈起的那位画家,他丝毫不反感卢布林①的杀人犯,在他画室显眼的方位有一幅他十分珍惜的犹太人肖像,这位犹太人

---

① 波兰东南部历史名城。二战时期德军占领后建立集中营,关押犹太人,一九四四年被苏军解放。

是被盖世太保枪杀的,但他们的友谊保证是不真诚的,因为他们甚至在言谈中并不考虑赦免"善良的犹太人",虽然同时承认他们认识的犹太人颇有德行,但并不认同他们的交谈者可能遇到如此有德行的其他犹太人。事实上他们乐意保护这几个犹太人,是出于他们性虐待狂的某种变态,乐意在他们眼底下保留他们所厌恶的人民鲜活的形象。女性反犹分子对于犹太的感觉经常是嫌恶中夹着性诱惑。我认识一个女人,她跟一个波兰犹太人有暧昧关系,有时跟他上床,但只让他抚摸乳房和双肩,仅此而已。她享受犹太人对她的恭敬和屈从。之后,她跟其他男人进行正常的性交易。

在"美丽的犹太女人"一词中有一种非常特别的性行为含义,与其他类似的词截然不同,诸如"美丽的罗马尼亚女人""美丽的希腊女人",或"美丽的美国女人"等等。反犹分子有点像强奸和屠杀过后留下的气味。所谓"美丽的犹太人",系指沙皇哥萨克骑兵拽着美女的头发顺着烈火熊熊的村庄街道示众。研究鞭笞的故事专集给足了犹太人面子,没有必要从地下文学去寻找。从《艾凡赫》[①]到《吉尔》[②],其间包括蓬松·迪·戴拉依[③],犹太姑娘在最严肃的小说中都起着一种明确的功能:经常被强奸或被殴打,她们有时不堪受辱而死亡,但也不太容易如愿;保得住美德的犹太姑娘一般都是顺从的女佣或基督徒的卑贱情妇,这帮基督徒不在乎娶雅利安女人为妻。本人以为并不是没有犹太姑娘在民间传说中

[①] 《艾凡赫》(1889),英国著名作家司各特(1771—1832)的名著之一。此处指十二世纪英国"狮心王"理查德一世手下名将艾凡赫与约克郡勇敢而美丽的犹太姑娘蕾贝卡之间的故事。
[②] 《吉尔》(1939),法国作家、反犹主义者德里欧·拉罗歇尔(1893—1945)的作品,书中主人公吉尔是作家部分自我写照,玩弄女人,包括犹太女子,从不满足。
[③] 迪·戴拉依(1829—1871),法国子爵、作家,长篇小说连载大师。

留下引人注目的性象征价值。

反犹分子,是功能的破坏者,是纯粹的性虐待狂,在他们内心深处就是罪犯。他所期望的、所准备的,就是犹太人的死亡。

诚然,犹太人所有的敌人并没有都诉求犹太人死在光天化日之下,但他们建议的措施,无一不是贬低、侮辱、肃清犹太人,都是他们内心盘算谋杀的代用品:皆为象征性凶杀。只不过反犹分子心安理得,虽然犯罪,但动机是好的。毕竟不是他的错,既然他们的使命是以恶攻恶,既然现实的法国委任他们掌握生杀大权。不错,他们不是每天都有机会使用这种权力,但请不要搞错,他们突然发作的粗暴脾气,他们冲着"犹太鬼"大声责斥,跟下命令砍头差不多。他们发明的成语"吃犹太人肉",老百姓心知肚明。因此,反犹分子选择充当罪犯为己任,但是空头罪犯,此处依然逃避责任。他们惩戒自己的凶杀本能,但有办法满足本能却可以不承认。他们知道自己很坏,但既然作恶是为了扬善,既然一大群人等着他们拯救,那就把自己视为神圣的恶人好啦。通过把一切价值倒错,在某些宗教中找得到例子,比如印度就存在一种神圣的卖淫,按反犹分子的想法:重视、敬重、热忱与愤怒、仇恨、抢劫、谋杀等一切形式的暴力都是联系在一起的。他们在醉心于作恶的同时,觉得一身轻松,平心静气,倍感心安理得和完成义务后的满足。

肖像已经描绘完毕。假如许多人声称在这幅肖像中认不出来他们所憎恨的犹太人,那么事实上他们并不仇视犹太人,也不喜欢犹太人。他们一点儿也没伤害犹太人,但并不因此而动一个小指头去阻止别人强暴犹太人。他们不是反犹分子,根本不是,不代表任何人,但不管怎样,总得表示点什么吧,于是他们充当传声筒,传播谣言,人云亦云,不往坏处想,甚至什么也不想,学会几句套话就有权进入某些沙龙。如此这般,他们享受到充当虚妄之声的乐趣,满脑子充斥确认的东西，进而觉得应予尊重，更何况可以拿来借用。此外，反犹主义只是辩解求证。况且这些人浅薄得如此不堪，只要他们的辩解求证是"标新立异"的，就乐意弃之不用，换上任何别的"标新立异"。因此，反犹主义要的是如同非理性集体灵魂的一切宣泄那样，旨在创立一个神秘而保守的法国。所有这些浅薄的头脑认为只要争先恐后地人云亦云所谓犹太人于国有害，就已完成一项入门礼仪，便可加入生气勃勃、温馨和煦的社团家庭。从这个意义上讲，反犹主义保留了攸关牺牲人类生命的东西。

另外，反犹主义，对于那些洞悉自己执着主张又百无聊赖的人来说，有着一种非同小可的好处：他们可以抛头露面，明目张胆宣泄情绪，加上自浪漫主义时代以来的惯例，把宣泄情绪与大人物的架势混为一谈，这些二手货反犹太分子捡个便宜，把自己炫耀成咄咄逼人的大人物。我有个朋友，经常跟我提起他的一个老近亲，每当来家吃晚饭，总有人带着表情说："儒尔不能忍受英国人。"我的朋友记不起有关儒尔老表家人还说些别的什么。但已足够说明问题，因为在儒尔与他家之间有个默契：在他面前，大家避免当众谈论英国人，这项谨慎措施赋予他在自己亲属面前一种表面存在，同时也使亲戚们参与神圣仪式享受得到愉悦感。之后，在精心选择的情况下，某个人，经过慎重议论之后，好像出于疏忽，影射大英帝国或其自治领，于是儒尔老表装作大发雷霆，切实感受到自己一时的存在，结果皆大欢喜。像儒尔老表这样仇视英国的反犹分子人数众多，当然，他们根本意识不到他们的态度真的会有什么牵连。纯粹的条件反射，风中摇曳的芦苇，诚然，如果说有意识的反犹分子不存在的话，那么大概不会是他们发明反犹主义的吧。但，确是他们，毫不经意地长期维护着反犹主义，并确保世代相传。

现在我们可以理解反犹分子。这是一类心怀恐惧的人：不是惧怕犹太人，而是惧怕自己，惧怕自己的良知，惧怕自己的自由，惧怕自己的责任，惧怕孤独变化，惧怕社会以及世界，惧怕一切，唯独不惧怕犹太人。这类人是胆小鬼，不愿承认自己的怯懦；又是凶手，压制和禁止自己的谋杀倾向，却抑制不住行凶的动机，于是只敢对模拟像下手或夹在人群中充当无名氏杀手；他还是个愤世嫉俗者，却不敢反抗，害怕造反引起的后果。他介入反犹主义，不是简简单单接受某种舆论，也不做自我选择。这类人选择石头的永久性和不可渗透性，选择像一味服从长官的士兵那样完全不负责，等于没有长官。这类人选择不获得任何人，跟什么也般配不上，一切与生俱来，却不是贵族。最后选择的是完全现存的善，毫无问题地不受损坏，不敢正视善而已，生怕引起对善平添质疑，再去寻找另一种善。犹太人对他而言只不过是个托词：别处人们尽管利用黑种人好了，别处人们尽管利用黄种人好了。这类人的存在只允许反犹分子将其焦虑遏制在酝酿之中，自己却深信其位置始终固定于世，等着坐上去，并且按传统有权占领这个位置。一言以蔽之，反犹分子执意成为无情的岩石、汹涌的激流、毁灭性的雷电：想成为一切的人终究成不了人的。

二

不管怎么说，犹太人有一类朋友：民主人士，但作为辩护人，却是丢人现眼的。不错，民主派宣称法律上人人平等；不错，民主派创立了人权同盟。但宣言本身已经表现出立场的弱点：民主派于十八世纪一劳永逸地选择运用头脑分析的能力，但视而不见历史向他呈现的具体综合。他不了解犹太人，不了解阿拉伯人、黑人、资产者、工人,只知道人,任何时代、任何地点像他们那样的人。所有的集体,他们将其当作单个个体分子来解决。在他们看来,一个人的躯体是一堆分子的总和,一个社会团体则是一群个人的总体制。所谓个体的人,是指具有普世特征的化身,即所谓人性。有鉴于此,反犹分子和民主人士坚持不懈地进行对话,即始终不理解对方,也察觉不出他们讲的不是一码事儿。

反犹分子若责备犹太人吝啬贪财,民主人士便予以反驳,说他们认识一些犹太人并非如此,倒是基督徒吝啬贪财。但反犹分子并不因此而信服,他们讲的是那种所谓"犹太式吝啬贪财",即受到具有"犹太本性"的人这个综合体影响而产生的。而且不感到局促不安地承认某些基督徒也可能吝啬贪财,因为在反犹分子看来,基督徒的吝啬贪财和犹太人的吝啬贪财有不同的性质。相反,在民主人士看来,吝啬贪财有某种普世和不变的性质,可以增补到组成个体的特征总和里,在任何情况下都是恒同的。故而有两种吝啬贪财的方式,或这种或那种,两者必居其一。

因此,民主人士,俨如学者,缺乏标新立异:个体对他们而言只不过是普世特征的一个总和。由此可见,他们为犹太人辩护救了作为人的犹太人,但灭了作为犹太教徒的犹太人。与反犹分子不同的是,民主人士不担心自己:他们所畏惧则是巨大的集体形式,可能使民主派遭到瓦解。故而他们选用头脑分析的能力,因为这种能力与综合现实不搭界。从这个观点出发,他们惧怕的是犹太人身上那种"犹太意识"被唤醒,即以色列集体意识,就像畏惧工人身上的"阶级意识"被唤醒。民主派为犹太人辩护,是要说服犹太人个体在零散状况下存在,说什么:"没有什么犹太人,没有什么犹太人问题。"这意味着他们希望把犹太人与宗教分离、与家庭分离、与种族群体分离,以便将其推入民主熔炉中烧烤,经过锻炼后再出来时,孤零零、赤裸裸,个体和单独的粒子,跟所有其他的粒子相仿,都是相同的质点。这在美国有人称之为同化政策。有关的移民法律记录着这种政策的失败,总之,也是民主派观点的失败。怎么可能产生别的什么结果呢?对于一个意识到自己的出身并引以为豪的犹太人来说,既然要求追回自己犹太人社群的属性,并不因此而否认与民族集体团结一致的联系,那么反犹分子和民主人士之间就没有太大的区别了。

反犹分子执意摧毁作为人的犹太人,只让犹太人作为犹太教徒、贱民、不可接触者而苟延残喘;民主人士则要摧毁作为犹太教徒的犹太人,只给他们保留作为人的犹太人,即人权和公民权抽象而普世的主体。人们可以在最自由主义的民主人士身上识破一类反犹主义的变种:敌视犹太人,如果犹太人竟敢把自己想象为犹太教徒。这种敌视以一种宽容且逗乐的嘲讽表达出来,比如他说到一位犹太朋友,其以色列原籍一眼就认得出来:"他毕竟太犹太啦",或声称:"我唯一要责备犹太人的,就是他们的群居天性:假如让一个犹太人进来做一笔生意,他会带进来十个犹太人。"敌占时期,民主人士对迫害犹太人义愤填膺,态度是出自内心的,诚恳真挚的,但时不时叹道:"犹太人将来流放回来会更加蛮横无理,复仇欲望更厉害,我担心反犹主义变本加厉再发作。"其实他害怕的却是,迫害有利于使犹太人更加切实意识到自己的存在。

反犹分子责难犹太人全是犹太教徒,而民主人士则有意责备犹太人把自己看作犹太教徒。犹太人来在反对者和辩护者之间觉得相当为难:好像是餐桌上的肉食,无可奈何听凭人家选用作料,各取所需地把自己吃掉。因为,轮到我们给自己提出问题:犹太人存在吗?假如存在,是怎样的?首先他是犹太人抑或一般人?问题的解决在于消灭全部犹太人或让他们全盘同化？或者是否可能预卜另一种提出问题的方式和另一种解决问题的方式？

三

我们与反犹分子有一点看法是相同的：我们不相信"人性"，不同意把一个社会看作孤立分子或可孤立分子的总体；我们认为必须以综合精神审视生物现象、心理现象和社会现象。不过在贯彻这种综合精神的方式上，我们与反犹分子分道扬镳了。我们不了解犹太"本原"，我们不是善恶二元论者，也不认同所谓"真正的"法国人轻而易举享有经验或祖先遗留下的传统；我们对于心理遗传一直抱怀疑态度的，只同意把人种概念运用在经过实验肯定的范畴，也就是生物学和病理学范畴。在我们看来，人的定义首先作为"境况"中人来定位。这意味着人根据他的生物、经济、政治、文化等境况形成一个综合整体。我们认为，处于境况中，这意味着自我选择所处的境况。人与人之间根据各自的境况有所不同，也根据各自选择的人生有所不同。他们之间的共同点不是人性，而是生存状况，即界限和约束的总和：必然死亡，必然为生存而劳动，必然生存在已经有其他人生存的世界。这种状况其实只是根本的人类境况，或换个说法，只是所有境况抽象共同性的总和。

所以，我同意民主派的说法，犹太人跟其他人一样是一般人，但对于个体的人却不甚了了，无非是自由人或被奴役者：苦乐、生死、爱憎，跟所有其他人一样。除了这些太普遍性的数据，什么也取不出来。如果想知道谁是犹太人，我首先应当问一下有关他的境况，既然他是受境况制约的人。我有言在先，本人描绘只涉及法国犹太人，因为法国犹太人的问题是**我们的问题**。

我不否认犹太种族的存在,但首先应当了解我们的想法。如果说种族是指难下定义的复合:夹杂乱七八糟的体质性和学识伦理特征,本人根本不信那一套,比灵动桌①好不了多少。在没有更好称谓的情况下,我且称为种族性,系指某些遗传的体格构形,犹太人比非犹太人身上更显而易见,况且还得谨言慎行,更确切说多族犹太人。众所周知,闪米特人②不全是犹太人,这使得问题复杂化了。大家也清楚某些俄罗斯金发犹太人比天生卷曲短发的阿尔及利亚人在血统上比东普鲁士雅利安人跟其他雅利安人离得更远。事实上,每个国家都有自己的犹太人,我们以色列人的想象并不符合近邻国家的人的想象。

我曾在柏林生活过,纳粹政体之初,有过两个法朋友,一个是犹太人,另一个不是。那个犹太人显出"典型的闪米特体质":鼻子弯曲,耳朵扇翼,嘴唇厚实,法国人不加犹豫一眼就看得出他是以色列人。但他却是金发,又古板又冷漠,德国人看着眼睛发花,摸不着头脑。而他,有时寻开心跟黑衫队员外出,那帮纳粹党队员根本想不到他的种族,其中有个队员一天对他说:"我能够在一百米外认出犹太人。"另一个朋友则相反,科西嘉人,天主教信徒,世代天主信徒,却是黑发有点卷曲,波旁家族的鹰爪鼻,脸色苍白,又矮又胖;顽童们在街上向他扔石块骂他"犹大":因为他长得像某一类东方犹太人,在德国人的想象中比较普及。不管怎么说,即使承认所有的犹太人都有某些共同的体质特征,也不能得出结论说他们应该也表现出相同的性格特征,除非说有极其模糊的相似之处。

---

① 从前法国流行一种招魂术所使用的转动桌子。
② 旧译闪族人,古代包括巴比伦人、亚述人、希伯来人和腓尼基人等,近代主要指阿拉伯人和犹太人,二战后主要指犹太人。

更有甚者,在闪米特人身上可觉察到的体质特征是空间的,故而是并行不悖的,可分离的。我刚才从一个雅利安人身上重新从他们中间找到一个孤例。难道我可以由此得出结论说这个雅利安人也具有平时赋予犹太人这种心理素质吗?当然不能。那么一切种族理论都崩溃了,因为这种理论意味着犹太人是一种不可分割的整体,而我们却把他们当成一整块镶嵌瓷砖,每一小块瓷砖都是可以挪动的,可以把它挪到另一整块镶嵌瓷砖上。因此,我们既不能从体质到伦理得出结论,也不能公设一种心理生理学的平行论(即心身平行论)。若有人指出必须考虑总体体质特征,我将回答说:要么这种总体是种族特征的总体,并且这种总体丝毫不能代表心理综合的空间当量,就像脑细胞的组合不能跟一种思想挂钩;要么谈及犹太人的外貌时,指的是本能形成的一种综合整体。在这种情况下,确实,可能会产生克勒①所指的意思:一种"格式塔"(完形心理),正是各类反犹分子所影射的,因为他们硬说:"嗅得出犹太人""感觉出犹太人",等等。只不过不可能觉察到体质元素,除非是夹杂其间的心理含义。

  花梨树街上坐在门前的一个犹太人,我一眼就认得出来:又黑又卷的大胡子,微微弯曲的鼻子,扇翼般的耳朵,铁丝架眼镜,一顶圆顶礼帽直压双眼,一身黑衣服,急促而神经质的手势,一抹奇怪又苦不堪言的善意笑容。怎么分辨外貌和精神状态呢?他的大胡子又黑又卷,这是个体质特征。但尤其使我吃惊的则是他任它长下去,以此来表达他对犹太群体的依恋。他指着自己说来自波兰,属于第一代移民,要是他的儿子要求把大胡子刮掉,是否就不怎么犹太了呢?有些面貌特征,比如鼻形,如双耳叉开,纯粹是身体的

---

① 克勒(1887—1967),德国心理学家。

外貌，其他纯粹是心理和社会的特征，比如衣服和眼镜的选择，言谈举止等。那么是什么向我指认他是以色列人呢？无非是不可分割的总和。包括心理的和体格的，社会的、宗教的和个体的成分互相渗透，否则这种活生生的综合显然不可能被遗传传输，这种总和其实跟他整体的人是恒同的。因此我们观察犹太人体质和遗传的特征作为犹太人境况要素之一种，而不作为犹太人本性的决定性条件。

由于没有用种族来确定犹太人，难道我们以其宗教或纯以色列民族社群来界定犹太人吗？这么说，问题就复杂化了。可以肯定的是，在久远的时代就已经有一个宗教的民族群体了，人们称之为以色列。这个社群的历史则是二十五个世纪不断解体的历史。以色列首先失去了主权：巴比伦①后来由波斯人统治，最后罗马征服。不应该将此视为命中在劫难逃，如果不是有些地理上的厄运：巴勒斯坦位于古代贸易各条道路的十字口，被好几个强大的帝国压垮过，其地理位置足以说明这种漫长的剥夺。宗教纽带把各国犹太人聚居区的犹太人和留在故土的犹太人紧密联系在一起，产生了民族纽带的意义和价值。但这种"转移"，正如人们能够想象得出来，表现为对集体联系的一种超俗，不管怎样，精神超俗意味着精神弱化。况且不久基督教乘虚而入，引起分裂：这种新宗教的出现引发以色列世界巨大的危机，把移民犹太人跟本土犹太人对立起来了。面对基督教一上来的"强势形态"，希伯来人的宗教马上显得"弱势形态"，处于瓦解之中，只是通过让步和执着的复杂策略才得以维持。早在中世纪，希伯来人宗教抵制住迫害和犹太

---

① 巴比伦，古城名，遗址位于幼发拉底河岸，现巴格达东南一百六十公里处，巴比伦最初由阿卡得人建立（公元前2350—前2150），后被居鲁士二世夺取，成为波斯帝国一个省。巴比伦空中花园被誉为古代世界七大奇迹之一。

人大离散,却很难抵挡得住十八世纪启蒙运动和批判的进步。

我们周围的犹太人跟他们宗教只有一种礼仪和礼貌的关系。我问他们之中的一位为什么让人把他的包皮环割除。他回答说:

"为了让我母亲高兴,再说比较卫生。"

"那您母亲,她为什么坚持要怎样做呢?"

"因为她的朋友和邻居呗。"

我的理解则是,这些过分理性的解释掩盖着一种隐性和深层的需求:回归传统和植根过去的礼仪和习俗,因为缺乏民族性的经历。但恰恰宗教只是一种象征的手段,至少在西欧,抵制不住理性主义和基督精神的联合攻击。我盘问过无神论犹太人,他们承认关于上帝的存在是否继续与基督教徒对话。他们攻击的宗教,并且执意与之决裂的,正是基督教。他们的无神论与某个叫罗杰·马丁·杜·加尔①所说要"摆脱"天主教信仰没有一丝一毫的区别。他们并不反对犹太教法典,没有充当过无神论者,哪怕一分一秒。对所有犹太人而言,神甫就是本堂神甫,而不是犹太教教士。

故而言之,问题的论据好像是这样的:一个具体的历史社群首先是民族的和宗教的;然而,犹太社群虽然曾经是民族的和宗教的,但渐而渐之这些具体性空洞化了。我有意称它为抽象的历史社群。它的离散意味着共同传统的瓦解,我们在上文中指出二十个世纪的离散和政治无能不允许它有历史经历。正如黑格尔指出,如果真的是只要一个集体有自己的历史记忆便具有历史性,那么犹太人集体是所有社会中最缺乏硬性的,因为它的记忆中只保留漫长的受难,就是说漫长的消极状态。

---

① 罗杰·马丁·杜·加尔(1881—1958),法国作家,代表作《蒂博一家》(1922—1940),诺贝尔文学奖获得者(1937)。

那么是什么使犹太人社群得以保存一种似是而非的统一呢？为了回答这个问题,必须回到"境况"这个概念。并不是他们的经历、宗教、土地把以色列的子孙们团结在一起。他们之所以有一个共同的纽带,之所以全部配得上犹太人称号,是因为他们有一个犹太人共同的境况,就是说他们生活在一个把他们视为犹太人的社群中间。总之一句话,犹太人完全可以被现代民族同化的,却被现代国家定位为不愿同化之族群。压在犹太人头上的原罪,是杀害耶稣。不妨马上说明一下,此处讲的是一则传说,由犹太人聚居区基督教宣传编造的。不清自清嘛:背负十字架是罗马人的酷刑,耶稣被罗马人处决,罪名是政治煽动者。这些所谓杀害上帝的子孙注定生活在崇拜上帝的社会中间,他们的境况是难以忍受的,人们思考过吗？原来犹太人就是杀人犯或杀人犯的子孙,对于用前逻辑形式设想责任的集体来说,这就不折不扣等于一码事儿,就像是禁忌了。当然不是以此来解释现代反犹主义,但反犹分子之所以选择犹太人为仇恨的目标,是因为犹太人始终心存宗教恐怖。这一恐怖的后果引起一种奇怪的经济现象:中世纪教会之所以容忍犹太人,或能够强迫同化他们,或让人屠杀他们,是因为他们履行第一必需品的经济职能:这帮该死的人,他们从事一种该死的职业,却是不可或缺的;他们既不能拥有土地也不能参军从戎,于是从事金钱交易,而基督徒是不可问津的,否则玷污自己的清白。这样,原始厄运很快加上经济厄运,双重厄运在身,尤其经济厄运更是连续不断。如今,人们责难犹太人从事非生产性职业,且不知他们在国中的表面自主源于人们先把他们囿于这些职业,不许他们干别的事业。

有鉴于此,毫不夸张地说,是基督徒"创造了"犹太人,硬性裁定同化犹太人,强迫犹太人执行某个职能,从此,犹太人尽职尽业,精益求精。这还只是一种回忆：现如今经济职能的分化大得不可能指派犹太人干某个特定的行当了，至多可以指出犹太人长期被排除在某些职业之外，即使有可能就业，也干不了啦。现代各家社团把这份记忆窃为己有，将其变为托词和反犹主义的基础。因此，想要知道什么是当代犹太人，必须质问基督徒的良知：要问基督徒的并非"什么是犹太人？"而是"你把犹太人搞成什么样子了？"

是其他人把犹太人全盘视为犹太教徒的：这是简单的实情，必须从此发端。在这层意义上，民主派抵制反犹太分子是对的：是反犹太分子"制造"了犹太人。以色列人在他们周围遇到狂热分子所表现出来的那种猜疑、那种好奇、那种被掩饰的敌视，不容小觑，否则就大错特错。首先，我们已经看清楚，反犹太主义是原始的、盲目的、散漫的社会表现，以潜伏状态残存于合法的集体中。故而不应该假设一股慷慨的冲动，几句善良的话语，就一笔划掉，就足以将其消除：这好比一本书，揭露了战争的后果，就可以想象把战争消除。毫无疑问犹太人赞赏人们对其价值表现出的好感，但不知道怎么办才看不到反犹主义在他们生活的社群中依然是永久的结构。另外，他们知道民主派和所有保护他们的人倾向于宽容反犹主义。首先，我们确实生活在共和国，所有的舆论都是自由的。其次，神圣联盟的神话依旧强烈影响着法国人，以至于后者随时准备做出更加巨大的妥协，旨在避免内部发生冲突，尤其在发生国际危机的时期，这样的时期当然也是反犹太主义最刻毒的时期。当然，正是天真善良的民主派做出所有的让步，而反犹分子则寸步不让，并从恼怒中得益：人们说："别激怒他们……"在他们周围低声说。

例如一九〇四年，许多法国人站到贝当政府一边，不失时机地宣扬团结，但其用心路人皆知。之后，这个政府采取反犹太人措施。贝当主义者没有表示反对。他们感到很不自在,但有什么不自在呢?假如法国以某些牺牲作代价就能得救,视而不见何乐不为呢?诚然,他们不是反犹分子,甚至对遇见的犹太人彬彬有礼,深表同情。但这些犹太人,怎么会感觉不到你是在牺牲他们的命运而幻想恢复一个统一的、家长制的法国呢?今天①他们当中没有被德国人流放或杀害的犹太人终于能够回归故里。其中许多人第一时间就参加抵抗,有些人的儿子、堂表兄弟在勒克莱克尔将军的部队服役。法国上下欢天喜地,或街头称兄道弟,社会斗争好像暂且被遗忘了,报纸整栏整栏刊登战俘、被放逐者的消息。人们会谈起犹太人吗?会欢迎死里逃生者回到我们身边吗?会想念死在卢布林毒气室②的人们吗?只字未提,所有的日报没有一行字提及。没有必要惹怒反犹分子嘛。法国比任何时候都需要团结一致,心怀善意的记者们对您说:"为了犹太人利益自身,目前不应该过多地谈起他们。整整四年,法国社会生活中都不提及他们,过多提醒他们的再现是不适宜的。人们以为犹太人不了解形势吗?他们不明白这种沉默的原因吗?他们中间也有人赞成这种沉默,说什么:越少谈起我们越好。"一个自信的法国人,对自己的宗教、自己的种族充满自信的法国人,能懂得导致说出此言的精神状态吗?难道看不出来他们在自己的国家必须身受几年的敌视、始终虎视眈眈的恶意、随时转为乖戾的冷漠才能达到这般逆来顺受的明哲、履行退缩谦让的策略?

于是他们悄悄返回家园,他们被解放的喜悦并没有与全国的喜悦融汇在一起。他们为此而感到痛苦,下列一件小事足以证明

---

① 写于一九四四年十月。——原注
② 确切名称为马伊达奈克毒气室,位于波兰城市卢布林市郊的居民集聚中心,德国纳粹曾在此设立大型犹太人集中营,规模仅次于奥斯威辛集中营。

他们的痛苦:我在《法兰西文学报》上写了一篇文章,并没有想到这一点,出于列举的完整,随手写了一句有关战俘、被放逐者、政治犯和犹太人的痛苦。几个以色列人为此感谢我,令我感动不已:可见他们被遗弃的程度有多深,仅仅为了我在一篇文章中写了"犹太人"这个词就觉得有必要向我表示感谢,应该如此吗?

这么着,犹太人依然处在犹太教徒的境况下,因为他们生活在一个集体内,而这个集体将其视为异教徒:既有狂热的敌人又有缺乏激情的保护者。民主派专门从事缓和,当有人放火烧了犹太教堂,便指责一下或训诫一番。民主派是职业性宽容,甚至赶宽容时髦,最终把宽容延伸到民主的敌人:君不见激进左派中竟有人凑热闹称莫拉斯①有天才吗?怎么叫不理解反犹分子?明明被那些策划损害他的那些人迷住了心窍。也许他心里深处为自禁暴力而感到遗憾哩。尤其是游戏不公平:民主派为了表现出几分热情替犹太人辩护,也必须成为善恶二元论者,并将其视为善的本原。但怎么可能呢?民主人士又不是疯子。他们自愿当犹太人的律师,因为把犹太人看作是人类的一员,人类还有其他成员同样需要保护,民主派有许多事情要做:有空才照顾犹太人。反犹分子却只有一个敌人,可以时刻惦记着,由他们来定调子。犹太人则受到有力的打击和无力的保护,总是生活在反犹主义当道的社会中倍感腹背受敌。这才是必须仔细审视的呀。

法国犹太人多数是小资产阶级或大资产阶级。他们大多数从事我称之为舆论的职业,从这个意义上讲,成功并不取决于干这行的能力,而在其他人对你的看法。律师也罢,帽商也罢,顾客上门

---

① 莫拉斯(1868—1952),法国作家,激进民族主义政治理论家,法兰西学院院士。

不请自来。由此可见,我们所说的职业充满着礼仪客套:必须有诱惑力,留得住人,获取信任;衣冠整洁,举止坦荡,光鲜体面,从礼仪客套中烘托出来,从无数细微的动作中表现出来,做得体了才可吸引顾客。这样,最最重要的则是名声:博得好名誉,靠名声生活,这意味着实际上完全依靠别人,不像农民,先得跟土地打交道;工人,跟材料和工具打交道。然而,犹太人却处于不合常情的境况中,可以自行决定获得诚实的名声,完全跟其他人一样,采取的步骤也一样。但这样的名声要自行外加一个原始名声,一次性给予的,不管怎么样都不能摆脱的,即身为犹太人的名声。一个犹太工人,在矿场,在翻斗车,在熔炼厂,会忘记他是犹太人。一个犹太商人则忘不了。他若一而再再而三行为无私和诚实,人们或许称他为一个好犹太人。但依旧是犹太人,永远是犹太人。人家说他诚实或不诚实,至少他知道怎么回事。他记住了值得让别人称赞的行为。至于有人称呼他犹太人,那就另当别论了:其实并不涉及某种个别状况,而涉及某处举止,即他一切有行为的共同举止。人家一再跟他说一个犹太人要像一个犹太人那样睡觉、喝酒、吃饭,以犹太人的方式显示出诚实或不诚实。不过,这样举止,犹太人即使反省也无济于事,因为在自己的行为中根本找不到。难道我们意识到自己的生活作风吗?事实上,我们过于黏附自己,不能以见证人的客观看法对待自己。

然而,"犹太人"这个词儿,一旦出现在生命中就再也脱离不出来了。有些孩子自六岁起就伸拳头殴打称他们为犹太鬼的同学们。有一些很久都不知道自己的种族。我认识的一个家庭中有个以色列女孩子直到十五岁都不知道"犹太人"这个词的含义。占领时期,枫丹白露的一位犹太医生一直足不出户,扶养孙子孙女们,闭口不谈他们的原籍。但不管怎么样,总得有一天要让他们知道真相:有时通过周围人的微笑,有时通过风言风语或粗口谩骂。越晚发现,打击越强:他们一下子发觉其他人都知道关于他们自己不知道的事情,原来别人对他们使用这种暧昧不清的、令人不安的形容词,在他们自己家里从来不用的。他们由此感到自己从正常孩子的社团被分离开来了,被剔除出来了,别的孩子们在他们周围安安静静地奔跑和玩耍,没有任何不安全感,也没有专门的称呼。他们回到自己家,望着自己的父亲,心想:"难道他也是犹太人吗?"他们对他的尊敬一下子败坏了。怎么让他们不把第一次披露身份的烙印毕生铭记!人们无数次描写一个孩子的心烦意乱,是在他突然发现父母发生性关系的时候;一个犹太儿童怎么不会有类似的纷乱,当他偷偷瞧着父母,心里却想:"他们是犹太人。"

然而在家里,父母则对他们说,作为犹太人应当感到骄傲。孩子们则不再知道相信谁,介于受辱、焦虑和自尊之间不知所措。他感到跟别人不一样,但不明白是什么东西使他不同于一般人,只确信一件事,就是在旁人的眼里,不管他做什么,都是而且永远是犹太人。德国政府强迫犹太人佩戴邪恶的"黄星",人们义愤填膺,理所当然。最不可容忍的是,当众**指认**犹太人,逼迫犹太人在其他人的眼里感到自己是永久的犹太人,以至于人们千方百计向被打上这样印记的不幸者深表关切同情。某些很有善意的人向路见的犹太人脱帽示意,犹太人却声称这样的致意让他们不堪忍受。在他们闪烁着同情的目光注视下,犹太人觉得自己变成客体。同情和怜悯的客体,只要人家愿意就行,反正是客体。对于这帮所谓行善积德的自由派来说,是在向犹太人做个慷慨势态的机会,让犹太人明白,他们只有一次机会:接受他们握手或被他们唾弃,因为自己派是自由的,完全自由的,在他们面前,犹太人不是自由成为犹太教徒的。所以最坚强的人宁愿面对仇恨的姿态而不接受施舍的举动,因为仇恨是一种激情,却不太像随意发泄的,而施舍则始终居高临下。所有这一切,我们了然于胸,临了,我们每当遇见佩戴黄星的犹太人,便扭过头去,眼不见为净。我们很不自在,为我们亲眼所见感到尴尬,目光落到他们身上,映入眼帘的则是犹太教徒,不管他们乐意不乐意,不管我们乐意不乐意。同情、友谊最后的对策,此时好像是眼不见为净,因为不管我们怎么努力去接触这些人,必然遇到的反正都是犹太人。人们怎么会看不出,纳粹的药方只不过把我们先前一再将就的实际局面推至极端呢?

诚然,第一次世界大战停战协定之前,在德国,犹太人并不佩戴黄星。但犹太人的称呼、脸形、举止及其他特征却指认他们是犹太人。比如,一个犹太人走在街上,进入咖啡馆或沙龙,他知道自己脸上挂着犹太教徒的形象。假如有人向他走来,神态过于开朗,笑容可掬,他知道即将成为客体去接受别人容忍的表示,他的对话者早已选择他作为托辞向世界并为自己宣布:我,思想宽容大度;我,不是排犹分子;我,只认个体不认种族。然而,犹太人在心里也跟其他人那样认识自己:他们讲其他人的语言,有着跟其他人一样的阶级利益、国家利益,他们阅读其他人阅读的报刊。只不过人家让他们明白他们什么也不是,既然他们坚持"犹太人方式",说话、阅读、投票。他们若请求解释,人家便给他们描绘一幅肖像,但他们却认不出这幅肖像是他们自己。然而,这正是他们的肖像,毫无疑问,既然几百万人一致支持这种看法。他们能怎么办?

我们一会儿将看到,犹太人不安的根据在于他必然不断自我盘问,最后扎根于幻影人,既陌生又熟悉,既不可捉摸又伸手可及,既像幽灵似的追随他,又在纠结之后觉得就是他自己,就像别人看到的他自己。人们会说,我们每个人都是这样的,我们的性格都是亲近的人熟悉,自己却不甚了了。不错,此话其实表达了我们跟他人的根本关系。但犹太人跟我们一样是有性格的,更有甚者,是犹太教徒。对他而言,几乎等于跟他人的双重根本关系。犹太人是由复因决定的。

在犹太人眼里,使其境况更为不可理解的是,他们居然充分享有公民的权利。至少在他们求生的那个社会处于平衡状态的时候。而在危险频发和迫害频繁的时期,犹太人要受苦遭难一百倍,但至少可以进行反抗。黑格尔在《奴隶主与奴隶》所描述的辩证法,不妨借用其相似性,犹太人便可以重新找到反压迫的自由,可以否定犹太教徒该死的本性,同时拿起武器反抗那些执意强迫他们接受这种本性的人们。然而,在一切平安无事的时期,他去反抗谁呢?他当然接受围绕他的集体,既然想照章办事,既然屈从于通行的礼仪,跟着人家手舞足蹈,跟着体面光鲜,跟着受人尊敬。况且,他不是任何人的奴隶,而是允许自由竞争政体下的自由公民,没有任何显职、任何重任禁止他承担,他可以获得荣誉勋位勋章,可以当大律师,可以当部长。但就在他达到合法社会的顶峰时,另一个无定型的、离散漫射而无处不在的社会闪电般出现在他面前,难以让他接近。他以一种非常特别的方式感受荣誉和财富的虚荣,既然最伟大的成功也永远不会允许他踏入这个自称真正的社会:哪怕当上部长,他也是犹太人出身的部长,既是个杰出的人才,也是个不可接触者。不过,他不会遇到任何特别的抵制,周围的人对他避之不及罢了,一种触摸不着的虚空越来越扩大,之后更甚一层,一种无影无踪的神秘变化使他接触到的一切都贬值了。确实,在一个资产阶级社会里,成员不断发生种族混杂、集体的潮流、时尚、习俗,都是创造价值的。诗歌的价值,家具、房子、风景的价值,大部分来源于自发的凝聚,宛如轻飘的露水,落实在实体上。这种凝聚力,严格意义上讲,是民族的,是传统和历史正常运行的结果。

身为法国人,不仅是出生在法国,投票选举、纳税,尤其应用和沟通上述种种价值。人们在参与创造这些价值时,几乎对自己是放心的,通过对整个集体的参与来证明自己存在的正当性。善于赞赏一件路易十六时代的家具、一句尚福①名言的微妙、一处法兰西岛②的风景、一幅克洛德·洛兰③画作,便是肯定和感知自己归属法国社会,延期与这个社会所有成员心照不宣的社会契约。因此,我们的存在这种模糊的遇然性便消逝了,取而代之的是有权存在的必然性。每个法国人阅读维庸④和看到凡尔赛宫都会感动,愿意成为公职人员和不受时效约束的权力主体。然而,犹太人原则上是被拒绝获得价值的人。没准儿,工人也处于这种情况。但也犹太人不同,工人可以不屑一顾地拒绝价值和资产阶级文化,可以考虑用自己固有的价值来替代。

犹太人原则上却是属于排斥他们的那些人所在的阶级,尽管分享后者的趣味和生活方式:他们触及这些价值,却视而不见,本该属于他们,却被他人拒绝了,还说他们是瞎子。自然,这是错误的,难道有人以为布洛克⑤、克雷米厄⑥、絮阿雷斯⑦、施沃布⑧、本达⑨了解法兰西伟大著作比不上基督徒、杂货店主或警察吗?难道有人以为马克斯·雅各布⑩操弄我们的语言比不上基督徒杂货

---

① 尚福(1740—1794),法国作家。
② 法兰西岛,系指法国行政大区之一,以巴黎为首府的周围八个省。
③ 克洛德·洛兰(1600—1682),法国风景画家。
④ 维庸(1431—1463),法国最早的抒情诗人之一。
⑤ 布洛克(1885—1944),法国历史学家。
⑥ 克雷米厄(1796—1888),法国律师,政治家。
⑦ 絮阿雷斯(1868—1948),法国作家。
⑧ 施沃布(1867—1905),法国作家,学者。
⑨ 本达(1867—1956),法国作家。
⑩ 马克斯·雅各布(1876—1944),法国诗人,小说家。

店主或警察吗？难道有人以为马克斯·雅各布操弄我们的语言比不上所谓"雅利安"市长的秘书吗？普鲁斯特是半个犹太人，难道他只懂半个拉辛吗？谁更懂得斯当达，是雅利安人许盖，那是写错别字出了名的，还是犹太人莱翁·布鲁姆①？犯错误倒不太要紧，问题在于这种错误是集体性的。犹太人应该由自己决定此事是真是假，最好必须由犹太人出示证据。人们总得统一彼此的意见再去否认犹太人提出的证据吧。犹太人当然也可以走得很远，要多远有多远，去理解一部作品，一种习俗，一个时代，一类风格，找出被研究的客体真实价值，现实法国独到的法国人能懂的价值。这恰恰就是"出世的"了，是用言语难以表达的了。做不到哇，枉费心机了。犹太人用自己的文明、自己的著作来论证，到头来依然是一种犹太文化，依然是犹太人著作，人家是犹太人嘛，恰恰在于他们甚至不怀疑应该被理解的东西。于是人们试图使之相信他们是把握不住事情的真实含义的，因为犹太人在自己周围形成一种不可捉摸的浓雾，那才是真正的法国，浸沉在自己真正的价值中，包含着自己的涵养、自己的品德，别人根本没份儿。犹太人可以同时同样获取他们得到的一切财富，包括土地和古堡，如果他们有钱，但就在他成为合法产权人的时候，产权的意义微妙地改变了。只有法国人，法国人的儿子，法国农民的儿子或孙子，才能真正拥有产权哩。

为了拥有村子里的一处旧房子，用实打实的钱买下是不够的，还得认识所有的邻居，他们的父母和祖父母，周围的种植物，森林中的山毛榉和橡树，善于耕种、捕鱼、打猎，小时候在树上划切痕，年龄成熟之后再去找放大的切痕。犹太人不具备这些条件，人们

---

① 莱翁·布鲁姆(1872—1950)，法国著名政治家，作家。

有这个自信。不过,法国人或许也做不到,没有关系,情有可原嘛,把燕麦误认小麦,法国人和犹太人各有各的误认法。因此,犹太人始终是外国人,不速之客,同化不进集体内部。犹太人什么都可以办到,但什么也拥有不了,因为人家跟他们说了。人们拥有的东西,用钱是买不下来的。犹太人触及的一切,得到的一切,到了他们的手里就贬值了。世上的财富,真正的财富,始终是他们得不到的财富。不过,他们心知肚明,跟别人一样,对铸就集体的未来做出同样多的贡献,不管别人怎样嫌弃他们。但即使未来属于他们,至少过去他们是没份儿的。况且,必须承认,如果他们回首过去,看到的确实什么份儿都轮不上他们的种族:历朝历代的法国国王、大臣、统帅、领主、艺术家、学者,都不是犹太人,连搞法国大革命也不是犹太人。理由很简单:直到十九世纪,犹太人就像妇女们受监护那样,所以他对政治和社会的贡献跟妇女们相同只是近期的事情。爱因斯坦、卓别林、柏格森、夏加尔、卡夫卡等人的英名足以证明他们早就能给世界带来什么,假如他们早点被解放的话;不管怎么说,事实明摆着的。犹太人的集体记忆向他们只提供一些阴暗晦涩的东西,诸如沙皇屠杀犹太人,贫困的犹太人区,大批逃难,都是千篇一律的大苦难,二十个世纪一成不变,停滞不前。犹太人虽不属"历史性的",却是,或几乎是,最古老的人民之一,这使他们的气质始终显得既古老又新生似的,总之,虽有智慧,却没有历史。没关系嘛,有人说,无保留接纳他们便是了:我们的历史就是他们的历史或至少是他们子孙的历史。但这是人们绝对不会做的。

由此可见,犹太人飘浮着,拿捏不定,背井离乡。况且不敢返回以色列去寻找一个社群和一段历史,以弥补被人拒绝的东西。这种犹太社群不以国家、土地、宗教为基础,至少在当代法国是如此的,又不以物质利益为基础,而以境况认同为基础,随遇而安,这就可以建立情感、文化、互助真正的精神纽带。但他们的敌人马上会说这种社群是种族的,而犹太人自己十分为难去指认自己的社群,也许会使用"世系"这个词吧。随即认为反犹分子有理:"您很清楚,确有一个犹太人**世系**",犹太人自己都承认,再说啦,他们无论到什么地方都聚集在一起。确实如此,假如犹太人在这类社群吸取正当的自尊,由于他们不能以一部特定犹太集体的作品引为自豪,又不能以一种特有的以色列文明引为自豪,更不能以一种共同的神秘论引为自豪,到头来不得不吹嘘世系的优良品质。这样,反犹分子全盘皆赢。

总之,人们要求犹太人,法国社会这些不速之客,一边待着去。若不听话,就骂他们;若顺从,就容他们,但依旧不让他们同化。还是不放心嘛。一有机会就逼他们"经受考验"。在战争情况下,或发生骚乱时,"真正的"法国人是用不着经受考验的,只需完成军事或民事义务就行。但对犹太人来说,情况就不一样了。他们可以相信人家不会宽厚的,必定会计算他们参军的人数,好在突然之间跟所有其他宗教信仰的人团结在一起了。即使超过参战年龄,不管是否作战,也要他们感到有介入的必要,因为有人到处声称犹太人都会招引埋伏袭击。"传言不假",有人说。其实不然。斯泰凯尔[①]有过一个分析,关于上述犹太情结,引述过一位犹太妇女的话:"基督教徒一般都说,犹太人能躲避就躲避,可我丈夫却执意作为志愿者参战。"说的是一九一四年大战之初的事,奥地利自一八六六年战争之后没有打过仗,之前都由职业部队作战。犹太人在奥地利得到的名誉在法国也得到了,只不过是对犹太人素怀戒心自生的结果。一九三八年,发端于慕尼黑的国际危机时刻,法国

---

① 斯泰凯尔(1868—1940),奥地利精神分析学家。

政府只征召某些种类的预备役军人,大部分可以拿起武器的人未被动员。可是这时已经有人扔石头砸我一个朋友店面玻璃窗,他是美丽城的犹太商人,被人说成避开火线工作。这么说来,犹太人为了获得安宁,应当在别人之先被征召入伍:在食品匮乏的情况下,犹太人应当比别人更加忍饥挨饿;假如国家遭受集体的不幸,犹太人应当承担更多一些。他们要成为法国人,必须承受这种考验的义务,对犹太人而言,会引起一种负罪情境:犹太人在任何情况下,如果不比别人做得更多,比别人做得更多更多,他便是有罪的:该死的犹太人!咱们不妨戏谑套用博马舍①的一句话:根据要求一个犹太人争取同化为一个"真正"法国的品质来判断,有多少法国人在自己的国家配得上成为犹太人呢?

由于犹太人在职业、权利和生活上取决于舆论,他们的处境完全不稳定:按法律无懈可击,却承受着现实社会的某种情绪波动或激情发作的随意摆布。犹太人窥伺反犹主义的发展,预测危险,关注海底涌浪,就像农民窥测雷雨:不断估算外部事件对其地位的影响。犹太人可以积聚合法保障,财富和荣誉,但其实再也脆弱不过的,他们自己心中有数。因此,虽然他们觉得自己的努力总能获得成功,很清楚自己种族的成就令人震惊,但同时明明知道不幸的命运总让他们徒有虚名:从来得不到最卑微的基督徒那种安全感。这也许是以色列人卡夫卡《诉讼》含义之一吧:犹太人很像小说主人公,陷入一场漫长的诉讼,根本不认识法官,对自己的律师也知之不多,连别人责怪他什么也弄不清楚,却知道人家怪罪于他。判决则一周、两周不断往下拖,他利用间隙千方百计管保自己,但每

---

① 博马舍(1732—1799),法国著名剧作家,代表作《费加罗的婚礼》(1784)举世闻名。

个盲目采取的谨慎措施使他更加深陷负罪感。犹太人的外部境况可能显得熠熠生辉,但没完没了的诉讼无影无踪地折磨他们,有时竟像小说中发生的那样,一些人抓住他们拽住不放,硬说他们输掉诉讼,把他们拖到市郊空地残杀掉。

反犹分子言之凿凿:犹太人吃、喝、读、睡、死,真像犹太人。他们不像犹太人像谁呢?反犹分子巧妙地败坏犹太人的食品和睡眠,直至导致死亡。犹太人怎么不每分钟被迫站稳立场面对这种毒化?一旦他们踏出门外,一旦上街,进入公共场所遇见路人,便感到别人目光的盯视,一家犹太人报刊称之为"他们",混合着担心、鄙视、责备或兄弟般情谊,他们必须下定决心:接受或拒绝别人让他们扮演的角色。如果接受,到什么程度?如果拒绝,连同其他以色列人的一切亲属关系一股脑儿拒绝吗?或仅仅拒绝种族亲缘?不管他们做什么,反正已经豁出去了:可以选择勇敢或怯懦,忧伤或高兴,也可以选择杀掉基督徒或喜欢他们。但他们不能选择不是犹太人,或更恰当地说,假如他选择了,声称犹太人不存在;假如他们强烈地、绝望地否认自己有犹太性格,这恰恰证明他是犹太教徒。因为,我,不是犹太教徒,我没有什么可要否认的,什么也没有证明的,反而要他拿出证据来,即使犹太人决定他们那个种族不存在。身为犹太人,就是被抛入、被遗弃在犹太境况中,并且同时在犹太境况下,通过自己的努力,对犹太人民的命运,乃至本性负责。因为,不管犹太人说什么或做什么,对自己的责任有模糊的或清晰的认识,对他们而言,一切都好像要他们把自己的一切行为与康德式的命令相对照,一切都好像在任何情况下他们必须自问:"如果所有的犹太人像我们这样行事,犹太人的现实会怎么样?"于是他们向自己提问:"如果所有的犹太人都是犹太复国主义者抑或相反,如果他们全体归依基督教,如果所有犹太人都否认他们是犹太教徒,等等,那会发生什么情况?"他们必须无助地独自回答,同时做出自我选择。

如果人们同意我们的看法:"人是一定境况下的自由",那就很容易设想这种自由可以作为本真或非本真来定位,根据自由处于自身涌现的境况下对自己做出的选择。本真,不言而喻,在于清醒和真实地意识到境况,在于承担这种境况包含的责任和风险,怀着骄傲或卑微,有时怀着恐慌或仇恨,诉求自由。毫无疑问,本身要求很大的勇气,无比的勇气。所以,毋庸惊讶,非本真更为普通。不管是资产者还是基督徒,他们大部分是非本真的,从这个意义上讲,他们拒绝彻底体验自己的资产阶级和基督徒的状况,总是把其中部分状况掩盖起来。当共产主义者把"群众的激进化"写入自己的纲领,当马克思解释道无产阶级应当意识到自己,这是什么意思呢,无非是说工人自己首先是非本真的。犹太人也没有逃脱这条规律:本真,对他们而言,是彻底体验自己的犹太人状况,即否定这个状况的非本真,或企图逃避这个状况的非本真。对他们而言,非本真没准儿跟其他人相比,更有吸引力,他们所诉求和体验的境况,无非是殉难者的境况而已。最不幸运的人们平时在自己的境况中发现的,则是其他人具体团结在一起的纽带:处在革命前景的雇员经济状况,教会人员的经济状况,即使处在受迫害状况,其本身仍具有物质和精神利益的高度一体性。

但,我们已经指出,犹太人之间没有利益共同体,没有信仰共同体,他们不属同一个祖国,没有自己的任何历史。把犹太人团结在一起的唯一纽带,是敌对性鄙视,他们生活其间的社会对他们始终虎视眈眈。这样,"本真犹太人"即是愿意承担强加于他们的鄙视并生活其间的犹太人。在社会和平时期,他们执意充分理解和体验的境况几乎是难以觉察的:那是一种氛围,脸色和词语微妙的含意,隐藏在事情之中的威胁是一种抽象的纽带,把他们跟其他非常不同类的人们联系在一起。与之相反,一切竞相促使他们显得像自己眼里的普通法国人:他们生意兴隆紧紧取决于国家兴旺,其子孙之命运与和平、与法兰西强盛紧密相连。他们所讲的语言,别人灌输给他们的文化,使他得以支撑自己的算计和推理,去执行全民族共同的原则。这样,他们只要顺其自然便可忘记自己的犹太人状况,如上所述,如果不是处处遇到不可察觉的毒素,即他人的仇视意识。

令人震惊的,倒不是存在非本真犹太人,从比例上看,人数少于非本真基督徒。只不过反犹分子,从非本真犹太人的某些行为得到启发,塑造了普通犹太人神话。犹太人的特征确实显示,他们一边体验一边逃避自身的境况,他们选择了否认这种境况,或否认自己的责任,或否认令他们不可忍受的遗弃。这不一定意味着他们想摧毁犹太教徒这个概念,或明白了当否认犹太人现实的存在。总之,非本真犹太人是其他人视为犹太教徒的那一群人,是这些人面对难以容忍的境况选择了逃避。由此引起他们身上表现出各种不同的举止,并非在同一个人身上同时表现出来,而是各人可能以各人的逃避之道表现出来。反犹分子收集和拼凑所有的"逃避之道",尽管是有区别的,有时不相容的,从而描绘出一幅畸形的肖像,却硬说是普遍犹太人肖像。同时,反犹分子把这类不费吹灰之力的"逃避之道"说成是逃脱艰难的境况,作为世代相传的特征铭刻在以色列人身上,因此是不可能改变的。假如我们想弄个明白,那就必须肢解这幅肖像,还其"逃避之道"的自主性,把"逃避之道"当作"事迹",将其视为天生的品格。必须明白类似种种"逃避之道"的清单只适用于非本真犹太人(本真这个词当然不包含任何道德谴责的意思),而且这份清单应当加上犹太本真的描述。

最后我们必须牢牢记住这个理念：犹太人的境况在任何情况下都应当作为导线来运用。如果我们抓住这个能帮助解决复杂问题的办法，如果严格加以运用，也许可以用几多虽零碎却确切的真情实况来替代以色列善恶二元论的神话。

什么是反犹神话的第一特征？有人说，犹太人是复杂的人，一天到晚琢磨来琢磨去，鬼点子特别多。人家通常称之为"钻牛角尖"，甚至不用寻思这种琢磨和内省的倾向是否跟别人硬说犹太人做生意贪婪和盲目向上爬能够相容。在我们看来，倒可以承认选择自我逃避在某些犹太人身上，其中大部分是知识分子，是一种相当经常的自省态度。不过还得把话讲清楚，因为这种自省性不是遗传的，如上所说，是一种逃避的途径，其实是我们强迫犹太人逃避的。

斯泰凯尔为此跟好几位心理分析学家谈起过"犹太情结"。很多犹太人提及他们的自卑情结。我看不出使用这个说法有什么不妥之处，当然这种情结仍然不受之于外部，是犹太人自个儿处于情结状态，因为他们选择以非本真方式体验自己的境况。总之，他自己让反犹分子说服了，成了反犹分子宣传的第一个受害者。犹太人同意反犹分子的说法，如果存在什么犹太人，他们该有的性格是百姓的恶意赋予他们的。而他们要做的努力是把自己变成殉道者，从狭义上讲的殉道者，就是说用他们本人来证明不存在犹太人。焦虑经常在他们身上产生一种特定的形式：焦虑变成害怕行动，或害怕产生自己是犹太教徒的感觉。大家知道，他们是精神衰弱患者，恐惧纠结，恐惧杀害，恐惧跳窗坠落或口出不堪入耳的粗话。在某种程度上，尽管他们的焦虑极少达到病态水平线，但某些犹太人可以跟精神衰弱患者相提并论：他们听凭别人将其塑造的形象败坏，生活在与其行为不相符的恐惧中。所以我们可以说，不妨重新使用刚才用过的说法：他们的表现始终不断地被内部复因决定。确实，他们的行为没有得到人们赋予非犹太人的动机：利益，激情，利他主义等等，而且旨在彻底区别于被分门别类的"犹太人行为"：有多少犹太人毫不犹豫地慷慨解囊、大公无私及至优秀绝伦？没有吧，因为人们一般把犹太人视为唯利是图者。

请记住，这根本不意味着犹太人不必抵制贪财的"意向"。先天不存在任何理由认为犹太教徒比基督教徒更贪财。更确切地说犹太人慷慨的举动被慷慨的决定败坏了。本能和有意识的选择错综复杂地混杂在一起。追求的目标，是既要在外部世界获得一定的结果，又要向自己向别人证明不存在犹太人本性。他们之中有好几个人在停战后向我报告他们有悖常理的反应：众所周知，在抵抗运动时期犹太人的作用令人赞叹。正是他们，在共产党人投入行动之前，首先提供主要干部；四年抵抗运动，他们表现出的勇气和决策意识令人折服。然而，有些犹太人在"抵抗"之前犹豫不决，迟疑良久，尽管觉得抵制非常符合犹太人的利益，一开始不乐意介入，除非确信他们不是作为犹太人而是作为法国人参与抵抗。这种顾忌足以表明他们深思熟虑的特定品质：犹太因素在任何情况下都会冒出来，使他们不可能仅凭简单审视事件就做出天真的决定。

总之，犹太人自然而然地把自己置于自反性层面。他们战战兢兢，迟疑不决，不仅限于行动或思考，还得注视自己的行动或思考。不过，应当看到犹太人自反性，虽然并非始于无私的猎奇心或精神皈依的愿望，却本身就是实践。犹太人千方百计通过反省来认识自己不是普通人而是犹太人，他们执意认知之后予以否认。对他们而言，问题不在于承认某些缺点和克服缺点，而以他们的行为表明他们没有这些缺点。这样，犹太讽刺的性质虽然得到了解释,但他运用时却总是伤着自己,不失为始终不断从外部看待自己的尝试。他们因为善于自审,所以能未雨绸缪,千方百计用他们的眼睛来看自己。这种针对自己的客观性依旧是一种非本真的诡计:当他们怀着别人"冷眼相待"的目光静观自身的同时,确实感到"摆脱"了自己,变成另一个人,一个纯粹的见证人。

然而,犹太人心知肚明,上述自身的脱离只有在他人认同之下才有效,所以人们常常在犹太人身上发现同化的能力:他们贪婪地吸收各种知识,此处所谓贪婪不可与无私的猎奇心相混淆。这证明犹太人想成为一个"人",仅仅一个世人,一个跟大家一样的人,吞食世人各种思想的同时,获取一种有人性的世界观。犹太人自我修养,为的是把心中的犹太人毁掉,无非想要人家把泰伦提乌斯①的话 Nil humani a me alienum puto, ergo homo sum(我是人,所以我认定对人的任何事都不陌生。——拉丁语)稍微改动一下运用到他们身上,同时试图把自己淹没在基督徒群体之中:我们注意到了,基督徒很巧妙很大胆地当面向犹太人声称后者不是另类种族,而是不折不扣的一般人。反之,犹太人之所以被基督徒迷惑,不是因为后者的美德,其实并不赏识他们,而是他们代表着匿名:基督徒是不分种族的人类。即使犹太人千方百计钻进最封闭的圈子,也不是因为常被世人诟病的所谓疯狂野心,抑或更确切地说,这种野心只有一种意义:犹太人竭力要其他世人承认他们也是世人。他们之所以到处渗透,是因为只要身处的社会环境抵制他们,并同时以他们自己眼中的犹太教徒看待人,他们将始终惴惴不安。追求同化的原则是很好的:犹太人诉求成为法国人的权利。

不幸的是,实现他们的企图得从基层做起:希望别人接待"一

---

① 泰伦提乌斯(约公元前190—前159),古罗马著名喜剧作家。

般人"那样接待他们,甚至希望能钻得进的圈子也正经八百地接纳他们;既然他们是富有或显赫的犹太人,"理应"常来常往,抑或"善良"的犹太人,例外的犹太人。他们不是不知道,但如果承认别人把他们当作犹太人那样接待,他们的企图就失去任何意义,他们就会灰心丧气。所以,他们自欺欺人(又译:真诚作弊):对自己掩盖真相,其实真相深藏在心底;夺取作为犹太人的地位,以自己拥有的手段守住它,即用犹太人的手段,进而把每一次新的攻克当作同化程度较高一级的象征。不言而喻,反犹主义是他们钻进的阶层几乎立即表现出来的反应,不用多久就让他们明白自己多么想否认的东西出现了。

然而反犹分子的强横得到有悖常情的结果,即把犹太人推向争夺其他阶层和团体。其实,犹太人的野心基本上是寻求安全,同时追求时髦,一旦成为赶时髦的人,他们的时髦主义就是一种努力向上,旨在同化民族价值(图画、书籍等)。这样就可快速地、出色地穿越各个社会阶层,但他们依旧像坚核那样待在接纳他们的阶层之中。犹太人的同化既夺人眼球又昙花一现,常常为世人诟病,正如西格弗里德[1]所指出的,美国人以为他们的反犹主义源于这样的社会现象:犹太移民表面上领先同化,到了第二代、第三代就抱团儿了。当然,人们诠释这个现象时觉得好像犹太人不愿意真诚同化,好像背后有一种柔性的操控,身上隐藏着对自身种族怀有一种有意识的、不动摇的眷恋。但这恰恰相反,正因为他们从来没有被当作一般人接待过,到处总是当作犹太人被接纳,理由是犹太人不可同化。

从这种境况又得出一种新的悖论:非本真犹太人既想迷失在

---

[1] 西格弗里德(1875—1959),法国政治经济学家,地理学家,法兰西学院院士。

基督教世界又要死守在犹太社会环境之中。

犹太人到处被接纳之时,正是逃避犹太现实之日,深感别人将其作为犹太教徒来接纳,别人确实每时每刻都是这么想的。犹太人在基督教徒中间生活很不容易,得不到所寻求的匿名,与之相反,总是那紧张。向着普通人方向逃遁的过程中,自始至终背负纠缠着他们的犹太人形象。与此同时在所有犹太人之间建立某种一致性,不是行为一致性或利益一致性,而是境况一致性。使他们团结一致的,更多是因为二千年的苦难以及基督徒现时的仇视。他们徒然坚持声称纯属偶然聚居在同一个个街区和同一座座楼房,聚合在同一所所企业,这倒是值得描述一番。

确实,对犹太人来说,犹太人是唯一可以说"我们"的人,他们所有人,至少所有非本真的犹太人抱团儿的结果,正是这种认知的欲望使他们成为"与众不同的人",面对在他人的舆论时,在面对逃避这种欲望盲目而绝望的决定时,确实使人晕头转向。然而,当犹太人在自己的套房亲密团聚时,非犹太人见证消失了,但同时一下子把犹太现实也消除了。大概对于极少数进入他们内部的基督徒而言,犹太人的模样从来没有如此像犹太人:他们在放任自流呢,但这样的放纵并不意味着他们乐于顺其犹太"本性"自然放纵,就像有人如此责难他们,正好相反,这意味着他们在忘却自己的"本性"呢。确实,当犹太人聚在一起时,他们之中的每个人只不过是个普通的世人,不论对他人而言,或对他自己来说,都是如此。必要时可以证明这一点,常见的情况是,同一个家族的成员们感觉不出自己双亲的种族特性。所谓种族特性,我们这里指的是遗传的生物学论据,而且按我们认为不容置疑的论据加以接受。我认识一位犹太夫人,她的儿子一九三四年迫于自己的境遇不得不去纳粹德国进行一些商务旅游。她儿子的模样有典型的法籍以色列人特征:鹰钩鼻,招风耳等等。有一次他出差不在,大家为他的命运担心,他母亲却答道:"嗨！我放心得很,他绝对没有犹太人模样！"

不过,通过运用犹太人非本真性固有的辩证法,这种对内在性的求助,这种对组建内在的努力,每个犹太人不在内心成为他人的见证人,而是融化到集体主观性中,并且为了把基督徒从目光中消除掉,种种逃避的诡计一概被非犹太人普通的、持久的存在化为乌有。甚至在他们最知己间的聚会中,犹太人可能议论非犹太人恰似圣-琼·佩斯①论说太阳:"它没有被命名,但存在于我们中间。"犹太人并非不知道他们必须经常互相来往的倾向本身在基督徒眼里已经被定位为犹太人了。当他们重现在光天化日之下,他们与自己信奉同一宗教者的一致性便给他们打上了烙印。犹太人在基督徒的沙龙碰见另一个犹太人,有点像一个法国人在国外邂逅一个同胞,况且法国人乐意在社交界显示自己是法国人。与之相反,犹太人,即使在非犹太人的陪伴下是唯一的以色列人,也竭力不觉察到自己是犹太人。但,既然跟另一个犹太人在一起,便觉得要提防对方。他刚才甚至尚未瞥见他儿子或侄子的种族特征,此刻却带着反犹分子的目光窥视信奉同一宗教者,并带着惧怕夹杂宿命的心境暗中在对方身上观察他们共同出身的客观征象,万般恐惧基督徒很快就会发现他们的真相,于是赶紧有言在先,省得别猜疑,这叫急于反犹,况且为了他人的利益。况且,他认为识破每个犹太人特征对他而言好像捅了一刀,觉得就在自己身上发现的,无伤大碍的,客观的,天生注定的,不可治愈的。确实如此,展露犹太种族无关紧要嘛:一旦暴露无遗,犹太人再竭力企图否认

---

① 圣-琼·佩斯(1887—1975),法国诗人,一九六〇年获诺贝尔文学奖。

自己的种族也无济于事了。

众所周知,以色列的敌人根据他们特有的舆论有意指出:"没有比犹太人更反犹的了。"其实,犹太人的反犹主义是借来的。首先因为挥之不去的痛苦发现自己父母和亲属身上的缺点正是他们想竭尽全力抛弃的。我们上文引述斯泰凯尔的分析,他引证以下事实:"从教养的角度来看,在家里一切都得听犹太丈夫的指示办事。在社会上更糟:丈夫以自己的目光对妻子进行精神分析,使她不知所措。妻子当姑娘的时候,高傲自信,大家都夸奖她姿态出众,稳重大方。现在,她总是因为出错而吓得发抖,害怕看到丈夫眼中的批评……**哪怕有一点点差错,丈夫就指责她持犹太人举态。**"

我们仿佛看到两个人演的这场戏:丈夫,一副学究气的样子,总从自反性层面进行挑剔:指摘妻子像犹太女人的样子,因为他害怕自己也显得像犹太人;妻子受到无情的、恶意的目光压力倍感落入"犹太酱缸"被粘住了,糊里糊涂预感到她每个举止、各句话都有点爆发力的,在众目睽睽之下显露自己的出身,不管对哪一方都像地狱般的令人难受。另外还必须从犹太人的反犹主义中看到犹太人竭力拒绝为众人从其"种族"辨认出的缺乏承担责任,自己站出来客观见证,并加以评判。

以同样的方式,时不时会有许多人严格审视自己,严格得很有自知之明和冷酷无情,因为这种严格施行双重人格分裂,使他们既感觉自己是判官,又可逃脱罪人的状况。不管怎么说,在别人身上显现自己身上所拒绝的那种犹太现实存在,有助于非本真犹太人建立与其他犹太人联络的那种隐秘的、前逻辑的情感。总而言之,这种情感是对一种参与的认同:犹太人互相"参与其事",每个人的生活都跟另一些人的生活纠结在一起;这种神秘的相通一致因为非本真犹太人千方百计否定自己是犹太教徒而显得更为强烈。我只想举一个例证：

大家知道，在国外经常遇见法国妓女，比如在德国或阿根廷某家妓院跟法国女人邂逅对一个法国男人来说从来不是愉快的事情。然而，对民族现实的参与感在这个法国男子身上完全是另一类典型：法兰西是一个民族，因此爱国者可以自视为属于集体现实，其参与形式表现为经济、文化、军事活动，假如从另一个角度来看，某些次要的方面令人不愉快，他会感觉可以忽略不计。在同样的情况下，犹太男人遇见一个犹太女人却反应大不相同：他情不自禁地从妓女被侮辱的处境中看到以色列被侮辱的处境。关于这个主题，我有好几个趣闻逸事可说，此处仅举一例，以飨读者，因为我直接从当事人听说的故事：一个犹太人进入妓院，挑选一名妓女，跟她上楼。她向他披露她是犹太人。犹太男子大惊之下骤然变得性无能，马上觉得受到不可容忍的侮辱，不禁大口大口呕吐。不是因为跟一个犹太女人进行性交易使他反感，既然与之相反，犹太男女之间通婚嘛。更确切地说，就个人而言，他把犹太种族受侮辱归咎于这个妓女身上，结果他亲身体验到最终是他在卖身遭受侮辱，是他和全体犹太人民在卖身遭受侮辱。

因此，不管他做什么，这位非本真犹太人为意识到自己是犹太人而纠结。正当他竭力通过种种行为来否定别人强加于他的特征时，以为能从别人身上认出这些特征，进而觉得自己也间接具有这些特征。他仔细查问，躲避信奉同一宗教者；断定自己只是别人中间的一员，像其他人一样的人，但他觉得一出门就被第一个路人伤害，即使这个路人是犹太人。于是他觉得自己成了反犹分子，旨在砍断与犹太群体的各种纽带，不过他在心灵最深处认出犹太群体，因为反犹分子让其他犹太人遭受侮辱，使他感到切肤之痛。

以上正是非本真犹太人的一个特征：在自尊与自卑之间不断摇摆，在自愿的、激烈的否定犹太种族特征与神秘的、肉体的参与犹太现实之间不断摇摆。这种痛苦的、复杂的境况很可能把他们中的一小部分人引向受虐狂。这是因为受虐狂不失为一种昙花一现的解决办法，一种暂缓，一种休止。使犹太人困扰的，正是他们要对自己负责，像一切世人那样，自由采取自以为好的行为，但总有某个敌对的集体每次都判定这些行为沾染上犹太人的特性。由此他们觉得是自己塑造了犹太人，正当他们千方百计逃避犹太现实，更觉得自己介入一场总是被战败的斗争，介入一场自己树立自己敌人的斗争；只要他们意识到是在对自己负责，就倍感重任在肩：在其他犹太教徒和基督教徒面前使自己成为犹太教徒。通过他们，不管他们愿意不愿意，犹太现实长存于世。

然而，受虐狂甘心情愿让人把自己当作物体来对待：被侮辱、被蔑视或干脆被疏忽，竟乐不可支地看着自己像个物件任人移位、操纵、利用。受虐狂试图自我实现为无生命的物件，随之即刻放弃自己的种种责任。有些犹太人，疲于对付难以捉摸的"犹太佬"，这帮一向被拖弃、被折磨却又不断死灰复燃的"犹太佬"，最终被导致全盘放弃。果不其然，这些人干脆露出本真去争当犹太教徒，但他们没有搞清楚，本真是在反抗中显原形的，而他们一味期望别人用目光、暴力、蔑视把他们铸就犹太人，其方法好比码石头，一块石头就是一块石头，把一块块石头连接成品性和命运。这样，他们虽一时松了口气，但这种自由是中了邪的自由，是不允许他们逃脱自己生存状况的自由，好像专门盯着他们，要他们为自己竭尽全力摆脱的事情担负责任。

诚然，必须清楚看到这类受虐狂也有其他原因。索福克勒斯在《安提戈涅》①有一段精彩而严酷的片断,其中写道:"作为处于不幸中人,你太高傲了。"人们可以说犹太人的主要特征之一是与安提戈涅背道而驰的:与厄运相依为命数百年使他们在灾难中保持卑微。不应像某些人那样由此提出结论说什么,犹太人一成功就骄傲,一失败就谦卑。这完全是两码事儿:上述给予俄狄浦斯女儿的希奇有趣的劝导透出古希腊的智慧,犹太人铭记心中,从而懂得谦虚、沉默、耐心与厄运相辅相成,因为在世人眼中厄运已经是罪孽。当然这个劝导也可能转为受虐狂,以苦难为乐事。但本质依然是摆脱自我倾向,摆脱永远被烙上犹太人本性和命运标志的倾向,以免承担一切责任和逃避一切斗争。由此可见,非本真犹太人的反犹主义及其受虐狂几乎代表两个极端的意图:一个极端态度是,甚至否认自己的种族,旨在以纯属个体的身份,做一个不折不扣无懈可击的人,立足于其他世人之中;另一个极端态度是,否定自己做人的自由,为了逃脱成为犹太教徒的罪孽,为了试图与物件为伍,以图安宁,听天由命。

但是,反犹分子在犹太人肖像上又加上新的一笔,说什么,犹太人是抽象的知识分子,纯粹的爱推理者。我们看得很清楚,在他们的嘴里,抽象的、唯理的、智力的,这些词语一概是贬义的意思,也不会有别的什么意思,既然反犹主义定位于具体而非理性地拥有国家财产。不过,我们如果还记得理性主义是人类解放的主要工具之一,就会拒绝将其视为一种纯粹抽象的游戏。相反会坚持承认理性主义的创造力。两个世纪以来,不可小觑

---

① 索福克勒斯(约公元前496—前406),古希腊三大悲剧诗人之一。《安提戈涅》(公元前441年左右)为现存索氏七个完整的悲剧之一:安提戈涅系希腊神话人物,底比斯王俄狄浦斯和伊俄卡斯忒的女儿。

的两个世纪呀,人们把所有的希望都寄托在理性主义上,并由此诞生科学及其实践应用。理性主义成为一种理想,一种激情,试图使世人和谐相处,同时使他们发现普世真理,进而使他们能在普世价值上取得一致意见;理性主义出于天真而友善的乐观主义,毫不犹豫地混淆邪恶与谬误。至于犹太理性主义,人们莫衷一是,一味为了斗嘴怄气而寻找说不清道不明的抽象情趣,而不是去把犹太理性主义按本来的内容看待,那是一种对世人充满朝气蓬勃而持久不移的博爱。

不过就在同时,这也是一条逃避之道,我甚至说,逃避的王家大道。确实,截至此时,我们已经注意到一些以色列人竭力以有血有肉的人名义否认他们犹太教徒的境况,另一些以色列人选择的世界观甚至连种族概念都不包括在内。当然,关键始终在于对自己**掩盖犹太人境况**。但,即使他们能说服自己也能说服别相信犹太概念是自相矛盾的,即使他们能由此建立自己对世界的看法,以至于视而不见犹太现实,盲目得像失盲患者,分不清红色或绿色,难道他们也能真诚宣告他们是"世人中的世人"吗?犹太人的理性主义是一种激情,即普遍概念上的激情。他们之所以选择后者而选择别的,是为了反对使他们成为另类的特殊神宠说信徒观念。大写的理性是世上最得天独厚的东西,既属于所有人又不属于任何个人,不管在谁那里都是一样的。只要存在大写的理性,就分不出法国真理和德国真理,也没有什么黑人真理或犹太真理,只有一个大写的真理,是由最优秀的人士发现的。面对普世而永久的法则,人本身就是普世的。生活在波兰的人,不再有波兰人和犹太人之分,其中有一些在户口本上指称为信仰"犹太教",他们跟另外生活在波兰的人们之间一旦涉及普世概念总是可能协调一致的。

我们记得柏拉图在《菲东》①中描绘哲学家的肖像：理性的觉醒在他如何意味着肉体的死亡和性格特点的消亡；脱离肉体的哲学家，这抽象的、普世真理的迷恋者如何因失去自己所有的特征而变成普世的目光。某些以色列人追求的完全是这体肉体脱离：最好的办法是不再自我感觉为犹太教徒，而是推理，因为推理对大家来说都是站得住脚的；而且能够被大家反复运用：做数学没有一种专门的犹太方法，因此自我脱离肉体的数学家犹太人推理时，成为普世的人。于是，反犹分子顺着他们的推理变成了犹太人的兄弟，尽管他们一个个不乐意。

由此可见，理性主义如此受到犹太人的爱好，首先是一种苦行和净化的锻炼，逃逸于一般概念。只要犹太青年对精彩而抽象的论据感兴趣，他们就像新生儿触摸自己的躯体来认识自己：体验和察看周围的世人状况，以求在社会层面被人拒绝的和谐和同化在上层建筑层面得以实现。对他们而言，选择理性主义就是选择人的命运和人的本性。所以，犹太教徒"比基督教徒更聪明"的说法既正确也错误。更确切的说法应该是，犹太人对纯粹的才智意趣盎然，动不动就把才智到处运用，并且才智的运用没有受到数不清的禁忌阻碍，也没有受到某种特殊神宠说信徒倾向性影响，而基督徒却遇到层出不穷的禁忌，就像自己身上积淀着残留物，再加上非犹太人乐意接受特殊神宠说信徒倾向性影响。我还得补充一下，在犹太人身上有一种炽热的理性专制，因为不仅硬要别人相信他们言之有理，而且目的还在于说服对话者相信理性主义抽象的、绝对的价值确实存在。犹太人把自己视为普遍概念的传道师，面对天

---

① 柏拉图（公元前427—前345）对话中的一节，这部对话又称灵魂不朽学说，其内容涉及苏格拉底生命最后时刻，在狱中的表现。菲东（公元前400年）为希腊哲学家，苏格拉底门徒，埃利斯学派的创始人。

主教的普遍性，尽管他们被排除在外，却想建立理性"天主教教义"，并以此为工具去获得人与人之间真正的精神联系。莱翁·布兰斯维克①这位以色列裔哲学家，把理性的进步和统一（思想统一、世人统一）的进步相提并论。

　　反犹分子责难犹太人"成不了创造者""精神腐化堕落"，这项指控荒谬绝伦，难道斯宾诺莎、普鲁斯特、卡夫卡、米约、夏加尔、爱因斯坦、柏格森不是犹太人吗？这种指控之所以貌似振振有辞，是因为犹太智者往往爱挑刺儿。然而这里问题并不在于脑细胞的素质，而在于选择一种武器。是的，反犹的武器是，人们编造一系列非理性的威慑力：传统呀，种族呀，国家命运呀，本能呀，硬说这些威力造就了文物古迹，造就了一种文化，一国历史以及实用价值，保存其事业本身许多非理性，只凭直觉才可企及。以色列人的辩护倒是否认直觉的同时也否定非理性，竭力把不知其所以然的力量、魔幻、无理性一概化为齑粉，使一切不能以普世原则出发的、一切隐约露出异想天开的、异乎寻常的种种倾向烟消云散。原则上，犹太人怀疑基督教精神时不时透露出来的整体板块性，并对此提出质疑。

　　有鉴于此，或许可以谈谈破除吧：犹太人要破除的东西有严格定位，即非理性价值总和，专事直接而无保障认知。对手提出的一切事情，犹太人都要有一个担保，要有一种保证，因为这样他们就有自我保证了。犹太人怀疑直觉，因为直觉是无法讨论的，之后导致的结果会把众人分离。之所以要推理并跟对手讨论，是为了一开始就实现思想一致：在一切辩论之前，就希望根据始发原则达成一致意见。借助于预先达成的一致，提议以人性普世性原则建立一种人间秩序。这种为世人诟病的没完没了挑刺儿掩盖着天真喜

---

① 布兰斯维克（1869—1944），法国批判唯心主义哲学家。

爱跟对手们沟通，更为幼稚的信仰是暴力在人与人的关系中没有任何必要。当反犹分子，法西斯分子等等从难以沟通的直觉出发，并需要这些直觉时，就必然会求助武力去强加他们无法让人认同的启示，非本真犹太人赶紧以批判性分析解除一切可能分离世人和引导敌对分子使用暴力的东西，结果犹太人社会成为这种暴力的首批受难者。

我坚持指出斯宾诺莎、胡塞尔、柏格森在他们的学说中很重视直觉，但前两位的学说是理性的，这就意味着他们的学说建立在理性的基础上，通过批判得到保障，是以普世真理为客体的。他们的学说与敏锐的帕斯卡尔[①]思想毫无相似之处，因为这种敏锐的思想无可争辩，变幻不定，建立在无数难以觉察的感知上，这在犹太人看来最为有害。至于柏格森，他的哲学有悖常理，是一种反理智主义的学说，却完全建立在最爱推理、最爱挑刺儿的智慧上。他一边据理论证一边确立纯时间和哲学直觉的存在。这种直觉本身发现时间或生命，是普世的，因为每个人都可以实践，也同时涉及普世概念，既然直觉的客体可以被命名被设计。我的意思是说柏格森装腔作势，不止一端，然后使用语言表述。但最终，他认同词语的作用：充当向导、指南以及半心半意的信使。谁还会提出更多要求呢？要想听他说尽风凉话，不妨重读他的《散论意识的直接已知数》(1889)，那是心理生理学的平行论经典批判，也是白洛嘉[②]有关失语症理论的经典批判。

事实上，正如庞加莱[③]一语道破非欧氏几何学是定义问题，一

---

① 帕斯卡尔(1623—1662)，法国数学家，物理学家，近代概论率论奠基者，笃信宗教的哲学家、散文家。
② 白洛嘉(1824—1880)，法国外科医生，对失语症研究做出了重大贡献。
③ 庞加莱(1854—1912)，法国数学家，天体力学家。

旦我决定把某类曲线称为直线,例如在周界为直线的平面上可以画个球体,同样柏格森哲学是一种理性主义,为自己选择了一种特殊的语言。确实,他有自己的选择,比如把先前的贤哲所命名的"连续"称为"生命""纯时间"等,把对这种"连续"的理解起名"直觉"。由于这种理解应当经过研究和批评的准备,并且直接与普遍概念有关,不涉及难以沟通的特殊概念,这等于说理性的非理性直觉或非理性综合功能。如果说人们有充分理由说克尔恺郭尔或诺瓦利斯①的思想是非理主义,我们就可以说柏格森的体系是一种改名的理性主义。至于我,则从中看出仿佛一个受迫害者的最后拼搏:攻击为了自卫,征服挂牌对手的非理性主义,使其无甚大碍并融入某种建设性的理性。事实上,索雷尔②的非理性谬论直接导致暴力,随后鼓动反犹主义。两害取其轻,柏格森的非理性主义的确无甚大碍,只能对普世和谐有益处。

这种普世主义,即批判理性主义,通常一再挂在民主派的嘴上,其抽象自由主义宣示犹太人、中国人、黑种人应当与集体的其他成员享有同样的权利,但为他们诉求权利是把他们视为世人,并非作为历史具体而特殊的产物,所以某些犹太人把民主派的目光反转到他们自己身上。他们被暴力的幽灵纠缠着,成为没有被特殊神宠说信徒的、好战好斗的社团同化的余孽,却梦想一种契约社群,即思想本身以契约的形式建立起来,既然思想就是对话,既然争论者一开始就在诸多原则上取得一致意见,于是"社会契约"便成集体唯一的纽带。犹太人是世上最温和的人,他们充满情感地反对暴力。他们在最凶残的迫害中保持这种始终不渝的温和,他

---

① 诺瓦利斯(1772—1811),德国诗人,小说家和哲学家。
② 索雷尔(1847—1922),法国社会学家,其论著《暴力论》(1908)影响颇广,译为多国文字,对工团主义影响深远。

们唯一的防卫便是以正义感和理性感来对抗敌视的、粗暴的、不公正的社会,这种感知也许是他们向我们释放的最好启示,也是他们真正伟大的象征。

然而,反犹分子立刻抓住犹太人为争取体验和控制自己的境况而自由做出的努力,将其变成一种固定的特征来表明犹太人无能同化。于是,犹太人不再是理性主义者,而是爱争辩的人,所求索的不是积极探求普遍概念,所表现的也根本无能把握种族的,国家的根本价值;虽能从自由批判精神中吸取希望,以便应对迷信和神话,但演变成玩世不恭的撒旦精神,即伤风败俗的毒素。人们不会把这种精神作为自我批评的工具来赞赏,而乐意从中看出有损于民族关系和法兰西价值的永久危险。所以我们觉得,与其否定某些犹太人喜爱操作大写的理性,不如试图诠释犹太人的理性主义更为实在和有用。

还得把某些犹太人对待自己肉体的态度当作一种逃世的企图来解释。其实,众所周知,犹太人唯一的种族特征是外貌。反犹分子抓住这个事实,将其变成神话,硬说一眼就可识别自己的敌人。有鉴于此,有些以色列人的反应干脆是死不承认自己的躯体会出卖他们。自然啰,这种否认是依据相貌显露其特征的强弱程度来决定的,不管怎么说,他们不赞同跟"雅利安人"比体貌,而大部分雅利安人对自己的体貌特征很得意,对自己天生的特性颇有心安理得之感。在他们看来,躯体是法兰西大地的果实,他们拥有这种果实靠的是参与,神奇而深笃的参与,才确保享有自己的土地和文化。正因为他们为此而骄傲,所以才赋予它一些从严格意义上讲非理性的价值,旨在表达纯粹意义上的生命理想。谢勒[①]称

[①] 谢勒(1874—1928),德国哲学家,其哲学思想近似胡塞尔。

之为生命价值,非常正确。确实,所谓生命价值,既不涉及人体基本必需,也与精神需求无关,而是某种绽放,某种与生命有关的风范,仿佛显示人体内部机能,器官的协调和互不相关,细胞的新陈代谢,尤其"生存方略",这种盲目而诡诈的方略则包含活生生的终极性含义。优雅,高贵,活力列入这些价值之中。确实,人们观察得到,我们把这些价值也倾注在动物身上,比如常谈起猫的优雅,鹰的高贵。不言而喻,在种族概念中,人们纳入大量与生物学有关的价值。种族本身并非是一种纯生命价值,难道不把价值判断包括在深层结构中吗?既然种族观念本身就意味着不平等观念,难道不是吗?

从此时起,基督徒也罢,雅利安人也罢,以一种特殊方式来感觉自己的躯体:尽管没有在身上完全意识到自己的器官有什么大的变化,但躯体向他们发出的信息,带着某些理想性系数传达给他们的召唤和讯息,多多少少总是生命价值的象征吧。他们甚至贡献一部分精力去获取自己身上符合其生命理想的感知。风雅人士的漫不经心,活力和"干劲"显示某些年代时髦的气派,法西斯意大利人凶恶的步态,妇女们的优雅,所有与生命有关的行为,所有这一切都在显露贵族气派。这些价值自然而然与反价值联系在一起,诸如对躯体下部失去信任以及社会行为和情感,比如"害臊"之类。所谓害臊,确实,不仅羞于露出裸体,而且还视躯体为瑰宝的某种方式,也是拒认躯体的那个小玩意儿为一种简单的工具,更是将其藏于衣裤深处的一种方式,恰似藏于圣所的一件崇拜物。

非本真犹太人被基督徒剥离其生命的价值。假如他们的躯体使自己想起是谁,那么种族概念即刻显现,把他们内心的感受败坏殆尽。高贵和优雅的价值被雅利安人统统霸占后,不会给他们留下任何价值。如果犹太人接受这些价值,他们也许不得不重新审视种族优越性的概念，从而接受由此而引起的种种结果。以"普世之人"的观念名义拒绝倾听自己肌体发出非常特殊的信息，以"合理性"的名义拒绝非理性价值，只接受精神价值。普世性，对犹太人而言，处于价值阶梯的顶端，犹太人设计一种普世的、被合理化的躯体，并没有像苦行者那般蔑视自己的躯体，也没有将其变成"弱不禁风的人"或一头走兽，但也不以崇拜物的角度去看待它。只要犹太人把它忘了，就不把它当作工具看待，一味考虑恰到好处使其适应自己的目标。正如犹太人拒绝重视生命的非理性价值，同样也不接受在诸多自然功能之间建立等级。这种拒绝导致两种结果：一方面招致否定以色列种族特性，另一方面成为专横性、进攻性的武器，旨在让基督徒明白他们的躯体只是工具而已。"恬不知耻"，反犹分子没有少用来责难某些犹太人，这个词并没有其他来源出处。拿人体来说事，哪怕出于合理性，首先就是一种矫揉造作。假如人体是一种机械，为什么禁止随地大小便呢？为什么要对人体不断进行检查呢？那是必需的，对人体进行照料，清洗，维护，如同对待一部机器，谈不上喜悦、爱护和无耻。除此之外，也许应该看出某种绝望吧，至少在某些情况下，"恬不知耻"到了骨子里，也许应当从中看出某种绝望吧，要不然为何遮掩人的裸体呢，反正雅利安人的目光一劳永逸地把犹太人的衣服扒光了。难道在他们眼皮底下穿衣的犹太人不比裸体的犹太人更糟吗？当然，这种理性主义不是以色列人的特权。我们遇到许多基督徒，比如医生，他们把这种理性观点应用在自己的躯体或他们子女的身上，但那是事关征服、解脱，大部分时间倒是与许多前逻辑幸存和平共处。与之相反，犹太人不掺和批评生命价值，这做并没有什么特定的意思。再说，为批判反犹分子，还得补充一点：人体的不自在可以引起绝对相反的结果，可能导致一种躯体羞涩，一种极端的害臊。有人给我列举许多以色列人,在羞耻心方面,大大超过基督徒,故而通常颇有顾忌,于是把躯体遮掩得严严实实,另一些犹太人则关注使人体超俗化,就是说因精神上的意义把它打扮起来,既然人们对犹太人拒绝生命价值。在基督徒眼里,某些犹太人的面貌和举止经常令人不舒服,"若是那么意味深长":他们表现出太多太久的聪明、善良、忍耐、痛苦。

犹太人说话的时候总是伸出双手做飞快的手势,可以说连珠炮似的,常惹人嘲笑。再说啦,这种用手势表达的激烈程度并没有像人家硬说的那么广泛。但,尤其重要的是,应当把它跟某些表面上很相似的手势表达区别开来,例如马赛人的手势。马赛人习惯用手势表达,一股风似的,飞快的,源源不断的,带着一腔内火,总是那么激动烦躁,渴望用整个身子把所见所感一股脑儿抖搂出来。犹太人则首先渴求成为完整的**能指**(又译:意符),渴求感知自己的肌体像个符号,为观念服务;渴求肉体升华,迫其影响客体或真理按他们的理性暴露无遗。补充一句,描述如此棘手的题材应当抱着非常谨慎的态度:我们刚讲的东西不适合所有非本真犹太人,主要提出犹太人的总体态度是变化多样的,根据其教育和出身有所不同的,尤其犹太人行为的总体更是如此。

我觉得可以用同样的方式诠释以色列人出了名的"缺少分寸"。毫无疑问,在这类责难中恶意占很大一部分。反正"有分寸"这个说法出自"机敏",而犹太人对"机敏有戒心"。行为有分寸,意味着一眼就看清境况,综合把握境况,感知胜于分析,但同时引导自己的行动参照一系列难以区分的原则,但同时引导自己的行动时却参照一系列难以区分的原则,其中一部分涉及生命价值,另一部分表达礼貌以及完全非理性的仪式传统。因此,"有分寸"完成的行为意味着行动者接受某种传统的、综合的、礼仪的世界观,这可是难以令人苟同,再说还导致心理总体上产生一种特殊的含义,根本没有批判性。最后补充一点,这种"有分寸"完成的行为只在定位严格的社群里才有意义,因为这社群具有自己的理想、自己的风尚和习俗。其实,犹太人跟任何人一样也天生有分寸的,如果我们说的意思是指从本源上去理解大写的他人。但犹太人不肯这么做。

认同把自己的行为建立在"有分寸"上,等于承认理性不是一种足以协调人际关系的指南,等于承认传统、直觉难以察觉的力量可以凌驾于它,无论涉及适应或操纵世人一概如此。这就意味着认同钻牛角尖,承认特殊情况下的处世之道,进而放弃普世人性的理念,因为后者要求普世疗法。因此,犹太人必须认可具体境况之间是无法比较的,况且就像具体个体之间没有可比性,于是不得不陷入特殊神宠说。从此时起,犹太人认输了,因为反犹分子借这种"有分寸"为名,揭露犹太人是特例,并将其从国民社群中剔除。所以犹太人始终明显倾向于相信再大的困难也只好通过理性来解决,根本看不到非理性、神奇魔力、具体而特别的细微差别,不相信情感的独特性。靠别人加强与他们的舆论而生存的人做出自卫的反应是非常可以理解的,他们竭力否定舆论的价值,试图让世人运用符合事物的推理,变得更靠近工程师和工人的分析理性主义,并非因为他们被事物培育或吸引,而是因为被世人抛弃了。犹太人建立的分析心理学刻意把利益的游戏、欲念的组成、习性的代数概论替代为意识的综合结构。控制的艺术,引诱的艺术,说服的艺术,变成理性的算计。只不过,以普世概念诠释人类行为很可能导致抽象,这是不言自明的。

确实,正是对抽象的爱好使我们懂得犹太人与金钱的特殊关系。人云犹太人喜欢金钱。然而,集体意识有意把犹太人描绘成唯利是图,很少将其与民间另一则守财奴神话相混淆,甚而于是反犹分子偏爱的话题则是犹太人豪爽挥霍。说真的,犹太人之所以喜欢金钱,是因为对铜币或金币,抑或钞票有一种特殊的喜爱:对犹太人来说,金钱往往是股票、支票或银行账号的抽象形态。故而不在于犹太人热衷于可感觉到的金钱象形,而在于金钱的抽象形态。实际上事关购买力。只不过,犹太人之所以偏爱产权形式胜于其他一切形式,是因为前者具有普世性质。通过购买占有的方式确实不取决于购者的种族,不因其特异体质的变化,物品的价格反映给随便哪个顾客只是由店主贴在标签上的金额规定的。金额一旦支付,购买者便是合法的物主。因此,通过收购的权产是产权抽象而普遍的形式,截然不同于以分担形式取得权产,后者被视为特别的,非理性的。

这就产生一种恶性循环:犹太人越富有,传统主义反犹分子就越倾向坚持说真正的产权不是合法的产权,而是肉体和精神对占有物品的一种适应,这样,如同我们所见,穷人要求收回土地和法国精神财富。反犹分子的文宣充斥通过本分清白的孤儿或破产潦倒的老贵族之口神气十足地回应犹太人,大体表达的意思是:荣誉、爱心、美德、情趣等"是买不到的"。然而,反犹分子越是坚持宣称如此取得产权会把犹太人从社群排除出去,犹太人则越加断定通过收购获得合法产权是唯一的产权形式。反犹分子拒绝犹太人获取那种神奇的产权,甚而至于要窃取其收购的物业,作为抗衡,犹太人热衷于金钱恰似恋栈其执意成为普世的、匿名的人所取得的财产合法权。犹太人之所以执着于金钱的力量,是为了捍卫消费者的权益,因为所在的社群一直横加质疑,同时为了把拥有者与被拥有物之间的关系理性化,以至于把所有权引入普世理性概念的范畴。

不错,购买作为理性的商业行为,给予产权合法地位,而产权只不过作为使用权规定下来。同时所得物品的价值,并非作为莫名其妙的魔幻神力出现,只有内行才能明白的,而且与其价格同化的:价格一旦公开,无论是谁立即可以知晓。至此,犹太人判断金钱的全部背景昭然若揭:如果说金钱规定价值,那么价值便是普世的,理性的,故而并非出自不清不楚的社会根源,每个人都可以看得见摸得着的:由此可见,犹太人是不会被排除出社会的,而作为收购者和匿名消费者融入社会。金钱是融入的要素。针对反犹分子漂亮的说法:"金钱不是万能的"抑或"有些东西是买不到的",犹太人有时以肯定金钱万能来回应:"一切良知都可以买得到,只要肯出价。"此言并非玩世不恭,亦非卑鄙无耻,只不过是一种反击。犹太人很想让反犹分子相信非理性价值纯属表象,没有任何人会为此买单。假如反犹分子听任收买,那么证据昭昭在目,这等于反犹分子自己内心偏爱合伙取得产权,不过通过合伙罢了,故而随即回到没有名分的状态,只不过是个普通的人,仅靠购买力来给自己定位。这样既可以解释犹太人"唯利是图",又可以说明名符其实的慷慨大度。所谓"爱金钱",只不过表明犹太人有意识决定把受世人以物质为支撑的理性、普世、抽象关系视为有价值的罢了。犹太人是功利主义者,因为舆论认为犹太人除了使用客体之外,根本不懂享受任何客体的方式,同时他们执意通过金钱取得社会权利,但这种权利,他们以个人名义却始终得不到。犹太人不会因为别人喜欢他们的金钱而反感:尊敬,其财富带来的奉承,献给了具有如此大购买力的无名氏,而他们恰恰追求这种无姓匿名:以相当有悖常理的方式,刻意充当隐姓埋名的富翁。

以上迹象应该能让我们勾勒出犹太感受力的主要特征。可以料到,这种感受性深深打上了选择的烙印,是犹太人对自身境况感知所做的选择。但,这里与描绘肖像无关。我们仅限于提及犹太人持久不断地忍辱负重,对灾难的预感:在顺利的年代千方百计掩盖这种预感,一旦天空乌云密布,灾难在先知光晕的护顶下暴发了;我们将指出人道主义的特殊性,这种普世博爱意志撞到最顽固的特殊神宠说以及爱心、轻蔑、赞赏、怀疑的奇怪混合,反犹分子则对犹太人道主义嗤之以鼻。别以为只要张开双臂向前迎接,人家就会信任您:犹太人学会了识别反犹主义,不管宽容大度的反犹主义多么漂亮的表现都没用。犹太人对基督徒的疑虑可相比于工人对"俯视人民"的资产阶级青年。功利主义的心理又导致他们探求同情的示意背后的东西:有些人不遗余力地玩弄利益游戏,明争暗算,表演容忍。好在犹太人很少出错,不过,非常热切寻找这些示意的证据,喜欢自己所怀疑的那些荣誉,期望置身于藩篱彼面跟别人在一起,成为那些人中间的成员,暗自做着不可能实现的美梦:突然间普遍受到的嫌疑被治愈了,被一片至诚、被善意的明证治愈了。应当描述这个世界有两极,现世的人类一分为二,然后必须指出每种犹太情感的性质是不同的:一个犹太男人对一个犹太女人的爱与他对一个"雅利安女人"的爱是不同性质的,犹太情感有着很深的两重性,掩盖在普世人道主义的外表之下。

最后还得指出犹太情感变得偏温的凉爽和未开化的自发。非本真以色列人专心致志把世界理性化,没准儿真能分析自己的情感,却不能培育自己的情感,普鲁斯特可以做到,巴雷斯则不行。因为,自我和情感的培育意味着一种根深蒂固的墨守成规,一种独特的、非理性的意趣,一种对全凭经验的方法求助,一种应得的特权心安理得的享乐:这些都是贵族情感的原则。基督徒从这些原则出发全神贯注调理自身,就像一株名贵的植物或大桶优质葡萄酒,先将其运往印度,然后原封不动运回法国,因为海风侵入酒桶,使桶里的酒变得另有一种滋味。自我栽培是不可思议的,就像职工参与企业管理,但这种始终不断转向对自身的关注终究会结成一些果实。犹太人自我逃避,设想心理进程与其像机械装配,不如说像肌体充分发育,大概任其随心所欲了。因为,犹太人已经置身于反省层面,并不推敲如何加工心理进程,甚至没有把握抓得住心理进程的真正意义:反省分析不是心理调查最好的工具。

因此,理性主义者不断被激情和冲动引起那种变幻不停的、一再翻新的冲击弄得无法控制,把未开化的感受性衔接到智力培育的精神细作上。犹太人的友谊表达中有一份儿真诚,一种青春,一股热情,而在基督徒身上则很少见到,总那么拘泥于基督教徒传统和礼仪。这也就形成犹太人无能为力的性格,去面对犹太式的痛苦,那是最为颠覆性的痛苦。但这不是我们进一步探讨的主题。我们已经指出犹太非本真性可能造成的后果,这就足够了。

最后,我们只需扼要指出什么叫"**犹太忧虑**",因为犹太人经常惴惴不安。以色列人从来不放心自己的位子或财产,甚至肯定不了自己明天还在今天所居住的国家,其职位、权利直至生存权都可能时时刻刻成为问题。另外,正如我们亲眼看见,犹太人被敌视的群体生造了捉摸不定和丢人显现的形象,这种形象使他们倍感纠结。犹太人的历史是二十个世纪漂泊的历史,每时每刻都可能重新拿起手杖开拔。尽管他们感到挥之不去的难受,浑身不对劲,却依旧做着不可能实现的同化美梦。每当试图接近同化,不料同化随即消逝,从来得不到"雅利安人"那种厚实的安全感,因为后者扎扎实实立足于自己的土地,十分肯定握有产权证书,以至可能忘记自己是产业主,始终觉得与自己的国度团结一致非常自然。不过,也不必以为"犹太忧虑"是形而上的,将其等同于对审视人类状况引起我们的那种焦虑,那就错了。我乐意指出,形而上忧虑是一种杞人忧天,如今犹太人不比工人更可以胡来,必须确信自己的权利,深深扎根于社会;必须毫无畏惧,尽管被压迫阶级或少数民族依然天天心惊胆颤,但要敢于自审人在世上的地位以及自己的命运。

总之,形而上学是雅利安人领导阶级的采地。谨请不要把这些意见看作试图贬损形而上学:它将重新变为人的基本关注,一旦世人得到解放。犹太忧虑并不是玄而又玄的,而是世俗的。构成犹太人关注的一般对象,还不是人在世上的地位,而是在社会上的地位。犹太人看不到在静默的宇宙中有谁被遗弃,因为还没有现世社会中冒出来过,是在人世间被遗弃的,而种族问题却堵住了前景。这种忧虑不是企图永世长存的忧虑,而是感到不满意,无非想活得踏实罢了。有人向我指出法国之所以没有过超现实主义犹太人,是因为超现实主义以其自身的方式提出人类命运的问题。超现实主义拆台倒腾的勾当以及由此激起的尘嚣皆为资产阶级青年昂贵的游戏,他们生活在属于他们的战胜国,舒适得很哪。犹太人并不想折台倒腾,也不想审视赤裸裸的人类状况,是地道的**世俗之人**,因为犹太人的苦恼是世俗的,是社会而不是上帝的意旨使他们成为犹太人,是社会导致产生犹太问题:由于不得不面对该问题确定的前景而进行彻底的自我选择,那就在世俗中并通过世俗选择自身的存在吧。犹太人融入全民共同体的建设性计划也属世俗,为此设想自己的努力也为世俗,但这是因为压在犹太人头上的厄运是俗的。所以,如果有人指责犹太人形而上非本真性,如果有人指出犹太人永久的忧虑伴随着一种激进的实证主义,请不要忘记责难会转过方向针对提出指责的人们:犹太人确是世俗的,因为反犹分子把他们塑造成世俗之人。

这就是人人喊打、注定在伪问题基础上作自我选择的那种人,在一种虚假的境况下,被周围世俗的威胁性敌意剥夺了形而上感性,从而陷于一种绝望的理性主义。犹太人的生命在他人和自己面前只不过是一种漫长的逃遁。别人把犹太人包括肉体一起异化了,将其情感生活一砍两半,迫其在被抛弃的社会继续做不可实现的普世博爱之美梦。谁之过?是我们的眼睛向犹太人反射其执意隐藏却令人难以接受的形象,是我们的话语和举止,我们所有的话语和举止,我们的反犹主义,加上我们降贵纡尊的自由主义,把犹太毒害到了骨子里;是我们迫使犹太人自我选择为犹太人,不管犹太人怎么自我逃避、怎么自我索取,是我们使其陷于犹太非本真性或本真性的进退两难。我们创造了这一类人,他们只充当资本主义社会或封建社会的人为产物才有意义,只充当尚处前逻辑集体的替罪羊才有存在的意义。这类人比其他任何人更加显示是人,因为他们是在人类内部的副作用下诞生的:这类人中的精英失宠后背井离乡;生来注定为非本真性或充当受难者。在这种情势下,我们当中人人有过,甚至有罪,纳粹分子让犹太人洒的血重新落到我们的头上。

不管怎么说,犹太人是自由的:可以选择本真嘛。不错,但首先必须明白这与我们无关:俘虏始终有逃跑的自由,当然如果敢冒死亡的危险去跨越铁丝网。那些监狱看守对由此引起的罪过会少一点吗?犹太本真性在于自我选择充当犹太人,就是说兑现犹太生存状况。本真的犹太人抛弃了普世概念人的神话:具有自知之明,从历史上看,愿意自己成为历史的、要入地狱的人,不断地逃避,由此对自己人感到羞愧;明明知道社会对他不利,偏用世俗多元论代替非本真犹太人幼稚的一元论;也知道自己被扔在一边,是贱民,受羞辱,被放逐:成为这样一种人正是他们的自我诉求。为此,随即放弃自己的理性主义乐观,注意到世界被非理性的分裂碎片化了，至少与自己有关的事是如此。于是宣告自己是犹太教徒，把上述某些价值和分裂视为自己的东西，接着选择自己的弟兄和同辈，即其他犹太人。为了人类尊严，犹太人孤注一掷，既然接受生活在很难生活下去的特定条件下，既然要从被侮辱中吸取自豪。为此放弃一切权力，捐弃一切针对反犹主义的刻毒，即使不处于消极状态的时候。因为非本真犹太人逃避犹太现实，是反犹分子不管其愿意与否将其造成犹太教徒的，不是本真犹太人不顾一切地把自己变成犹太教徒的，其实他们什么都接受了，甚至当殉道者也在所不惜，所以无计可施的反犹分子只好在犹太人路过的地方狂吠，但无济于事了。这样一来，犹太人便像一切本真人那样摆脱了别人的说三道四：我们在非本真犹太人身上点出的共同特征出自他们共同的非本真性，而在本身犹太人身上找不到任何共同特征：犹太人是自我造成的。我们的话讲到头了。可是本真犹太人又回到各方同意的被遗弃状态，带着人的状况所包含的形而上愿景，一个个人，整个整个人，被遗弃了。

然而，好心肠的人们不会放心地说："好吧，既然犹太人是自由的，那就任其本真得了，咱们平安无事呀。"选择本真性不是可以用世俗办法解决犹太人问题的，甚至个体的解决办法也不行。没准儿，本真犹太人的数量如今比人们想象的多得多。他们这些年所忍受的痛苦多少有助于擦亮他们的眼睛，我甚至觉得很可能本真犹太教徒比本真基督教徒更为众多。但他们对自己所做出的选择并不便利他们个人行动，恰恰相反，比如一个"本真的"法国犹太人于一九四〇年参加战斗后，在伦敦领导德军占领时期一家法国宣传刊物，用笔名写作，因为他想避免妻子担惊受怕。许多移居国外的侨民都是这么做的，有关他们的事儿，大家觉得这么做挺好。但涉及犹太人，这种权利就被拒绝了，有人会说："嗳！又有一个犹太鬼想隐瞒出身啦!"这位法国犹太人刊出文章仅仅根据文章的价值。假如犹太人发表的文章比例大得出乎意外,就有读者冷嘲热讽,有人会给他写信:

"嗨!大家庭重新组建起来了。"相反,他若拒绝一篇犹太人的文章,有人便说他"搞反犹主义"。嗨!他才不在乎呢,既然他是本真的。说得倒轻巧,他不可能不在乎,既然恰恰他的行动是宣传,故而取决于舆论。"好极了,那么这类行动禁止犹太人插手,有所节制为好。"咱们瞧见了吧,您若接受本真性,那您就直接到犹太人区去待着吧,是您拒绝从中找到解决问题的办法。再说,从世俗观点来看,事情并没有得到改善。我们造成的情势是本真性在犹太人中间播种分裂所造成的结果。确实,选择本真性可能导致对立的政治决策。犹太人可以自我选择本真,同时要求其犹太人在法兰西共同体内的地位,享受自己的权利和受苦受罪的义务,可以首先考虑证明自己成为法国人最好的方式,就是确认自己是**法国犹太人**。

但是,犹太人也可以选择要求成立一个犹太国家,拥有一方土地和一种自治,可以相信犹太本真性要求犹太人得到以色列共同体的支持;设想这些对立的选择可以协调和互补就像犹太现实的双重显示不是不可能的。但为此必须让犹太人的行动不受监视,不冒向他们的敌手提供武器反对自己的无休止风险。我们不曾给犹太人创造他们自己的犹太境况,问题在于一种抉择,始终可能的抉择,即在耶路撒冷和法国之间的一种抉择:法国以色列人绝大多数会选择留在法国,一小部分会去扩充在巴勒斯坦的犹太国人口。这丝毫不意味着融入法国集体的犹太人与特拉维夫保持原有的联系,至多巴勒斯坦在犹太人眼里可能代表一种理想价值,一种象征,而自治的犹太共同体的存在对法国社会完整所造成的危害简直微乎其微,如果将其与我们完全可以容忍的教皇绝对权威主义的教士相比较的话。但,名流学士们当今的思想状态是把如此合情合理的抉择变成以色列之间冲突的一种来源。在反犹分子眼里,一个犹太国的组成提供了犹太人在法兰西共同体中不得其所的证据。从前人们对种族横加责难,现今将其视为外国侨民,跟我们待在一起干什么,让他们回耶路撒冷得了。因此,本真性一旦引向犹太复国主义对那些乐意居住祖国的犹太人是有害无益的,因为这给反犹主义提供了论据。法国犹太人对犹太复国主义者十分恼怒,因为使已经十分脆弱的境况复杂化了,而犹太复国主义者也对法国犹太人非常生气,以至先验地指责他们的非本真性。

由此可见,本真性选择作为一种道德规定性出现,给犹太人带来伦理上的可靠性,但根本不可用来作为世俗和政治方面的解决方法:犹太人所处的境况是,不管他们做什么,总归反过来伤害自己。

四

很明显,我们上述见解并非着意引向解决犹太人问题,但不管怎么说,预测可能解决问题的条件是很难具体确定的。不错,我们上面看到,与一种广为流传的舆论相反,并非犹太特性惹起反犹主义,而是反犹主义创造犹太人,其原始现象在于反犹主义是一种逆退式社会结构和前逻辑世界观。事情明摆着,有什么办法?话说回来,还得指出,解决问题包括规定要达到之目的和达到目的之手段。事情往往是还没确定目的就大谈手段了。

那么究竟能要到什么呢?同化吗?做梦吧:同化真正的敌手,我们已经树立起来了;不是犹太人,而是反犹分子。自从犹太人得到解放，就是说自从一个半世纪，差不多吧，犹太人想方设法让一个拒绝他的社会接纳了。问题是，为促进犹太人融入所做的努力却总是起到促退的作用，白费力气：只要存在反犹主义，同化永远不能实现。确实有人考虑运用大手段，某些犹太人自己就要求给所有以色列人更名，强迫他们更姓为杜朗、杜蓬等等。但这项措施很不够，必须增加混合通婚政策，严厉禁止宗教仪式，特别是割礼。我本人的说法很干脆：这些措施，我觉得不人道。拿破仑倘若想到动用这些手段倒有可能实现，他恰恰考虑到个人为共同体作牺牲。任何民主国家都不能认同以割礼为代价来实现犹太人融入。况且，像这样一种举措只可能由深陷反犹主义挑起的危机而无法自拔的非本真犹太人提得出来，反犹主义一味只想清除犹太种族，代表民主派极端倾向，巴不得干净利落把犹太人消灭掉，对"人"有利，可是世上没有"人"哪，有的只是犹太教徒，基督教徒；有的只是法国人、英国人、德国人；有的只是白种人、黑种人、黄种人。

总之，事关为了一个国民集体的利益而消灭建立在习俗和情感基础上的精神共同体，面对这种状态，大部分有觉悟的犹太人会拒绝同化。诚然，他们梦想融入这个国家，但作为犹太人融入，谁敢为此責难他们呢？我们逼迫他们想象自己是犹太教徒，引导他们明白要跟其他犹太人搞好团结，但他们现在拒绝那些旨在摧毁以色列的措施，有什么可惊讶的呢？有人再怎么责难犹太人搞国中之国也没用，我们已经力图阐明犹太共同体是非国家性的，非国际性的，非宗教性的，非种族性的，非政治性的，几乎是历史性的共同体。使犹太人得到造化的，是他们实际的境况，使各处犹太人团结一致的，则是境况认同。这个近乎历史性的团体不该被认为是社会上一种不相干的成分，正好相反，是一个不可或缺的团体。天主教会之所以在非常强盛的时期容忍犹太教存在，那是因为犹太人承担着某些必不可少的经济功能。现如今,这些功能谁都可以承担了,但这并不意味着犹太人,作为精神因素,不再为法兰西民族增添独特性和促进平衡做出贡献。我们客观地、颇为严肃地描绘非本真犹太人的特征,其中没有任何一个特征有悖于融入全民社交。相反,犹太人的理性主义、批判精神、对契约社会的梦想、普世博爱、人道主义则使他们变成这个社会不可缺少的酵母。

本文推荐的是一种实实在在的自由主义,我们想说,所有凭自己劳动为一个国家尊严做出贡献的人都享有这个国家充分的权利。赋予他们这种权利的,不是拥有什么"人性",什么悬疑的、抽象的人性,而是他们积极参与社会生活。这意味着犹太人,跟阿拉伯人或黑人一样,一旦他们与全民的事休戚相关,就有权监督这个事业了。但,他们享受这些权利,以犹太人、黑人、阿拉伯人的名义,就是说作为具体的人。在妇女可以投票的社会里,并不要求妇女选民走近投票箱时改变性别:女子的选票与男子的选票完全等值,但作为妇女投票,带着女性的激情和忧虑,带着妇女的特性。一旦涉及犹太人合法权益和比较模糊的权利,但也是必不可少的权利,即没有写入任何法典的权利,不是因为他们身上有什么基督徒的东西才承认其权利,而是因为他们是法国籍犹太人,带着犹太人的性格、习俗、情趣、宗教(如果是教徒)、姓氏、生理特征,我们应该全盘认同。如果这种认同是完整和真诚的,那首先有利于犹太人选择本真性,其次随着历史进程,不强迫甚至不勉强,渐而渐之,是有可能同化犹太人的。

然而,我们上面确定的现实自由主义是一种目的,假如我们不限定为达目的而采取的手段,那很有可能成为一种单纯的理想。好在,我们已经指出,问题不在于对犹太人做出什么反应:犹太人问题是由反犹主义造成的,所以要解决犹太人问题必须消灭反犹主义。为此要把问题反过来：如何对反犹主义做出反应？通常的举措，尤其宣传和教育是不可忽视的，最好孩子从一入学就受到一种教育，这种教育能使孩子避免犯感情用事的错误，尽管令人担心其结果只有个体性效应。同样不应当担心通过永久性法规禁止对某类法国人带有贬损倾向的言论和行为。但，不要对这些措施的有效性抱什么幻想，法律从来没有也永远不会约束得了反犹分子，因为这帮人自以为属于一种超出法制的神秘社团。法令、政令、禁令一个接一个积得再多总归出自合法的法国吧，而反犹分子硬说他们代表现实的法国。

  不妨重提一下，反犹主义是一种原始的、善恶二元论的世界观，其中，对犹太人的仇恨在说明性神话标签下占有重要地位。我们已经看出问题不在于一种孤独的舆论，而在于一定境况的人对自己对世界感知的表达。如果我们想让这种选择无法实现，单靠宣传、教育和合法禁止来对付反犹分子的自由是不够的。既然反犹分子像所有人那取得一定境况下的自由，那就必须彻底改变他们的境况呗。确实只需改变选择的前景便可使选择发生变化，但并非就此达到自由，但自由在其他基础对其他结构起决定作用。政治家对公民的自由从来起不了什么作用，他的地位本身禁止他关心别人的自由，除非采取消极的方式，就是说小心翼翼不妨碍别人的自由；政治家只对境况产生影响。

  我们查明反犹主义是一股感情用事的力量，反对把各社团分成阶级，以便实现全国联盟。共同体碎片化成为互相对立的小团体，有人企图消除碎片化，把共同的激情提升到必要的高温去熔化种种障碍。不过，由于分裂继续存在，既然各自的经济和社会利益没有被触及，人们将其统统归口于唯一的共同体来识别富人和穷人，合法权利和神秘权利，城市居民和乡村居民等等，识别结果简而言之区分为两大类：一类是犹太人，另一类是非犹太人。这意味着反犹主义是阶级斗争的神秘主义，是资产阶级的体现，是不会在无阶级社会存在的。它表现为共同体内部人与人的分离和各自孤立，利益冲突，激情碎片化，只会存在于各行政部门：相当松弛的互相联系把结构非常紧密的众多部门融合在一起，这就是社会多元论的一种现象。

社会成员全体团结一致，因为人人投入共同的事业，在这样的社会里，反犹主义没有地位了。说到底，反犹主义表现出人为的神秘主义和赞成职工分红制与"财产"挂钩，而"财产"则是现时产权制造成的结果，所以，在一个没有阶级的社会和一个建立在劳动工具的集体产权制基础上的社会，世人从恍如隔世的魔影中解脱出来之后，终于投入自己的事业，即建立人类世界，届时，反犹主义将有不复存在的理由：它将被连根铲除。

有鉴于此，本真犹太人之所以自我想象为犹太人，是因为反犹分子将其置于犹太教徒的境况中，所以不反对同化，不反对的程度不亚于工人意识到自己属于一个阶级，从而不反对消灭阶级。恰恰相反，在这两种情况下，都是通过提高觉悟之后才促进消除阶级斗争和种族主义。只不过就犹太人而言，本真犹太人拒绝如今难以实现的同化，希望子孙们能够等得到彻底根除反犹主义。今天的犹太人正处于战斗之中。这么说来，除了社会主义革命是必需的，并且足以消灭反犹主义，没有别的什么办法了，所以我们将要闹革命也是为了犹太人。

那么目前怎么办？把关注清算犹太人问题寄托于未来的革命，说到底是个懒惰的办法。然而，犹太人问题毕竟与我们大家有直接关系，既然反犹主义直接导致纳粹主义，我们全体就与犹太人休戚相关了。如果我不尊重以色列人，谁会尊重我们呢？如果我们意识到上述危险,如果我们有愧于曾经无意识地当过反犹分子的同谋,使我们有过充当刽子手的经历,也许我们将开始明白必须为犹太人而斗争,不多不少同样也是为了我们自己。我听说一个反犹主义的犹太人同盟刚刚诞生,为此甚感欣慰:这证明以色列人对本真的感知正在发扬光大。

然而,犹太人同盟将会非常有效吗?许多犹太人,尤其最优秀的犹太人为加入该同盟将会非常有效吗?许多犹太人,包括一些最优秀的犹太人,为加入该同盟犹豫不决,出于谦逊吧,最近其中一人对我说:"真是没事找事嘛",接受笨拙地加添道:"反犹主义和种种迫害无关紧要哇",他的廉耻心却是真诚的、恳切的,但厌恶之情溢于言表。至于我们,不是犹太人,应该深表同情吗?黑人作家理查德·怀特①最近说过:"在美国,没有黑人问题,只有白人有问题。"咱们不妨鹦鹉学舌:"在法国,反犹主义不是犹太人问题,而是我们的问题。"我们既然有过错,既然自己因此也有危险成为受难者,那我们必然是睁眼瞎,如果视而不见这是我们首要的任务。不应该先由犹太人成立反犹主义行动同盟,而应当首先由我们来发起。不言而喻,类似这样的同盟不会一劳永逸解决问题,但如果这样的同盟在全法国建立分支,如果得到国家的官方认同,如果它的存在激起其他国家的其他类似同盟认同,团结起来最终成立国际同盟,如果哪里有人揭露类似不公正的事情,同盟就会进行有效的干预,如果通过报刊、宣传和教育进行动员,就能达到三重效果:首先允许反犹主义的对手们自主联合组成一个有作为的集体,其次这个集体通过组织起来的团体发挥吸引力,联合大批认为对犹太人问题无所作为的犹豫者,最后向执意把现实的国家与

---

① 理查德·怀特(1908—1960),美国作家。

合法的国家对立起来的敌手展现实际的共同体形象,这样的共同体超越了具有合法性的普世主义抽象,从而投入一场特殊的战斗。

倘若做到这一点,犹太共同体便可把反犹分子建立在具体神话基础上最得意的证据驳倒,以色列人的事情就会成功一半,只要朋友们为保护他们使出的激情和毅力稍微超出一点敌人们为搞掉他们使出的激情和毅力就行。为触发这种激情,不应当诉诸雅利安人的慷慨大度:即使最优秀的雅利安人,他们这种美德也是时隐时现的。不过每个人心里都明白,其实犹太人的命运也是雅利安人的命运。没有一个法国人是自由的,只要犹太人不能享有自身充分的权利;没有一个法国人是安全的,只要有一个犹太人,在法国乃至于**全世界**,可能对自己的生命担惊受怕。

答复阿尔贝·加缪

亲爱的加缪:

我们的友谊一直不顺利,我将为之惋惜。您今天之所以要决裂,没准儿是因为该决裂了。过去使我们接近的东西多,使我们分离的东西少。但这少依然太多:友谊也一样,是趋向整体性的。要么一切协调一致,要么反目闹翻,这是必须的。无派别的人们,他们表现得很积极,但他们的无派别是假想的。不需我赘言,这合乎事理嘛。然而,恰恰如此,我本来就宁可咱们目前的分歧归于实质性,不要沾染莫名的受伤自尊心臭味。谁会说、谁会信咱们之间的一切以作者争吵来了结:您演特里索坦,我演瓦迪厄斯?① 我不想反驳:说服谁呢?肯定是您的敌人,也许是我的朋友。那您呢,您想说服谁?您的朋友和我的敌人。咱俩共同的敌人多如牛毛,您和我都会让他们看笑话,那是肯定无疑的。很不幸,您那么毅然决然指控我,语气那么令人不快,让我不能保持沉默,否则就有失面子了。所以,我要做出回答,不带任何怒气,但自从认识您以来头一回不依不饶。您身上有某种阴暗的自负感和易伤的脆弱性相结合的东西,我始终缺乏勇气向您道出完整的真情实况。结果促使

---

① 莫里哀喜剧《女博士》(1672)的人物:前者的名字意为傻得不能再傻,是个虚荣心极强的才子;后者是个可笑的老学究,两人一搭一档忽悠女博士。

您成为阴暗的超限度的牺牲品,从而掩盖了您内心的困境,就是您所谓的地中海限度,没错吧。与其迟早总会有人向您指出这一点,干脆由我自荐吧。但不要害怕,我不会试图描绘您的肖像,我不想遭受您无故对让松①使出的指责:我讲一讲您的信,只讲您的信,必要时参照您的一些著作。

您的信绰绰有余地证明您搞了一场您的热月革命②,正如您说的那样,哎,倘若必须像反共产主义者谈论苏联那样谈论您。加缪,请问:默尔索在哪里?西西弗在何方?骨子里的托洛茨基分子今天在何处?他们可是主张不断革命论哪。也许被暗杀了吧,或者被流放了。一种既强迫暴躁又拘泥虚礼的专横占据了您的身心,您这种专制基于抽象的官僚作风之上,硬是要建立道德法规呀。您曾写到,我的合作者"希望人们反抗一切,唯独不反抗共产党和共产主义国家",但轮到我担心您更轻易反对共产主义国家,却对您自己下不了手。看上去您的信是一心要**尽快**置身辩论之外。您的信一开始几行就提醒我们:您的意图不是讨论对您的评论,也不是平等地跟您的反对者进行辩论。您用的词是"**指点**"。您论及让松的文章时,以可嘉的、教训的关怀指点《现代》的读者们,说什么您从他的文章中看出腐蚀我们社会的征兆,然后笔锋一转做起文章来,为人们上了一堂盛气凌人的病理课。我仿佛见到伦勃朗的油画:您是医生,让松已病入膏肓;您用手指向惊讶的公众指着他的创伤。因为您对受您指控的文章是否探讨大作完全无动于衷,是不是啊;在您看来,大作不成问题,有神灵担保其价值:

---

① 弗朗西斯·让松是《现代》的编委,撰文批评《反抗者》。
② 热月系法兰西共和历的第十一个月,相当于公历七月十九日至八月十七日。七月二十七日革命日推翻罗伯斯庇尔及其盟友,结束山岳派统治,阻止七月反动势力对革命力量的反扑。

只是作为试金石去揭示罪人的不诚实而已。您把文章登在《现代》这一期上是给我们赏光,随之带来一尊手提台座,以抬高《现代》的身价。您半道上改变方法,放弃教训人的论证,摒弃"矫揉造作的泰然自若"来慷慨激昂地迁怒于我。不过,您十分留心地说您不为自己辩护,那又何必呢?只不过,让松的批评,不管怎样居心叵测也损害不了您,却有可能损害一些不可触犯的原则和一些可尊敬的人物,而您恰恰捍卫这些人物和原则:"他(让松)不是针对我而来……尽管没有对我做出正确的评价,而是矛头指向我们生活和斗争的道理,针对我们对超越我们矛盾那种合情合理的希望。因此,沉默再也不可以接受了。"

喂,加缪,请告诉我,凭什么奥秘不让人家讨论大作呢?非得要让世人大讲生活的道理吗?凭什么奇迹把人家对您的异议立即转换为犯渎圣罪呢?莫里亚克先生的《巧者抄捷径》①演出成功,您是知道的,他也确实在《费加罗报》上发表过一篇文章,但我没有看到什么"批评使天主教信仰危在旦夕"。就因为您自称肩负使命,便扬言"以苦难的名义"说话:"苦难促使产生成千上万个辩护士却永远出不了一个兄弟。"为此,我们缴械投降:要是真的苦难来找您并对您说"干吧,以我的名义说话吧",那就只会落得个三缄其口和聆听其声了。不过,我向您承认,我很难抓住您的思想:您以苦难的名义说话,您是它的辩护士、它的兄弟、它的辩护士兄弟吗?假如您是受苦受难之人的兄弟,那么您是怎么变成他们兄弟的呢?既然不可能以血缘的关系变成他们的兄弟,那必然通过将心比心变成他们的兄弟哟。不对了吧,是因为您**选择**了您的

---

① 《巧者抄捷径》(1948)是法国作家弗朗索瓦·莫里亚克(1885—1970)写的一部三幕剧。

苦难兄弟们,但我不认为您是布洛涅汽车厂共产党失业者的兄弟抑或贫困农村短工的兄弟,这里我指的是印度支那的短工们为反对保大帝①和殖民主义者所做的斗争。通过生存状况变成他们的兄弟?您有可能曾经是贫困的,但您现在不再贫困了,您是个资产者,像让松也像我,我们都是资产者。通过忠诚行不行?但如果是间歇的忠诚,有如我们近似布西科夫人②和施舍,又如果我们敢于自称是受苦受难的兄弟,那么我们必须把自己一生的每时每刻都献给他们,这么说来,您不是他们的兄弟:不管您的操心有多么深切,都不是您唯一的动机,您相当不像圣-万桑·德·保罗或穷人们的"嬷嬷"。您是他们的兄弟吗?不是。您作为一个辩护人说"这些人是我的兄弟",因为这句话最有可能使评审委员会潸然泪下。父道主义的说辞,我听得太多了,明白吗,对不起,我对这类兄弟博爱主义存有戒心。贫困没有给您任何委托。请听我说,我并不想否认您有权高谈贫困。然而,如果您一意孤行,那干脆就像我们这样。这不,您必然习惯了以您自己的思想缺陷度及他人,才会认为让松硬要以无产阶级的名义说话。这样吧,您自己承担风险,同时也要接受被否认授权的可能性。

况且,对您有什么要紧呢?就算把苦难兄弟从您身边拉走,您还剩下许多同盟者嘛,比如老抵抗运动者。让松却无意得罪他们哟,真可怜,他无非想说政治选择在一九四〇年是强加于我们这类法国人的,因为我们是同一类人,相同的文化,相同的原则,以及相

---

① 保大帝(1913—1997),一九四五年曾任胡志明的顾问。一九四九年在法国政府的保护下宣告成立越南国,以对抗胡志明共产党政府。法国殖民军在奠边府战役失败后,他逃亡法国。
② 布西科夫人(生卒不详),曾是布西科医院主持人,法国最大的慈善机构之一,位于巴黎。

同的利益嘛。让松并没有认为抵抗运动轻而易举呀，尽管尚未受益于您的教诲，却不无耳闻拷打、枪决、流放，也说过随谋害之后的报复以及报复引发某些有识之士痛心疾首，请想象一下，这一切有人早告诉他了。然而，这些困难是由抵抗活动本身引起的，了解这些情况，必须早已投入抵抗了。即使他依然深信做出抵抗的决定并不困难，他也不会怀疑为了坚守这个决定，必须具备极大的体格和道义勇气。不过，他突然发现您求助抵抗运动者——我真为您感到脸红——和祈求亡者保佑："他（让松）没有歪曲理解我觉得抵抗运动是一种既非幸运也不易得的历史形式，并不比任何一个真正遭难的人更幸运和轻松多少，也不比任何一个动过真刀真枪的人或为此死亡的人更幸运和轻松多少。"

是的，他的确没有被迫去理解，因为彼时他不在法国，而被关在西班牙一座集中营里，因为想加入非洲军队而被俘的。即使让松在集中营失去一条胳膊险些儿死亡，他的文章也不会因此而更好一些或更坏一些。《反抗者》也不会更好一些或更坏一些，即使您没有加入抵抗运动或曾经被流放过。

但是，让松是另一类抗议者，不管他错了或对了，本人不置可否；反正他指责您的思想存在某种无效性后立即遭到传唤，这个老战士一旦登上舞台，就受到了委屈。而您哪，只需用手势向我们指证他，向我们示意您累了，受累于接纳关于有效性的教训，自不待言，但尤其受累于看够了游手好闲之辈竟训诫父辈们。对此，当然可以回答说让松没有讲起活动分子，无论年轻的或年老的，但既然这是他的权利，他就大胆评判了这一历史事实，不过被人称之为革命的工联主义吧了。您瞧，蛮可以评判一种运动无效，却同时赞赏其勇气、进取精神、无私忘我甚至参与者的效能，尤其当他谈起您的时候也是如此，因为您没有参与行动。倘若是我拿您举例，您作为一名老共产主义活动分子，久经沙场，创痕累累，令人唏嘘不已；假如我把这个老共产主义活动分子搬上舞台，假如他向您宣讲："我累了，看够了像您这样的一些资产者一味拼命摧毁这个党，它是我唯一的希望哪，这个党非但毫无建树，而且拿不出任何东西取而代之。我不是说这个党抵制一切批评，而是说必须对得起批评的权利。我根本不在乎你们的限度，地中海的或别的什么限度，更不在乎你们那些斯堪的纳维亚共和国，您哪，也许是我的兄弟，但博爱太不值钱了，所以您肯定不是我的同志。"多么令人感动哪！嗯？道高一尺，魔高一丈：看看哪个活动分子厉害！您和我，咱俩背靠布景的支撑，充满无恙的劳累，却面对观众的掌声。但您心里清楚，我不会玩这种游戏，一向只以我个人名义说话。再者，假如我累了，我会厚着脸皮声称：比我更受累的人多得去了。要是累了，加缪，就休息呗，既然咱们有的是财产，否则别指望让别人掂量咱们倦怠的同时会使世界发抖。

您的信令人困惑不解的是**太书面化**了。我不责怪您浮夸的文笔，这符合您的本性，但责怪您把自己的愤怒操纵自如。我承认咱们这个时代存在令人不快之处，不时也会有血性刚强的人击案呐喊，以求缓解。虽然这种思想混乱可以原谅，但很遗憾您设立了雄辩术的条律。人们对情不自胜的强势表现出宽容，却对刻意控制的强势加以拒绝。您故作镇静，玩得多么诡诈，以至您的狂怒更让人莫名惊诧；您刚刚显现愤怒却马上露出微笑，多么高明的笔法，但虚情假意的微笑使人很不放心哪！您的这些手法使我想起重罪法庭，难道我错了吗？没错吧。只有总检察长善于恰逢其时地发火，在怒不可遏之前控制住怒气并在必要时化愤怒为一曲大提琴咏叹调。难道胸怀高洁之人的共和国会任命您充当检察官吗？

有人拉我的袖子,劝我不要太在意春秋笔法。我愿遵从,但您这封信很难让人识别清楚仅仅是手段蹩脚而已。您称呼我"主编先生",却无人不晓咱们已有十年的交情,我同意,这只不过是个手段:您给我写公开信,而您的用意明明是反驳让松:真是蹩脚手段。难道您的目的是把您的批评转化为什么物体或摊出的纸牌?您谈论让松,好像谈论一只大汤碗或一把曼陀林,从未针对他本人。这意味着他已经被您排除在世人之外,而在您亲身的感受中,抵抗运动分子、囚徒、活动分子已经使他蜕化为石子了。时不时您成功地把他给灭掉了。您却若无其事地写道:"您的文章",仿佛我是这篇文章的作者。您已经不是第一次玩弄这套花招儿。比如,埃韦在一期共产党杂志上攻击您,《新观察家》杂志某个人讲起这篇文章时誉之为"精彩",您便反驳《新观察家》,要求杂志主编讲清楚他的合伙人所用的形容词是否恰当,而且长篇大论解释为什么埃韦的文章恰恰很不精彩。

总之,您反驳了埃韦,但不直接跟他对话:难道是不屑于跟一个共产党人交锋吗?加缪,我倒要问您,拉开这样的距离,您算老几?是什么赋予您权利对让松采取至高无上的态度?谁承认您的优越感呢?您的文学功绩没有受到质疑。您写得更精彩,他想得更正确,或相反,并不重要嘛。您给予自己的优越感授权您不把让松当人看待,这种优越感是一种种族优越感哪。难道让松因为他的评论就表明他跟您的区别就像蚂蚁与人类的区别吗?您的灵魂美好,他的灵魂丑陋,因此你们之间不可能交流,是吗?这是关键,您的手法变得不可容忍,这不,为了证明您的态度是正确的,就必须让您发现他的灵魂有污点。为了发现污点,最简单的办法是再加上污点,不是吗?让松不喜欢您的书,他说出来了,令您不高兴了:至此,一切很正常嘛。于是您写文章批评他的评论,谁也不能责怪您哪。德·蒙泰朗①每天都发表评论嘛。您尽可以借题发挥,扯得很远,说什么让松屁都不懂,我萨特是个笨蛋,对《现代》所有编辑的智慧深表怀疑,这些都不失为光明磊落。

但您偏偏写道:"您的合作者没准儿要求人们反叛一切,却不可以反叛共产党和共产主义国家。"我承认感到如刺鲠喉,本以为您是个文人学士,不料遇上审判官根据警察带倾向性的报告,预审我们的案件哩。假如您仅限于把他当作卧底,也非得要把他说成骗子和叛徒。于是您写道:"作者装作误解他读到的东西,却在他的行文中我看不到大度和正直,而跃然纸上则是枉费心机地背离他无能表达的立场,不能马上进入真正辩论的状况。"您企图揭露他的"意图"(当然是隐藏的),这种"意图"促使他"攻击一点不及其余,歪曲大作的论题,张冠李戴:您明明说天空蔚蓝,他则声称您说过天空昏黑",进而导致他规避真正的问题,比如向全法国隐瞒俄罗斯存在集中营,而这正是您在大作中揭露的意图吧。嗳,什么意图呢?瞧瞧您说的吧,意图在于表明一切非马克思主义思想皆反动,是吧!说到底,他为什么这么说呢?您就说不清道不明了吧。

然而,我猜想让松这个难为情的马克思主义者害怕见阳光吧。他竭力用笨拙的双手去堵塞您的思想窗口,阻挡显学的炫目光芒。因为,假如他彻底了解您的话,他就不可能称自己是马克思主义者。可怜的家伙以为可以既是共产党又是资产者:他脚踏两只船。您向他指明必须选择:或登记入党或成为像您一样的资产者,因为您像我一样也是资产者,加缪,难道咱们可能是别的什么吗?然而,这恰恰是他不愿意看到的。喏,以下是您调查的结果:犯罪的

---

① 德·蒙泰朗(1896—1972),法国作家,批评家,法兰西学院院士。

意图，故意歪曲他人思想，自欺欺人（又译真诚作弊），一再说谎。认识让松的人面临以上笔录，您大概可以想象，他们会觉得既惊讶又好笑，因为他们认为让松真诚、正直、严谨和追求真理。最令人咋舌，我猜，是您信上的一段话，竟邀请我们招供："你们直截了当谈问题，为集中营的存在辩护，我觉得正常，你们几乎是勇敢的，而你们不正常之处，流露尴尬之处，则是闭口不谈。"听您的口气，我们好似在巴黎司法警察总署，警察踱着方步，皮鞋咯噔作响，活像电影里审问："我们什么都知道，你的沉默令人怀疑。快说，承认你是同谋。那些集中营，你是知道的，对吗？嗯？承认了，就完事了。然后法庭会根据你的供认量刑的。"我的上帝，加缪，您多么一本正经哪！不妨借用您的一句话："您多么无聊哇！"但，假如您搞错了呢？假如大作压根儿证明您是哲学外行呢？假如大作的学识是匆忙东拼西凑的二手货呢？假如大作仅仅使有天赋的人问心无愧，比如某一天批评家出来作证写道："跟加缪在一起，反抗就得改变阵营？"假如您推理不是很准确呢？假如让松干脆被您的思想贫乏击倒了呢？假如他远非抹黑您光辉灿烂的显学，而是不得不点亮手提灯去识别您脆弱的、暧昧的、混乱的思想轮廓呢？我不是说肯定如此，但不管怎样您不能想一想万一如此吗？难道您就那么害怕质疑吗？难道必须赶紧贬低所有正视您的人吗？您只能接受低首下心吗？难道您不可能为自己的论题辩护并坚持认为正确，但同时理解别人认为是错误的呢？您坚持说历史有风险，为什么拒绝文学有风险呢？为什么您非得要用不可触犯的普世价值来保护自己呢？为什么不跟我们一起干或跟我们对着干，而不去求苍天的干预呢？您曾写道："有些人认为自己绝对正确，不管在他们的作品中或在他们的思想中，跟他们在一起，我们都感到窒息。"这是真的。但，我很担心您已经置身于窒息者的阵营，而且永远抛弃您以前的朋友们,他们倒成被窒息者了。

然而,您求助的做法超出了一切限度,怪不得最近还有人在一次您参加的集会上昭然若揭,我猜得不错吧。在某些政治诉讼案件中,如果有好几个被告,为了扰乱惩罚,法官就混淆主要罪状。当然这只能发生在极权国家。这就是您选择的手法:您在诉状中从头到尾都故意把我和让松混淆在一起。什么手段?很简单,但必须动一番脑筋:您运用语言技巧误导读者,使之弄不清您数落我们两人中哪一个。您的文章,第一时段:由于是我主持《现代》杂志,所以您向我发难:无可指责的手法;第二时段:您让我承认我要对杂志发表的文章负责:无话可说;第三时段:由此可见,我同意让松的态度,进而由此及彼,他的态度便是我的态度。至于我们两人谁执笔那就不重要了。一个很有讲究的人称代词最终完成鱼目混珠:"您的文章……您本该……您有权……您没权……一旦您说……"让松只不过在我画的图上绣花而已:您把他说得好像是我们笔奴和下流勾当的执行者,这样您就报仇雪恨了。另外,轮到我当罪犯了,是我侮辱活动积极分子、抵抗运动分子以及贫苦大众,是我掩耳不听别人谈论苏联集中营,是我掩盖您揭露的真相。仅举一例足以揭露这种手法:谁都看得明白,"轻罪",假如不确定是否找到真正的罪犯,可以变成重罪,假如控诉与此案根本不搭界的人。

您写道:"我的书不可能把俄国集中营搁置不顾,不加批评",为此,您针对的只是批评家让松,非难他在文章里没有提及集中营。也许您言之有理,也许让松可以反驳您说,由作者决定批评家应当说什么岂非滑稽可笑,况且您在书中谈集中营也不太多嘛。令人难以理解的是,您突然要求人家把事情摆在桌面上来,莫非恰恰因为一些对情况不明的情报提供者让您认为可以为难我们吧。

不管怎么说，事关一场正当的讨论，完全可以在您和让松之间进行的。

然而，您继续写道："你们保留相对的权利对发生苏联集中营的事实置若罔闻，只要你们不以一般革命意识形态，尤其以马克思主义开始讨论这些问题。如果你们开始讨论，尤其开始讨论时谈及我的著作，那你们就失去讨论的权利。"抑或"……你们为苏联存在集中营进行辩护"。您的这些话是针对我的。好吧，我答复您：您的质询是欺世惑众的：您利用了不可辩驳的事实，让松在评论您的文章中确实没有提及苏联集中营，因为这是他的权利，所以您是在影射我这个声称对杂志负责的主编从来没有提及集中营问题，那么您就大错特错了，错在不诚实。有据可寻嘛，时逢鲁塞①发表声明之后几天，我们就专为集中营的事发表完全由我负责的社论和好几篇文章。如果您对比一下日期，您将看到这期《现代》是在鲁塞干预之前完成定稿的。其实，这并不重要，只是想向您表明我们提出过集中营的问题，并且在法国舆论界披露真情时就采取了立场。几个星期之后，我们在另一篇社论中重提此事，并在几篇文章和编注中明确细述了我们的看法。苏联集中营的存在可以使我们愤怒，使我们厌恶，使我们困扰，但为什么会使我们尴尬呢？关系到道破对共产党人的态度，难道我退却过了吗？如果我是暗探、卧底、可耻的同情者，那么出于什么原因法共人士恨的是我而不是您呢？行了吧，甭吹嘘自己煽动的憎恨吧！坦白告诉您，我对这种敌意深感遗憾。有时候我几乎要羡慕哪，因为法共对您完全无动于衷。但，我又能怎样？除非不再说我信以为真吧。而您偏

---

① 大卫·鲁塞(1912—1997)，法国作家，曾参加西班牙战争，支持共和派，二战期间被纳粹流放。曾与萨特共同成立左派政党，但很快就解散了。

偏写道:"你们有相对的权利置若罔闻……"您到底想说什么？抑或您言下之意让松并未介入,是我借用他的名字,那就太荒谬了,抑或您硬说我从未提及集中营,那是诬蔑。

不错,加缪,我跟您一样,认为苏联集中营令人不能容忍,但"所谓资产阶级报刊"每天采用的方式也令人不能容忍吧。用不着我说,土库曼人之前有马达加斯加人哪。我的意思是说不应当以土库曼人蒙受的痛苦用来为我们使马达加斯人蒙受痛苦进行辩护吧。有些法国反共分子,我亲眼看见他们为苦役犯设立监狱而幸灾乐祸,并为滥用苦役监狱而心安理得。我没有印象认为他救助土库曼人,相反利用了土库曼人的不幸,就像苏联剥削土库曼人的劳动。这就是我称之为 full-employment（充分利用）土库曼人。说正经的,加缪,请告诉我,鲁塞的"揭露"在反共分子的心中能激起怎样的感受呢？失望？痛苦？作为人而感到耻辱？算了吧！算了！作为一个法国人,很难置身于土库曼人的地位,很难对土库曼人感到同情,因为身处法国所看到的土库曼人是抽象的土库曼人。充其量我会承认对德国集中营的回忆在善良的法国人心中唤醒一种非常本能的憎恶,进而当然会引起恐惧。然而,您看到了吧,在缺乏与土库曼人有任何联系的情况下,引起愤怒,也许引起绝望。正是社会党政府的理念,依靠一个军团的公务员,系统地把人搞得唯命是从。然而,加缪,政治的理念却影响不了反共分子,他们已经相信苏联**什么都干得出来！**这方面的信息激起反共分子的唯一情感则是欢欣雀跃,我感到难以启口。欢欣雀跃,因为反共分子终于拿到了证据,然后一切顺理成章。于是他们下手了,不对工人下手,反共分子没有那么傻,而是对坚持站在"左派"一边的善良人,吓唬他们,使他们惊恐万状。我们一旦开口抗议欺诈,人家立马叫我们闭嘴:"哦,集中营呢？"

反共分子责令众人揭露集中营，否则以合伙同谋论处。办法高明哪：可怜虫要么与共产党人为敌，要么成为"全球巨恶大罪"的同谋。就是在这个时候我开始觉得反共分子卑鄙，这帮欺诈痞子。因为，在我看来，集中营丑闻事出有因，您我，咱们都有责任，大家的事，大家都有责任：铁幕只是一面镜子，世界分成两面，一面反映另一面。螺丝把螺母拧紧一圈，从这头到那头，最终我们既是拧螺者又是被拧者。美国每强硬一次，必然引起俄国强硬反弹，美国的强硬表现"驱巫神"再爆发，俄国反弹表现为强化军工生产和增加强迫劳动的人数。反之亦然，大致没错。今天发声谴责的人应当知道，当今的形势将迫使他明天做出比他谴责过的更为糟糕的事情。我看到巴黎的墙上涂写这样的玩笑："去苏联度假吧，那是自由的国度！"标语的背景则是灰色阴影衬托的监狱窗栏，反倒觉得厚颜无耻的不是俄国人。

听我说，加缪，我知道您不遗余力地无数次揭露和抨击佛朗哥专制或我国政府的殖民政策，您获得**相对**的权利谈论苏联集中营。但，我对您有两点指责：在一部严肃的论著中提及集中营，企图向我们提供一种对我们时代的诠释，这是您最起码的权利和您的义务。但，我觉得不可接受之处，在于您现如今使用您的权力和义务就像在公众集会上使用一个论据，进而您也欺诈了土库曼人和库尔德人，旨在更有把握压倒一个对您出言不逊的评论家。其次，您提出狼牙棒式的论据为无为主义辩护，即拒绝对各家主子加以区别。因为如您自己所说，混淆主义和混淆奴才完全是一码事儿。如果您对奴才不加区分，您不得不只能对奴才完全是一码事儿。如果您不对各种奴才加以区分，您不得不只能对他们原则上同情罢了，因为往往所谓"奴才"，正是您称之为某个主子的同盟者。这蛮可以解释印度支那战争怎么使您陷入那种尴尬了吧。假如必须实行您的原则,那么越南人便是被殖民者,故而是奴才,他们是共产主义者,故而是暴君。您指责欧洲无产阶级,因为它不肯公开对苏联人表达谴责,然而您也责难欧洲各国政府,因为它们准备接纳西班牙参加教科文组织,在这种情况下,我看对您而言只有一种解决办法:移居加拉帕戈斯群岛①。而我,与之相反,我觉得帮助那边奴才们唯一的方法,就是与这边奴才们站在一起。

关于这个问题,我的话快讲完了,但重读大作,似乎觉得您的指控硬要扯到我们的思想观点上来。我没有必要为马克思的思想观点辩护,但请允许我告诉您,如果您硬要把它们关进两难推理:要么马克思的"预言"是最有效的,要么马克思主义只是一种方法论,这样的两难推理,依我看,尽管我不是马克思主义者,跟构成马克思主义的深刻真理却是风马牛不相及的。确实,一切表明您用"无阻碍的"自由这个说法来针对我们的人道自由概念。如果我信这个说法出自您,那我简直就是在侮辱您,对吗?不,您总不能够这么违背常理吧?您是从特瓦丰登神甫论著中捡来的吧?我至少与黑格尔有这么个共同点,而您必定没有读过黑格尔和我任何一部原著,却偏偏有追本溯源的怪癖。不过,您心里很清楚,一次刹车只能适用于世界的现实力量,即阻碍一个物体的有形活动,同时对限制它的某个因素起作用罢了。

然而,自由不是一种力量,不是我愿意它如此,是它本身限定的自由实在或不在,如果实在,就可逃脱因果的锁链:自由属于另一种范畴。您会不会嗤之以鼻如果有人谈论伊壁鸠鲁②的自由

---

① 距厄瓜多尔海岸九百七十公里,有许多史前动植物,被列入世界文化遗产。
② 伊壁鸠鲁(公元前341—前270),古希腊享乐主义学派创始人。

呢？自这位哲学家以降，决定论的概念和自由的概念有点复杂化了。中心思想依然是破裂、脱离、中断。我不敢劝您参照《存在与虚无》，您会觉得谈起来挺费劲的：您讨论思想之难点，匆忙宣布没有什么可弄明白的，旨在事先避免没有弄懂的指责。反正，我在书中恰恰讲清楚了破裂的条件。再说，如果您费心几分钟思考一下别人的思想，您就会发现自由是不可能被阻碍的：自由没有轮子，没有爪子，没有可衔嚼子的上下颌。由于自由以其行为来确定自我，在积极的格局中遇到局限，但这个格局必然由其行为来完善。我们一旦投入计划，就必须做出选择：计划引导我们，为境况引领方向，两者互动，只是某种超越境况的方式，就是说对境况心知肚明。我们投入的计划就是我们自身：在它的照耀下，我们与世界的关系逐渐明确了；折射我们的目的和手段是与事物的敌对和我们自身的终结同时显现的。话说至此，随您称呼"无阻碍"自由吧，但只有这个自由，可以让您自身的要求站得住脚。

加缪，如果人不是自由的，他怎么可能"**要求活得有意义**"呢？只不过您不乐意思考这个问题吧了。但此话不会有更多的意义，相比您曾说过的"没有食道的自由或没盐酸的自由"，您仅仅表现出跟许多人那样，把政治和哲学混为一谈了。一言以蔽之，没有阻碍，没有警察，没有法官。假如赋予无节制享用含酒精饮料的自由，那么酒鬼的贤德妻子会怎样呢？一七八九年的思想要比您的思想清晰得多：一种权利的限制（即自由的限制），是另一种权利（也是自由的限制），而不是什么"**人性**"，因为本性，不管是人的或别的什么本性，都可能把人压垮，却不能把活生生的人压缩为物的状态。假如人是物，那是相对于另一个人而言的。这是两个概念，很难理解，我同意这么说吧，人是自由的，人之所以实在，是因为人变成物了。这两个概念确定了我们现存的地位，进而使我们懂得

"压迫"。

您认为(根据谁的保证?)我事先授予我的同属一种天堂般的自由,以便事后把他们推进地狱。我做梦也没想到我周围存在一些已经被役奴的自主权,并且这些自由权正千方百计摆脱与生俱来的奴役。**我们今天的自由无非只是为获取自由而斗争的自由选择**。这个说法的反常方面只不过表明我们的历史生存状况反常。您瞧,事情并不关系到把我的同代人关进笼子吧:他们已经在笼子里了。相反,重要的是,我们必须与他们团结在一起去砸烂栏杆。因为,加缪哇,咱们自己也关在笼子里呢。如果您真想阻止一场人民运动不蜕化变质为专制统治,那就不要一开始就把它一棍子打死,不要威胁说您要隐居沙漠,因为您的沙漠永远只是我们大笼子里一小片人数不多的地盘。为了配得上对正在斗争的人们施加影响的权利,我们自己必须首先参加他们的斗争。如果想试着改变一些东西,必须首先接受许多东西。

大写的历史表明很少有比我们的境况更令人绝望的了,对各种预言应予以宽恕,但有一个人在目前斗争中只看得到两个一丘之貉的魔鬼进行愚不可及的决斗,我忍不住要说此公已经离开我们去独自向隅赌气了。我非但不觉得他能够充当裁判去掌控一个他唯恐躲避不及的时代,而且还认为他完全被他的时代所控制,自取其咎,进而对历史耿耿于怀,怨愤交加。您怜悯我内疾心虚,犯不着啊,万一我羞愧得无地自容,我也会比您感到更加无拘无束,而不如您那般被异化。因为,如果您想问心无愧,您必须大肆讨伐,必须要找一个有罪之人:这个罪人如果不是您,那必定是人世。您宣告您的判决,世间默不作声,但您的宣判一旦触及人世,您的判决即刻烟消云散。您不得不重新开张,假如您停息下来,您便会看清自己的面目:您注定迫使您自己去判决,西西弗呀!

对我们来说,您曾经是,将来依然可能是,难能可贵的人物、行动、著作三结合的整体。早在一九四五年,我们发现的加缪是抵抗运动者,一如我们先前发现了的加缪是《局外人》的作者。当我们接近身为地下刊物《战斗》编辑的加缪,文如其人,正直忠厚,俨如默尔索清白老实地拒绝说出他爱母亲、爱女友,却被我们的社会判处死刑;尤其当我们得知不断保持上述两者的本色,这种明显的矛盾使我们进一步认识我们自己和世界,您成为典范已经相去不远了。因为您在自己的身心浓缩了时代的冲突,并且通过对激活冲突的热情,超越了时代的冲突。您是一个人物,最复杂最丰富的人物,是夏多布里昂最后的、最好的继承者,而且是社会事业干练的捍卫者。您具有各种应有的机遇和所有建功的长处,因为您把崇高的情感和对美的激情结合在一起,把生的喜悦和死的意义融合在一起。战前反抗您称之为**荒诞**的苦涩体验,您选择了以轻蔑来保护自己,但您认为"一切否定都孕育着肯定的开花期",而且您决意要获得对拒绝的本质的认同,"认可情爱和反抗的和谐"。您认为,人只有幸福的时候才完全是他自己,并指出:"一个人和他过的生活之间单纯的和谐,如果不算幸福,那什么算幸福呀?除了对自己有保持寿命的愿望和自己最终死亡的命运具有双重的意识,还有什么更合情合理的和谐能把人与生融合在一起呢?"幸福既不完全是一种状态也不完全是一种行为,而是死亡的力量和生命的力量之间的紧张状态,是接受和拒绝之间的紧张状态,有鉴于此,世人定义**"现在"**,就是说既是此刻又是永恒,两者在自己的身心互为变更。因此,当您描写一个得天独厚的时刻,即实现世人与自然之间暂时和谐的时刻,也是向我们文学提供重大主题的时刻,从卢梭到布勒东,一直如此,那您就可以为我们的文学引入**道德观念**崭新的色调。生存幸福,就是尽人事。您为我们发明了"生存幸福的权利",而与这种权利交织在一起的是保证人是世上唯一有意识的生物,"因为他是唯一要求拥有权利的"。幸福的经验与巴塔耶所谓的"折磨"相似,但更为复杂更为丰富,在您面前树立了一个缺席的神明,像是一种责备,也像一种挑战:"世人为反对永恒的非正义而斗争就必须认可正义,为反抗不幸的世界而抗议就必须创造幸福。"不幸的世界不是**社会**的,或至少不首先是社会的,而是冷漠且虚空的自然,人在其中是异乡人,注定要死的,总之,那是"神明永恒的沉默"。因此,您的经验是把瞬息与永久紧密相结合的。您意识到可殁性,就想只跟"早该腐烂"的真情实况打交道。您的身体便属此类。① 您拒绝灵魂和思想的欺骗。但既然用您自己的话来说,非正义是**永恒**的,就是说,既然上帝的缺席是一种常数,贯穿历史变化的始终,那么世人又向上帝要求**拥有**一种意识(就是说叫别人给他意识),而上帝则是永恒地保持沉默,以致这种即时而始终不断重新开始的关系,其本身已经上升到大写的历史。世人通过张力在自我实现的同时,实现直觉的享乐,因此这种张力是一种真正的变换,而变换使世人摆脱平日"骚乱"的同时也脱离"历史性",从而使他最终与其生存状况相吻合。事情到此为止。在这种昙花一现的悲剧中,任何进步都找不到位置。马拉美作为未定型的荒诞主义者曾写道:"(悲剧)很快就了断了,只不过闪电式地展现失败过程的工夫。"我觉得马拉美预先给了打开您戏剧的钥匙,他写道:"主人公**引出**使他诞生的赞歌(母性的),重现在神秘剧的舞台,而赞歌却隐藏在神秘剧之中。"总之,您停留在我们伟大的经典传统之中,从笛卡儿开始,如果不包括帕斯卡尔,所有的经典人物都仇视历史。但您终于把美学的享受、欲

---

① 加缪得过肺结核。他的肺病时好时坏,当时不太好治。

望、幸福和英雄主义综合起来,把过度的静观和义务综合起来,把纪德式的受用不尽和波德莱尔的永不满足综合起来。您以严峻的道德主义完成了梅纳尔克的非道德主义,其内容没有变化:"世上只有一种性爱。紧抱女人的躯体,就是要在自己的身上留住奇特的喜悦,那种从天上落到海里的喜悦。方才,我全身心投入苦艾酒,为了使苦涩的香味进入我的躯体,我将不顾一切偏见,义无反顾地实现一个真理,像太阳一般的真理,也将是我死亡的真理。"然而,因为这个真理是人人都有的真理,因为真理的极端奇特性恰恰是使其变成四海皆准的东西,又因为您把纯现时的外壳敲碎了,所谓纯现时是指纳塔纳埃尔①寻找上帝的时刻,而您则将其在"世界的深处"打开,就是在死亡时打开,所以您经历忧郁而孤独的享乐之后,找回某种伦理的普遍性和世人的声援。从此,纳塔纳埃尔不再孤独,这种对生活的热爱胜过死亡,他"意识到要与整个民族共享,并为此感到骄傲"。这一切,当然结果很糟糕,因为人间吞没失魂落魄的放纵者。所以您很喜欢引用奥伯曼这段话:"让我们在抵抗中死亡,假如虚无是为我们保留的,那么我们不要让它成为一种正义。"

  因此,请不要否认,您没有拒绝过历史,却遭受了历史给您的痛苦,并在历史中发现了历史的面目。您在得到历史的任何体验以前就拒绝了历史,因为我们的文化是拒绝历史的,又因为您把人的价值置于人"抗拒上天"的斗争之中。您选择了您自己,并在创造您自己的同时,思考您个人所遭遇的苦难和焦虑,也思考您为解决苦难和焦虑的办法,这是一种凄厉的智慧,而这种智慧却是千方

---

① 法国作家安德烈·纪德(1869—1951)前期代表作《地粮》(1897)的主人公:年轻的纳塔纳埃尔去北非旅游,沐浴阳光和海水,在大自然怀抱中身心起了变化,导致他与清教徒传统决裂。

百计否认时间的。

然而,战争来临了,您毫无保留地投入抵抗;您进行了一种严酷的战斗,没有荣耀,也没有炫耀;危机没有什么可振奋人心的,更糟的是,人们要冒失去尊严和陷入堕落的危险。这种努力始终是艰难的,经常是孤单的,**必然**作为一种义务表现出来。所以,对您而言,您第一次与历史接触作为**牺牲**而呈现于世。况且,您已诉诸笔端,您说过"为把牺牲与神秘区分开来"而斗争。请理解我的意思:我之所以说"您与历史第一次接触",不是因为想影射我有过这种接触,更不是较好的接触。我们这些知识分子,在那个时候只有此类接触嘛;我之所以说**您的**,是因为您比我们许多人(包括我本人)更深刻更完整地经历了历史。尽管如此,这种战斗的情势使您本人牢记人们有时不得不为历史做出奉献,而后才有权回到真正的义务。您曾经指责德国人把您从抗拒上天的斗争中拉出来,迫使您参加世人的现世战斗:"这么多年来,你们千方百计让我进入历史……"在较远的下文,您写道:"你们做了该做的事,我们进入了历史。可是五年之中,不再可能享受到鸟的叫声。"历史,就是战争;在您看来,这是**别人的疯狂**。战争不创造,只破坏:妨碍草木生长,妨碍鸟儿歌唱,妨碍世人做爱。确实也巧,外部情势似乎证实您的观点:在和平时期,您为反对我们受到不公正的命运而进行永恒的斗争,在您眼里,纳粹站在不正义的一边。他们是世上盲目力量的同谋,不遗余力地摧毁人类。正如您所写的,您曾经为拯救人的**理念**而战斗。总之,您没有想过马克思所说的"创造历史",但想过要阻止历史的自行其是。证据是战后,您只考虑回到原状:"我们的状况越来越令人绝望。"您认为盟军胜利的意义是:"获得的两三种差别也许只可用来帮助我们中间少数人死得更加体面一些,别无其他。"您在牵引历史长达五年之后却想能够带领所有的人跟着您一起回到绝望,让世人从绝望中取得幸福,重新"证明我们不该受到那么多不公正"(从谁的眼里来看?);同时,重新"让世人进行绝望的斗争,以抗拒令人愤慨的命运"。当时我们多么喜爱您。我们也一样,我们都是一些加入历史的新成员,我们曾厌恶地承受了历史,不明白一九四〇年的战争只是历史性的形式,不比战前年代的历史性更多或更少。我们向您援引过马尔罗的一句话:"让胜利永远属于那些不爱战争而打过仗的人们!"我重复这句话的时候不禁有点儿动感情;那个年代,我们受到威胁,像您一样,但没有体会出来。经常产生这样的情况,各种文化,每当行将消失之时会产生各自极为丰富的作品,而这些作品则是旧价值与新价值联姻的结果,似乎是新价值充实了旧价值,然后将其送终。在您所做的综合概括里,幸福和认同来自我们古老的人文主义;但反抗和绝望却是不速之客,来自外部;陌生人从外部用仇恨的眼睛注视我们的精神盛典。您向他们假借仇恨的眼光,用来审视我们的文化遗产;正是他们赤裸裸的单纯存在对我们心安理得的享受提出了质疑;向命运挑战,向荒诞反抗,这一切无疑来自您一方,或通过您一方,但三十或四十年以前,人们倘若以这么糟糕的方式对待您,您早就去与唯美主义者为伍或干脆皈依教会了。您的反抗闻名遐迩,只是因为那些名不见经传的众人给您煽动起来的:您还没来得及把他们分流出来就让他们去抗拒上天,他们就已经被上天搞得不知去向了。您所揭示的道德需求只是把现实需求理想化了,而现实需求则不断在您周围涌现,并且您早已注意到了。您实现的平衡只能产生一次;您抓住良机指出,反对德国纳粹的共同斗争,在您眼里,同样在我们眼里,都是象征着全人类反对非人道的厄运的大团结。德国人选择了非正义的同时,自动地站在人性的盲目力量一边。您在《鼠疫》中让毒菌来承担这种盲目力量的角色,使人根本觉察不出来您在故弄玄虚。总之,您在几年之内就成为各阶级大团结的象征和证明。这也正是抵抗运动所呈现的,又是您最初的著作所表现的:"世人重新团结起来为抗拒令人愤慨的命运而斗争。"

因此,一种情势的助力,一种罕见的协调,一时间使得一种生活变成一种真理的形象,使您能够视而不见世人与本性的斗争是另一种斗争的因和果,比人与人的斗争更为古老更为无情。您奋起反抗死亡,然而其他人处在被铁丝网匝周而围的城镇里,他们奋起反抗的是死亡率不断上升的社会状况。一个孩子死了,您指责世界荒诞,您创造这样一个又聋又瞎的上帝,为的是能够向他脸上啐唾沫。但孩子的父亲,如果是失业者或普通工人,指责的却是世人:他心里明白人间状况的荒诞在帕西和在皮昂库尔①是不一样的。说到底,世人几乎向他掩饰了毒菌的存在:在贫困区,孩子的死亡率比在富贵区高达两倍,既然另一种收入分配可以拯救穷人的孩子②,即一半的死亡率,这一半的孩子就像被砍了脑袋,而细菌只是刽子手而已。您想在您身上,通过您本人,用一种道德的强力来实现所有人的幸福;我们开始就发现芸芸众生要求我们放弃过幸福的日子,为了他们少受一点儿贫穷的苦。突然之间,德国人就不再算回事了,甚至简直可以说,他们从来就不算一回事;我们原先以为只存在唯一的抵抗方式,后来发现存在两种方式来看待抗拒。当您在我们看来还是代表刚刚过去的人,或许甚至代表即将来临的人,您对上千万的法国人来说,已经成为一个享有特权的人,他们在您理想的反抗中认不出他们太过现实的愤怒。他们会

---

① 帕西是巴黎的富人区之一,而皮昂库尔则是当时的雷诺汽车厂所在地,离帕西不太远。
② 不完全准确,某些孩子一生下来就注定早夭。——原注

对您说,这样的死亡,这样的生活,这样的土地,这样的反抗,这样的上帝,这样的是与否,这样的情爱,都是王子的游戏。有些人甚至会说是马戏。您曾经说过:"唯有一件事比痛苦更具悲剧性,那就是一个幸福者的生活",也说过:"绝望的某种连续性可能酿成喜悦",您还说过:"世界的辉煌,我不敢肯定它就是所有世人的辩护理由,因为他们知道贫穷的极端总是与世界的奢华和财富相连接的。"①诚然,我与您一样也是享有特权的人,我理解您想的,但我认为您为此已经付出了代价。我想象您已经更加接近某种死亡,更加接近某种贫乏,很多人都是这样的,我想您准是经受过真实的穷苦,甚至一贫如洗。上述三则引言在您的笔下不具备在莫里亚克先生或德·蒙泰朗先生某本书里的本意。再说啦,您下笔时,这些句子好像很自然的。然而今天,关键在于这些句子**不再好像是自然的,众所周知嘛**,而成为必须的了,即使不算说得自如,至少得算必须有的文化,即不值得追捧且不公正的悠然自得,那是为了获得建立在匮乏基础上的奢华。

我想,是您经历过的情势乃至最痛心疾首的情势选择了您去见证个人的得救,那也是众人可以达到的;得人心的思想,即威胁和仇恨的思想,只是少数几个人获得成功。仇恨的思想,我们能有所作为吗?这种思想腐蚀一切。连您自己,您甚至不愿憎恨德国人,但在您的书中出现一种神的仇恨,而我们曾经可以说您是"反神论者",比无神论者有过之而无不及。一个被压迫者在自己的眼里还可以有完整的价值观,他将其置于对其他人的憎恨之中。他对自己同志的友谊是通过对他的敌人的仇恨来表达的;您的书和您的榜样对他无补于事,您教授一种生活艺术,一种"生命科

---

① 以上三则引言出自《婚礼集》。

学",您教我们重新发现我们的躯体,但被压迫者的躯体,每到晚上才重新属于自己,整个白天都让别人掠夺了,而困扰他的、羞辱他的,只是一贫如洗。这个人是由其他人塑造的,他的头号敌人是世人;他在工厂在工地所认出的奇怪本性之所以还可以说是人性,那是因为世人把他改造成适用于苦役场的人了。

剩下您还能做什么?您必须部分地改变您自己,以保住某些对您忠诚的人,同时必须满足被压迫大众的诉求。假如他们的代表没有按自己的习惯谩骂您,没准儿您早就做到了。可是您顿时中止了自身逐渐的转变,固执地以新的挑战在众目睽睽之下宣示世人要团结一致面对死亡,各阶级要一致团结,尽管各阶级早已在我们眼前重新展开斗争。就这样曾经是一种**有口皆碑的现实**变成对一种**理想**完全徒劳的认可,尤其这种虚妄的团结早已转变成您心中的斗争。您责难历史,非但不乐意解释历史的进程,反而宁愿从中看到又多一种荒诞。实质上,您只不过重持您原来的态度。您从马尔罗、卡鲁日等数不清的人那里借用"人的神化"观念,进而谴责人类,您屹立在人类的一边,但置于人类行列之外,活像最后一名阿邦塞拉日人①。您这个人物只要得到历史事件的养育,曾经是真实而鲜活的,如今却变成一道海市蜃楼;一九四四年您这个人物曾经是未来,而一九五二年则是过去,使您感到最为反感的不公平,正是这一切从外部降临于您,而您并没有改变。您觉得世界像过去一样呈现同样的丰富多彩,而世人不再乐意眼见为实了。怎么!试一试伸出手来,您将看到不是一切都将消失:人的本性自身改变了意义,因为世人与之维持的关系改变了。您还留下一些

---

① 十五世纪西班牙境内格拉纳达的阿拉伯王室。此处出自夏多布里昂记叙《最后一名阿邦塞拉日人的历险记》,讲述这个家族最后一名成员返回格拉纳达的故事。

记忆以及一种愈来愈抽象的言语；您在我们中间半死不活，千方百计要完全离开我们，想退避三舍，离群索居，那样您就可以找回应该是一般人的悲情，但不再是属于您的悲情，就是说只不过回到技术文明低级阶段的那种社会。这样，您所遇到的，从某种意义上讲，是完全不公平的。但从另一种意义上讲，却是完全公平的：如果您想保持本色，那就必须改变，而您害怕改变。您倘若觉得我残酷，那就不要害怕：我很快就谈到自己，而且用相同的语调。您竭力想伤害我，那将是徒劳无益的；但请相信我，我将提防为所有这一切付出代价。因为您完全令人难以容忍，但您毕竟是我的"同类"，势所必然嘛。

像您一样，我也介入了历史，但看法不同。我不怀疑，对于从冥府望眼欲穿的人们来说，历史的面目既荒诞又可怖：因为他们与创造历史的人们毫无共同之处。假如是蚂蚁或蜜蜂的一则故事，我肯定我们会将其视为一系列的放弃、讽刺和杀害，既滑稽可笑又令人毛骨悚然。但，假如我们是蚂蚁，也许我们的判断大不相同。我不明白您的两难推理："抑或历史有意义，抑或没有意义……"等等。我事前重读了您的《寄语一位德国友人》。一切豁然开朗，因为读到您向纳粹士兵说的这句话："几年来，你们千方百计使我进入历史。"我心想："自然哟！既然他自认为置身其外，在进入其中以前提出他的条件是正常的嘛。"正如用脚趾试水温的小姑娘问道："水热吗？"您狐疑不决地注视着历史，用一个指头插进去却很快抽出来问道："它有意义吗？"一九四一年您没有犹豫不决，因为人们要求您做出牺牲。问题仅仅在于阻止希特勒捣毁世界的疯狂，彼时孤单的激扬对少数人来讲还是可能的，您认同为未来激扬文字而付出代价。如今不同了。问题不再是捍卫现状，而是改变现状：您只根据最正式的担保来领受。假如我认为历史是充满泥浆和鲜血的游泳池,我也会像您那样做的,我想象得出来,进而我会反复看一看再往里跳。但,假设我已经陷在里面了,假设按我的看法,您的赌气本身就是您的历史真实性的证据,再假设人家像马克思那样反驳您:"历史无所事事……正是人,现实而鲜活的人创造一切;历史只是追求其自身目标的人的活动。"如果这是真的,那么远离历史的人将中止分担其同代人的目标,将只对人类骚乱的荒诞性有所感知。但他又声明反对人类骚乱,进而不由自主地卷入历史的循环,因为他无意间向两个阵营的人提供说辞来挫伤另一方,既然他在意识形态上处于守势。反之,加入芸芸众生奋斗目标的人将被迫选择朋友,因为在被内战搞得四分五裂的社会里,他不可能既不承担所有人的目标,又同时拒绝所有人的目标。一旦他做出选择,一切都富有意义了,因为他知道为什么敌人抵抗和为什么他战斗。这不,正是在历史的行动中获得历史的内涵。"历史有意义吗?"您会如此提问,"历史有目的吗?"对于我来说,这个问题没有意义,因为历史,脱离创造历史的人,只是一个抽象而僵化的概念,总不能说概念有目的,或没有目的吧。问题还不在于**认识**它的目的,而在于**赋予**它一个目的。反正没有人**仅仅**为历史而行动。事实上,世人是为介入远大的希望所指引的短期计划而奋斗的。这些短期计划毫无荒诞之处,比如,此处是突尼斯人民奋起反抗殖民主义者,彼处是矿工罢工,因诉求或因声援而罢工。人家才不讨论是否具有升华为历史的价值哩:人们仅仅注意到,如果有价值的话,价值是通过人类行动表现出来的,就历史本义而言,人类行动是历史性的,这个矛盾对人至关重要,因为世人造就自身具有历史性,以追求永恒,从而在其具体行动中发现普遍价值,以便得到个别的结果。如果您说世界不公平,您就已经输了,因为您已经置身度外,不会拿一个不公平的世界与一个没有内容的大写公平去做比较了。但您将会发现这种不公平，如果您每次努力去解决您从事的事情，去努力分担您同志们的任务，去努力遵守纪律或执行纪律。马克思可从来没有说过历史有什么目的，他怎么可能会这么说呢？据说人总有一天也会没有目的。但马克思只是提到史前史的终结，就是说在历史自身的过程中有一个目的已被达到，并且像所有目的一样，已经被超越了。问题不在于知道历史是否有意义，我们是否愿意参与其间，然而一旦我们全身心置于其中，那就必须竭力赋予历史在我们看来最有价值的意义，哪怕微小的价值，也要不遗余力地完成必需的具体行动。

恐怖时代①是一种抽象的暴力。您成了恐怖主义者和粗暴的人，因为被您抛弃的历史回过头来抛弃了您，到头来您只是个抽象的反抗者。您对世人的不信任使您推定一切被指控的人**首先**就是罪人，由此导致您采用警察的方法对待让松。您的道德教训已先入为主地变成道德主义，今天它只涉及文学，明天或许将变成背德。我们之间将怎么样，我说不好哇：也许我们重归于同一个营垒，也许不会。时势维艰，错综复杂。不管怎样，我能向您道出我的想法就不错了。本杂志依然向您开放，如果您还想反驳我的话，但我呢，我不再答复您。我说了您曾经对于我意味着什么，以及您现在的样子。但，不管您还能反向说什么或做什么，我一概拒绝跟您斗下去。我希望我们的沉默将把这场论战忘掉。

——《现代》第八十二号，一九五二年八月

---

① 原指法国资产阶级革命时期从一七九三年五月至一七九四年七月这一段时期。

威尼斯的幽禁者

雅可布①诡计多端

湮没无闻。这一生湮没于无声无息之中。几个日期,几件事情,其余皆为老掉牙的文人闲言碎语。但大可不必泄气:威尼斯有话要说。虽是假见证人的声音:时而尖厉,时而唧哝,时不时被缄默打断,却是威尼斯之声。丁托列托通过其故乡讲述他的故事,描述他生前的肖像,隐约显出一种死咬住不放的敌意。督治城②向我们表明对众多男儿中最有名气的那个小子耿耿于怀,却又什么都不明说:一语带过,启发一下,不做追究。憎恨却是不依不饶的,像沙那般不伦不类,加上公开宣示反感,等于是冷眼相待,不给好脸色看,恰似一种拒之门外的隐性糟践。我们不必要求知道更多。总之,雅可布斗不过数不胜数的敌手,他精疲力竭,败下阵来,与世长辞了。一言以蔽之,这就是他的命。我们假如拨开一下挡在入口处荆棘似的流言蜚语,便看得清他的一生,尽管其裸体画面是阴暗的。

---

① 雅可布·罗布斯底(1518—1594),绰号丁托列托,意为"小染匠",后来成为画家的大名,意大利文艺复兴后期著名画家。
② 系指中世纪威尼斯共和国总督府所在的府城。

雅可布生于一五一八年,其父是染匠。不出多少年,威尼斯便飞语乍起,人们即有所耳闻:"大约一五三〇年,小家伙进入提香画坊当学徒,但几天之后,年过半百的名家发现他天资极高,便把他扫地出门了。"干脆利索。这则趣闻一而再再而三见于笔端,终于传得沸沸扬扬,有损于提香的声誉,反正坊间是这么说的。其实未必,或至少今天不会,按照我们的看法,不至于吧。这不,一五六七年瓦萨利①叙述这件逸事时说,提香统治画坛已达半个世纪:没有比安然无事更令人敬畏的了。再说,按照那个时代的道德准则,提香在自己的画坊是仅次于上帝的主子,总不见得拒绝他拥有赶走一名雇员的权力吧。相反,受害者被推定有罪过,被打上灾星烙印,被认定患有传染病,也许长着毒眼②哩。总之,意大利画家圣徒传奇中第一次出现了一个魔童。我不怀疑从中可以拾取某些东西,下文再说吧。只要善于倾听,威尼斯之声从不撒谎;等我们了解更多情况,定将洗耳恭听。眼下,不管真相埋藏多深,必须指出难以置信的事情。

众所周知,提香不是很厚道的。彼时,雅可布十二岁。在十二岁上,天赋微不足道,一点儿风吹草动就使之消遁得无影无踪。必须有耐心和时间把脆弱的悟性凝聚定型,使之变成才华。最傲慢的艺术家,处在声望之巅峰,不会介意一个小男孩。姑且认为大师嫉贤妒能,把学徒驱逐了,相当于置之于死地呗。被一个国宝的唾弃所形成的压力是沉重的,非常沉重哪。更有甚者,提香缺乏坦率,不会把真正的动机晓示众人。他是王者,眉头一皱,害群之马即刻被拒于一切大门之外,就是说被禁止从事这个行当了。

---

① 乔治奥·瓦萨利(1512—1574),意大利画家、建筑师、作家、艺术史家,最大价值的代表作为《绘画、雕塑、建筑大师列传》。
② 中世纪迷信认为被长这种眼睛的人看过是会倒霉的。

黑名单上居然有孩子,十分罕见。兴趣油然而生,人们想知道,他怎么失足而后自拔。此乃枉费心机:记叙点到为止,线索断了。所有的书无不如此。读者撞上了缄默协议:谁都不肯告诉我们在十二岁至二十岁之间他干什么去了。有人想象他闭门造车,以为此说可以填补空白。但这恰恰不可能,我们大家心知肚明,古代的作者更加清楚:十六世纪初,绘画艺术乃是一门复杂的技术,有点拘泥虚套,受到秘诀和程式的重重束缚,与其说是一种学识,不如说是一种技能;与其说是一种方法,不如说是一套综合程序。还有行业规则、传统承袭、作坊秘诀,这一切迫使学徒将学艺转换成一种社会义务和一种非做不可的事。传记作家们的沉默暴露出他们的窘况,由于无法调和年轻罗布斯底的早熟盛名和被扫地出门,于是抛出一幅阴暗的纱幕,将八年一分为二。这可视为一种供认:谁都没有驱逐过雅可布:既然他在父亲的染坊,没有因颓丧和怨恨而倒下,必定有规有矩地工作,在某家画坊正常工作,只不过我们一无所知,除了听说这家画坊不是提香的。行会之间猜疑心很重,且耿耿于怀,而忌恨有追溯效力呀。雅可布一生神秘的开端之所以似乎是其神秘终结的预兆,奇迹般获救的遇险船上升起的大幕之所以降落在未发生奇迹的失事船上,是因为威尼斯事后一应俱全做了安排:以他未来的老年为他确定一个童年。什么也没发生,什么也没留存,出生是死亡的镜子。两者之间,人世沧桑,一切被厄运侵蚀了。

让我们穿越海市蜃楼吧,彼岸一望无际,地平线尽收眼底:突然冒出一个少年,飞快起跑,奔向荣光。早在一五三九年,雅可布就离开老板而自立,成为青年雇主,从而取得独立,获得名望,博得顾客:轮到他雇用工人和学徒。请不要搞错,在一座画家林立的城市,绘画市场受到经济危机威胁,岌岌可危。他二十岁当上师傅,实属例外。要达到这一步,光凭才华出众是不够的,靠埋头苦干和善于处世也还不够,还得要有运气。恰好,罗布斯底福星高照:时年保罗·卡利亚里①十岁,提香六十二岁。在无名小孩和或许不久于人世的老头儿之间,可以找到许多优秀的画家,但唯有丁托列托可能出人头地。反正,他那一代人中间没有竞争对手,故而畅通无阻。事实上,他还乘势奋斗了几年,索画订单越来越多,获得公众的青睐、贵族的厚待、雅士的宠爱。阿雷帝诺②亲自屈尊造访向他祝贺。年轻人那种超凡的才艺是上帝专门留给夭折少年的。

但,提香死不了,后辈的麻烦开始来了:他显得令人咂舌的长寿,向年轻"挑战者"宣泄充满仇恨的关注;年迈的王者怀着恶意公开指定其传承人,即委罗内塞,不出人们意料。于是,阿雷帝诺对雅可布从降贵纡尊转为尖酸刻薄:批评是刺激的,伤害的,侮辱的,喧嚷的。总之,批评现代化了。假如雅可布守得住公众的好感,倒也无伤大雅。但突然之间,他开窍了,齿轮转动自如:三十岁上,自信万事俱备,全身心投入,终于画出《圣马可奇迹》。震撼、撞击、出其不意地独树一帜,使人敬服:这足以显示他的行为方式。然而,破题儿第一遭的是他第一个感到莫名其妙:他的画作弄得同代人晕头转向,从而使得同时代人愤慨难平。他遇到了竭尽贬低之能事者,又得不到坚持不懈的辩护人。从当时的背景来看,可以推测有人搞阴谋使诡计:拦断。里多尔菲③甚至断言圣马可善会

---

① 保罗·卡利亚里(1528—1588),绰号委罗内塞,意为"维罗纳人",意大利著名城市维罗纳是他的出生地。威尼派著名画家,与丁托列托并列为装饰风格主义先驱。
② 阿雷帝诺(1492—1556),意大利作家。以讽刺笔调描写罗马教廷和贵族的虚伪和堕落,著有多部悲剧和喜剧。画评多为赞赏提香,并将其列为朋友之一。
③ 卡尔洛·里多尔菲(1594—1658),意大利作家,评论家。最早记叙丁托列托的创作经历,曾断言圣马可善会拒绝丁托列托的画作,使其悻悻抱画而归。

拒收画作,以至丁托列托不得不把作品带回家。针尖对麦芒,联合和散伙,同样苦不堪言。威尼斯与其画家面面相觑,互不理解。威尼斯之声扬言:"雅可布没有履行他少年时的承诺。"艺术家则称:"要让他们失望,只需我把自己和盘托出。如此说来,他们喜欢的并不是我呀!"这场误会恶化了彼此的怨恨:威尼斯的网状脉络有个网眼崩裂了。

一五四八年是关键年:之前,诸神赞成他;之后,诸神反对他。倒也不是什么天灾人祸,就是受窝囊气,非得把他搞得灰头土脸不可。威尼斯人给孩儿时的他以笑脸相迎,是为了更好地向成年时的他往死里整。旋即雅可布自动洗心革面,成为不法之徒,狂热的我行我素,被人人喊打,终于成了丁托列托。之前,我们对他一无所知,充其量知道他玩命苦干:二十岁成名,不玩命是不行的。此后,玩命苦干,转成疯狂猛干:他要出成品,不断出成品;他要卖画,以数量和画面的幅度压垮竞争者。高强度持续苦干,不知道中了什么邪。罗布斯底一直到死始终紧追不舍,也没弄清楚画家是以埋头苦干来寻找自我,抑或以过度劳累来忘却自我。"闪电的丁托列托"①在黑旗下航行,对这个敏捷的海盗而言,一切手段都中用,故而偏爱不择手段。每当清偿者付钱,他便超脱功利,垂下双眼,不肯要价,像脚尖似的,连声答道:"悉听尊便。"然而,脚夫比谁都清楚运送行李是有价格规定的:他们指望顾客自己拔毛,慷慨解囊。

有时候,为了抢一笔交易,他竟按成本价出售商品,这种廉价合同给他带来其他合同,使他从薄利多销中获益匪浅。他听说《执十字架的人》的订单即将给保罗·卡利亚里,于是假装毫不知

---

① 希腊神话中,朱庇特手持闪电形小投枪,作者此处暗喻丁托列托手持画笔。

情,上门毛遂自荐。人家竭力彬彬有礼把他挡在门外:"非常乐意,不过我们要的是委罗内塞的手笔。"

"委罗内塞的手笔,巧极了。但请问由谁来为你们执笔呢?"丁托列托问道。

"嗨,"他们莫名惊诧地答道,"我们猜是指定委罗内塞亲自操笔吧。"

"卡利亚里?"轮到丁托列托故作惊讶,"多么古怪的念头。我画委罗内塞的画比他自己画得更好!不仅更好看,而且更便宜。"①

于是,交易成功,承诺兑现。他无数次用提香的风格来画波代诺内②的画:把价格越压越低。

怎么减低成本呢?这是始终困扰他的问题。一天,他找到答案,低俗却灵光的办法,颠覆了传统做法:大师们让人复制他们的画作,由画坊制作复制品,以正确核算过的较低价值出售,这等于说绘画拥有了第二市场。雅可布为了强夺市场,他干脆取消复制原作样品,向顾客提供物美价廉的画作:他要求合伙人既效法于他自己的作品,又禁止复制,运用既简单又多变的手段进行翻新而非创新:只需颠倒局部,把左边的移到右边,再把右边移到左边,把别处的一个老人图景替下一个妇人图像,拿下的妇人图像空出来以便再用。这些操作需要一些训练,但决不会比简单复制需要更长的时间。丁托列托坦率宣告:"可以从我的画坊获得原作而付复制品的价格就行。"

人家不乐意订他的画作时,他就奉送。一五六四年五月三十一

---

① 并非吹牛,委罗内塞深受丁托列托影响,尤其油画,其宽广的建筑学风格明显取自丁托列托的特征。
② 乔凡尼-安东尼奥·德·波代诺内(1483—1539),威尼斯派画家。

日在圣马可善会,小兄弟会主持决定美化一下会议厅:为椭圆形天顶中央装饰一幅油画。保罗·卡利亚里、雅可布·罗布斯底、斯切亚沃尼①、萨尔威堤②,以及佐塞亚罗③应邀呈送稿图。丁托列托贿赂善会下人,取得准确尺码。他曾经为小兄弟会作过画,所以我不排除假设他甚至跟 Banca e Zonta(推事席)内部私下有什么猫腻。约好的那天,每人展示各自的草图,轮到罗布斯底时,但见他雷厉风行,爬上梯子,揭开一块纸板,在大家的头顶上呈现一幅眼花缭乱的图画,已经到位了,已经完成了。众人大哗。他解释道:"稿图会引起曲解,既然我着手绘草图,不如干脆一气呵成得了。不过,先生们,我的作品若是你们不喜欢,我干脆奉送。但不送给你们,而送给圣马可善会,送给你们的主持,他对我恩重如山。"这已是既成事实,丁托列托心知肚明。罪魁:小兄弟会的规章禁止拒绝虔诚的馈赠,只剩下记录在案了。于是善会记事簿上有了这段话:"**兹日署名者画家雅可布·丁托列托赠我等油画一幅,不求酬谢,保证修改完成画作,不胜欣慰。**"署名者签名时加上一笔:

Io Jachomo Tentoret to pitor contento et prometo ut supra
(画者雅可布·丁托列托赞同上述陈述,保证完成画作)

Contento(赞同)吗?我深信无疑!这份供品使竞争者们惊恐万状,从此圣马可善会所有大门都向他敞开了,宽大而空白的墙壁任他笔势纵横挥洒自如,终于给他带来一笔一百杜卡托④年金。他甚至踌躇满志,无须多说,一五七一年又故技重演。这回轮到总

---

① 安德烈亚·斯切亚沃尼(1503 或 1522—1560),威尼斯著名画家,绰号斯切沃尼,意为"斯拉夫人"。
② 萨尔威堤(1510—1561),意大利画家,本名弗朗西斯科·德·罗西。
③ 佐塞亚罗(1529—1566),意大利画家,为梵蒂冈绘制《查理曼大帝的馈赠》。
④ 威尼斯古金币名,又称金杜卡托,而银杜卡托等于半个金杜卡托。

督宫殿啦。市政议会①决意纪念勒班多②战役,为此组织了一场草图竞赛。而丁托列托呈上一幅油画而非稿图,并且是奉送的,议会接纳下来,感激不尽。但没过多久,丁托列托却寄去一张账单。

他的狡猾既无行又可爱,后来人们也许将从中看出,与其说是个性特点,不如说是风化特征。后人都会说,骗人的,不是他,而是那个时代,从某种意义上说,此话没错。假如有人执意相信这些逸事而谴责他,那我完全可以为他辩护。这不,首先,最切实的论据是,彼时谁也无法自食其力。现今,油画有展销会;彼时,画家们练摊卖画,守在广场上,一如咱们所见南方市镇练旧货摊的。买主们来到跟前,一幅幅仔细地看,全部看完后挑选一幅带回各自的教堂、会所、宫殿,必须自我推荐,必须像我们电影导演那样亲自上阵,必须承揽任何活计,让怎么做就怎么做,热切盼望买主给尺寸,什么画境都无所谓。有关一切由合同确定:主题、数量、质地,有时甚至包括人物姿态和画幅大小,加上宗教传统和趣味习尚的种种限制。主顾有情绪波动,像我们的制片人,一时心血来潮,咳,突发奇想,打个手势,就得重新开局。比如,在梅迪契宫殿③,贝诺佐·哥佐利④被愚蠢的资助人百般折腾。至于丁托列托,只需将他被收藏在卢浮宫的《天堂》与总执政府宫那幅《天堂》对比一下,便可

---

① 中世纪威尼斯等城市共和邦议员委员会。
② 古希腊城名。相传由威尼斯人建造城防设施,抵抗土耳其多年。一五七一年在该城外海爆发海战,神圣同盟国(西班牙、威尼斯等)的舰队打败了土耳其舰队,故称勒班多战役(1571)。此战役打破了奥斯曼帝国不可战胜的神话。
③ 系指文艺复兴时期显赫的梅迪契家族在佛罗伦萨的宫殿,其中一位公爵把侄女玛丽娅·德·梅迪契嫁给法王查理四世(1601),王后在夫君死后,于一六一五年按佛罗伦萨宫殿的原样在巴黎修建了著名的卢森堡宫,花园中美丽的"梅迪契喷泉"格外令人喜爱。
④ 贝诺佐·哥佐利(1420—1497),意大利佛罗伦萨派画家,为梅迪契宫殿小教堂绘制装饰画相当出名。

猜想他受到的压力有多大。总得养家糊口吧,总得运转画坊吧,就像如今的工厂要运转吧,决不通融,拒绝妥协,宁可饿死不折腰,根本办不到的。总之,要么放弃画画,要么遵命画画,二者必居其一。谁也不能责备丁托列托决意发家致富吧。大概他到中年还勤奋创作,财源不缺,这位功利主义者的原则是,不赚钱的事不干,画画没有收益,且不成了一味打发时间喽。后来,正如大家所见,他在普通居民区买下一座平民宅子,倒蛮舒适,居然成了富人,是他一生圆满的结果。但他所有的积蓄都投进去了,罗布斯底的孩子们不得不继承一份微不足道的遗产:画坊的设备,日趋减少的顾客,还有宅子,可是宅子归长子,后来归了女婿。福斯蒂娜在丈夫去世十二年后,痛苦地回忆夫君离世时家庭已陷入困境。她有理由抱怨,因为逝者总是一意孤行。

丁托列托爱钱毫无疑问,但以美国人的方式对待金钱:只把钱视为成功的外在标记。其实,这个追逐合同的人只要求一件事,即从事他的职业。他的舞弊不是一点公道也没有,至少他获得成功靠的是职业、技巧、工作能力和灵敏神速,否则光靠舞弊是不可想象的。正是冲刺使他获得优势:他只需别人画蹩脚草图的时间便足以创作出一幅佳画。

况且,如果说丁托列托模仿委罗内塞,后者以牙还牙,也不含糊。必须以同时代人的眼光去看待他们的互相仿效。对他们大部分同代人来说,最伟大的画家仅仅是标杆店号、合乎法律的人物、集体的领头人。至于我们,要的是他的画,这是首要的。其次通过他,了解一个人的全部,一如我们把马蒂斯①的画挂在自家四壁就

---

① 昂里·马蒂斯(1869—1954),法国著名画家,雕塑家,野兽派领袖(1905—1910)。

拿《执十字架的人》来说吧，画家的同代人不在乎画家是谁呢，他们希望看到某种取悦其心灵的风格，一种喜出望外的浅薄，一种巧妙而不麻烦的堂皇，他们通晓商标和广告：一幅署名委罗内塞的画作，等于是一幅令人悦目的画作。这就是他们所期盼的，别无他求。而卡利亚里，他，可以做得更好，有例为证：他画了一幅惊心动魄的《基督磔刑》（又名《耶稣在十字架上》）。此画现存卢浮宫，最有意思的是，居然真正受到罗布斯底的启发。但他是个精明过人的商人，滥用自己的天才罢了。在这样的情势下，我们若谴责丁托列托有时把某种手法占为己有未免有欠宽容，因为这类技法已经不属于哪个人专有的了。毕竟，他实话在先："你们想要傻乎乎激情似火的东西吗？我给你们提供便是了。"

我认可当时人们所需的一切。问题不在于评判丁托列托，而在于确认他的时代是否挺自在地跟他融合在一起。然而，恰恰在这个问题上，见证言之凿凿：他的举措触犯了同代人，别人对他便很不客气了，本来也许可以容忍某种不诚实，但丁托列托走得太远了，引来一片谴责声："他太过分了！"甚至在这座重商的城市，这位太过精明的商人也被视为不同凡响，以圣马可善会为例，他先下手为强，抢走了大厅的订单，气得同行们咆哮如雷，以至于不得不百般安抚说：宫殿还有其他墙顶嘛，工程才刚刚开始呢，说完便溜之大吉。反正他的奉献供品已被接受，剩下的地盘留给别人去优胜劣汰吧。然而没过多久，倒霉的竞争者便发现，他像异教徒那样说了谎：小兄弟宫殿成了丁托列托的独占地盘。他，到处活蹦乱跳，别的画家没有一个跨得进宫殿的门槛。他们当然不会坐视失去机会对他发泄怨恨。这不，后来人们注意到丑闻发生于一五六一年，而第一部专写丁托列托的书《生涯》发表于一五六七年：两个年份如此接近，终于指引我们去领悟瓦萨利收集的恶意流言蜚语之来源和含义。嫉妒者们的诽谤吗？不错,他们相互嫉妒,一个比一个妒火中烧,但为何这么多的诽谤单独集中到罗布斯底一人身上呢？假如他没有这帮艺术家的"臭气"？假如在大家和每个人的眼里他不单独一人代表国民同仁们被极度夸大的弱点呢？况且,连顾客们似乎对他的不择手段也很反感。当然不是所有人,不。但他招惹了众多有实力的仇人。扎马里亚·德·齐尼奥尼神甫阁下,是圣罗可小兄弟会成员,许诺十五杜卡托金币付装饰工务,并订下明文规定的条件:不许雅可布赠送的承包。况且,小兄弟会的记录簿暗示推事席是经过一番较量的,开过几次会议,极为微妙棘手,甚至有点吵吵嚷嚷,但还是定夺归会堂所有:赠品光彩夺目,尽管令人碍眼。一五七一年丁托列托赠送的《勒班多战役》被一五七七年一场大火烧毁。当涉及替换此画的问题时,原作者似乎有充分理由认为市政议会必定召唤他。但完全不是那回事,而是断然把他排除在外,优先权被授予平庸的维蒂桑诺。人们也许认定他的画早已受到冷遇。此言不大说得通,因为雅可布替官方人士干活始终百倍警惕,他学"提香的做派",自己深藏若虚。况且,自一五七一年,政府向他订制好几幅作品。不,威尼斯政府部门决不会放弃他的供奉,却决意对他的盗窃行径进行惩罚。简言之,大家一致的意见是,他是个不诚实的同行,一个不合格的画家,在他身上必定有某种腐败堕落的东西,令士人羞与为伍。胸怀高洁的人们哪,你们心慌意乱了,那你们让死人为活人服务吧,尤其为你们服务,让死者开导开导你们的心灵吧,你们尽管去丁托列托的旧宅寻找他的激情留下的明显证据吧。

你们将只能发现,丁托列托的激情与老百姓相同,多种多样,激情嘛,有急切贪婪的和深谋远虑的,有冥思遐想的和处心积虑的,有实际的和抽象的,有从容不迫的和急如星火的,应有尽有哇。

丁托列托的激情,依我看,是实际的,处心积虑兼反驳非难的,以及急切贪婪兼急如星火的。他那些贻笑大方的计谋,我越琢磨越深信那是产生于充满怨恨的内心。活像盘成一团的蝰蛇那般纠结怨恨!什么都纠结在一起了:傲慢的狂言和谦卑的蠢话,狭隘的野心和无限的慌乱,四面出击和八方厄运,发迹的意志和失败的昏乱。他的一生是一个被恐惧侵蚀的暴发户的故事:草创时期轻松愉快,接着主动出击得法,马到成功,然后一五四八年受到沉重打击之后,反倒快马加鞭,疯狂横冲直撞,遭遇地狱之灾;雅可布尽管坚持战斗到底,但心里明白他永远战胜不了命运。野心勃勃和焦虑不安是两条巨大的毒蛇。假如我们真的想了解他,那就让我们走近他,仔细观察吧。

里亚尔托岛[①]的清教徒

谁也不是素来玩世不恭的。没有折磨而自我折磨,是圣徒们的娱乐。只是到了一定的程度,清心寡欲的人们才痛斥他们淫乱,慷慨解囊的人们才揭露他们吝啬。然而他们一旦发现圣徒们堕落的真正原因,即所谓圣洁,他们立马像一切负罪者那样跑去为圣徒们做无罪申辩。丁托列托不是圣徒,明知道整个威尼斯城谴责他不择手段,而他之所以一意孤行,是因为自以为正确,持理傲众。请不要来跟我们说什么他意识到自己是个天才,所谓天才,是愚蠢的打赌,天才知道他敢做什么,但不知道他有多大价值。

这个冒失鬼心血来潮要摘月亮,摘不到就泄气,没有比这更可悲的:傲慢一马当先,无根底无凭证,等到傲得如癫似狂时,人

[①] 里亚尔托岛,威尼斯的一个岛,市政府所在地。

家就可以称他为天才了。我看不出其中有什么名堂。不对吧，丁托列托没有为其剽窃行径辩护，既不以速成的技巧成熟也不以无限抱负来为之辩护，不，他是在捍卫自己的权益。每次订单落入同仁们之手，一概被他视为对他的冒犯。要是任凭他自行其是，他必定把自己的油画盖满威尼斯城所有的墙壁，没有过宽的场所，没有过暗的低门廊拱会使他却步而放弃彩画。他会涂刷所有的天花板，让行人来往于他最美丽的图画之中，他的画笔不会放过排列在主道运河两边殿堂大厦的门面，不会放过贡多拉轻舟，也许不会放过贡多拉船夫哩。这位老兄自以为生下来就获得天意特许，按他的意愿把故城换个面貌，从某种意义上讲，可以肯定他没有错呀。

雅可布入艺学徒时，油画已难以为继。佛罗伦萨，危机已明显败露。威尼斯，一如往常，不露声色，或制造假象。但我们有确凿的证据说明真正里亚托人的灵感源泉已经枯竭。十五世纪末，安托内洛·达·墨西拿①移民威尼斯城影响深远，他的转入是有决定意义的转折点。从此，威尼斯引进画家，我不是说去远方延揽，光来意大利内陆就有不少最具名望的画家，诸如乔尔乔涅②，来自卡斯泰尔弗朗哥；提香，来自卡多雷③；保罗·卡利亚里以及博尼法齐奥·德·皮塔蒂④，来自维罗纳；老帕尔马⑤来自萨里那尔

---

① 安托内洛·达·墨西拿(1430—1479)，威尼斯画家，出生于墨西拿海峡西岸港口城市墨西拿，后移民威尼斯。
② 乔尔乔涅(1477—1510)，是乔尔乔·巴巴列里的绰号，被誉为威尼斯画派第一人，来自意大利中部城市卡斯泰尔弗朗哥，濒临阿尔巴诺湖。
③ 提香的出生小镇卡多雷，位于意大利第二大湖马焦雷湖畔帕朗扎附近。
④ 博尼法齐奥·德·皮塔蒂(1487—1531)，威尼斯著名画家。
⑤ 老帕尔马，系帕尔马·委齐奥(1480—1528)的绰号。来自瑞士的威尼斯派画家。有人称他为老帕尔马，为了区别另一位季罗拉莫·委齐奥，后者也是威尼斯派画家，雅号为老季罗拉莫，来自特里威索。

塔;老季罗拉莫①以及帕里斯·鲍多纳②来自特里威索;安德雷阿·斯切亚沃纳来自萨拉,等等,不一而足。说真的,这个贵族共和国首先是个技术官僚体制,自始至终有胆量广罗专才,而且巧妙将其视为己出。况且,尊贵的共和邦③在海上受阻,又在陆上受几个同盟威胁,从而退居内地,企图征服地盘借以确保其强势,因为入境移民来自被归并的属地。不管怎么说,威尼斯大批量引进人才,恰好暴露其惶惑不安。人们想起十五世纪艺术家大多数出生本地或慕拉诺④,不禁想到一旦维瓦里尼⑤和贝里尼家族⑥消亡之后,一旦卡巴乔⑦去世之后,若不注入新鲜血液,要传宗接代简直不可能了。

　　油画跟其他手工艺一样,是贵族阶级入境移民打开方便之门,表现出一种可被人称道的普世沙文主义,把执政制共和邦视为一种 melting pot(熔化锅)。威尼斯贵族存有戒心,唯恐失去什么,在他们眼里,异邦人居然成为最优秀的威尼斯人:他们之所以接纳威尼斯,是因为他们一见钟情了;他们若想被威尼斯接纳,就必须低声下气。然而,可以肯定,本地手工艺者对新来者的看法很不一样,何以如此?外来竞争使然。本地人非但不会贸然抗议,而且对

---

① 老季罗拉莫,系季罗拉莫·委齐奥的绰号,生卒不详。
② 帕里斯·鲍多纳(1500—1571),威尼斯派后期画家。
③ 即威尼斯共和邦。
④ 慕拉诺,威尼斯内海中著名的岛屿,是威尼斯玻璃工业中心,岛上有著名的圣玛利亚和圣多纳托教堂。"慕拉诺玻璃"自十三世纪就闻名于世。
⑤ 维瓦里尼家族,昂托尼奥·维瓦里尼(1415—1485)和巴托洛梅奥·维瓦里尼(1432—1491)两兄弟以及前者之子阿尔维塞(1446—1503)均为威尼斯派画家。
⑥ 贝里尼家族,雅可布·贝里尼(1400—1470)及其长子詹蒂尔(1429—1507)次子乔凡尼(1432—1516)均为威尼斯派画家。
⑦ 卡巴乔(1465—1526),著名威尼斯派画家。

他们和颜悦色。但,不会没有职权的冲突,不会没有永久的紧张,不会没有傲慢的非难。本地人虽不得不折服于外侨佬高超的技艺,却以扩张本地人特权来掩饰所受到的屈辱;因此认可让位于最熟练的行家,让位于能工巧匠,但这是对故土做出牺牲,其权利丝毫无损。一个里埃脱岛人在威尼斯保持自己家乡的本色,而德国人虽然拉玻璃丝更为出色,但是永远不会有本地人的风采。文艺复兴时期的伟大画家们在消失之前都有过辛酸事,眼睁睁看着公众背弃他们,而投向那些对他们不屑一顾的外来不速之客。

比如,提香,这个外邦人背弃贝里尼两兄弟之一而投奔另一个,即背弃詹蒂尔·贝里尼而投奔乔凡尼·贝里尼,其实提香为了追随另一个外邦人,叫安东涅洛。而乔凡尼是个昙花一现的人物,就像二十年前曾撕裂过泻湖的天和水的流星。提戚安诺·威切利(提香本名)根本不需要乔凡尼,不过在他身上看到一个映象而已。证据如下,他很快抛弃师傅去投奔弟子,从师乔尔乔涅画派:第三个侨佬在第二个侨佬眼里,第一个侨佬是真正的继承人①。然而,提戚安诺和乔尔乔涅均属同一代人,也许学生比老师还年长一些哩。难道贝里尼两兄弟彼时没有明白自己已经过时了吗?乔凡尼真正的弟子们呢?他们说过些什么?慕拉诺画派②最后的代表们想些什么呢?他们当中许多人都是年轻人或尚属青年的男人,全部受过安东涅洛·德·墨西拿的影响,然而是通过贝里尼受到的影响:色彩和光线均来自墨西拿,不过是乔凡尼把他们驯化了,使他们成为威尼斯画派。这些人(即安东涅洛和乔凡尼)将名誉攸关的问题系于忠贞继承,而正是这种忠贞继承把他们扼杀了。

---

① 第一个外邦人系指安东涅洛,第二个;乔凡尼,第三个,乔尔乔涅。
② 慕拉诺画派,以出生于慕拉诺的丁托列托为代表的画派。

他们千方百计去适应新的需求，却死抱着所学到颇为粗糙的技巧不放，于是陷入平庸而不可自拔。眼看着两个年轻的不速之客（提香和乔尔乔涅）既加盟合伙又打破本位传统，从而恢复西西里人的秘诀，进而不费吹灰之力把油画推至最高超的完善，他们心里怎么不会倍感辛酸呢？然而不管怎样，乔凡尼依然统治着画坛，这位了不起的艺术家的名望遍及意大利北部：直到他晚年，野蛮艺术从开始入侵到他一五一六年去世才得以蜂拥而至。

时值入侵艺术高潮之际，该世纪最伟大的画家在这座被入侵艺术占领的市中心诞生了，在里埃脱岛上一条小巷里。平民阴郁的自豪虽然一向被侮辱被践踏，却是始终不断地窥伺着，一旦有机会就跳出来，溜进天才尚存的唯一里埃脱人心里，驯化陶冶这颗心灵，使之炽热起来。不要忘记他并非直接诞生在平民中间，也不是完全出身资产阶级。其父属于富裕的手工业阶层。这类小资产阶级引以为荣的是不在别人家打工：雅可布，作为工人的儿子，也许骨子里是某个艺术家无名的合作者；作为老板的儿子，他必须成为老板，抑或降级贬职；他要超越所在的社会等级，却不为他那要面子的家庭和阶层所容许。可想而知，他没有给他曾当过学徒的画坊留下什么好印象：他进一家画坊仅仅为了趁早离开再去另一家画坊，去攀附社会等级早就为他预留的地位。然而，怎么啦？斯切翁尼，或鲍杜纳，或波里法索·德·彼特提，无一不把他视为不速之客。但，雅可布反过来把自己的师傅视为异邦人，换言之，视为窃贼。

这个小染匠，他是个本地人，威尼斯从血统上是属于他的。他假如平庸，就得忍气吞声，怨恨于怀；但，他卓越，自己心里有数得很，因此要战胜所有的人。在里埃脱人的眼里，侨佬们只有靠职业价值来保护自己，得不到其他保护：如果雅可布干得比他们更出色,他们就得滚蛋,要不然把他们干掉。没有委任,谁都作不了画,写不了书:谁敢呢?"我不是一个他人。"而他,雅可布,受到全体劳动人民的委托,用艺术去夺回纯血统威尼斯人的特权。这可以解释他为何义无反顾:百姓的排外情绪在他心里变成严肃朴素的诉求性激情。让人承认他的权益成为威尼斯人赋予他的义务。受到支持这项正义事业的人,无论是谁,为了取得成功,可以不择手段:不必求得原谅,更不必求得宽恕。很不幸,他反对不受欢迎者的斗争把自己引向了对抗贵族阶级,进而对抗以本地手工艺同化异邦人的政策。他当众叫嚷:"让委罗内塞滚回维罗纳去!"此言质疑的恰恰是本地政府哇。好在他意识到这一点,马上退后一步,但过不了多久,又故技重演了。终于变成软硬兼施的奇怪混合:一方面,作为警察国家的谨慎臣民,他一让再让,或假装屈从;另一方面,作为最美城市的原地公民,他情不自禁地暴露趾高气扬。总之,他可以既奴颜婢膝又强硬傲慢,结果顾此失彼:他策划诡计对付受贵族保护的人,由于心急火燎的焦躁和无法弥补的笨拙,屡遭惨败,抑或他的急躁和笨拙反过来殃及自身。评说至此,一种新视野绽露出威尼斯共和国的积怨。这位臣民实质上只诉求人们也许会特许给他的东西,但他,那种吵吵闹闹的遵从把官方惹怒了,反被视为反叛者,抑或至少视为可疑分子。实际上,官方没有搞错。不妨评说一番他由着性子发脾气给他带来的后果吧。

首先,这种暴躁是专心培育的,近乎虐待狂的,我称之为自我抑制缺失症。雅可布出身在小老百姓中间,他们承受着等级森严的社会重压,他分担着他们的忧虑和情趣,甚至在他的自负中依然识别得出小民们的谨慎。他的近亲们谨慎老到,不畏艰难,有点吝啬,教他懂得世事的价值,人生的险途,哪些期望是允许的,哪些期望是禁止的。几多确切而有限的机会,一种预先划定的命运,即显而易见的命运,一种半掩半启的未来,即受困于某种透明的东西,有如被压在水晶镇纸块下的一小束花朵:这会扼杀梦想,但人们只想得到可以得到的东西。这种节制稳重会使痴心妄想的人怒不可遏,会激发急功近利的人萌生最疯狂的野心:雅可布的野心是马到成功,头戴钢盔,满肚辛酸苦辣,却仪态端庄,彬彬有礼,此时他的野心与布画上那片薄薄的微光融会在一起了,这是可能的。抑或更恰当地说,根本没有任何可能,因为有目的就有手段,是上天规定的使命。人们将升华,凌驾于最浓密的云层之上,而普天之下的云层却是触手可及的:此岸天顶的云层恰似光亮舒展的皮肤,而彼岸还有其他天顶,薄膜似的云层越来越明亮,越来越稀薄,也许在云层上是一片无垠的蓝天。然而,丁托列托跟这一切根本不搭界;各人有各人的升华动力和自然境遇。他知道自己有天赋,别人对他说过这是一种资本。如果他的能力得到检验,企业就会赢利,他将得到资金来装备自己。于是他使出浑身解数打拼漫长的人生,这一点,别人无权处分他必须开发这一矿脉,直到把矿藏开采枯竭、把矿工搞得精疲力竭。几乎在同一时期,另一个工作狂,米开朗琪罗,百般挑剔,但浅尝辄止,溜之大吉,甩手不干了。而丁托列托总是有始有终,专心致志得令人吃惊,他是不管发生什么定要把话说完的那种男人。在圣乔治教堂里,死神已经等候他了,让他为最后的作品完成最后的一笔,或至少给他的协作者下达最后的指示。他一生中从不允许自己使性子,从不听任自己厌烦,从不自行挑拣瘦,甚至从不静下心来梦想一番。在劳累疲乏的日子里,他不得不向自己重复这一原则:拒绝一份订单,等于向竞争者送上一份礼物。

必须不惜一切代价创作产出。为此，个人的抱负和城市的夙愿倒也不谋而合。早在一百年前，多那太罗①责难乌切洛②为研究而牺牲创作以及过于热爱绘画以至不再作画，但那是在佛罗伦萨。彼时佛罗伦萨的艺术家们刚刚投入透视法冒险的探索，他们企图构建一种新的造型空间，同时把几何光学的规律运用到被画的对象上。时代不同，习俗各异；当威尼斯处在提香的天下，大家都认为油画已完美到极致，探求不再有任何必要了：艺术已枯死，生命则长青。原始的蛮荒风尚始于阿雷蒂诺的胡说八道："多么栩栩如生！何等情真意切！**恐怕永远不会相信这是画出来的！**"简言之，现在应该让油画在大功告成时消遁：机灵的画商们图的是有效益的美。艺术作品应当给爱好者带来乐趣，给欧洲显示威尼斯共和国的阔绰，让民众震惊得目瞪口呆。是的，目瞪口呆直至今日：在威尼斯这部宽银幕大片面前，我们这些前来观光的卑微小民窃窃议论：提香的成就，保罗·卡利亚里的创作，维琴察人③的导演。

雅可布·罗布斯底也有他那个时代的偏见，我们的行家里手对他却毫不宽容。我无数次听到说他："丁托列托，唔，活像个戏子！"然而，世上没有人像他那样把探求的激情推得那么深远，可谓空前绝后。油画随着提香盛极而衰，因自身完美而自我否认。雅可布则从油画趋向死亡中看出复兴的必要条件：一切从头开始，一切有待去完成，我们下文将回过来再说。可是，他的主要矛盾在

---

① 多那太罗(1386—1466)，意大利雕塑家。
② 保罗·乌切洛(1397—1475)，佛罗伦萨画家，金银工艺匠，富有崇高质感的绘画构图推动文艺复兴运动，晚年研究直线透视颇有成果，被视为哥特式传统的荒诞回归。
③ 波代诺内的绰号，意为来自意大利北部维琴察的人，其真名不详。

于从来不容忍实验阻碍生产率。只要威尼斯城里有一面墙是空的,他的营业所就得去涂上满墙的画:职业道德不允许把画坊变成实验室。艺术在整体上是一门严肃的手工职业,就像反抗侵略者,就得进行一场真刀真枪的搏斗。如同提香,也似委罗内塞,雅可布献出一具具尸体。唯一的区别在于,他笔下的尸首受到一种犯热的折磨,起先不知道是生命复生,抑或腐烂开始。假如非得把雅可布与现代电影人相比较,那在这一点上倒与他们相似:他会接受愚蠢的电影脚本,以便把自己的纠结悄悄充塞进去。必须让买主上当,掏出钱来,以便获得他的凯瑟琳、他的特勒撒、他的塞巴斯蒂安①。倘若有人肯付同样的价格让他画自己的妻子或兄弟们,他也乐此不疲。但,私底下,在成就的华丽和俗气门面背后,他一直推进自己的实验。所有伟大的作品都包含双重含义;狭隘功利主义掩盖着永无止境的疑问。要把探求纳入已付款的订件,他不得不在遵守顾客订单规定的同时打乱布画的格局。此乃忙得不可开交的深层原由,也是后来他堕落的动因。

不管怎么说,总得争夺市场吧。我们已经看到他为之不遗余力。言归正传,不妨看看他使出的手段渐渐明朗起来。丁托列托的反叛越来越激进:既然背弃各种族融合的国家政策,那就不得不违背规章制度或行业惯例。政府,由于不可能取消竞争,况且承认竞争的好处,所以千方百计通过竞赛把竞争纳入正规渠道。假如权贵和富翁的趣味具有最后的决定权,那么他们就得通过有引导的竞争这种灵活保护主义来挽救公共秩序。他们真诚吗?也许吧,一切皆善,假如我们有真凭实据说明他们有能

---

① 三者皆为早期基督教徒,文艺复兴时期大多数画家皆以他们的事迹为题材作过画。

耐做得到。但，必须相信他们口头上说的话。他们偶然也会随机而择，之后，有些时候，选择维琴察人。而他，丁托列托，总是想方设法躲避较量：难道是否认他们具有鉴赏能力吗？当然不是！而是拒绝他们有权对他和入侵者一视同仁。反正让竞赛办下去好了。我们这位反叛者毫不犹豫对保护主义进行破坏。这样，他就被逼到角落里：既然官员们硬要以价值来作判断，既然他回避他们的判断，他就要么必须放弃绘画，要么必须以其画的质量树立威望。这没有什么了不起嘛！他另有办法：抢在竞争者前面，让评审员们面对既成事实，调动自己的技能和神速以及下手们的勤苦为大批量出产服务，从而打破一切计算方法，使他得以贱卖布画，有时甚至无偿奉送。

这使我不禁想起，罗马一条街上有两家面对面的旧货店，我猜想这两家店主串通一气，假装血拼到底，除非两家铺子唯有一个老板操作，活像一个悲喜剧演员乐于没完没了的对抗，以示其性格的两面性：一边橱窗横幅贴着下列字样：Prezzi disastrosi！（血本甩卖），另一边橱窗贴满五颜六色的小广告：Prezzi da ridere！（货真价实！）da ridere！da ridere！（价实！价实！）如此隔街相待好几年，我每每看到这两家铺子①都会想起丁托列托。他选择笑抑或选择哭？窃以为，两者兼而有之：视顾客的脸色而定。甚至可以猜想，他清静独处时呵呵耻笑，在家人面前却大声嚷嚷别人卡他脖子；不管怎么说，在他的画坊却是削价大拍卖，从元旦到除夕一直如此：顾客深受酷像裁判清算后拍卖价格的诱惑。他们去向他订制一幅圆形画像，到头来索性把自家住宅四壁都交给他画了。是

---

① 萨特每年携带西蒙娜·德·波伏瓦去意大利小住，必去威尼斯、罗马和佛罗伦萨。

他首先打破同行情谊已经耗尽的关系:对于这位尚未定型的达尔文主义者来说,同行成为他内心的敌人;他先于霍布斯①发现了绝对竞争的口号:Homo homini lupus(人予以人唯有狼疮)。威尼斯为之哗然。倘若找不到一种疫苗来对付丁托列托病毒,那行业公会的美好秩序就将分崩离析,残存下来的唯有一片对抗的尘埃颗粒,即充斥着对抗的孤独分子。共和国对这些新的做法严加谴责,斥之为背叛,说什么作品粗糙,拆价抛售,独揽画市。后来,很久的后来,在其他城市,用其他语言,对他的做法推崇备至,用别的说法吹捧他,诸如:struggle for life(为生存而斗争),mass production(大规模生产),dumping(倾销),trust(托拉斯:垄断)等等。一时间,这个饥不择食的家伙失足一方的同时,却在另一方赢得满罐。丁托列托以霸道抢走了订单,人家却让他安然独处一方。于是事情离奇地颠倒了过来,他,是本地人,百分之百的里埃脱人,倒是像入侵者,在他自己的城市反倒几乎成了不受欢迎的人。

但假如他缔造一个家族,那他就将完蛋,那是不可避免的结果。首先,为了制止画坊之间的竞争,这位自由主义的捍卫者推翻了《圣经》诫言,反其道而行之,即不允许别人用他对待别人的方式来对待他。其次,他需要一种不折不扣的赞赏,外来的合作者很可能因畏惧而敬谢不敏,因有关他广为传播的丑闻而避之不及。若要说服他们,那得浪费多少时间哪。雷公不如放走被淋湿的闪电算了。需要门徒干什么?多一些人手多几份力量总是值得的,别无其他指望。从纯粹竞争通往家庭开发,这才是正道。

一五五〇年,他迎娶福斯蒂娜·德·韦斯科维,立马让她生儿育女,就像他作画那样风驰电掣,乐此不疲。她像一只多产的良种

---

① 托马斯·霍布斯(1588—1679),英国政治哲学家。

172

母鸡,唯一的缺点,女儿生得多了一点,真倒霉,把她们送去修道院得了!有两个例外,玛丽塔被他留在身边;奥塔维娅,被他嫁给一个画家。雷公非得让妻子孕男孩,终于连续得子两名:多米尼可和马可。他没来得及等他们俩出世就教长女玛丽塔学艺。一个女画家出现在威尼斯,非同一般哪,可见他多么迫不及待!终于一五七五年,经惨淡经营后,似乎成功在即,画坊新的成员组成了:女婿塞巴斯蒂安诺·卡塞尔,长女玛丽塔,儿子多米尼可和马可,一个家庭联合体,其象征是 domus(家),象征着庇护和囚禁。在同一时期,雅可布买下一幢宅子,一幢他永世不离的宅子。在这座小小的控疫站里,这个带病毒的人将生活在这个半与世隔离的禁地,与家人在一起,相依为命,尤其因为时人视他为"他人",避之唯恐不及。看一看他在他的家里,在他的工作中,与妻子和孩子们的关系,我们会发现他完全是另一副模样:严肃刻苦的道德家!难道他没有一点儿加尔文主义者的痕迹吗?一应俱全:悲悯情怀和勤奋工作,赚钱精明和效忠家庭。人性被原罪玷污,世人被利益分离,丁托列托,作为基督徒,将以作品获得拯救,不惜对抗天下人。他严于律己,苛求他人,以苦干实干来美化上帝托付给他的"希望之乡"①,他将在自己企业的物质成就中发现神明恩宠的标记。至于他内心的情怀,他贮存起来,为自己的亲骨肉,为自己的儿子们。威尼斯经受得起新教的影响吗?

当然喽!众所周知,该世纪下半叶,威尼斯出现了一个怪人,他叫保罗·萨比②,是伽利略的朋友,对罗马深怀敌意,贵族长老

---

① 希望之乡,即《圣经》中上帝赐给亚伯拉罕的迦南地方。
② 保罗·萨比(1552—1623),绰号弗拉·保罗威尼斯修道士兼历史学家,威尼斯共和邦最高权力机关十人会议成员之一,实行贵族寡头政治,主持新教,并与伽利略等科学家关系密切,敢于反抗罗马教皇,居然获得成功。

们却对他言听计从，所以他公然与邦外新教各界保持密切的联系。然而，即使有人能够察觉某些知识分子阶层中隐隐赞成宗教改革的潮流已明晰可见，也很有可能小资产阶级对其一无所知。或许更有必要指出，威尼斯共和邦已经自身重建教规了。很久以来，威尼斯商人一直靠信贷为生，他们不能接受天主教会对高利贷者的判决：坚持把放贷人叫做高利贷者；他们看重科学，只要科学是实用的，却鄙视罗马的蒙昧主义。威尼斯政体始终肯定世俗权力优先制，这是他的法理，决不改变。实际上，确是威尼斯政体高压控制着天主教会，当教皇庇护五世无所顾忌地决定免受世俗法庭的裁判，元老院断然加以拒绝。况且，政府以种种理由主要把罗马教廷视为教皇的俗权和军权，其次为教权。尽管如此，一旦共和邦的利益受到威胁，当局依然与教皇的关系变得亲密，一起追捕异教徒，或为取悦于笃信基督的君主，组织排场奢华的盛典为纪念圣巴多罗买①。

有鉴于此，丁托列托的伪加尔文主义是受到这座城市本身感染：这位画家不知不觉汲取基督教教义，彼时在所有的资本主义大城市都潜伏着新教思想：这种思想本身为意大利城市打预防针，防止路德教病毒，导致意大利以反宗教改革的名义进行自我的宗教革命。那个时候，艺术家的地位极其模棱两可，尤其在威尼斯。但不妨碰碰运气，说不定这种模棱两可本身使得我们明白雅可布那种阴暗的清教徒激情。

有人写道："文艺复兴把古人保留给实干家的特征归于艺术家"。② 此言不差。但我觉得相反的看法至少也对："十六世纪，人

---

① 耶稣十二门徒之一，曾去印度等地传教，后被钉死在十字架上。
② 引自维尔曼评论，参见《现代》杂志第102期。——原注

们依旧把油画和雕刻看作手工技艺,把所有的荣誉都留给诗歌。由此而产生的形象艺术力求与文学相媲美。"①果不其然,诗人阿雷提诺,穷人的大人物,富人的倒霉鬼,对于威尼斯贵族社会的势利鬼来说,居然成了风雅和情趣的裁判。毫无疑问的是,提香自感荣幸出入贵族社会,但他即使把自己全部荣誉加在一起也不足与这位诗人平分秋色。那么,米开朗琪罗呢?他曾一时软弱自以为天生我才必有大用,这种幻觉使他错过了一生。很年轻的时候,就想攻读人文科学,从事写作:一位被夺去剑把子的贵人,可以当仁不让地拿起笔杆子。他出于急需操起雕刻刀,心里很不是滋味儿:米开朗琪罗居高临下注视他的雕刻和油画让他倍感羞愧,他高兴不起来,兴趣索然,不寒而栗,总觉得自己正在做的配不上他的高贵。在被迫沉默之时,他决意赋予沉默的艺术一种语言,翻番增加寓意和象征,就像书写西斯廷教堂天顶②那样,用雕刻刀折磨大理石,迫使其开口说话。

由此得出什么结论?文艺复兴时期的画家们是半神半人③还是手工劳动者呢?嗳,难说呀,事情就是这样。一切取决于顾客和付款方式,或更确切说,画家起先做手工劳动者,之后成为宫廷的雇佣,或留在当地做画师当老板。由他们决定选择或被选择。拉斐尔和米开朗琪罗都是宫廷雇员,他们生活阔绰,却处于附庸地位:一旦失宠,哪怕是暂时的,就被撵出门外。君王负责他们的名分,作为抵偿。君主圣人赐给他的选民一丁点儿神奇的威力:王权

---

① 引自欧杰尼奥·巴蒂斯塔一篇论述米开朗琪罗的佳作,参见《时代》(1957年8月25日)。
② 一五一一年,教皇朱理二世赐予米开朗琪罗一份订件,为西斯廷教堂创作天顶画《创世纪》,米氏费时四年才完成这套组画,堪称其主要代表作之一。
③ 指神话中神和人所生的后代或被崇拜的英雄人物。

的荣光似太阳的光芒洒落在他们身上,并通过他们反射到平头百姓。君王天赐的权力造就具有天赐权力的画家。就这样,蹩脚的画师变成超常的人。他们是什么呢?其实是一些小资产阶级分子;一只巨手把他们从人群中拎了出来悬在天地之间的半空中,这些人造卫星用借来的光辉为自己增添光彩:算得上超凡脱俗的高人吗?他们是英雄,是的,就是说,代人祈祷者,神与人的中介者。时至今日,怀旧的共和主义者依然用天才的名分崇敬他们身上闪烁这颗逝去的明星光辉:君主政体。

丁托列托则是另一类人:他为商人、为公务员、为教区教会工作。我不认为他没有文化:七岁入学,十二岁学会写字和算账就结束学业。然后,更为重要的是,接受培养忍耐力的教育:感觉能力,手工技能和思维能耐,以及直到一五三〇年依旧在画坊接受传统经验的熏陶,难道可以拒绝承认文化教育的名分吗?但他永远不会具备宫廷画师们那样多才多艺:米开朗琪罗写下十四行诗,至今还有人认为拉斐尔精通拉丁文,提香本身与知识界过从甚密,终于风采照人。与这些热衷于上流社会生活的人们相比,丁托列托显得极其无知:他向来没有玩弄概念和词藻的闲暇和兴趣。文人墨客的人文主义,他才不在乎呢。威尼斯诗人不多,哲学家更少,对他来说已经太多了,一概不来往,避之不及:他根本瞧不起他们,但承认他们的社会地位优越。

阿雷提诺有资格以保护者的仁慈向丁托列托祝贺,这个大人物是被认可的。他属于威尼斯上流社会的头面人物,贵族老爷们在大街上根本想不到跟一个画家打招呼,却把他请去一起吃饭。更要为此嫉妒他吗?雅可布觉得精神作品披着无所为而为的外衣,顶伤风败俗的:上帝让我们来到世上是要我们用汗水挣钱糊口的。而作家们并不流汗哪,他们那也是劳动啊?除弥撒经本,雅可布从不翻阅书本,并非他想出怪念头要强迫自己的天才去跟文学家一争高下,因为他的画作已经包罗万象,没有必要再画蛇添足了,像大千世界那样饱含寓意却默不作声。实质上,工匠的儿子只看重身体力行,亲手创作。在绘画这个行当中,使他着迷的,是善于把职业技能推至魔术化,把精致的绘画商品搞得惟妙惟肖。艺术家是操鬼斧的神工,尽心竭力且伤筋动骨地加工原材料,以便生产和销售种种幻象。

但并不妨碍他为公侯们作画,假如他喜欢他们的话,而问题的关键是恰恰不喜欢他们,因为他们使他畏惧,激发不了他的灵感。他从来没有谋求接近他们,也没有毛遂自荐,倒像竭力将自己的名声限制在威尼斯城内。知道他从未离开过威尼斯城吗?只有一次例外,六十来岁才去过近在咫尺的曼图亚。还是硬求他去的哪,人家一定要他亲自去悬挂他的布画,他直截了当宣称不去,除非带上妻子。这个要求证明他重视夫妻感情,但足以说明非常害怕旅行。但别以为他的威尼斯同行们都像他,不,他们骑着马疾驰飞奔到处跑哪。一百年前,詹蒂尔·贝里尼就出海云游,到处冒险。而他,雅可布,则是一只鼹鼠,待在家窝在狭窄的画廊里才觉得自在。他一旦想象外部世界,就犯广场恐怖症,吓得发呆。倘若非让他选择,他宁可拿自己的皮囊去冒险也不乐意让他的画作去闯荡江湖。他接受异邦的预订件,对他来说曼图亚①就开始算是异邦了,所以不索求订单。与这种满不在乎的态度相比,他争夺总督宫、圣罗可善会、执十字架者会馆的订单那股疯狂劲头,形成多么鲜明的对照!丁托列托把外邦预订件交给帮手们去做,他在远处监视制作

---

① 曼图亚,意大利北部城市,一二二二年创建曼图亚大学,是欧洲历史最悠久的大学之一。

一幅幅产品，留神不去直接插手，仿佛生怕自己才华的极细小光斑溜到异邦去冒险：欧洲只能得到他的转手货。在佛罗伦萨的乌菲齐美术馆，在马德里的普拉美术馆，在伦敦的国家美术馆，在卢浮宫、在慕尼黑、在维也纳，可以看得到拉斐尔、提香等上百个艺术家的作品，所有的名字都会有作品展出，唯独没有丁托列托的真迹。他战战兢兢为同胞们着想，不肯出头露面，人们对他一无所知，除非直接去他家乡找他，原因很简单，他硬是不肯离开故土。

但必须讲明白，这不，他在威尼斯本邦拥有截然不同的客户。其一，在公务员队伍中占有一席之地，如果元老院有话儿给他干，那画坊上下一起动手，包括一家之主，不在话下。至今仍可在总督宫见到他的作品，在良好的照明之下，依然光辉夺目，明显可见是集体性创作，归在丁托列托名下。其二，倘若您对雅可布·罗布斯底本人感兴趣，那就离开宫殿画廊，穿过圣马可广场，骑上小毛驴，跨过架在运河上的一座座小桥，拐进迷宫般的一条条阴暗小街，钻进几座更加阴暗的教堂：丁托列托准在那儿。但见他在圣罗可善会形只影单，身边没有玛丽塔，没有多米尼可，也没有巴斯蒂安诺·卡塞尔，只身一人干活儿。脏兮兮的雾霾熏着布画，或微弱的光线使画面显得千疮百孔，请耐心等一下，等到您的眼睛适应环境，您将看见一朵玫瑰花在黑暗中出现，就像半明半暗中出现一个精灵。谁为这些画做出了钱？有时是教区信徒，有时则是小兄弟会成员：资产者，即大小资产者，他们才是他真正的公众，是他唯一喜爱的对象。

这个小店主画家根本不是什么半神半人。他碰上一点儿运气，会遐尔闻名，会大名鼎鼎，但永远不会英名盖世，因为他的主顾多为外行，没有资格使他神圣化。当然喽，那些令人敬畏的同行们为整个画业增光添彩，他也稍许闪点光亮。那么他垂涎同行们的荣耀吗？也许吧，但为获得荣耀必须做的事情，他一件也不做；不屑巴结权贵，让公侯的青睐见鬼去吧。雅可布·罗布斯底把自尊定位于做好一个小老板，一个按预订件收费的艺术品小商贩，一个一家之主。他把生产者的经济独立与艺术家的自由一视同仁：其行为证明他暗自期望颠倒市场状况，企图以供给刺激需求：难道他不曾缓慢地、耐心地在圣罗可兄弟会中，创造了一种艺术需要：即某种艺术需求，而且只有他一个人能满足这种需求吗？他的自主性之所以得到更好的保护，是因为他为集体工作，比如同业会、堂区教会，而且这些大团体以多数票表决方式做出决议。

假贵族米开朗琪罗和农民子弟提香都直接承受了君主政体的魅力。而丁托列托，他，出生在工人当老板的环境，工艺匠是个两栖动物：作为手工劳动者，他为自己的双手感到自豪，作为小资产者，他则被大资产阶级招引，因为大资产阶级听凭竞争游戏，即可确保一股新鲜空气在令人窒息的保护主义中流通。那个时代的威尼斯，资产阶级对希望尚存寄托，尽管很微薄，因为贵族早已采取预防措施：在这等级森严的世道倒是允许发家致富，但必须出身贵族，况且财富受到限制，不仅商人和实业家被禁锢在他们的阶层内，而且长期被禁止从事最赚钱的行业，国家将 appalto（承包、包工）或租赁帆桨大本船的特许证只颁发给贵族。多么痴迷和可怜的布尔乔亚！欧洲各地，资产阶级自我背弃，一旦有可能，便购买爵位和城堡。可在威尼斯，资产阶级在其他一切领域被拒于千里之外，直至背弃自我这样谦卑的幸事也被横加阻拦。最初来自皮亚琴察的乔维塔·丰塔纳女士①投身商界，赚得金银满钵，于是倾其所得在大运河岸边建造一座宫殿。真可谓毕其一生尽

---

① 乔维塔·丰塔纳（生卒不详），从家姓丰塔纳（意为：喷水池、喷泉）看出是平民出身，其祖先以居住地附近的景物为姓氏。

得一梦,概要如下:贪婪的欲望满足之后便转向迷惘的冒充高雅,一个女商人死去却以假想的女贵族形态复活。富有的平民们运转失常了,隐瞒着夜间的幻觉,组织起同业行会,不遗余力投身慈善事业。他们惆怅的朴实无华与贵族魅力丧尽后惆怅的狂饮暴食形成鲜明的对照。

因为,共和邦不再拥有海上霸主地位,从而贵族逐渐没落,破产层出不穷,穷贵族的数量日益增加,其他相关的人们失去了进取精神:船主们的后代纷纷购买土地,成为食利者。普通的"邦尼"取代他们在船务所任职,有时发生帆桨大木船落到资产者的控制之下。当然资产阶级自觉视为上升的阶级为时尚早,甚至心里都没想到迟早一日可以接替失势的贵族。确切地讲,资产阶级心里骤然骚动,这种烦躁不安使其更难忍受生存状况、更难屈从命运。

丁托列托没有梦想,从未有过。如果说人们的抱负始于开辟社会前途的话,那么最有抱负的威尼斯平民就是小资产者,因为他们有机会爬上更高一级的社会地位。然而,画家丁托列托深感与自己的主顾意气相投,重视他们对作品的鉴赏力,赞赏他们的道德观,欣赏他们注重实际的意识,他还喜欢他们的怀旧心态,尤其赞同他们深切的向往,他们所有的人都需要自由,哪怕只有制作、购买和出售的自由就行。他的机会主义基点在于营造一种来自顶层社会的风气。在动荡不安的天空中,远处一股模糊不清的气流为他开启一个直线上升的远景,这个浮沉子被一股气流吸上了天,一股新思想浸透他的心窝,况且自幼就形成资产阶级观念。然而,他出身的阶级矛盾重重,限制着他的种种野心:作为小商贩,他期望越过这条界线;作为工匠,他坚称靠双手工作。这就足以给他定位了。威尼斯有贵族约七千六百名,公民一万三千六百名,工匠、工人和小商十二万七千名,以色列人一千五百名,家仆一万二千九百名,乞丐五百五十名。丁托列托忽视犹太人和贵族、乞丐和家仆,眼睛只盯着想象的界限,即把平民分为两半的界限:一边一万三千六百人,另一边十二万七千人。他决意成为占据后者的首位和前者的末尾,简而言之,有钱人中的贱民和小商贩中的显贵。从而,这位处于惶恐不安的威尼斯城中心的工匠变成了一个假资产者,其实是比真资产者更真的资产者。从他身上,如同从他的布画上,圣罗可小兄弟会员们喜爱被美化的资产阶级形象,所谓永不走样的形象。

丁托列托会为教皇工作吗?反正米开朗琪罗以为有损尊严,这种蔑视有时促使他退避三舍:这位绅士以骑士的视野看待艺术。而丁托列托,正好相反,他超越自我翱翔高空,没有艺术,他成什么啦?染匠而已。艺术的力量使他摆脱出身的状况,艺术的环境使他得到扶持,这是他的尊严所在,必须埋头苦干,要不然又重新落到井底下去。退避三舍?保持距离?到哪儿去找绘画?他没有时间质疑油画,谁知道他是否真懂油画?米开朗琪罗想得太多:他像个卡拉巴侯爵①,一个知识分子而已。丁托列托则不会想入非非,只顾埋头作画。

以上一切皆为丁托列托的机会主义表现,这位艺术家的命运在一个没落的贵族共和邦里体现资产阶级清教主义的教条和习俗。其他地方,这种阴暗的人道主义也许可以扎根,但在威尼斯必将消失,甚至还没有意识到就消失了,但不能不引起素怀戒心的贵族高度警觉。上流威尼斯商务和官场的头面人物对丁托列托那种阴暗心态,相当于贵族对资产阶级那种阴暗心态,两者耿耿于怀的心态毫无二致。吵吵闹闹的商人及其画家们对威尼斯共和邦的社会秩序是一种威胁,必须对他们严加看管。

---

① 《穿靴子的猫》中一位童话人物的姓氏,此公拥有金山银山,富甲天下,法国童话作家夏尔·佩罗(1628—1703)代表作之一。

走投无路的人

关于固执拒绝竞争,可以找到某些绝妙的说法,比如:"我不认为自己有对手,也不接受任何裁判",也许米开朗琪罗如是说。不幸的是,丁托列托不说此话。正好相反,有人请他展示一幅草图,他一定匆忙接受下来。之后,我们知道,一发不可收拾,就像乌贼鱼喷洒墨汁。雷电般叫人眼花目眩,观赏者看不清他的画作。然而,画面一应安排妥当,以致从来不需细看,更不需品头论足,因为等眩晕苏醒过来,布画已经挂上墙了,大作告成,款项两讫,只见蜡烛亮着哩。要么咱们大错特错,要么他避之不及溜号,似乎是他害怕与敌手们直面相持。如果他确信能够以才华压众,那他是否会消耗尽全部创造性吗?如果他以质量使同代人毫无保留欣赏他的作品,那还在乎以作品数量去哗众取宠吗?

再说,以回避而足不出户来表明自信的那种疯劲头儿在竞争中更令人震撼,但这是他的风格,是他的通用招牌:任何一点亲近关系都令他不快,任何一个邻居关系都令他不安。一五五九年,圣罗可教堂向他订购一幅《治愈风瘫病人》,要求与波代诺内的一幅布画相对称。谁都没让他模仿其前辈的技法,而两位画家之间不会有任何竞争的可能①,因为安东尼奥·德·萨琪斯②早于二十年前死了,没有棋逢敌手;即使他先前曾影响过这位晚辈,那影响期也早已过去:雅可布已经熟练掌握他的艺术了。然后他情不自禁,屈尊"做出"波代诺内的样式。有人非常精彩地指出他如何

---

① 里多尔菲因两幅画的风格十分相似而阴差阳错地宣称此画是"与波代诺内推携手合作"的。——原注
② 即波代诺内本名。

"夸张把握巴洛克狂热的姿势,运用强烈对比的手法,表现介于画中巨大的人体形状和建筑物之间冲突:人体被硬塞进建筑中间",他"用这种手法得到的效果是使人感觉厅室天顶降低了,甚至运用圆柱去阻挡人体姿态的张扬及其强力"①,简而言之,想到永远被禁锢在怒目相视的固定状态,使人顿感不寒而栗:

"请你们以波代诺内来比较波代诺内吧,至于我,雅可布·罗布斯底,我出走了。"当然,他把一切已经处理妥当:假的德·萨琪斯压倒真的德·萨琪斯。他,丁托列托,是撤退不是溃败:他的离开同时也是一种挑战:"旧人新秀,我一概不放过,把他们打败在他们在行的领域。"但这正是令人怀疑之处:难道他需要玩弄他们的手段吗?只要保持自己便可压倒他们时,还需要屈从他们的游戏规则吗?丁托列托的肆无忌惮包含多少怨愤哟:这个该隐②杀死所有的亚伯,因为人们更喜欢亚伯们而不喜欢他:"你们喜欢委罗内塞吧?嗨!我等屈尊模仿此辈,你们却将其视为人物,其实他算什么玩意儿。"不过,时不时,这位被排斥的仁兄也谦卑得够可以的,他溜进另一位画家的体内去享受被人热爱的温情。况且,有时似乎他也缺乏勇气去显露引起公愤的本领,久而久之,逐渐懒散,将本领暗藏起来,并试图用归谬法加以论证:"既然我画出最好的委罗内塞式作品和最佳的波代诺内式作品,那么请想一想,我若随意自由发挥,我的能耐会有多大呀。"但事实上,丁托列托几乎从来没有允许自己自由发挥过,除非别人一上来就完全信任他,把他单独搁在一间空房里。这种情况的起因,毋庸置疑,是别人对他的敌视。然而,他的胆怯和同胞们的偏见来源于一种同样的不

---

① 引自维伊尔曼的文章。
② 该隐,《圣经》故事中亚当和夏娃之长子,上帝看中亚伯的供品,该隐心生嫉妒,下毒手杀死胞弟亚伯,后世把该隐作为杀人犯的代名词。

安,一五四八年,面对王公贵族、艺术爱好者以及名流学士,丁托列托画笔下的油画令人生畏。

漫长的演变开始后,世俗逐步全方位取代神圣:人类活动的各种支脉,有熠熠生辉的,也有冷若冰霜的,从神圣的温馨杂处中,一枝接一枝复苏。艺术被触及了,油画出现转机,从凝集的薄雾中绽露现世醒悟的张扬。油画居然想起回归更久远的时代,即杜塞奥①和乔托②的时代,两位画家按照造物主亲手缔造的万物原样奉献给造物主,一旦上帝承认那是自己的作品,即可成为囊中之物,人世也就永远装进画框。布画,这个太阳光圈的采邑,与天眼之间,修道士和高级教士有时也取下他们的有色眼镜,踮着脚尖过来观看上帝观看的画作,看过之后深表歉意地离开。万事大吉:天眼闭上,天光消失。那么究竟发生了什么?首先,雇主变化了:只要是为教士作画,一切顺利:画作告成就没事了。但,自从佛罗伦萨最大的银行家突然异想天开,竟然要用壁画装饰宅第,万能的上帝对此虽然非常反感,却依然避开人世而索居一方,满足于扮演灵魂收藏家的角色。之后便发生了佛罗伦萨顶风冒险的探索:攻克透视法。然而,透视法是现世艺术,有时甚至是渎神的。比如,曼图尼亚③画基督平躺时,双脚朝前伸着,头颅却被搁置远处。你们认为上帝老子会满意世人用透视法把他的儿子弄成一个缩影吗?上帝绝对亲密接近人类,用爱拥抱宇宙万物:怎么能把上帝创造世界和上帝时刻从

---

① 杜塞奥·德·布宁塞尼亚(1255—1319),意大利著名画家,锡耶派的创始人。
② 乔托·德·邦多纳(1267—1337),意大利文艺复兴初期画家、雕塑家和建筑师,被誉为"文艺复兴的种子"。
③ 安德烈·曼图尼亚(1431—1506),意大利文艺复兴时期巴杜亚画家,主要画作如《凯撒的胜利》、《画之屋》(又译《婚礼厅》)等,创造了用仰视透视法制作天顶画;以大胆反传统手法画圣人像,如在一四七四年画作《哀悼基督》中,透视角度从躺着的基督双脚移向痛苦的面部,姿势画得很难看,脸色苍白,伤口敞露。

泯灭中拯救的万物远距离供奉给他观看呢？是否要把存在用来构思和创造非存在？是否要把绝对用来孕育相对呢？是否要把光明用来冥想阴暗？是否要把现实用来当作假象？不，是永恒的历史重新开始了：纯朴、知识之树①、原罪和驱逐，这一次的苹果叫做"透视法"。佛罗伦萨的亚当们一口口啃苹果，而不是一口气吃掉，免得马上发现自己堕落：在意大利十五世纪文艺复兴运动中期，乌切洛②自以为还置身天堂里，而可怜的阿尔贝蒂③，这位"透视主义者们"的理论家还把几何光学当作能见度的本体论来推介。总之，他天真得够可以的，硬是要把自己作保的神明目光以没影线④表现出来。上天没有搭理他荒谬的要求：世人被生硬地打发到微不足道的境地，这种子虚乌有的境地正是世人所固有的，陷入此境正好让世人再度发现自己虚有其表。间距、疏远、分离：这些负面词标记着我们的限度，我们只拥有眼见为实的东西。阿尔贝蒂的视窗开向可测定的宇宙，但这个精确的微型窗口完全取决于一个点，使我们得以凝神注视和四面散射，这就是我们的眼珠子。皮埃罗·德拉·弗朗西斯加⑤在他的《天神报喜图》中，向我们展示天神和圣母玛利亚之间的廊柱向后倾斜：这是一种假象；从廊柱本身及其创作者的角度来看，所有的廊柱都是一模一样的、不可比较的，白色廊柱惰力呆滞，始终处于沉睡状态：透视法是懦弱

---

① 知识之树，出自《圣经》故事：亚当和夏娃偷吃知识之树的果实（苹果），获得智慧，却犯下原罪。
② 乌切洛晚年研究直线透视，有质感，被视为哥特式传统的荒诞回归。
③ 莱翁·巴蒂斯塔·阿尔贝蒂（1404—1472），意大利建筑家，雕塑家，画家、学者。
④ 透视画中逐渐消失的平行线。
⑤ 皮埃罗·德拉·弗朗西斯加（1416—1492），意大利文艺复兴时期翁勃利亚画派画家。深受佛罗伦萨新艺术理论的启示，把研究自然与科学透视法结合起来。作品有《圣十字架故事》和《耶稣复活》等。

的人类在这片上帝的小天地里施行暴力。一百年之后,在荷兰,人们将再度发现表象深处的生灵,而假象将重新建立幻象的尊重:绘画将树立新的目标,并找到新的意义。但,在韦美尔①以一面小砖墙的形式描绘天空和星星、白天和黑夜、月亮和地球之前,北欧的资产阶级必将先取得巨大的胜利和锻造他们的人文主义。

十六世纪的意大利,宗教信仰依然点燃艺术家的心,抗拒着眼和手所表现的无神论。艺术家们决心更紧密靠拢绝对(上帝)的同时,调整好了一些技巧,但这些技巧却将其抛入他们所厌恶的相对主义中。这些迷信上帝的教条主义者,他们,陷入了进退维谷的境地。假如上帝不再观赏他们描绘的形象,谁来为这些形象作证?而这些形象又是折射世人的无能为力:世人哪有力量来为他们担保呢?况且,如果说绘画的目标仅仅是测定我们的近视度,那花费一小时的辛劳都不值。是万能的上苍屈尊把世人从泥土中拔出来,画家将其展现给上帝垂顾,这是一种感恩行为,一种献祭。但,要把世人展示给世人看,为什么?为什么要把不是世人的本来面目展示给世人看?世纪末的艺术家们,即一四八〇年前后出生的那批艺术家,诸如提香和乔尔乔内、拉斐尔,都是与上天相安无事呀。我们下文还会提及。再者,手段的丰富和有效性依然隐藏着目的可悲的不确定性。更有甚者,不妨推测对此早有几分预感,进而无所顾忌,生活腐化堕落,贩卖蹩脚彩色画片,怂恿帮手们制作诲淫诲盗、幸灾乐祸的版画:这是凭借手艺的一种自我摧毁。不管怎么说,随着这批大名人的出现,作画的清福消失殆尽。

第二个四分之一世纪,绘画如癫似狂,失控之后却自我完善

---

① 韦美尔(1632—1675),荷兰著名画家,作品多有世俗人情味,是十七世纪荷兰风俗画杰出代表。

了。在同代人对伟大的"作品"所表明的粗野趣味中,人们识别一种躁动不安的情绪:公众要求画家以现实主义的各种大事记掩盖其主观性:让作者从生活画面消失,让他忘却自我;希望能够不期而遇地碰上图景,比如在树林一角;希望图景里的人物从被砸的画框碎片中破画布而飞出,跟过路人撞个满怀。要让绘画的对象吸收可见度,要让它包含可见的事物,更要让它在各种感官不断刺激下转移注意力,而接触尤为重要;为取代**图像表现**让观者暗中参与表演,让厌恶和柔情激发世人去打破他们自己的幻影,让点燃透视法所有火种的欲望去揭示神明无所不在的代用品:近在眼前出现的肉体。人们应当尊重眼睛的理性,但也应当让心的依据去抵制理性。人们要的是**世事本身**,这是压倒一切的,因为自然本身更广大更现实更美丽:此乃恐怖也!然而从修辞学意义上来讲,恐怖是一种疾病。艺术一旦失去信誉,就会退避三舍,羞于见人。艺术家,被束缚被监视、被置于国家、教会和情趣的限制之下,有史以来第一遭意识到自己很孤独,尽管受到也许从未有过的拥戴和推崇。谁任命他为艺术家?他窃取艺术的权利来自何方?答案是一片漆黑的夜,上帝熄灭了:黑夜,怎么作画?为谁作画?画什么?为什么?艺术的对象依然是世界,这倒是绝对的,但现实却逃过了世人的耳目,有限和无限的关系颠倒了。非常充实的精神曾经支撑着肉体的窘况和脆弱,如今精神脆弱倒成了唯一受用的支撑,唯一的安全感:无限就是空虚,就是黑暗,无论生命体内或生命体外;而上帝不在了,射进了世人的心灵,被冷落了。写实,业已太晚;创作,为时太早。画家备受煎熬,一种新的魔鬼,故称天才吧,是一种不确定的东西,一种疯狂的欲望,企图穿越世事的黑幕,从外部加以静观,企图将黑幕碾碎到壁画上,压烂在布画里,同时从黑幕中提炼出来未知的亮光碎片。天才,在欧洲还是个新词儿,相对与绝对的冲突,外在与外无的冲突。因为,画家心里很清楚,他不可能出世,再说,即使可能出世,他也将到处拖着虚无,难受得如芒在背:只要没有赋予自己创造其他立体空间的权力,就超越不了透视法。

米开朗琪罗在纠结不已中死去,用两个字概括他的绝望和蔑视:原罪。丁托列托什么也没说,他弄虚作假,言不由衷,倘若承认自己孤独,会受不了的。但正因为这个理由,我们可以理解为他比任何人更苦于孤独:这个为资产者服务的假资产者连个堂而皇之的托词都没有。他被死结束缚住了:小染匠坐立不安,患了性格障碍神经病,亨利·简森非常恰当地称之为"野心家可怕的精神强健"。他为自己设立的目标倒是卑微的:靠自己的才干进行明智的开发来超过父亲,以迎合公众的趣味去占据市场:轻快地向上爬,技能、才气、快速,一样也不缺少,可一切都被一种令人眩晕的空虚给侵蚀了。这种艺术是丑陋的、刻毒的、阴暗的,是部分对整体愚蠢的痴情,是一股夹着冰雪和黑暗的阴风穿透千疮百孔的心灵。雅可布被空虚所吸引,堕入静止不动的旅途,永远回不来了。

天才非也,是虚无的肆意妄为而已。小染匠,他,实实在在活着,知道自己的局限,这个通情达理的男孩儿,很想阻止污点继续扩大。他所要求的,不是普通的家道殷实:要无限有什么用?如何自我认可一挥画笔即可拒鉴定者们于千里之外呢?他那执拗而偏狭的野心在无知无行的黑暗中化为齑粉。假如油画成了一条无颈圈的丧家之犬,那毕竟不是他的过错。后来出现一些沉溺于放弃主子的疯子,这与他无关。十六世纪中期,第一个单眼透视法的替死鬼起初千方百计遮掩自己的放纵。孤独地、不图功利地工作令人心惊胆颤。必须有评判员。不惜代价。一个名誉评审委员会。

上帝默不作声,威尼斯依然存在:填补漏洞,填塞口袋,堵住出口,中止出血,阻止流失。在这个总督共和邦里,好臣民必须一举一动顾及城邦。画家们若想作画,必须美化城区而为之。雅可布把自己交到市民同胞手里,他们对艺术制定了一套学院气很浓的观念,他心急火燎地接受了,况且他本来就有这种观念,从孩提就开始耳濡目染了。因此,他深信不疑:艺匠的价值是以数量来衡量的,以得到订单数值来衡量的,以获得荣誉来衡量的。他把自己的天才隐藏在勃勃野心之下,把世俗成就视为神秘论胜利的唯一明显标记,他的自欺欺人一目了然。在尘世上,他起初像玩伯乐特纸牌游戏,并且作弊;之后,他把一些骰子抛上天空,没有作弊。然而,他若在天底下凭从自己袖筒掏的这些骰子而轻易获胜,那他就敢断言在天国里也会取胜。

雅可布之所以卖布画,是因为能让世人上当受骗。谁能责备他要了个天大的花招?艺术家与公众脱离于十九世纪才公开化,而十六世纪,绘画如脱缰的野马,因为终止了为宗教作牺牲,但绘画合理化了,这也是确确实实的,因为始终是为社会做服务。谁敢在威尼斯说:"我为自己作画、为自己存在而作证呢?"若在今天说出口,谁肯担保不是谎言呢?现如今,人人皆为评判者,却谁都不是评判者:爱怎么评判就怎么评判吧。

丁托列托好像不幸多于有罪:他的艺术像一把利剑刺穿了他的时代,然而他也只能以他的时代目光来看待他的艺术。反正他选择了自己的地狱:有限掩盖了无限,野心掩盖了天才,威尼斯掩盖了自己的画像,以致他被幽禁在威尼斯再也出不去了。然而,无限受严格约束损蚀一切:雅可布以适度手段往上爬变成疯狂的野心。一心向往暴发,必须马上予以证明。这个倒霉鬼,自愿充当被告,投入一场永无结局的裁判。他将为自己担任辩护，把每一幅画都变成一次被告，接着为自己进行辩护，不断地辩护，必须说服整个威尼斯城，尤其要说服行政官员和资产者，因为他们是唯一的决策者，无可换回地决定他现世的未来和后世的不朽。然后是他自己，单枪匹马，亲自实施这种奇特的操作。必须选择：要么亲自请愿上诉，并制定终审法律，要么把威尼斯共和邦改造成最高审判庭。说是这么说，他别无选择嘛，唯一可选择的，只有选择自己。活该倒霉！我多么理解他对天下其他一切事情皆置若罔闻！难道他需要德国人或甚至佛罗伦萨人赞同吗？威尼斯最美丽最富足，拥有最优秀的画家，最杰出的批评家，最高明的收藏家。必须就在这里下注玩一把，孤注一掷，就在这里，在砖砌的画廊里，在一线天空和一汪井水之间，在不灿烂的阳光下，倾注只有一次的生命，获得或失去永恒，皆为一劳永逸。

算了吧，有人如是说。但为何作弊？为什么要用委罗内塞的羽笔来修饰自己？他假如想以才华来博取赞叹，那为什么如此频繁压抑自己的才华呢？为什么给自己招揽裁判仅仅是为贿赂和欺骗他们呢？

为什么？因为裁判庭有成见，上诉已失败，判决已下达，因为他什么都心知肚明。一五四八年，他要求威尼斯担保无限，威尼斯受惊着慌，加以拒绝。真是命运不测之虞！他被上帝抛弃之后，不得不弄虚作假，以便自选裁判；一旦找到了，又不得不投机取巧，尽量拖宕诉讼。他将一辈子吊他们的胃口，时而与之虚与委蛇，时而与之周旋应酬，杀个回马枪，叫他们目眩眼花。一切尽在其中：痛苦与恼恨，狂妄与顺从，疯狂工作，积怨记恨，无法改变的自尊与谦卑追求别人喜爱。丁托列托的绘画首先是一个世人与一座城市之间的风流韵事。

阳光下的一只鼹鼠*

在这个荒诞无稽的故事中,其实,威尼斯城好像比丁托列托更为荒诞无稽。威尼斯善于把荣誉给予这座城市所有画家,为什么偏偏对他,其中最伟大的画家,素怀戒心,不给面子呢?嗨,非常简单,因为威尼斯喜欢上另一位画家了。

威尼斯共和邦如饥似渴需要声望,长期以来,船队使它誉满天下,但盛极而疲惫,有点衰落了,于是拿一位艺术家来炫耀,引以为自豪:提香一人就抵得上一支舰队,他窃取教皇三重冕以及王冠上的光焰来为自己编织一圈光环。这个接纳他为公民的国家,首先赞赏他得到了罗马皇帝的尊重:盘绕皇帝头上的神圣光辉,虽然尚存威势,却是躲躲闪闪,威尼斯声称从提香的画作中识别出帝国的荣耀。君主的画师必然是统领画家们的君主:海上霸王[1]将提香视为自己的儿子,多亏了他,终于找回了一点尊严。此前霸主给了他职业和名誉,但在他工作的时候,神赋权利渗透隔墙,散出圣灵之光,其光芒一直弥漫到圣马可会堂,于是霸主知晓提香回报的是所得到的一百倍,因此他是个国宝。更有甚者,此公长寿得像棵树,活了一个世纪,他不知不觉成了一种行政团体。只有一个会员的艺术协会,诞生在其他艺术家出生之前,并决意比他们活得更久,因此挫败了年轻艺术家的士气,既激化他们的野心又挫伤他们

---

* 法语中有些俗语成语与鼹鼠有关。诸如:近视得像鼹鼠,转义为"鼠目寸光";黑得像鼹鼠:非常黑;老鼹鼠:老太婆(贬义)。与本文有关的成语:活得像鼹鼠,意为"深居简出","见不得人,退避三舍"。

[1] 系指威尼斯,前文已提到,十六世纪上半叶,威尼斯拥有海上霸权,是威尼斯共和邦鼎盛时期,但下半叶初就开始衰败了。

的壮志,想象着他们的城市获得永垂千古的活力,应把这份恩宠保留给提香一个人。丁托列托,作为这种误会的牺牲品,凭着虚假的借口:"我跟他旗鼓相当",进而要求城邦赋予他与其杰出的前辈同等价值。然而,价值是打不了官司的,不可以向各个共和邦要求法律上属于世袭君主制的东西。雅可布责备总督所在的城市把全部聚光投向里埃特岛(现译:里亚尔托岛)的猴面包树①。他完全搞错了,正好相反,源于罗马或马德里的一束聚光,不管怎么说,来自城墙之外,聚焦于这棵长寿老树,又折射到威尼斯,驱走笼罩全城的阴霾,可以说,以间接的光线为全城照明。

我本人也搞糊涂了,起初想为这一章取名为《在提香的阴影下》,然而,提香并没有投下什么阴影嘛。请考虑以下事实:雅可布出生时,老家伙四十一岁,后生出道想露一手时,他已七十二岁高龄,该让贤了吧,该寿终正寝了吧。毫无办法! 这个死不了的君主又统治了二十七年。百岁老人去世时留下一幅未完成的画作:《圣母哀痛耶稣之死》,是为天大之幸事,就像充满青春活力的美梦被打破了。而鼹鼠丁托列托却半个多世纪躲进迷宫打转,尽管迷宫四壁闪烁着斑斑荣光,直到五十八岁,这头黑暗中的走兽在强光手电追逐下无处躲藏,被另一头走兽无比耀眼的德高望重弄得目眩眼花。当这道光芒熄灭时,雅可布·罗布斯底已经老得像个死人了。他顽强地比那位寡头晚死一些年头,但什么也没得到,因为提香聪明绝顶,他身兼两个对立的职能,既受雇于朝廷,又坚守小老板的独立性,如此幸运的局面在历史上不多见。反正,这种境遇与丁托列托相去甚远,他总是把所有的鸡蛋都放在一个篮子里。不妨去参访一下两座坟墓,你们便看出他因深爱自己的故土而付

---

① 猴面包树,原产于非洲,一种巨大的乔木,此处隐喻提香。

出的代价,至今仍历历在目。人们把那位长者具有放射性的尸体埋在圣玛利亚·德·弗拉里教堂里,一座猪油山下①,那里是历代执政官真正的公墓。而丁托列托的遗体却存放在教区教堂的一块石板下,处在一片阴沉黑暗之中。至于我,倒觉得这样蛮好。提香得到了猪油、食糖和果仁糖,对他而言,这意味着惩恶扬善。我还觉得把他葬在罗马的维克托·埃曼纽尔纪念碑下更合适,尽管除米兰中央火车站以外是全意大利最难看的历史建筑。

  雅可布得到的则是裸露石板的荣誉:对他来说,石板刻着他的名字已足矣。不过,既然纯属在下拙见,不妨作为路见不平的旅客斗胆跟威尼斯秋后算一算账:"忘恩负义的城市呀,你能为自己最优秀的儿子所做的事仅此而已吗?气量狭小的城市呀,为什么你用成排舞台彩灯烘托提香歌剧酷似庆祝圣母升天节呢?又为什么不怀好意地怜悯用电灯照亮罗布斯底的布画呢?"威尼斯的答案,我了如指掌:早在一五四九年阿雷提诺在通信中就写道:"假如罗布斯底真想得到荣誉,那就像韦切利奥那样作画得了,难道不是吗?"此言后来成为老调,雅可布一生中每天都听得到老调重弹,人们日复一日在他每幅画作前说来道去,总是老一套;他身前死后,直至今日,依旧一个调门儿:"丁托列托走入歧途,何处去?既然他曾有机会立足王家大道,为什么偏偏远离而去呢?我们伟大的韦切利奥已经把绘画推到至善至美,无以复加,不必触动了:要么新来者步大师之后,要么艺术重新堕入粗俗。"任意使性的威尼斯人!冒失轻率的资产者!其实,他们的画师正是丁托列托:他向他们展示他们的见闻和感觉,他们却不能容忍他;提香嘲弄他们,却受到他们的敬重。提香把大部分时间用来慰藉王公贵戚,以其

---

  ① 人工装饰得油光锃亮的山丘,其形状和颜色像肉猪板油。

布画向他们证明一切皆善,天下太平,安居乐土吧。纠纷只是一种表象,最凶恶的敌手以其外衣的斑斓色彩悄悄地握手言和。强势呢?伪强硬派长着羊毛般柔软的大胡子,硬要跳芭蕾舞,可步子不太自信,然而伪强硬派的战争却往往被证明具有正当性。画家提香的艺术近似卫道,变成了护神论①:苦难、不公、邪恶都不存在了;现世罪孽均不存在:亚当和夏娃的失足只是逢场作戏,让我们看看他们俩裸露身子的现场罢了。上帝舒展四肢,高贵优柔,从天国探出身来,天下的男子仰面朝天,高扬双臂。② 上帝的戒令统辖四方;透视的技法处理一旦被掌握并运用自如,便把对品级的敬意表现出来,审慎的谐调修饰给君王和圣徒们精心设置最佳部位。

有人之所以迷失于远景,置身于朦胧大地的浓雾之中,抑或在乌烟瘴气场所的众目睽睽之下,那绝非偶然所致:这种半明半暗符合此人生存状况的模糊性,此外,为了烘托前景的明亮也是必不可少的。画笔假装叙述一个事件,描绘一次典礼,牺牲动感以求秩序,抹煞立体感以求单一性,挥洒柔和笔触以求美饰肌体而疏于塑造,胡子拉碴的男人们欢呼圣母升天,却没有一个完整的人显现,一群人挤在一起,几根臂高举着几条腿直立着,恰似一簇灌木在燃烧。之后,主旨怯生生显露出几分多样性,让几个过路人从人群深景中稍微脱颖而出,却随时都可能被清除,这就是草芥小民的生存状况。而提香,他为大人物保留着个体性,更有甚者,他精心润色背景四角:立体感孑然鹤立,造成距离感,这是表现一种悲观主义的情绪。这位马屁精,作为职业乐观主义者,表明主旨时模糊地烘托一番,外加五色斑斓,综合起来颂扬上帝的荣耀。之后,他着手

---

① 哲学术语为:神正论。
② 米开朗琪罗名画《创世纪》的局部、《创造亚当》,展现上帝创造亚当的情景。

精心加工其布画:又刮擦又抛光,又加添又上釉。他不遗余力地掩盖其劳心,最后不把自己的痕迹留下来:人们进入画景如同无人之地,漫步花丛之中,在和煦的阳光下,物主去世了。漫步者孤独至极,以至忘记自己是谁,于是消逝了,剩下最大的背叛却是针对大写的美。

消逝的背叛者一度找到相信自己所作所为的借口:他不是城里人,而是暴发的农民。他刚从乡下来到威尼斯时,还是个土气得像个中世纪的孩子。这个乡下佬久而久之对贵族老爷那种民间的敬爱。他不屑一顾资产阶级,一步登天融入自己心目中真正的大师们:他越是真挚地崇敬他们就越是自信能取悦他们。有人通常说什么他私底下自以为与大师们是并驾齐驱的,我却不以为然。提香的光辉来源何处?他是一个仆从,唯有君主们赐予他爵位,使他荣光无限;他的一切全靠君主们得来的,甚至他的自尊也不例外:为什么他要以怨报德呢?他那肆无忌惮的幸福、等级森严的权力和世界至美在他眼里只不过是映像的交相反照。提香胸怀最真诚的信仰,把文艺复兴时期资产阶级的技术用来为封建制度服务:他盗用了工具。

然而,资产者和贵族都欣赏提香,因为他为威尼斯的技术官僚们提供了托词。他大谈幸福、荣耀、先决的和谐,正当官僚们千方百计掩盖其失势落魄。所有的商人,无论是贵族商人还是平民商人,都觉得恬静快活的布画赏心悦目,因为画面反映着君主们多么宁静安详。一切之所以好得不能再好,邪恶之所以只是一种美丽的表象,每个人之所以永远守在神权和社会等级中自己的世袭地位,那是因为一百年来什么也没发生,等于说,土耳其人没有占领君士坦丁堡,哥伦布没有发现美洲,甚至葡萄牙人没有梦想过倾销辛香佐料,而且欧洲大陆的列强也没有梦想过联合起来反对威尼斯共和城邦。人们以为北非诸国伊斯兰土著人横行海洋,非洲的贵重金属来源已经枯竭,该世纪上半叶,货币稀缺减弱了贸易,但突然之间,秘鲁的黄金像西班牙水塔似的倾泻出来,涌入市场,扭转了贸易趋势,刺激了黄金价格上涨,这一切对威尼斯来说,只是一场梦,它依然统治着地中海,正处在强大、富裕、辉煌的顶峰。换言之,这些提心吊胆的人需要大写的美,才得以安宁。

我理解他们:我坐过两百次飞机,一直习惯不了,在地面走得太久了,总觉得飞行是不正常的,时不时感到心惊肉跳,特别当周围同行者跟我一样丑陋。但,只要飞机上有一位美丽的姑娘,或一位英俊小伙或一对和蔼可亲的热恋情人,恐惧便烟消云散了。丑陋是一则预言:蕴含着不知怎样的极端主义因素,硬是要把消极负面推至恐惧。美,彰显不可摧毁性,其神圣的形象护佑着我们:只要美与我们同在,灾难就不会发生。威尼斯就是如此:这座城市开始害怕沉陷于环礁湖的泥泞之中,于是想象以美自救,以美这种轻盈缥缈的东西来自我拯救,硬是要把威尼斯的宫殿和布画变成救生圈和浮筒。确保提香成功的人们,正是背弃大海的那些家伙,他们狂欢痛饮,执迷不悟,宁愿要地租的安全稳定而不愿要贸易的利润。

丁托列托出生在一座迷乱失魂的城市,耳濡目染威尼斯的忧虑,为之忧心忡忡,只知道绘声绘影画出威尼斯的忧虑。对他最严厉的批评家们,倘若处在他的位置,那就不会另行其事了。但,恰恰他们不会换位思考:威尼斯的忧虑,他们情不自禁地感受得到,但不愿意表达出来,甚至谴责将其表现出来的画作。厄运注定雅可布不知不觉成为一个拒绝认识自己时代的见证人。有鉴于此,我们一下子就发现其命运的意旨以及威尼斯对他心怀怨恨的秘密了。丁托列托得罪了所有的人:得罪了贵族老爷,因为向他们揭示了清教主义资产者的神魂颠倒;得罪了手艺人,因为他破坏了同业行会秩序,披着职业团结的外衣,揭示了多如牛毛的嫌隙仇怨和不共戴天的冤家对头;得罪了爱国者,因为在他的笔下,油画处于癫狂状态,上帝不见了踪影,他揭示了一个荒诞而危险的世界,一切都可能发生,甚至威尼斯遭受亡命之灾。有人会说,这位资产阶级化的画家得宠于接纳他的那个阶级吧。不见得!资产阶级接纳他不是没有保留的,不错,他一直使资产阶级着迷,但也经常使资产阶级害怕,正因为资产阶级还没有意识到自身。德·赛格尼罗尼老爷(又译:齐尼奥尼神甫阁下,见前注)没准儿幻想过背叛,私下里探索荣升为贵族的途径,简言之,千方百计逃避资产阶级的现实,尽管仍身不由己为之做贡献:罗布斯底画作中最令他不齿的,是画作的激进主义以及破除神秘化的功效。总之,必须不惜代价否认这种见证,把丁托列托的企图说成注定要失败的,否定他的探求的独创性,一言以蔽之,把丁托列托清除掉。

最好还是审视一下对丁托列托的指责吧:首先急于求成,到处都留下他的手迹;人们要的是精心描绘的,至善至美的,尤其没有个性的;如果画家表现自己,他就招致质疑;如果他招致质疑,他就对公众产生怀疑。威尼斯对属下的艺术家们强行规定的清教徒格言是:"No personal remarks"(免提己见,或免开尊口)!进口精心地把雅可布的抒情表达方式与超负荷草率赶制的供货混为一谈。然后出现里多尔菲记录的那句流言蜚语:丁托列托在自家画坊墙壁写下:"提香的色彩和米开朗琪罗形象突出的构图。"无稽之谈!这个说法很晚才第一次出现在一个威尼斯艺术批评家的笔端,只字未提与罗布斯底有关。其实后者最早于一五五七年才能见到米开朗琪罗的作品,而且是达尼埃尔·德·瓦尔特拉的复制品。把丁托列托看成什么人啦？真以为他会认真搞什么两者画法的荒诞搭配方剂吗？其实,这是时代的梦想:面临西班牙的威胁,北部和中部的城邦想联手结盟,但为时已晚。民族意识的觉醒,尽管这种意识很快又沉睡了,不管怎样,对美术艺术还是有影响的,哪怕暂时性的。"米开朗琪罗和提香",意味着佛罗伦萨和威尼斯两者的绘画结成联盟,该是何等美好哇!

无关紧要嘛,大家心里有数就是啦。梦想只要是所有人的梦想,就无甚大碍。但那些硬说唯独罗布斯底抓住梦想纠缠不休的人们必定想置这位艺术家于死地,在他的艺术核心安放一个爆炸性的梦魇。色彩令人喜,构图令人悲。此处,两者融为一体,别处无秩永续;甲方,部位协调一致;乙方,放纵不羁。该世纪的两个提香彼此攻击,他俩扭打在一起,都想把对方憋死,而雅可布身上就是两个提香彼此恶斗的戏台。在这块竞技场上,时而提香赢一局,但赢得很勉强;时而米开朗琪罗取胜,但胜得很吃力。不管怎么说,两者之间,失败者保持着足够的实力去扰乱获胜者的胜利,结果却是皮洛士式的胜利[1],正是一幅失败的画作。而丁托列托在同代人眼里,更是失败得无以复加,恰似一个发了疯的提香,被波纳罗蒂(米开朗琪罗·波纳罗蒂)的阴郁激情所吞没,又被圣居所震撼。一个魔鬼附身的案例,一种有悖常理的人格分裂。从某种意义上讲,雅可布作为战场而存在,别无其他;从另一种意义上讲,他是一个魔鬼,一个怪胎。瓦萨利编造的传奇显而易见是别出心裁:亚当·罗布斯底硬要品尝智慧树(又译知识之树)上的果子,而天使长(又译:大天使)提戚安诺,伸着食指,拍着翅膀,赶他出

---

[1] 所谓皮洛士式的胜利,系指古希腊国王皮洛士(Pyrrhus)于公元前二七九年以极大的牺牲打败了罗马军队,后人以此暗喻代价极其昂贵的胜利。

伊软甸园。窝囊倒霉或携带厄运，在意大利至今还是一码事儿。

如果您新近遇到金钱麻烦或一起车祸，或摔断一条腿，如果您的妻子刚离您而去，那就别指望别人请您赴晚宴：女主人心里不会乐意让客人们看到其中有人过早秃顶、伤风感冒，或者说得难听点，有人在她家的楼梯上摔坏了脖子，她决不会让他见其他客人的。我认识一位米兰人，他犯毒眼，去年被人发现后，连一个朋友也没有了，只得自个儿在家做饭吃。这就是雅可布的写照：他成了巫师，因为别人向他念咒作法，或者也许有人向怀他十月时的母亲曾经念咒作法。Jettatura（毒眼）出自威尼斯：因为心慌意乱，所以制造惶恐不安；又因为被诅咒，所以诅咒自身心神不安。不幸者绝望地爱着一座令人绝望的城市，并且决无商量的余地：这样的爱令被爱的对象反感透顶。丁托列托不管走到哪里，人们都避之不及；他散发着死亡的气息。这倒是完全确实的。

但是，贵族的欢庆喜宴，资产阶级的赈济善行和人民的恭顺屈从不也散发着死亡的气息吗？粉红色的房屋，地窖被淹，墙壁被老鼠横行弄得斑驳陆离，难道散发着别的什么气息？充作公共小便池的运河腐水中长出的芥草散发着什么气味？涂着劣质油灰的河堤下，粗糙外表黏附的珠蚌散发着什么味道？河底某个水泡，贴着黏土，当贡多拉轻舟驶过激起的涡流使其脱离黏土，水泡穿过泥水升腾而露出水面，旋转着，闪烁着，破裂时放了个闪屁，随后万劫不复，包括资产阶级的恋旧、共和邦的伟业、上帝以及意大利油画。

丁托列托为威尼斯以及一个世道服丧，但他去世时，没有任何人为他服丧，无声无息，一些虚情假意的手把黑纱披挂在他的布画上。让我们把黑面纱揭掉吧，还我们一幅肖像，一幅百次更新的肖像。雅可布的肖像？还是海上霸主的肖像？随您高兴吧，反正威尼斯城与其画家融为一体了，共有同一副面孔。

大 功 告 成

　　丁托列托初期的布画以一种毛糙的却具仪式性的序次强加于画中人物，况且世俗性多于宗教性，甚至跟迎神赛会毫不相干。意大利十五世纪文艺复兴运动晚期的大师们就是这样绘画的，也是这样培养其弟子大师的。不过，渐而渐之，仪式序次虽然延用不误，却被颠倒了：一五四〇年或一五四五年，他创作《圣母玛利亚百图》，把圣女厄休按安排在前景，圣像背后的光轮虽非常浑浊，却一目了然，不会引起误会。十年之后，他让圣女退居到船上，几乎看不清，几乎识不出，只见得头顶上一抹不明确的轻雾。他把这种秩序的颠倒推至更远，直到创作《最后的晚餐》，现藏威尼斯圣乔尔乔·马乔列教堂。不管怎样，前后一以贯之，比如从逃跑女郎至军官骑士的仪式序次草图，我们在《最后的晚餐》中再次看到了。其中包括尸体，纹丝不动的尸体象征着其他人物固定不动，用形象构图表现静与动的等值。这正好是我们上面描述颠倒的仪式行列，一行一行倒退，因为最近的一行总是比先前那一行有先体面。我们下面将提及牵引他行笔的多种理由。眼下只想指出这是事情来龙去脉的惯例，主角处于深景最远处的简图，正是平时他让我们看到耶稣基督像时所观察到的那个样子。我想给这些颠倒的仪式行列至少找出一个理由，最复杂最深刻的依据，就是因为这个理由确切地说不属于艺术范畴。

　　罗布斯底展现的事物正如他所见的事物，或正如像他这种生存状况的人所能目睹的事物。换言之，展现在布画上的世界景象也反映出艺术家的社会图景。威尼斯有些现实发生在身边，有些事情则发生在很远的地方：不管出于某种自然主义的幼稚或因为批判现实主义的愤怒,画家一心想让我们进入与他身边的人们分享的天地,诸如染匠木工,玻璃或织衣工人,仿佛一团旋风式的无因之果。其因与十人法庭①或元老院相关。这种因果关系,丁托列托看不清的,我们肯定也不甚了了;他一旦看清楚的,就向我们劈头盖脸地把结果抛过来。一五七四年,法兰西国王在威尼斯待了几天,罗布斯底决意勾画出国王像的轮廓纸图,然后创作一幅肖像无偿敬献国王陛下。亨理三世并不讨厌自己的脸相,求之不得目睹由一位行家以顺从的目光观察王者的面目,看一看自己面貌有什么变化,然而,画家不可能接近法王。于是一场艰苦的战斗展开了。大名鼎鼎的丁托列托前往某个行政事务机构毛遂自荐,亮出自己的身份,即展示自己的布画,但吃了闭门羹,茫然不知所措。于是,深信马夫比画家更有用处,因为马夫既管马又管人,罗布斯底便化装成一个执政府马厩总管:在这身小贵族的打扮面前,所有的门一律敞开无阻,他堂而皇之步入殿堂,居然能见到执政首脑,并为之作了一幅肖像速写。我不知道小故事是否真实,不过同代人确实如此叙述。

因此,哪怕是编造的,小故事证明当时资产阶级及其供应商清醒意识到种种被强加的限制,并且证明即使根本不想或不能改变什么,却不肯放弃批评,敢于发声展现周边邻国:佛罗伦萨、法国和英国,宣告这些国家的资产阶级地位似乎自由得多、进步得多。罗布斯底大部分时间为这些人作画,通过跟他们接触,懂得威尼斯的种姓制度,以自己的视角将其展现于世,其中包括精英层,消息灵通的俱乐部、教会和政府官方和非官方的发言人。这些人中间有

---

① 威尼斯大公会议推选十名成员组成秘密法庭,是权力无限的国家安全组织,故称十人委员会,做出最后裁决,又称十人法庭。

人知道我们不知道的事情，从百姓最近的趣闻逸事到十人会议最近传出的荒唐无稽的故事，都是在最近会议上第八名委员向第九名委员耳边说的私下话。底牌必定是有的，不信也得信，但威尼斯老百姓永远看不到。执政官暗箭伤害一名反对派，广大群众会知道吗？只不过觉察得到上衣的锁环迸裂罢了。

大众被蒙在鼓里，最糟糕的是有人让他们蒙在鼓里。洞悉一切的提香领会到切身的权利，通过半个世纪对现实的背叛，画尽通晓的一切：事实上，他画的是那些自居为历史创造者的肖像。这些人自以为处在故事情节的中心，假如不把他们描绘成奇迹的发条，他们决不会支付一个铜子儿。而丁托列托为贵族老爷画像，他是要花招儿的，尽可能以自卫应对，但让同行和教区洞察到天意的手腕及其难以识透的意图。这样，艺术家向我们绘制自身的生存状况，不管多少世纪消逝，终究也是我们的生存状况。他既没有特别通行证也没有出示证明就把我们抛入群氓之中，向我们展示一切都颠倒了。确实，我们从中看出执政府或部长们的谋略都被曲解了。光明的正面只让得天独厚的人物显露出来。圣乔治就是一例：我们发现他占据很大一块画面，享有天意恩宠。至于乔治的世俗臂膀是留给贵族长老们看的：假如画作深景中有见证人，那一定就是他们；乔治的惰性活力或猛烈攻击，他们是看得到的；对于威尼斯民众，却不予置评。

有人说，罗布斯底是大众的画家。我，欣然接受，在他的画作中确实含有合唱的色调。这个值得羡慕的称号与其说来自于他画了许多百姓，不与说他为百姓画了许多画，每次只要可能，他都不断把我们重新引向关注平民百姓的生存状况，同时让我们密切注视百姓生存状况的失控，其原因却是被掩盖的，其明显的消极状态又让我们想起自己的生存状况。因此，我们所看到的毒龙和圣徒永远处于僵滞的默契,两个主体布局,其中一个主体借用一条长矛以示不可战胜,通过垂重感和速度感彰显将另一主体置于死地。对此行为根本看不清楚起到有悖常理的效果,即保全了成功的机遇:贵族老爷们面对虚构的画面,怎么发现得了布画背面呢?就像十六世纪中叶,寻思月亮是否存在背面,这另一面又是怎么样的。所以,画作的模棱两可性是预先策划好的,仿佛同时告诉我们:"这就是存在的真实"和"这就是你们在任何时候所能知道的一切"。这样就向信仰敞开一扇大门,于是最高利益得到了谨慎对待。人人空口决断,问题依然如故。然而,这种滑头的回答并非对布画毫无损害的。

造型的主题是行为。一切围绕着它按顺序布局。根据我们看到雪崩似的倾泻压向毒龙或一条轻松自如的武装手臂而得出什么区别呢?在第二种情况下,一种惰性力的奇特序列把我们引向画作的内里,忽然,一种突如其来的爆发力将其挡住并将其终止:逃跑和死亡似泥浆喷发四溅;你们乐意的话,不妨仔细瞧瞧,其实是混乱嘈杂的行为,劳民伤财的勾当。两种存在的形式显示出来,根本上是异质的:布画下端聚集着被动性的人与物体,上端则是主动性的行为和行云流水:存在即行动。当然此番奇迹是被掩盖起来了,但只要我们能信以为真就行了,假如我们的信仰和愿望是成事在先:只凭这个风驰电掣般的行为,再令人瞠目结舌的惊慌失措也都烟消云散了;逃遁的美丽姑娘显露她不够坚实,或同样也可以说,放电使这种显得不知所措的逃跑戛然中止。连锁式暴露出来的客体,只要一个被掩盖的闪电便足以将其全盘取消资格并将其消灭。随即快镜微微开启,让人瞥见其隐藏的姿态:有一前和一后的姿态,总之毫无秩序,但付诸行动,恢复秩序,以至前后顺序完全连接。

很不幸,问题在于这只是个隐喻,比我们的情绪更不稳定,没有任何东西做依托,连长矛都退避三舍了。长矛先紧拽在手里,之后松劲了,或松垮了。偃旗息鼓之后,又回到无所作为的仪式行列,多了一个新人物而已。圣徒与逃跑女郎本来就没有什么本质区分:体重一些罢了,别无其他,至于圣徒头上的光轮无非表明他是候任圣人而已。不料,随即失事,万劫不复,世人消失,只剩下星球的碎片,任由荒诞的旋涡搅动而失据。如今,由此受损的,既非虔诚亦非道德,而是造型艺术:布画暗淡了,看不清中心,分不出标记。奇妙的布局对称,色彩的统一性,尤其披风的玫瑰红似乎映照在天空中,同时染红战士的紧身长裤,无不天衣无缝。尽管如此,完美的整体却分解为一块块奇特的重要局部,而每个主体部分都沿各自特殊的途径随风拖曳。

除非罗布斯底别无其他目的?除非他打算从布画中排除一切固定的明星?除非他企图在布画中激起一些旋风式事端?我们不能下论断,还不可能。然而,假如他刻意以一套既令人注目又使人反感的复杂手法来把颜料调配得杂糅纷繁,那就必须使人体随着冲击蹦来跳去时均匀一致。而我们细看《圣乔治与毒龙》时总觉得没有把握,这不,艺术家若要向我们展现一轮突如其来的袭击,他自己却预先定下难以完成的任务:让战士自己碰运气去辉煌出击。闪电般删除的威胁始终不断,足以阻止突如其来的袭击自行封闭。任何世人甚至任何事物都不会完全自我封闭,只要非人性是没有依据的,只要虔诚的神人同形同性论顽固地掩盖圣徒因无能而缺阵。

这就是画家向我们揭示的隐喻,恰似为富裕的顾客准备的菜谱上注明的主厨建议。这些隐喻虽糟蹋了作品,却依然让雇主们保持一种希望,尽管丁托列托不以为然。不过,我也谈起过显而易见的事情,其中只有一件事:我们因为看不见出击,却立刻感觉出有一股力量伴随出击:是圣徒在出力吗?肯定不是。至多,从右侧看起来有可能是圣徒在使劲,从左侧起,好像有股力量驱使着他,利用了他。但,必须马上补充一句,是圣徒在借力行事。他趴在奔跑的马背上,长矛下垂着,简直是瘫卧在坐骑上,躯体和坐骑合而为一。但两者合成一股强大的力量,使他精神抖擞,好像与其说力量使他精力充沛,不如说他溜进了力量。除了一个充满力量的姿态,没有任何动作表现力量。而披风的飘动已是既成事实,静静地让我们觉得一目了然,可以说是重塑人马的运动能量。我们切身体察得出这股能量,尽管风力从侧面吹过来,最后的冲击力还是被挡住了。但,深暗色的小灌木,湖岸的轮廓,圣兽的翅膀等都有功能性和催促力,对扩大和延续横冲直撞起了作用。这些巧妙的陪衬部分使我们相信世界纵横交叉着暴力的道路,此处松弛,彼地紧张,强力场始终是活跃的。

然而,大部分时间,暴力较量的道路则在荒芜之地纵横交叉,影线画在空中茫然若失;空气流动不断把影线绞乱,没有任何外来之物、外来之人搅动影线。相反,这些被翻腾的荒芜之地期待着参访者,是乱石或世人,都无所谓,只要来添乱就行,使灾难倍增才好呢。哪怕引起大爆炸,向上帝展示存在是永无止境地积极活动着。我们的看法后来在他最美的布画中得到证实,与舆论是一致的,即罗布斯底将其画中的人物当作木偶,将事物当作背景的素材,但他尊重粗暴强力,尽管心中厌恶,因为后者是构成世界的基础。无论怎样,世人做了些什么呢?唉,像可笑的木偶被强力场抛过来抛过去,此处坠落在地,彼地疾飞上天。偶尔木偶们势必爆炸,就像深水区的鱼儿,抑或折断腰椎,因为碰撞深海底面,因为坠落母亲大地,再不然一道 U 字形弯着等候木偶们,把它们的脖子扭弯。依仗天助,它们可以推延这些灾难六十或八十年。就是说它们中最幸运的,正当脑袋坠地,骤然随一股上升的气流被带入天空,反之亦然,正当山顶寒冷开始冻僵它们的脚趾,突然出现一个交叉口,天生的一块地段,让它们沿天道下山,回到地面。如此之类,不一而足。

这么说来,现在让我们的同属起什么角色呢?唯有上帝能推动他们的轻舟吗?抑或靠偶然来推动?他们有选择余地吗?能靠自己的机智来避免致命的气流吗?进而在适当的时候自行随波逐流吗?总之,一个人难道就是一片枯叶或一架轻型飞机吗?扬帆飞翔可能吗?难道我需要谈论扬帆飞翔吗?一千年以来,帆是不飞翔的,照样成为威尼斯的荣耀。对一个威尼斯人而言,一艘船恰恰以一个人的形象呈现:随波逐流,惯性使然,是其一;其次,海上路径就是掠过水面的风引起的水流。人们升起布帆,等待来风,所谓顺风或避风,最常见的是,顺水行舟或逆水航行,常常得益匪浅。然而有优秀的船长,也有糟糕的船长:是命运捉弄抑或上天指使?这个问题,我们今后重提吧。眼下,重要的是,圣乔治看上去不像置毒龙于死地,而毒龙也不像拼命抵抗,双方都好像在顺势借力而为之,奔速使马和人从背后向毒龙防备不足的侧面倾塌。这是向观者显示的部分,只有这部分明显可见:从某种意义上说,这场战斗,与其说是陆战,不如说是水战,酷似接舷袭击战。

人们若想观察思考被圣徒吸纳而后回馈的巨大力量,以新面貌出现的行动又有可能发生,那么最后一刻展示最大限度的措施已经无关紧要了;有所作为,就是选择强力场,选择吸引眼球和令人反感两者组合,在以强力挖出鼹鼠窝一个个洞隙中,找个好的缺口,好让我们走向自己的目标,尽可能接近自己的目标。我们所看见的圣徒,在这个确切的时刻,没有做任何选择:他刚走出隧道,躯体和手臂的姿势也许正到位。然而,行为是存在的:我们看到了一个有意识选择的最后结果,其目标却是陆上航行。决心是好的,既然事情朝有利于圣徒在转变,是行为人性化的时刻:事件逃避了我们的视线,仅仅因为事件发生在进入布画之前,还处在进行当中。如此看来,丁托列托的画作赢得一段较久远的过去,却失去了全部的未来。惰性客体的未来只是另一种现在。

总之,我们将见证一个砾石人脱胎换骨的变化:起初,圣人表现为世人,以实用的选择成为圣人;终了,管他是个圣人的外表抑或骏马的幽灵,再或天上掉下来一大堆碎石子:以重量为准绳呗。况且,这点微光照不到所有的人,更照不到久远:人作为曾经是人的存在,在我们看来,并非永久积极的,但自由行为则是其过去必需的品质。显然易见,此处我赋予"自由行为"最平常的意义,甚至不排除一种严格的包装。自由,此处仅仅意味着自由的多种选择,不管采用的唯物主义多么严密,也不会被人类的纯物质地位所控制。这就是绝望中还有希望,但也不能确定无疑,在丁托列托看来,人是不可靠的。冲击的气势,毕竟完全可能把骑士及其坐骑一起卷走,在上帝的裹挟下把骑士干脆扔给毒龙。在这种情况下,故事只有一个主题,那就是上帝,或偶然。罗布斯底,太狡猾,不做决定:他指出那是一股匿名的力量。点到为止。行为是隐蔽的,抑或那是握长矛之手,在我们看不见的一侧,抑或那是决定路线的头脑,隐藏在过去的深处。要由我们到遮住路线的部分后面去寻找,穿越已经逝去的时刻。对一起武器事件的两种观念原则上没有任何矛盾:人们选择山坡、小径,然后一路小跑,之后瞄准出击。但在布画上,这两种观念是冲突的:在行为——事迹和行为——显耀之间又说不清互相渗透;一切都变得模糊了,却有利于土地的支撑力,养育战士而施加影响力。

就此打住吧:那幅藏于伦敦国立美术馆的画作,丁托列托并不想画行为,而是想避免不画行为的指责,从而造成这种犹犹豫豫的结果。他适可而止,不是他不能,而是他不想走得太远。我一直想指出整幅布画是一种处心积虑的瞒天过海:一个画家,受雇主的约束,佯装讲一种不是他自己的语言。结果必然是不合时宜的犹豫不决,让人有一种心里空空又挥之不去的感觉。画作好像时现光彩,时显暗淡:明星片段渲染到了极致,但当我们琢磨到灼热得发红时,便失去光辉了。不管怎样,由此我们可以肯定:罗布斯底正如他那个时代所有的艺术家,凭着职业良心,一味埋头完成作品,但并非意味着都是精心细作的。他自以为《圣乔治与毒龙》足以到位了,可以大功告成了,不必表现行为,让我们自己去遐想;他设想我们在何处会产生困惑时,便三下五除二草草画上几笔就完事了。

怎么会呢?他的许多作品都画得比较自由或比较放肆,表明这个平民本能地采取最激进的决定,完全无视卡巴乔的阿谀逢迎,一头扎进绝对的唯物主义。随他去倒腾吧,他会迫使其同属们沦为上帝用泥巴塑造的小玩意儿①。有一天,我在迪比费②的《结构》前想起丁托列托。两位画家没有一个醉心于最后一笔画,他们感兴趣的是泥巴。对罗布斯底而言,首先是整体布局。但必须进一步探讨,以其底情认知垂重感,有了画的分量感后,就可使行为首当其冲受到质疑,之后就找到了客观时间的影线:经过研究,

---

① 西方宗教相传上帝用泥土造人。
② 让·迪比费(1901—1985),法国画家,雕刻家,作家。

影线将引导我们通向力度大得令人眩晕的统一体:空间。那么也许我们将可以朝反方向倒过去再走一遍,介入艺术家用泥巴捏弄的东西,观看罗布斯底的人物从泥土堆里诞生,但不可以跳过任何一个阶段,否则根本看不清丁托列托的唯物主义的人文主义和信仰。

原载《现代》第 14 期,一九五七年十一月,
译自《处境种种》第四卷第 291—346 页

圣乔治*与毒龙

丁托列托知道或猜到他的前辈①幸亏一无所知而交上好运，而他自己，作为激情派画家，当雇主们要求他绘制一种行为以示纪念时，他是如何应对而独善其身的呢？不妨叩问一番伦敦国立美术馆的那幅画吧。

雅可布首先把战士和动物抛向远景的半明半暗中。这个布局是丁托列托所喜爱的，他平时经常使用，迫使我们花费许多时间。但这次不必花时间从远景、从人群最深处寻找基督或圣母玛利亚，省事多了，哪个信徒会孜孜以求去寻找呢？不论圣乔治会给威尼斯带来什么福祉，威尼斯共和邦总有更高超的保护神，而且数量众多，譬如圣马可。不会有任何人费力拨开矇眬，窥视难看的恶斗，况且模糊不清，所以圣乔治并不卖座。假如画家硬要推举圣乔治，将其置身于近景，暴露在光天化日之下，这正是卡巴乔乐意所为，

---

* 圣乔治(3 至 4 世纪)，相传为古代基督教殉教者，英国基督教徒至今奉为守护圣人。《圣乔治与毒龙》(又译《圣乔治斗恶龙》)，最早以此题材绘制的画作出自意大利著名画家拉斐尔(1483—1520)，话说一五〇四年，英王亨利七世把嘉德勋章授予乌尔比诺公爵。后者为答谢英王，委托拉斐尔绘制一幅歌颂英国守护神圣乔治的小型图画，并在画中把圣乔治绘成杀死毒龙的骑士：圣乔治骑在马上，手握利剑，刺死一恶龙。后来，威尼斯叙事体画家威脱里·卡巴乔(1465—1526)晚年出于虔诚应约绘制同名画作。再后来丁托列托接受订单以卡巴乔的画作做蓝本再创作，依旧同名。

① 系指拉斐尔《圣乔治与毒龙》。

也正是罗布斯底决意所不为:出于阴暗心态吧,我猜想。因为,乔治是画家丁托列托私人仇敌,是各类戏剧的主角,是世人所谓的冒险家,是伦理学所称的**施动者**。军头儿通过这种失礼的行为扰乱**病夫们**的世界,画笔势必将其放逐。

驱赶暴力后的轻松,如释重负,向我们反袭过来的恐惧氛围,却令人眼花缭乱。右边明亮夺目最前沿,一位女郎跌跌撞撞,仰面向我们直奔而来。这是布画的开端,不可视而不见,无法避而不顾。我们将首先细看各类显而易见的质地:光线和形式、色彩、形象突出的构图,之后将对客体本身加以想象,猜出金发女郎美妙玉体的密实度和重量。其次,我们斜着往上移视,发现中间人迹稀少,映入眼帘的是白刃格斗之地。从右到左,从近景到远景,路线图一目了然。画家紧紧抓住我们的视线,迫使我们首先注视场景豪华流畅:旋踵即逝,跌宕起伏,陷入困境,一蹶不振。年轻女郎失魂落魄地往前奔跑,但碍于地面泥泞,黏着鞋底,差点儿滑跤或跌倒,裙子朝后飘起,露出美丽的大腿,其中一腿的膝盖都快跪到地上了。丁托列托还想再留住一下我们的视线:在这个惊恐万状的女郎背后飘曳着一件披风的华丽绉袍。这幅非凡却阴沉的图画中,唯有呈羽毛状的美丽绉袍具有恐惧的色彩,唯有恐惧方可采用玫瑰红。为什么?难道要使人气馁吗?是的,某种程度上是的。请瞧,布画一打开,我们刚进入画面,正是一处烂泥般的环礁湖岸边,我们发现左边有一条巨龙,长着有缺刻的本质翼。在这条毒龙和逃跑女郎之间,由目光联系着两者。只需一次爬行、一次起飞或一次惊跳,就完蛋了:巨龙定将大嚼美女。这种迅如闪电的描绘,从左及右和自前至后,不是交互的:巨兽倒有极好的动机暴露几分幸灾乐祸:女郎通过不加掩饰的长距离逃跑来揭露毒龙的不善意图。

然而,只要稍微观察一下毒龙就可看出画面动作的时限被反冲完全打乱了。只要我们不了解毒龙的动机,女郎的仓皇逃遁就不完全是一种疯魔了,她可以采取最端庄的姿态,哪怕吓得毛骨悚然。她好像被打破了平衡,即将摔倒还是重新站稳呢?之所以提出这个问题,是因为一失足而使一个持久的举动中断了;所谓中断,便是顷刻中止。画面上有些断层比较生硬,垂直的,像被镰刀砍过。罗布斯底善于召唤我们躯体内必要的需求,但这一次他有其他的意图:机灵地通过投影面的反回转来补偿开始显露的倾斜度。不确定性缓和了等待:我们并不感到因久等的粉身碎骨无限期的反射而局促不安,也没觉得因不断许诺一再被推迟的惊跳而不自在。总之,眼倒没任何强求,故而断裂变成富有一种诱人的悬疑,甚至于保证了画面的时间格局,即所谓第四维;通过即将未来的不定性,人们猜想一件持久的事情正在进行。这样,我们就全身放松了,不着急了,心中有数了:根据事情朝这个或那个方向转变,某个行为将提前或失败。

幻觉持续的时间比描叙幻觉的时间还短促。这只不过是我们视觉旅程的开端,但也是永久性重新开始。总之,只是个片刻,必定消失的片刻,并非为了突显跌倒:雅可布太机灵了。他只不过把袭击事件加以限定,美丽女郎若没有神意的援救将摆脱不了毒龙的魔爪。那么,她究竟是摔倒在地,抑或重新站稳,又有什么要紧呢?画面上,在恐惧所造成的骚动中,一个慌乱的躯体被遗弃不顾。至于女郎的命运,会在离她很远的地方得以解决。简言之,瞬间处于泰然,但期限则正在倒空现场。另外,中景左侧一具尸体预示着胜负已成定局。假如上帝不把巨龙置于死地,小姐必死无疑,或已经死亡:她狂奔的瞬间与死者永眠的情景相得益彰。丁托列托把这具尸体置于逃跑女郎和毒龙之间不是没有动机的:他的布画充满征兆,专门预示主要人物的未来和塑造迫在眉睫主要人物形象。有些人在他以前就做了他即将做的事情,经历了他即将经历的命运抑或勉强逃脱的命运,所以丁托列托必须给我们画出女郎不可避免在劫难逃。所谓不可避免,是指天理的不可避免,以及缺乏超自然力的不可避免。但,丁托列托趁机暗示瞬间的稍纵即逝等同于永眠。

只需毒龙中埋伏,只需毒龙垂顾下一餐猎物时引起的骚动不安,就可控制整个布画:近、中、远景都是它的口中之餐,我们按图索骥便是。虽然稳定,却随时跳将起来,这已足够使它成为悲剧性行为的第一中心,使我们感到景的深处暗藏杀机。毒龙毫无戒备:上帝罚它两耳失聪,听不见圣乔治的长矛攻击。它被一梭镖刺中,应声倒地,是致命的,为时已晚。但离死亡还早,还没来得及经历死亡的过程,即死亡痛苦的过程:慌了阵脚的惊跳,被疼痛撕裂得龇牙咧嘴。一切都把我们圈进瞬间,把我们置于冲击和显而易见的在劫难逃之间,况且"在劫难逃"是被圣人的故事确认的。再说,还是一头被缓期处死的毒龙,尽管不再威胁任何人,依然令人害怕的:它唯一要做的是往前再跳一下。

总之,毒龙令人失望,恰似女郎先前所为吗?否,她原本就不是真的求救,既然对她而言,已经没有真正的危险了。武装干预之下,女郎的比赛资格被剥夺了,既然她没有危险,还要跑干什么呀。恐惧使她发疯,没有目的逃跑,不断狂奔,直到昏倒。奔跑是由外部原因挑起的,而外部原因的消失正是这幅画的主题本身,奔跑使她死里逃生,继续狂奔却是她自身已失去停下脚步的能力了。这是不是惰性的特性呢?

不用等待多久,学者们就创立惰性的原理了。罗布斯底对科学一窍不通,但他在布画上把死亡、恐惧、生命描绘成惰性的表象,即被贷与的、被维持的、被取消的表象,一概来自外部。罗布斯底的图画线路引领我们领略一种失望复失望的复杂游戏:每个明线都显示着下一个明线,又被明线本身所淘汰。毒龙和死者使我们的公主魂不附体,而毒龙的死亡则把行尸般的处女变成一部失灵的机器。所以,近景右侧现时的形象夺人眼球:吓破胆的女人大幅形象。但不必深究细看其幸存的原因就可识别其质朴暂留的结果。事实上,我们一旦认定毒龙垂死挣扎,现时的形象就暴露无遗,前面的形象即将过时。画家的语言是清晰的:在他的布画上,一切都是同时发生的,他把一切都圈入同一个瞬间。但为了掩饰过分粗陋的划分,丁托列托突显了递嬗的幻影,使人一目了然,不仅线路事先划好,而且每个阶段都贬低前个阶段,并将其作为惰性回忆事情那样加以揭示。死尸安息成为回忆录,继续延伸,一个瞬间到另一个瞬间不断重复,一模一样的,无效无益的。至于毒龙,其丑显露其恶。恶龙痛苦,耗尽垂危或中止其官能,其恶随之消逝。丑,失去其用途,却依然存在,琢在龙皮上。捕时器运行自如,我们陷入捕时器中:每前进一步都有一个虚假的现时存在迎面而来,同时揭示先前存在从我们背后又返回最初的地位,尽管记忆一成不变,而我们以为每每遇到的是真正的现时存在,其实,现时存在背着我们听凭自己让先前的存在活灵活现。

惰性中的变动差距必须一标枪刺过去便一次性全部到位,所以线路迫使我们从逃跑到处死逆向而行。我们会发现什么呢?圣乔治是付诸一举呢抑或只是一个事件的被动导体呢?让我们近距离细看:这个神兵天将面部模糊不清。我注意到他从右向左刺杀下去,与卡巴乔如出一辙,但更为狡猾,不像卡巴乔那么鲁莽。神兵不是径直冲着怪兽对决,而是绕到怪兽的后面,冷不防横刺下去,这比较有把握。长矛尖头以资证明,命中眼睛上端:骑士不愧为久经考验的游侠雇佣兵队长。我看不出有什么不善,必须拯救女郎嘛,而鲁莽行事那才是犯罪呢。但令人感到若有所失。卡巴乔笔下的毒龙,是一条奇龙,是魔鬼与异教相结合的后代。两个超自然的东西,上帝的使者和魔鬼,三者本应当面对面决战。通过善恶二元论方式的对垒,卡巴乔迫使天堂与地狱决一死战:美丽的女郎猎物只不过是个托词。在这个场合,跟各处一样,上帝必须战胜撒旦①,基督教必须战胜多神崇拜。再者,这本来就是圣徒传说的原意:毒龙死后,全城皆皈依基督教。

丁托列托相信万能的上帝,相信原罪,相信不管不顾,而觉得魔鬼,不怎么可靠。不管怎么说,他把他的龙画成一个自然的产物,类似尼斯湖的魔怪②。圣乔治尽管头顶磷光微闪的冠环,但也遭到画笔的折腾,不得不拼命制服怪兽。但他的样子挺仁慈的,太仁慈了,整个身子紧扣在长矛上。致命一击不是靠他,而是靠他的马:骑士只不过借马奔的速度发力,他只需双腿夹紧马肚,趴在马颈背上,就可缓冲反作用力。我的意思是说,好似骑士比武,别无其他名堂,至少同类别的武士使用同类型的武器面对面在同一个信号预告下进行对决。这种情况,卡巴乔的画作就留下一个印记:这位画家以其贵族情趣而遐迩闻名,他乐于笔下炫耀迅猛出击的决斗者,风度优美。风度即举动,而举动即手腕。圣乔治将其左侧转向我们,则把左侧抬高,显而易见,形成铁钳的架势,是一切人事之象征:紧握长矛,刺向怪兽。艺术家非常坚决向我们展示矛与手完全像关节似的结合在一起,迫使手引导矛斜刺下去,就是说,从骏马颈项往下斜刺下去。静心一想,有其他袭击没准儿更迅速或

---

① 《圣经》中的魔鬼之王。
② 尼斯湖,英国苏格兰西北部淡水湖,位于苏格兰高地大峡谷中。湖中确有不知名的生物,并以传说中的尼斯湖怪物闻名,为世界生物学界所注目。

更可靠,但都有不利之处:必须下决心把长矛向右侧移动,把马头避开我们几法寸①,不管怎样,足以打破稳固格局的光彩。卡巴乔这个贵族却不惜作弊,不显明的作弊,好让观众看到强力是为耶稣会服务的。

丁托列托的情趣是平民化的,我以为,他为之一往情深的,是画中主使者拼命与难以处理的题材博弈。他不假思索地把他的大兵变成一个专心干活的工人,一个肯流大汗的工人。事实上,圣乔治的事迹每出现在布画一次,其性质都有变化。反正乔治竭尽全力出击,矛头向下,毒兽毫无提防,被上帝罚为失聪,所以不做任何抵抗,除了皮厚骨硬之外,没有反抗能力。简言之,像劳工似的,铆了一个钉子。

至少人家不必给我们展示锒头和抓住锤柄的五指吧!不可掉以轻心哪!不妨观察一下长矛的方位。丁托列托情不自禁地把长矛缩短了,作为直线运载工具,但执意避免长矛闪烁显眼:在圣乔治·德·斯切亚沃尼教堂,大概对此问题有更清晰的意识,我猜想,甚至模糊感到了解决的办法:两个对立的目的可以通过对抗的手段来达到。所以,必须采取与卡巴乔完全相反的手法。罗布斯底把长枪半藏半露,把骑士的右手全部隐没,因为揣摩出他的前辈特意将其暴露无遗。他断然勾勒笔锋朝左的画面,让观众的目光斜向深入,给我们呈现左侧的圣乔治,向我们隐匿实际效果的形象,不让我看见紧抓标枪和握标出击的拳头。结果是长枪消失四分之三,湮没在骑士不透明的躯体和坐骑后面,剩下的是半明半暗的部分,占四分之一的画面,必须眼力很好方可看清:弯曲的肘下方有钢标的末端微光闪烁,而马头和毒龙之间有一段发黑的枪棍,

---

① 法国古长度单位,1法寸约27.07毫米。

其枪头已经插入怪兽的脑壳了。一切顺理成章,好像雅可布出于谨慎早已把直线从画中抽走了。

丁托列托做得更绝的是,去掉透视法的缩短,这些固定在画中人与物上面的饰品好像一只彩色蝴蝶钉在渔浮上:他竟敢狡猾地留下时隐时现的痕迹,即纯粹的视觉幻影。英勇事迹的轴心消失了,取而代之,在远景中,画了两个得天独厚的幽灵,画了呈水平的直线以及与其成直角的垂线,以便通过我们绝对能所不及的幻景来充当哑角。在言归正传说圣乔治之前,必须审视一下画面的底景。请看远景中那座惊恐得面容苍白的城市,比一团烟还要稀薄:高耸的壁垒垂直度表明要抛弃公主。恕我提示一下不幸女郎的故事:怯懦的市民向圣兽应尽的义务是向其提供处女作为食物,据说,毒龙喜爱吃少女。一天命运降临国王的女儿,想起来很奇怪,并没有敲响战鼓和诉诸军队,居然认为让公主顺受共同的命运更为光鲜体面。有见地的专制君主,因为胆小怕事顺从民意,把亲生女儿带到水边,弃之不顾。被父王抛弃了吗?说得太轻巧了,相传是同胞们哭哭啼啼把她交出去的。立此为证。我猜,一小时后,所有的城壕吊桥拉起,他们还在回家的路上痛哭流涕,然后把家门闩得紧紧的,上床睡觉。

圣乔治路见不平,挺身而出。在布画上,一切都已结束,上帝说了算,社群退避三舍,闭门不出,离得远远的,无动于衷。惊恐落魄的处女逃避毒龙,可是越向前跑一步也就越离抛弃她的首府远一步。骑士与公主的互动是在无世人救援的无人区得以解决的:要么刺死毒龙,要么死于非命,两者必居其一。这就是城堡壁垒及其尖脊时隐时现的刚性所表达的意思。"别指望我们!"二十世纪初,有位 K 氏手艺人,建筑测量员,发现一座山丘上的古堡壁垒是逐渐消遁的,而明明堡垒的建筑材料完全相同。然而,这是恩泽,天助,唯其如此，世上才有可能认识和完成应该被完成的事情。那么十六世纪呢？在这种绝对垂直线逐渐逝远的形象中，能看到什么呢？宽恕，被呈现出来了，却又一下子被划掉。为什么不把宽恕删去呢？丁托列托是孤独的史诗画家，如同所有伟大的孤独者，也是芸芸众生之一员嘛，既常常被侮辱被出卖，也常常昧着良心出卖人，不懂宽恕的社群变成盗匪巢穴。为了使人不再是披着人皮的狼，必须使人得到蜕变：垂直线表现出刚直不阿的形象，而灵验的宽恕是唯一可施行的。然而，偏偏上帝姗姗来迟，生活又如四脚爬行，岁月消逝，上帝却未降临，我们也早已不再期待了。请仔细瞧瞧令人眩晕的城墙幻景：这就是戈多①。但戈多早已根植固守，永远不会来了。

至于水平线，更为糟糕。如果说人只是个凶恶的禽兽，绝对垂直线，甚至缩微为幽灵似的线图，也不会禁止我们把希望转移到上帝。然而，直卧的地平线对我们而言却意味着这种禁止。其作用是地和天分开。请更仔细琢磨：死水和云彩浑然一体，云在水之上，两者连成一片，一气呵成。这位艺术家并不喜欢旅游。他对环礁湖及其滩涂岸边毫无兴趣。眼见为实，他根本不屑引起我们对其关注。天空是他的目的地，他乐于邀游天空，多么空旷寂寥！那块歪歪扭扭的轻柔月季花就是个洞口。"从天上的洞口逃走，逃遁！我感到像天使那般陶醉……"好极了，但需要逃得那么远吗？只要在威尼斯待上几个星期，这种恋念将会令人怀疑：艺术家若对罕见的东西感兴趣，只要在黄昏或清晨去新丰达芒塔群岛转一圈

---

① 《等待戈多》(1953)，是原籍爱尔兰的法国作家萨缪尔·贝克特(1906—1989)的法语戏剧：乡村一角，空旷寂寞，只有一棵树，傍晚，两个流浪汉等待某个戈多。他们从未与之谋面，甚至不知道为什么等他，但照等不误。这种期待犹如眼前夜色朦胧的景色，空泛的，只是听说戈多许诺过要来。这成了两个流浪汉等待的借口，等到黑幕完全降临依旧不必自杀。所谓理由充分，其实借以打发时间罢了。

就行了,到处都有罕见的东西,简直唾手可得,希罕之物即是威尼斯的特产。天空闪烁,以密集的苍白云朵呈现,齐人高的画面最上端干裂得似乎发出噼啪的响声,在同温层之上始终像灰色的绸缎,疲沓沓的,使观者的目光迷失其间。在纤细的虹霓和天空的盖层之间是一片空白,空旷中布满颠动的点点阳光。即使酷热烤人,太阳依然是"冷冰冰的",但在人间任何地方没有如此强烈的侵蚀:它可以做到湮没一座岛屿,拆散一个街区,晒干一条运河的水,以接连不断的点点火星儿慢悠悠替代波浪。

丁托列托对此情有独钟,他的整个作品以资为证。他家乡的环礁湖上空飘浮着环礁形的云层,这些死气沉沉的蓝色积淀穿过纯净的空间掉落环礁湖的死水里。他则喜欢环礁湖,一有机会就到处画。爱说三道四的人声称,这个画家闭口不谈自己出生的城市。只字不提吗?其实,他开口必谈自己的出生地。倒是从不提起贡多拉轻舟,他的布画中见不到平底轻舟,也见不到里亚尔托岛的老木桥。但不管怎么切入,威尼斯要么一目了然,要么模糊一片。这样的画法使威尼斯既不同于罗马,也不同于巴勒莫①。雅可布把他的城市收缩拢紧或稀释淡化成半明半暗的锥体,而让城堡宫殿的不可渗透性保持透明,但这种透明是以使人眼花缭乱的外貌显现的,炫目晕脑,叫人什么也看不清。但他在这幅布画上勾勒的依然是威尼斯,空中环礁形的云层滑落其粉色薄绸,飘浮在环礁湖上空。其他绝大部分画作描绘亚得里亚明珠②时,我们将其

---

① 意大利港口城市,位于西西里岛西北岸,滨第勒尼安海的巴勒莫湾。
② 喻指威尼斯。亚得里亚海位于南欧亚平宁半岛和巴尔干半岛之间,是地中海的一部分,南以奥特朗托海峡通伊奥尼亚海。主要港口有意大利的里雅斯特和威尼斯,南斯拉夫的里耶卡,阿尔巴尼亚的都拉斯等。其中最著名的威尼斯,享有亚得里亚海明珠之美誉。

中每幅画都视为天对地的一次攻击:天色虽然蔚蓝,却死气沉沉,夹着花白和橙红,像狂风一阵阵透过无边际的纯净空间,狂泻到地上的死水里。为什么呢?大概要摧毁一切生命的胚芽吧,大概要完全矿化黏在运河堤壁上颤巍巍的胶状淤泥吧。这还算不了什么,紧接下来的威尼斯绘画阶段将由华丽返回寒伧:使绽放的彩色凋零枯谢,更经常的是,以空炸炮弹般的光亮将其光蚀。对此,地方史和这门艺术的内在逻辑起了决定性的作用,只要这种光亮尚存,必定物色得到改革者:此重任委托给了罗布斯底,因为他是具有幻觉的举重运动员,要求他在造型上把物质的明亮度减压下来。委任并不难,只需委任者给被委任者内心深处注入几个不可逾越的障碍就够了,况且总能抛得出一份委任的,这里当然指的是雅可布。从沉重压力到博得好感,是他的拿手好戏:展示如何博得好感只是沉重压力的一种缓解形式,倒成了肩负的使命。显而易见,唯其如此,他与人的周围环境的联系就非常间接了,无论从人事上来讲,还是从物质产品来说,莫不如此。很久以来,人们早已放弃从奇特的亚平宁山脉①地形探寻锡耶纳②艺术的秘密。

一切已漂浮逝去,一切正负重滞留,一切将流逝如水。于是就得跳入亚得里亚海,沉没水中,去发现光的能源。这就是问题的秩序。不管怎么说,一个否定之否定,怎么说也不会自身变成肯定吧。人们永远不会超越"否"直奔"是",除非在某种预感的驱使之下。没有委任,人们就识别不了征象;没有征象,委任永远处于原

---

① 亚平宁山脉,意大利亚平宁半岛骨干,是阿尔卑斯山脉主干南伸部分:从近热那亚的波河平原和利古里亚阿尔卑斯山到墨西拿海峡,并通过西西里岛与海底山脊至非洲。
② 锡耶纳,意大利中部城市,建在一座覆盖葡萄园和油橄榄树丛的丘陵高地上,北距佛罗伦萨四十八公里,拥有许多中世纪和文艺复兴时期古老建筑和艺术作品。

状,只是一项抽象的、处于初期的使命。哪儿有比威尼斯更好的地方能让他发现火的地心引力和生灵的火光,发现靠近城墙却无望,发现像在没有前景的迷宫里那样彷徨,然而突然之间却让他发现了宽银幕电影和远景的旺火?他也许看到蓝色,当然喽,如果不是与生俱来的忧虑促使他创造每一天,但他即将出产的"惊心动魄的奇迹",不仅仅早已胸有成竹了吧,如果不是他的焦虑使他首先发现所谓奇迹就是事情未经琢磨的答案。

然而,瞧一瞧令人不爽的是,威尼斯的光芒,换言之,光变城和城变光,变来变去令人突兀,丁托列托所有布画反复出现这种光变,即使主题要求室内作为背景。不管表象如何,反正不是火炬照亮宽敞的宴会厅,而是太阳光偷偷溜进来,呈黄昏的金栗色或清晨的古铜色。不过天空总是阴霾密布。这在威尼斯如今依然如故:讲究细枝末节的爱好者只要一抬头,便心满意足了,举手之劳都不需要。雅可布从来不抬头吗?也抬头的,但被迫的,所以他的目光迷失在烟雾弥漫之中。尽管如此,他依然孜孜以求:故园的苍穹变成一座明亮的岛,飘浮在他出生城市的上空。着墨浓重的云朵沉甸甸的,纹丝不动。他若能用一层顶盖挡住视线,那就好上加好了。这种挥发性光芒的蒸馏,他都不放弃绘制,恰如头顶上方操作的,只要让他尽情发挥,直到超出能力范围为止。在长厅下端的壁画中,使徒们正喝基督的圣血吃基督的圣体,但在天顶上,罗布斯底不会省下任何细节。他在最远的景色中凿穿墙壁,打开一扇门,朝向明亮的空间敞开:地平线上的天空即是空气在召唤:大有引人冲入天空、飞向天空之感。

处在天边,换言之,那种难以为继的轻松能让人自吹自擂已经触及天边了吗?以此来测定远隔的距离罢了。这些画作诞生在放逐中。只不过丁托列托再一次硬要在《圣乔治与毒龙》中:毒龙、军人和公主在黑云压城的氛围中搏斗挣扎,请不要搞错,画中的透明度是超自然的光芒背地下照亮的一种自然的透明度。这种光晕来源于天使俯冲直下穿透无边圆帽形的云层所形成的。更远处,极远处,地平线上空,那就是威尼斯了,像柔和的花束形白炽光闪烁,又像随风摇动的玫瑰,敞开着胸怀,尽情尽兴地扬帆飞渡,正期待着我们哪,并将继续等待我们,一直到最后的审判:世人应当打赢,要么输掉自己的官司,但都将发生在沥青色的封闭天空之下。

有何来由呢?宗教象征,是我的理解:我乐意承认它部分证明以上手法正确,但不认为它有足够的力量促使人们接受这些手法,因为我觉得阻塞通天大道的碎石路面有点儿胡格诺派①的味道儿。被召唤者,只要乐意,大有人在,而上帝的选民则天知道是否曾经有过。另外,应当追回原始的顽念:立体感是悬垂的,而一般来说,深景则像一次潮水的退却,我们永远也追不上潮水。远景中,垂重感减弱了,人们可能承受得了,出于相同的理由,远景可以把世人提升到天上,直至上帝,条件是世人达到深邃的远景。而这个条件被丁托列托无情地向雇主拒绝了。顽念和成见是这种构图的主要原因,但说明不了一切:比如一个物体,一个人物,两者靠近就变得沉重,两者远离则变得轻松,这叫相得益彰。比相得益彰更完善的则是我们的威尼斯体验。丁托列托有一种稀奇古怪的天生能力,既完全掌握其祖先们的天空,又把天空拉向布画的深景,以至于把天空的一半拉出景外。他把光芒视为坏东西那样加以掏空,这是他对祖邦故城持有钻牛角尖的想法,令人更奇怪的则是,他把天空的窟窿用焦油沥青给填满,并任其悬在观众的头上。有

---

① 胡格诺派,十六至十八世纪法国天主教徒对加尔文派教徒的称呼,含贬义,即有轻蔑的含义。

人会说,主题使然,是吗?难以令人置信。连太阳的光芒也让他搞得叫人厌恶,有证据可查:卡巴乔的画里,朵朵小云彩是散开的,况且散布在天边,借以表现形象:圣乔治杀灭怪兽时处在一片灿烂金光之下。更有甚者,灾难,正如从几具尸体表现出来的,特意运用细腻而暴虐的手法加以处理。在太阳下互相残杀并不是不可以的。只有一个画家要求天空有重压感,要求团团乌云变成某种匿名愤恨的结果。

他爱威尼斯吗?带着痴情地爱。他生于斯,以至死于斯,死在自己亲人们身旁。大千世界使他害怕,以致他乐于幽禁,但总不至于抱怨自己的命运吧。总之,他如果完全相信在天堂找不回自己的城市,还不如热爱世上的故土胜于一切哩。很不幸,这是不大可能办到的。一旦获得专属威尼斯共和邦的非凡荣耀,便是一劳永逸的,死亡算不了什么。他是个平民,却绘制官方的天空,太司空见惯了,都知道每个民族共同体都在上帝的身边维持一个常设的上帝选民委员会:蓝领们在获得和挑选中心小住之后,就奔向他们重建的家园了。尤其是威尼斯的亡者们按行政规定被纳入天堂里的威尼斯共和邦,完全跟人世上的威尼斯共和邦一模一样,连消逝的执政府到了天堂形成的议政院也差不多,而元老院议员则不断增多。天堂威尼斯依然反对耶稣的无政府主义和使徒们的小资产平均主义,保持着等级制度从而挽救了道德规范,并且保证新入境移民就业,与他们刚离开的岗位相等的工作,使他们得到在人世上相同的荣誉。

丁托列托得不到天堂的任何回报,那里一切都由提香把持着。而他,备受凌辱,遭到唾弃,卑躬屈膝,反而不讨好,所以心里始终闷闷不乐。这日子过得简直不如狗。他为此陷入遐想。假如他必须重逢使他厌烦透顶的老家伙提香,假如卡利亚里(即保罗·卡利亚里·委罗内塞)这个赝造者,这个篡位者来跟他们待在一起,那么有什么东西能区别天堂与地狱呢?无疑,他将进入生灵轮流的转轮,围着万能的上帝团团转。但他的邻人将是委罗内塞,那么这个邻人将千方百计偷走属于他的上帝的微笑,再者,不管怎么说,终将必须肩扛一个作为执政府顶梁柱的贵族重负吧。事实上,手艺人依然保持中世纪的奴性掩盖着一种惶恐不安的自由主义,其原由是竞争,一种郁闷不堪的平均主义,是与资产阶级频繁交往的产物。他为大掮客们画香榭丽舍大街,着实感到厌恶。死于威尼斯,没问题,那是个美好的梦。但他偶尔由此产生更加美好的梦想:天使们收容他的灵魂,经过斜向的长距离升空之后,一层一层的天偷偷把他引向天堂;他经过几个世纪的旅行之后,比较着组织机构和政治体制,依然无处定居。最后,他如果找到对他合适的国土,便悄悄申请入籍,甚至在执政官议政院收到他到达的通告之前就已办妥。

难道这不是他的想法吗?不是,这是他画出来的意思。从我们关注画作的效果看得出来,在远处茫茫天空深景之中,勾勒竖立的耶稣受难像是不可能的,而其余任何背景上都可强占幅员用来绘制直线图形的鲸鱼星座。空间,既无轴线又无支架,自行呈圆形下陷,自行翘曲。点点水疱,片片浮肿,处处肿块。生灵和行动一旦引入,立即被逮住,遭到不可抵抗的强力挟持;由此及彼,曲线成为最短的途径。我们不妨循着艺术家指示的线路再巡视一遍,即将发现一系列的拱形曲线。首先看公主:她的十指尖头与发型头饰顶端内接于半圆形。在她的左边,你们将发现一层层特有的圆拱重叠,诸如像绽放的花冠似的披风上边、尸体、马肚和脊梁圈有弧形阴影,圣乔治的背也呈拱形,我只是拣主要的点一点。不过请观察一下最左边一个拱形物的胚胎:简简单单的树干,再瞧,瞧天幕上环绕一个天使的椭圆月季花形的云彩。

毋庸置疑,丁托列托勾勒曾经发生在我们日常空间的一则老故事,从笔端将其抛成一个拱形空间,一下子瞬时膨胀了,显得很饱满。无论在卡巴乔的布画上,还是在丁托列托的布画上,一些单行向显而易见,但线路迥然不同。前者的画面上,观众目光顺着长枪的坚硬度疾驰下滑就行;后者的画面上,观者的目光迷失在山坳河谷里,环绕山腰兜圈圈,呈球形回转,笼罩马的臀部,通过唯一可行的线路逆行而至颈部,就是说,通过最短的绕道逆向而行。在抄近路和绕远路之间,画作本身并没有什么区别。时间的稠密至少显示一种优势:由于布画上时间的速度比我们的视觉实际时间速度要快得多,又由于必须把我们的视觉时间借给公主和圣徒,对我们而言,布画上被激起的瞬间,柔美而饱满,酷似图尔的李子干,不再叫人不自在。这一瞬间就是一个分子,当然喽,是一个硕大的分子,饱满得溢出来,裹挟我们断断续续的注意力。巴洛克风格时代由此诞生,是沉闷的时代,接下来的时代还要滞缓低沉,直到因此而完蛋。总之,罗布斯底画出瞬间,但那是一种曲线瞬间,对我们而言,等同于一种空间。

言归咱们的军人,我承认他的英雄主义因这种突如其来的变化而受损匪浅。本地居民们确实不常见到曲线空间显形直线空间。但,正如我们从此范例看到的,对抗场面每每都引起议论纷纷,观众愤然抗议:简直是耗费时间,为什么?为了毫不吝惜地浪费时间。多么慷慨的损失!大写的人与怪兽决斗本该早已结束,如果画家不把行动画得圆圆的、不把直击到处搞成团团转的出击、不强迫他的人物先通报后再出击,不让出击缓期执行,甚至于慢吞吞不着急出击。

这算行动吗?这个军人尽力了吗?他在杀伐,没错,我同意,但积成堆的崩塌物也有杀伤力呀,那是运气的问题。圣乔治干了什么?他被指定在半球形的天地里抵抗,能干什么?他摁压,可是用来摁压的长枪却不显示轴线,如此看来,他倒像被迫摁压在马背上,而不是用长枪摁压怪兽。这只是个表象,大概是吧,但非常明白易懂,我觉得对一个艺术家来说根本不难,只要抹去假幻象引起的错觉就行了。此外,举止隐秘的平衡暗暗展示重压,迫使圣徒显示其重量。当人们碰巧来看那个时代的画作,正如我们上面所说的,人们先瞥见与阿波罗同类型的幻影,认出人物、地点、事迹,由知识引导着,甚至文字,比如标题字样。就这样,故事的意思融入视觉。然而,细看之下,骨子里有一番更隐性更阴郁的天地正在形成:表现出相同的举止,却失去其意义,而融入一种隐藏的布局,不以形象表现的布局,延伸遍及视线的辉煌典礼,最后制约视觉。从这个角度观察,扒在坐骑上的杀手一刻不停地偷偷变成冠盖圆顶,居高盖压着层见叠出的环拱。换言之,这个天命的营救者,时刻使人们觉得他并非快马加鞭搞乱空间,而是承担着布画整体拱形曲线的布局。这位名符其实的士兵虽英勇却懒惰,布画的天地偏偏将其周匝而围,形成鸡屁股似的,在荒无人烟之地下蛋,自己适时地拱起背,被一匹良种牝马裹挟着行事,而不是一次凶杀。

然而,丁托列托还不至于糊涂到有条不紊地拒绝给予一个圣徒主导历史的机会。他布置一套暗喻和明示的组合,几乎不必展示任何象征,便让我们断定凶杀行为是否发生。

首先谈谈暗喻:长枪和手臂并没有从布画消失,但其显现是隐藏的。观者全然领会不必用目光索求其显现,将就着不去探索。但,由于深知底细,预先就知道其存在,圣徒的右手非但没有被截断,反而在催促我们随便找一找搏斗的迹象。接下来的层面,认知与感知相融汇:认知引导感知,而后感知制约认知。我们盲目的感受力所得到的信息是,圣徒不是无生命的一堆肉,而是一个活人,他用力气摁压毒龙胜于坐骑。同时,重心位移了,我们以为冷不防瞥见昙花一现的平衡其实从来没有存在过,我们的筋腱在索求新的匀称,是为支柱。不管怎么说,画家得心应手处理了。我们听任他完全的行动自由。目光乃至筋腱甚至不要求一望而知的支柱在哪儿,如果象征意涵明显可见,我们就心满意足了。

丁托列托把什么都摆平了:长枪犹在,有一小段明显可见便是证明;如果尊敬的看官想见到整条长枪和握枪的手,只需置身于画中向后转朝后退就行了。让参观点原地不动,当他的背触到画景深底,将会清楚看到谜底就在军头儿右侧。这叫什么?这叫用心来体验,既然贯穿布画的心路之旅只能靠想象,最后一着就靠想象在我们每个人身上起作用了。反过来说,每个人在最后的取舍中看到自己身影的完整反映。简而言之,一种投射测验。如果说罗尔沙希①对我们在他的测验板块上觉察的结果不负有责任,那丁托列托对我们就其布画引起的想象结果不负更大责任。确实如此,从外部和左侧来看,圣徒映入我们眼帘的只是他的一堆背影。但,不得不垂头丧气地不带证据确认,从外部和右侧来看,也只是他的一堆背影。画笔不做任何预断:摁压的重负在彼面没有显现为世人和圣徒的最佳助手,就像主要支撑架那样起作用,难道不是吗?也许我们会不期而遇真正显示圣迹的圣乔治。也许随即他会向我们指点迷津:世人是一些变化无常的奇迹,通过精明的政府施加强制性束缚把世界置于自己的桎梏之下。什么也不必排除,显而易见嘛,甚至可以胡乱猜想此画根本没有什么思想萦回其中,只

---

① 黑尔曼·罗尔沙希(1884—1922),瑞士精神病科医生和神经病科医生,发明投射测验,经常用于心理学科临床。测验由十块涂有墨迹的木板组成,根据病人对板块的形状、位移、颜色的反应来诊断病情。

能在画中发现不通人性的强力乱搅一通，而人却是一种很纠结的矿物。然而，这幅画却是由一位笃信宗教的女性雇主订制的，最虔诚的行为结尾毫无疑问将是最真实的。

总之，罗布斯底每当收钱绘制一次行为画，都会告诫自己不可贸然行事，深知只需笃信宗教的狂热和驱动就足以让大家看到最虔诚的行为是不显现的。这与骗子裁缝不相上下，裁缝看透了那些阿谀逢迎的廷臣，明明眼见君主赤条条一丝不挂，却大肆赞叹美丽的王服，当然喽，裁缝还知道国王陛下会赤条条去开启舞会或主持国务会议。别以为罗布斯底的骗术不如裁缝高明。如果我们从另一面看圣徒，画家的意图是让我们看到与正面同样硕大的肉体，顺着同样的快马向前冲，所以长枪和手臂也不可能有任何变化。"于是呢？"你们会问，"他没有作弊吧？""他没有什么可害怕的，反正这一边或另一边，有无长枪，世人的无能为力已是彰明若揭。"嘿，正好哇！倘若画家揭示世人力不从心，他便失去雇主。倘若不肯揭示，那就有碍于创作，他心知肚明，并为之不寒而栗。会不会引起人们猜想丁托列托故意以预谋的丑闻使他处于棘手的境况更为严重呢？不会有麻烦，他自有规范：假如他必须描绘有邪教异端嫌疑的行为，那么他干脆弃之不画。换了别人，是不会拒绝订单的，而会把行为的全景画出来：人物和事件的等级层次分明，从右到左，从前到后，直到军人的左侧，因为很明显，军人是惯于用右手的。罗布斯底的诀窍是一箭双雕地为自己选择了一个强有力的保护人，并向自己的客户挑明，他将步伟大的、虔诚之至的卡巴乔的后尘，亦步亦趋，这是唯一可做的事情，因为前辈的《圣乔治与毒龙》现在是，将来依然是（或许吧）无与伦比的。雇主们赞扬了他，觉得构图设想具备三重保障：卡巴乔的画作经历五十年之久，是死人的遗作；有一个教区已经尝试过复制，宣称很满意；新作试制费用可以省去。

事实上,雅可布也没有撒谎:新画师从老画师吸取灵感,无非借用其画作布局的总体特征罢了。但他没有说出来的是,他要把前辈的布局推至极限,再过一点就将其倾斜乃至倾覆。罗布斯底一眼看出前辈画作之弱点:长枪超出马高一大截,只要改一改就可得到他想要的结果。现在我们看清他的目的了:在最严密的连贯秩序中留下精心策划的不确实性,即不要着墨于武器的显现,用图像表现某种行为的隐没,通过被认为可产生此效果的人和物某些部分,使之时隐时现,把行为烘托为秘而不宣,这叫布画的隐秘。把这种隐没推至最远处,接着就是种种其他放任自流的形状,比如渐渐变得暗淡的城垣,慢慢流逝的天空。不做任何决断,让雇主自行确定主题名称,自行定夺一次玄妙事件的主旨:把以虚代实魔法化,做一个上帝与下凡天兵之间的接头人,抑或是世人与创世人的天父之间的冲突,那压根就是悲剧。

"那么麻烦哟!"你们会这么说,确实麻烦多多,麻烦很大很大。不过所有的艺术家都有这样的麻烦,与作家相比还少了一些哩。我有什么办法,这一切都摆在布画上嘛。你们乐意的话,清点一下就知道了。再说,我们必须历数突然冒出来的细节。每次我去伦敦国家美术馆,都要向好几个朋友介绍这幅画,所有人的反应都是一致的:倍感震惊,以溃逃为近景,描绘一次卓越的行动,画家的意愿昭然若揭,这不,把长枪出击甩到远景中,藏藏掖掖。然而,如果重新定位于这幅画创作的日期,我们将在画家此后成熟的岁月里发现他习惯于运用这种布局。从某种意义上讲,他到处运用,也许可以说,他对布局《圣乔治与毒龙》的领悟多于创造。这种布局在丁托列托的画笔下反复出现于所有其他主题,他深知在这种独特的情况下可能从中取得什么好处。

贾珂梅蒂的绘画[*]

"我坐在位于斯芬克斯大街一间大厅深处,观赏好几个裸体女人。我们之间的距离引起我强烈的感受,令我印象深刻的,除那些裸女,还有锃光发亮的地板阻止我穿过去,尽管我有这种欲望。"[①]结果:四个小雕像,令人不可接近,平稳地立在一块薄板上,好像背靠竖立的锃亮地板。贾珂梅蒂把亲眼所见的女人们照样画葫芦:拒人于千里之外的裸女们。竟然成了四个瘦长的姑娘,碍手碍脚地出场,突然从地底下冒出来似的,全体一哄而上向他扑来。仿佛一只盒子盖一下打开纷纷落地:"我经常看见她们,尤其一晚,在松糕街一间小屋里碰见了她们:一个个近在咫尺,凶神恶煞。"[②]在他眼里,距离,远离事故属于物体的隐秘性。二十米开外的这些妓女,不可逾越的二十米,是他永远固定下来的,以示自己无望的情欲。

他的画室,像是个群岛,乱糟糟布满各式各样离散的小岛。靠墙而立的圣母像保持着一种挥之不去的亲近感;我若后退,她则向前;我离得远远的,她则靠我很近;我脚边的那个小雕像如同汽车

---

[*] 原标题《关于贾珂梅蒂的绘画在马埃特美术馆的一次展览》。埃梅·马埃特(1906—1981),法国画商和文艺资助者。美术馆位于法国蓝色海岸城市圣·保罗·德旺斯。

[①②] 引自贾珂梅蒂写给马蒂斯的信(1950年11月)。

后视镜中瞥见的路人：正在消失。我徒然靠近，雕像总是保持着距离。这些形只影单的雕像拒参观者千里之外，展厅、草坪、林间空地的长度，一概难以逾越，谁都不敢穿越，它们见证着贾珂梅蒂遇见同类时产生的那种奇怪瘫痪。并非因为他是愤世嫉俗的人：这种麻木是受惊的结果，交织着畏惧，经常伴随着赞赏，有时连带着尊敬。他与世保持距离，是真的，但毕竟是他创造了距离，而这种距离只有在人类之间才有意义；距离使海洛与利安德分离，使马拉松与雅典分离，但不能使一个卵石分离出另一个卵石。我领悟过距离意味着什么，那是在一九四一年四月一个晚上，被关进战俘集中营，度过两个月，简直像一个罐头沙丁鱼，我在那儿体验了绝对的接近。我的起居边界就是自己的肌肤，日日夜夜都感受到有一只肩膀或一块胁部热乎乎贴着我。并不难受呀，人家跟我挤成一片嘛。获得自由的第一个晚上，我回到家乡成了陌路人，还没有找到从前的朋友。我推开一家咖啡店的门，立即感到毛骨悚然，或几乎如此吧，不明白怎么这些粗矮大腹的房屋可能藏有如此人口稀少的空间。我茫然若失，稀稀拉拉几个消费者让我觉得离我比星星还遥远。他们每个人都有权占有软垫长凳一大部分，独占一张大理石餐桌，想触及他们，必须穿过我与他们相距的"锃亮地板"。他们那些在稀疏的煤气灯罩下闪烁生辉，轻松自在的人们，之所以让我觉得不可接近，是因为我不再有权拍打他们的肩膀和大腿，也无权称呼他们"小傻瓜"。我又回到资产阶级社会，必须重新学会"保持恭敬的距离"，这种突发的广场恐惧症暴露了我对刚彻底解脱的整齐划一的生活有一种隐约的遗憾。

贾珂梅蒂也是如此，在他，距离不是一种自愿的孤立，甚至不是一种退缩，而是需求、仪式、困难意识。他本人在一九五〇年十一月给马蒂斯的信中说过，距离是吸引力和排斥力的产物。他无法穿过将他与裸女们隔开的那几米锃亮的地板,是因为胆怯和贫穷将他拴在椅子上。但,他觉得这几米距离如此不可逾越,是因为他渴望触摸她们昂贵的肉体。他拒绝男女授受不亲,乃至良好的男女关系,是因为他渴望友谊、爱情。他不敢占有,因为他害怕被占有。他的小雕像一个个都是单独孤立的,但把它们摆在一起,不管怎么个摆法,它们各自的孤独把它们连接在一起,突然组合成一个小小的魔幻社会:"在清理桌子时,瞧了瞧那些随意被搁在地上的雕像,突然发现它们分成两组,让我觉得与我寻求的不谋而合。于是我将它们安置在基座上,没有做任何一点变动……"[①]

贾珂梅蒂每次展出的,都是一群人。他雕塑了一些人,他们目不斜视地各自穿越一个广场,交错而过,无法换回地孤零零走自己的路,但他们却是在一起的:他们将永远形同陌路,但如果互不追寻的话,那就不会彼此迷失。他定义自己的世界永胜于我所能及的,他写到一组群塑时引起联想:"森林的一角,我观察了许多年之后,总觉得躯干光秃修长的树木很像停下步伐、互相问候的一群人。"这种唯有话语可能穿越的圆周距离,如果不是否认的概念:虚空,那是什么?贾珂梅蒂冷嘲热讽,满腹狐疑,拘泥虚礼,亲切柔和,却处处目睹虚空。到处如此吗?不会吧,有些东西是联系在一起的呀。但他,恰恰不置可否,甚至对连在一起的东西也不以为然。整整几个星期,他着迷于一把椅子的四脚,看久了得出结论;椅子四脚没有着地。东西与东西之间,人与人之间,桥梁断裂了;虚空四处漫延,每个创造物分泌着虚空。贾珂梅蒂成为雕塑家,正因为虚空让他十分纠结,他谈及一个小雕像时说:"这就是我,心急火燎地冒雨在街上赶路。"雕塑家们很少塑造自己的半身像,倘

---

① 引自贾珂梅蒂写给马蒂斯的信(1950 年 11 月)。

若试图搞个"艺术家肖像",必须从外部观察自己,如同照一面镜子:他们是客观主义的倡导者。但,请设想一位抒情雕塑家,刻意要表达的,是他内心的情感,是那种裹挟着他、把他从庇护拉出来,抛弃在暴风雨中,即无垠的虚空之中。贾珂梅蒂是雕塑家,因为他背负着虚空,恰似蜗牛背负着硬壳,因为他想表述自身的方方面面和种种维度。有时他觉得跟自己随身携带的小小放逐相处得挺好,有时却感到厌恶。一个朋友来贾珂梅蒂家小住,起先,他觉得挺好,但很快就惴惴不安起来:"清晨,我睁开眼睛,发现朋友的裤子和上装占了我的虚空。"而更多的时候,他紧贴墙壁,擦墙而过;他周围的虚空强烈预示着坠落、崩塌、泥石流。不管怎么说,必须眼见为实。

雕塑将足以为他做见证吗?出自他手指捏制的塑像处在十步乃至二十步之遥,不管你们怎么挪动,塑像待着不动。其本身就让人有距离感,决定着观众欣赏时必须保持的距离,正如宫廷礼仪决定着在晋见国王时所必须遵循的距离。现实造成周边的真空地带。贾珂梅蒂的一个雕像就是他自己出产的一个小小的局部虚无。然而,所有这些虚无缥缈的东西就像我们的名字、影子那样属于我们,不足以创造一片天地。还有所谓的"虚空",是世界万物互相之间的距离。街道是虚空的,哪怕有太阳,在这样的虚空中一个人物突然出现。雕塑从"实"出发创造出"虚":也许展现从先前"虚"中突然出现的"实"吧?对这个问题,贾珂梅蒂无数次试图回答。他的作品《笼子》[即《木头笼子》(1950—1951)]符合他的愿望:"废弃底座,取得一个有限的空间,去实现一个头部和一个脸形的创作愿望。"这就是全部问题之所在:虚空先于布满空间的实体而存在,远古以来一直如此,除非首先将其固匦而箍。这只《笼子》就是"我所见过的一个房间,甚至看到那个女人身后的窗帘……"有一次,他创作了"一个小雕像,这个雕像置于一个盒子里,而盒子居于两个代表房子的盒子之间。"总之,他把自己的人物框起来,对我们而言,这些人物跟我们保持一种想象的距离,但他们生活在一个封闭的空间里,其自身的空间又强加给了他们,在一个预制真空中,而他们又不能把虚空充实,只能承受虚空却不能创造虚空。这种镶以框子和装有居户的虚空,如果不是画作,那是什么?

贾珂梅蒂雕塑时是抒情的,绘画时则是客观的:他千方百计把安妮特或迪埃哥①的相貌特征固定在一间空房里或他那间空空如也的画室里。我曾在别处试图揭示他以画家的审美来把握雕塑,因为他处理一尊石膏塑像时,恰似绘画中的一个人物:"他竟敢首创面对远距离看到的人直接雕塑。他赋予石膏塑像一种绝对的距离感,恰似画家对待自己布画中的人物。"所以,他赋予小雕小塑的人物像一种意象的固定距离感。反之亦然,我可以说他以雕塑家的审美来创作绘画,因为他希望我们对由框架限定的空间看作真正的虚空。比如,他刚画好坐着的女人,便要求我们透过虚空中的一层层厚度去领会这幅画。他很想让我们明白布画犹如一潭死水,而画中的人物却是清晰透明的,就像兰波在一片湖中看见一间客厅:清澈透晰。贾珂梅蒂像别人绘画那样从事雕塑又像别人雕塑那样从事绘画,他是画家吗?还是雕塑家呢?既非画家也非雕塑家,但又是画家也是雕塑家。既是画家又是雕塑家,因为时代不允许他既是雕塑家又是建筑师:雕塑家是为每个人绘制循环不休的孤独,而画家却把人与物重新置于世界之中,就是说置丁无处不在的虚空中,他偶尔塑造先前想作画的原型,比如《九人群像》(1950):"去年秋天,我特别想把九人群像画出来。"不过,有些时候,他清楚只有雕塑,或在其他情况下,只有绘画,才能使他"认知

---

① 安妮特是贾珂梅蒂的终生女友,迪埃哥是他的胞弟。

自己的印象"。无论怎么说,两者是不可分割和互为补充的活动,使他能从各个方面去处理他与别人关系,无论根据距离的本源,归咎于他人,还是怪罪于他本人,抑或起因于宇宙。

怎么绘画虚空呢?在贾珂梅蒂之前,好像没有人尝试过。五百年以来,画作爆满充斥画布,强行将宇宙包揽无遗。他,贾珂梅蒂却开始将世界从其布画中驱逐出去,比如画他的兄弟迪埃哥,孤零零落魄在飞机棚里,这已足够了,还需要把这个人物与周围的一切区别开来吗?通常是以突显其边线来实现的。但一条直线则由两个平面相切而产生,而虚空不可能视为平面,更不可能当作容积。人们用一条直线把容器与容量分开,但虚空不是一种容量。难道可以说迪埃哥是从背后的隔板"脱颖而出"的吗?不,"前后背景"的关系只在表面相对平展时才存在,除非迪埃哥靠在隔板上,否则远处的隔板不能为他"充做背景"。一言以蔽之,他与隔板毫无关联。抑或不如说,是有关联的:既然人与物都在同一幅画作中,怎么说也得有某些相配的关系吧,诸如色彩、浓淡色度、尺寸格局等,以便赋予布画有整体感。然而,这些联系同时又被介于两者之间的虚空抹掉了。其实不是这样的,迪埃哥并不是从背后灰色的墙壁"脱颖而出":他归他,墙归墙,不搭界,仅此而已。没有任何东西围绕他、支撑他、容纳他:他孑然一身于虚空的大框里。贾珂梅蒂的每幅画都把我们带回 ex nihilo(从无开始的)创作时刻,每幅画都不断重复这样一个古老的形而上问题:为什么画中总有点什么而不是什么都没有呢?总是有点东西吧,非有不可的、无法辩解的、加得多余的幻象。出来的人物会引起幻觉,因为是以一种令人疑惑的幻象呈现的。

那么怎么把人物描绘到画布上而不用线条勾勒轮廓呢？难道不会像深水区的一条鱼那样一旦浮上水面就在空旷中活蹦乱跳吗？恰恰不会：线条象征着一种被制止的流逝，代表外在与内在的一种平衡，将自身依附在某种形式的周围，而这种形式则是对象在外部力量的压力下所采用的，因此直线条是惰力和被动的象征。然而，贾珂梅蒂不把限度当作一种承受的限制，他认为实在的内聚力及其丰满性和确定性只是一种认可的内力唯一的、相同的效应"幻象"在肯定自身和限定自身的同时定位自身，恰似数学家们研究的那些奇特的曲线，既是包围线又是被包围线，艺术对象好像在作茧自缚。

有一天，贾珂梅蒂着手给我画素描，突然惊呼："多么有密实度哇！多么强的力度线条哇！"我比他更为惊讶，因为我以为自己的脸相当松弛，跟平常人一样的。但在他看来，我脸上的每根线条都好像有一种向心力。面貌回归自身，这叫翻倒飞筋斗——转了一圈回到起点。围着打转，永远找不到轮廓，只找得到实，却找不到虚。线条是否定的开端，是从实有到虚无的摆渡。贾珂梅蒂坚持认为，现实是纯粹实证性的，是实实在在的，但会突然之间化为乌有，所以从实在到虚无任何过渡都是不可想象的。请观察他所勾勒各种各样的脸部轮廓都处在他所描绘的形式内部，请瞧瞧它们如何实现实在与自身的内在关系：一件上衣的褶皱，一张面孔的皱纹，一块肌肉的凸出，一个动态的方位，等等。所有这些线条都是向心的，力求使两者的关系更加紧密，迫使观者的视线伴随其走向，最后到达人物之中心。看起来，面容好像受到收敛药剂作用而收缩，但过不了几分钟，就会变得像拳头那么大，活像一个萎缩的头颅。

然而，躯体的轮廓界线没有一处标出来；时而，肉团团厚重得失去形态，某个部位强有力的线条紊乱状态下，被模糊的褐色圈环弄得让人难以觉察,让人捉摸不透;时而,严格地说,没有边界,手臂或臀部的轮廓迷失在令人眼花缭乱的光线中,不留下痕迹。不预先告知就向我们展示一种令人突兀的湮没现象:瞧,一位男子跷着二郎腿,但我只要看着他的脸庞和胸部,便确信他还有下肢,甚至以为看见他的双脚了。可是,假如我真注视他的双脚,那它们就散成丝缕,消逝在明亮的雾霭中,我再也弄不清楚,虚空何处发端,躯体何处告终。请别以为这与马松①某幅裂变画是一回事儿。马松企图把对象物质裂变得支离破碎遍及整个画面,使人产生一种神明无所不在的感受。贾珂梅蒂之所以不把皮鞋的边线画出来,不是因为他认为皮鞋没有边沿,而是他指望我们去给他补出一根边线。事实上,那些皮鞋摆着哪,又沉重又密实。想看它们,不必观其全貌。要了解这一艺术手段,只需仔细观看贾珂梅蒂有时把他的雕塑改画为草图就行:

一个基座上四个女人,妙极了。不妨打量一下画面吧:瞧,头部和脖子,是粗线条勾勒的,接下来空白,再下来还是空白,然后一条张开的弧线,环绕一个点,即是肚皮加上肚脐眼;再往下是一段残腿,然后是空白,接下来是两根垂直线条,再往下还有另外两条。这样,整个草图就齐全了。一个完整的女人。

我们是怎样识别的呢?我们运用了自己的知识,得以重建女人体型的连续性;运用自己的眼睛,得以把不相交的部位连接成完整的躯体;我们仿佛看见白纸上有肩膀和胳膊,我们所谓"看见",因为识出头部和肚皮及四肢肯定在,不错,尽管没有用线条画出来。正是这样,我们有时候构思清晰而完整的概念,并没有用词语表达出来。躯体是其两端之间流动的物体。我们面对的是纯现

---

① 安德烈·马松(1896—1987),法国画家,雕塑家,装潢师,参见本集《马松》。

实,白纸上看不出来的张力。然而,虚空呢?难道也用纸的白色来表现的吗?正是如此嘛。贾珂梅蒂不仅排除物质材料的惰力,而且摒弃纯虚无的惰力。虚,即是松散了的实、铺展了的实;而实,则是定了方位的虚。因此,现实得以显扬闪烁。

请注意密布在人物胸膛和脸部的大量白色条纹。瞧,这幅迪埃哥上身像并不是细密缝制在画布上的,用女裁缝们的话来说,只不过是粗缝试样而已。抑或,会不会是贾珂梅蒂执意"在黑的底色上明亮写意"呢?差不多吧。问题不再是把实从虚中分离,而在于描绘虚与实的整体。然而虚与实的整体既有一体性又有多样性,那么怎样将其区别而不分割呢?黑色线条是危险的,因为有可能把"实在"一笔勾掉,或生硬割裂。假如使用黑色线条勾勒一只眼睛、缲边一张嘴巴,我们将不得不认为"实在"的内部存在虚空瘘管。这些白色条纹明摆的,无形地勾画出来,吸引着观者的视线,强引着视线的走向,并在观者的凝视下冰释消融。而真正的危险在别处。众所周知,阿奇姆博多①是靠画成堆的蔬菜和乱堆的死鱼成名的。那种花招特技究竟靠什么讨好我们呢?难道不是因为我们对其手段一向很熟悉吗?但要是我们的画家们以自己的方法都像阿奇姆博多那样作画呢?说真的,他们根本不屑于用一个南瓜、一些西红柿和红皮白萝卜拼凑一个人头。但他们难道不是日复一日依旧用一双眼睛、一个鼻子、两只耳朵和三十二颗牙吗?区别在哪里?取一块球状红肉,在上面挖两个洞,往每个洞塞进一个珐琅弹球,再塑造一个长鼻子嵌入肉球里,像个假鼻子夹在两个眼球下面,然后挖第三个洞

---

① 朱塞佩·阿奇姆博多(1526/1527—1593),十六世纪意大利米兰画家。

权充大嘴,往里塞进一些白色卵石,如此这般,岂不是以混杂物协调拼凑来替代人脸不可分离的整体吗?虚空无孔不入,无处不在:于眼球与眼睑之隔,于上唇与下唇之间,于两个鼻孔之中。一个人头简直成了一个小群岛啦。人们会说,这种奇怪的组合是符合现实的,眼科医生可以从眼眶挖出眼球,牙科医生可以拔牙齿,是吧?也许吧。但,应当画什么?画的是什么?我们见到什么?我窗下的栗树,有些人把它画成一个硕大的球,浑然一体的,浑圆颤巍巍的;另一些人则专画栗树叶子,一片又一片,连同叶脉,一应俱全。难道我看到的是一团叶子茂盛的东西或大量茂密的叶子?一些叶子或一片叶丛?确实,两者兼而有之,我的视线则在两者之间不断转移。这么些叶子,看全了吗?没有,没有看齐,我以为视线盯住它们了,却突然迷失了。叶丛,正当我可以把握时,却解体了。总之,我所看到的是一种麇集似的凝聚,一种撤退似的散乱。好吧,就让人家画出来吧!

然而,贾珂梅蒂执意画其所见,正如其所见,执意让他的人物待在静止的布画原来的虚空中,不断游移于续续断断之间。他刻意让人头独处,独占至高,由躯体连接,不再成为腹部的潜望镜,就像有人把欧洲说成是亚洲的半岛。眼睛、鼻子、嘴巴,他存心将它们变成一片叶丛中的叶子,既分散又融汇在整体之中。他成功了。这就是他的重大胜利。怎么讲?不求精确,但凭感觉。问题不在于画得模糊不清,完全相反,他想揭示在认识不确切的情况下,"实在"具有一种完美的精确。对画家们自身而言,对其他富有较高鉴赏力的人而言,对完美无缺的人们而言,贾珂梅蒂的人物相貌绝对符合个性化原则,直至最微小的细微都是确定无疑的。对此,我们一眼就看得出来,反正,一眼就认出迪埃哥和安妮特。如有必要,仅此一点足以洗刷对贾珂梅蒂犯有主观主义的谴责。但我们凝视这类布画的同时,不能不产生苦恼:我们情不自禁地急切找一支手电筒或随手拿一根蜡烛,是因为傍晚浓雾笼罩,抑或我们的双眼过于疲劳?迪埃哥是低垂眼帘,还是扬起眼皮?是打瞌睡,还是在做梦?抑或在窥视?这些问题,当然有时在大型的粗劣画展上,不免令人感到疑惑,面对某幅蹩脚肖像,画得如此莫名其妙,各种反应都有可能,非此即彼的答案却没有。

然而,这种笨拙的不确定性与贾珂梅蒂胸有成竹的不确定性毫无共同之处,况且后者称之为超确定性更好些,难道不对吗?我回过身看迪埃哥肖像,发现他时而入睡,时而醒来,时而仰望天空,时而双眼盯着我,不断交替,非此即彼。一切千真万确,显而易见,但我若是稍微偏斜一下脑袋,变换一下视角,那么明摆着的现实就变成另外的样子了。假如我苦思冥想久了,要得出一个看法,只好即刻放弃,去找别的办法为好。再说啦,我的看法靠不住,多半不确定:比如,每当从一片火光中、从一摊墨迹中,从帷幔的装饰花纹中,我发现一张脸庞,这张突然出现的脸形就会抽紧变窄,冲我紧逼过来,但尽管我不能以其他方式看它,但心里明白与其他人所见大不相同。可是,火光中的脸庞不真实:贾珂梅蒂的画作之所以让我们恼火,同时之所以让我们着迷,正是因为有一种真实性,我们对此深信不疑。真实性明摆着,就在鼻子底下,只要寻找就行。但,我的目光变得迟钝,我的眼睛疲惫不堪:我放弃了。据我初步了解,贾珂梅蒂缠住我们,因为他把问题的论据颠倒了。

这令我想起安格尔的一幅画①,我若凝视东方姬妾的鼻尖,小

---

① 暗指安格尔(1780—1867)的名画《东方姬妾》(1814),即《侧卧的东方姬妾》,古代土耳其皇帝后宫中的姬妾或女奴。

脸的其余部分变得模糊,呈粉红奶油色,双唇娇嫩透红,假如我把目光转向她的双唇,即刻双唇便从阴影中浮现,湿润蠕动,微微张开,而鼻子就消失了,被未分化的底色所吞没。没关系嘛,我知道可以随意将其召回,不必担心。

然而,看贾珂梅蒂的作品,我的感觉完全相反:为了某个细部让我感到清晰和放心,我必须和只需不把注意力放在明确对象上;令我感到可信的,则是用眼角睨视到的。迪埃哥的眼睛,我越看越糊涂,但他那凹陷的腮帮,倒让我猜懂几分,进而发现唇角露出的怪怪的微笑。当我追求踏实感的倒霉情趣迫使我的目光移到嘴巴时,一切转瞬即逝了。嘴巴怎么样?冷峻的?苦楚的?嘲讽的?张开的?紧闭的?眼睛,相反,几乎越出我的视线之外,我这才知道自己的眼睛是半闭着的。尽管被这张幻影般的脸庞所困扰:不断背着我,时而成形,时而变形又成形,但没有任何东西可以阻止我继续转动眼睛,上下求索。难能可贵的是,依然令人相信,就像相信幻觉,因为起先,幻觉跟你擦肩而过,猛回头,什么也没有了,可是再转身,另一边,恰恰又……

这些新奇别致的人物超凡脱俗,经常完全透明可见,实实在在,就像一拳头打出去那样真切确凿,令人难忘,他们是显身般的幻象,还是隐身般的失踪?抑或两者兼而有之。有时,他们看上去太模糊不清了,甚至不想去弄清楚他们的面目,但总是逼迫自己探求他们是否真的存在。一旦执着地密切观察,整个画作便开始活起来,仿佛深暗的海潮在他们身上滚滚覆盖,只露出铺满油污的表层,等到海潮退去,他们再现时,白条条形神毕现,水淋淋熠熠闪光。但,当他们一旦再现,那就是锋芒毕露,咄咄逼人,酷像受压抑的呼喊憋屈到山顶突然释放,听到这样的呼喊,众所周知,必定是求救的疾呼或痛苦的呼唤。这种显现和隐蔽的交替、逃避和挑逗的更迭,赋予他们某种卖弄风情的神情。他们使我想起伽拉忒亚①逃到柳树林里躲避她的情人,同时又想让情人看得见她。卖弄风情,是的,妩媚可亲,因为她们完全处在动态;阴沉可怖,皆因受到虚空的包围。这些虚无的人物获得存在的实体,正因为他们躲躲闪闪,把我们蒙住了。一个魔术师每晚演出拥有三百个同谋:观众以及他们的第二性。他把套入美丽的鲜红长袖里的一条木头胳膊固定在自己的肩上,观众期待相同的布袖里有两条胳膊,当看到两条胳膊、两条布袖,便高兴了,就在这当口儿,一条裹着黑布的真胳膊,从遮人耳目的暗处伸了出来,拿着一只兔子、一张扑克牌、一支点燃的香烟。贾珂梅蒂的艺术与魔术师的技艺相像,我们受他糊弄,成为他的同谋。倘若我们不抱急切的热望,不那么冒失的挺进,没有感官的习惯错觉和感知的种种矛盾,贾珂梅蒂就不可能使他的人物肖像栩栩如生。他根据判断进行创作,根据他的见闻,尤其把他想象我们的看法作为依据。他的意图不是向我推荐一幅形象,而是出产偶像,这些偶像在表现自身的同时,唤醒我们通常与现实人物相遇时所激起的情感和态度。

在格雷万博物馆②,参观者很可能因为错把一个蜡制卫士当作看守而发火或惊吓。关于这个主题,渲染一些极品闹剧再也容易不过了。但,贾珂梅蒂却不特别喜欢闹剧。有一次例外。唯一次的例外,却让他奉献了毕生。他早就懂得艺术家有赖于想象物,明知自己只不过创造骗眼画而已,深知"艺术的鬼上当"永远只会引起观众的假恐惧。然而,他没有失去希望,总有一天,他会

---

① 希腊神话中海神涅柔斯和多里斯的女儿们涅瑞伊得斯之一,她们共有约五十或一百名,居住在各类水域(海水或淡水),是大慈大悲的化身。
② 格雷万博物馆,又称蜡像馆,创建于一八八二年,位于巴黎蒙马特大街。

给我们出示一幅迪埃哥的肖像,表面上与其他肖像一式一样。但我们会预料到、猜想到那只不过是幻影,一个虚浮的幻觉,囚禁在他的画框中罢了。然而就在那一天,我们将在缄默的布画面前为之一震,将感受到一次微微的休克,就像晚间回家,面对一个陌生人在黑夜里向我们走来所感受到的那种震惊。于是,贾珂梅蒂得知通过自己的绘画孕育出一种真正的激情,他创造的偶像,尽管依然都是幻象,却时不时具有真正叫人动情的力量。我预祝他不久成功上演这出令人难忘的闹剧。假如他成功不了,那就谁也不可能获得成功。不管怎么说,没有人能比他走得更远。

原载《现代》第103号一九五四年六月刊

译自《处境种种》第四卷

绝对之探求

贾珂梅蒂有一张诺亚大洪水时代的面孔,不需凝视多久就可猜出他的自尊和意志,纯属开天辟地初期那一类。他不在乎大写的文化,不相信大写的进步,至少不信大写美术的进步,不认为自己比被选定的同代人更"先进",不比埃齐洞窟人①、阿尔塔米拉洞窟人②更高明,尚处在自然和世人的青春初始期,美与丑、审美力、有情趣的人、批评等尚未存在:一切有待建立,第一次有人想到把人凿刻在一方岩石上。人的模型就这样产生了。不管独夫、将军、健将都还不具备让未来的雕刻家们着迷的那种庄重和装饰,那只是个修长的外形,行走在地平线上,难以识别。但已经看得出他的动势不像物体的挪动,出他的动作就像人的原始动作,恰如在空中勾画出一个轻描淡写的未来。应当从结果去理解:采摘浆果,披斩荆棘,而不应从原因去领会。人的动势是不可分割的、固化的。我可以从树上折断正在摇曳的一根树枝,而决不能从人身上折断正在举起的一条胳膊,或正在握紧的一个拳头。雕塑《男人》中的男人举起手臂,攥紧拳头,他是不可分解的整体,又是自身动势的绝对起源。总之,人是符号的巫师:符号在头发里根植,在眼睛里

---

① 埃齐洞窟,以史前旧石器时代绘画和雕刻闻名的法国多尔多涅洞窟。
② 阿尔塔米拉洞窟,以史前绘画和雕刻闻名的西班牙洞窟,石灰石岩洞中至今保存着人工制品。

闪烁,在嘴唇间跳舞,在十指尖栖息;人浑身上下都在说话,奔跑时在说话,停步时在说话,睡着时睡眠就是话语。

现在请看塑像的物料儿:一方岩石只不过是空间的结块。因此,面对空间,贾珂梅蒂必须把结块塑造成一个人物,必须在完全静止的结块中铭刻动势,勾画无限增殖中的一致性、纯粹相对中的绝对、永恒现时中的未来、物体刻板沉静中的花哨符号。物料儿和模特儿之间的差距,然而这个差距,只不过由贾珂梅蒂测定之后才存在。我不知道是否应当将其视为执意把人的印记强加于空间的一个世人,抑或正在梦想人间的一块岩石,抑或更确切说既是一个世人也是一块岩石,以及两者之间的中介。这位雕塑家激情洋溢,把自己完全融入所塑造的形体中,以至人物的整体形象从广延性的尽头喷薄而出。对石头的思索在他脑海萦绕,有一次他突然对虚空产生恐惧。几个月中,他来去走动时,总感到有深渊伴随左右,形影不离,那正是他的才思不幸枯竭时空间在其生理上的反应。另有一次,他突然觉得灰暗和死静的物体并不触及地面,自个儿仿佛生活在飘浮的宇宙中,带着切肤之痛领悟到、甚至像殉道者那样体会到,在广延中没有高与低、在物体间没有实际接触,但同时,他很清楚一个雕塑家的使命是在无限广阔的群岛上凿出人物的单独形象,即足以触动人类其他生命唯一的形象。我不认识任何人像他对人脸和手势的魅力有那么强烈的感受:贾珂梅蒂以渴望的眼神热切注视它们,好像来自另一个王国。但也有懒得坚持的时候,他试着将其同胞矿物化,于是眼前出现成群结队向他盲目蜂拥而来,像泥石流在林荫大道上滚滚奔涌。就这样,每一次强迫性纠结都成为他的一次创作,一个经验,一种体验空间的方式。

"他肯定发疯了,"人们会这么说,"雕刻已有三千年历史,一帆风顺,也没闹出那么多麻烦事呀。为什么他不按照经过千锤百炼的技巧去努力完成无懈可击的作品,而硬要装作无视前辈呢?"

因为三千年来,雕塑出来的只不过一些尸体而已:时而有人称之为死者卧像,将其横在墓石上,时而有人将其安置在象牙椅①或马背上,然而,一个坐在死马背上的死人,甚至顶不上半个活人。博物馆里这么一大群人,一个个僵硬刻板,两眼发白,双臂硬摆出动弹的样子,其实是飘浮的,靠铁杆支撑上下两端:这些凝结的轮廓几乎难以包容无穷的散乱。观众受粗劣相似性的迷惑,以为雕像是有活动、有热量、有生命的,只是不断在减退罢了,因为必须从零重新开始。

三千年之后,贾珂梅蒂以及同代雕塑家们的使命不是要以新作给画廊锦上添花,而是要证明雕塑可能有所突破。用雕塑以资证明,就像第欧根尼②以"走"证明"动",来反对巴门尼德③和芝诺④所谓"走"也是"静"而"不动",必须走到极限方可看清能做什么。假如事业最后的结局很糟糕,即便在最顺当的情况下,也不可

---

① 古罗马高级行政长官的象牙椅。
② 第欧根尼(约公元前404—约前303),古希腊犬儒学派哲学家,认为除了自然的需要必须满足外,其他任何东西,包括社会生活和文化生活,都是不自然的,无足轻重的。
③ 巴门尼德(约公元前6世纪末—约前5世纪中叶),古希腊埃利亚学派唯心主义哲学主将。反对赫拉克利特的辩证法思想,认为"有"或"存在"是单一的、有限的、不变的和不可分割的,"存在"和思维是同一的,千变万化的世界只是凡人的虚幻"意见"或假象,亦即"无"或"不存在"。"感觉"绝对不可靠,唯有理性才能认识存在。著有诗集《论自然》等。
④ 芝诺(约公元前490—约前425),古希腊唯心主义哲学家,埃利亚学派主要代表之一。以所谓芝诺悖论闻名于世:它以诡辩方法揭露"多"的概念中包含着有限和无限的矛盾,"动"的概念中包含着间断性和不间断性的矛盾。如他曾提出"飞矢不动",认为一支飞箭在一定时间经过许多点,但在每一点上它都必然停留在那一点上,因此是静止的,把许多静止的点集合起来,仍然是静止的,即同时在这一点,又不在这一点上,故而是矛盾的,不可能的。芝诺这种悖论是完全形而上学的。

能裁定这是否意味着雕塑家的失败或雕塑作品的失败,会有其他雕塑家前赴后继。贾珂梅蒂本人就不断重新开始。问题并不在于永无止境的进步,但要有个固定的终结,一个必须解决的单一问题:怎样把石料雕出一个生气勃勃的人呢?要么获得满堂彩,要么遭遇喝倒彩,两者必居其一,如果问题得以解决,雕像的数量倒无关紧要。贾珂梅蒂说:

"只要我做出一个像样的雕像,就能做出一个个……"只要他做不出来,就根本谈不上什么雕像,只能算个粗坯,况且要接近达标的砍凿坯,这才引起他的兴趣。否则统统砸烂,还得重新开始。时不时他的朋友们设法从他屠杀的雕像拯救出一个头像,一尊少妇或一名翩翩少年。十五年内,他没有举办过一次展览。终于动心于办展览了,因为不得不赚钱过日子呀,但依然忧心忡忡,于是立下字据,以示歉意:

"在下主要受贫困恐怖胁迫才让拙雕如此这般献丑(青铜雕像并附照片),心里没有十分把握,但毕竟稍符本人意图,接近罢了。"

使他感到为难的是,这些雕像雏形变幻不定,始终处于虚无与实有之间,始终处于改变、完善、毁灭和重建过程之中,却开始单独而扎实地存在于世了,并远离他而闯出一片社会生涯。于是,他把它们置之脑后。这种生命的奇妙统一性,在于他寸步不让地对绝对之探求。

这位性急而执拗的劳动者不喜欢石料的强度,难以驾驭,从而拉慢他的工作进度。于是,他选择了一种质地轻便的材料,最可延展的、最易变质的、最为机敏的物料:熟石膏。贾珂梅蒂的手指尖几乎感觉不到它的重量:正是其动作不可触知的反面。

在他的工作室里,人们首先看到的,是一些奇怪的干草人,满身凝结着白色的硬壳,外面缠着红棕色细绳。他的冒险,他的思绪,他的欲望以及梦想一时间投射到石膏草人上,赋予它们一种形体,之后,形体融入石膏草人,变成塑像。每一个晦涩难解的作品永远处在变形之中,恰似贾珂梅蒂本人的生命被破译成另一种语言。

马约尔①的雕像大作傲慢放肆地映入观众的眼帘,以示其庄重的永恒。但石雕的永恒却是呆滞无神的同义词、永远凝固的现在时。贾珂梅蒂从来不讲永恒,也从未想过永恒。一天,我听他讲起刚毁掉的一些雕像,觉得很妙,他说:"我很高兴,做成之后只存在几个小时就给毁掉了。"几个小时,短暂得如同一次天色破晓,如同一阵痛心感伤,如同一场昙花一现。确实,他的雕塑人物,注定在诞生的当晚就得死亡,唯其如此,方可保留,据我所知,在他所有雕塑作品中,富有出奇魅力的,恰恰好像都是不耐久的。而制作材料无所谓永久不永久,越脆弱易损,越接近人类。贾珂梅蒂使用的物料是奇特的细粉,引起浮尘飘落,慢慢布满他的工作室,侵入他双手的指甲缝和脸上的深皱纹里,那简直是粉尘空间。

然而,即使裸露光秃,依然不胜丰足。贾珂梅蒂厌恶无限。不是帕斯卡尔式的无限,也不是无限的博大,而是另一种无限,渗透他手指的无限,更为隐蔽、更为神秘的无限,即可分性的无限。正如贾珂梅蒂所说:"空间里存在太多的可分性。"这种太多,便是相互独立部分的无条件共处。大多数雕塑家禁不住被这种无限欺骗

---

① 阿里斯蒂德·马约尔(1861—1944),法国二十世纪雕塑先驱之一,主张保存古典和净化古典,重归古典主义。雕塑主题几乎是排他性的,主要塑造单独女子雕像:站、坐、倚等各种形态,通常是静止的。《地中海人》(1901)和《夜》(1902),均为女子裸体坐像,厚实而优美地在空间形成弯曲的容积。但他创造了一种颇有动势的运动艺术,如《带枷锁的行动》(1906),《河》(1939—1943)等。

了,他们把广延性的扩散与慷慨施予混为一谈,过多地将其搬进自己的作品,比如热衷于大理石侧面丰腴的曲线,去铺展、充实、松弛人物的姿势。贾珂梅蒂知道一个活生生的人身上没有任何多余的东西,因为一切都有功能;他还知道空间是"实在"的一个肿瘤,吞噬一切;对他而言,雕塑就是给空间减肥,就是压缩空间,从整个空间外在性提取精要。这种企图好像十分令人失望,我以为贾珂梅蒂本人就有两三次濒临绝望。假如雕塑必须在这种不可压缩的媒介体进行雕琢和连缀,那么雕塑作品就不可能完成。他说:"然而,我开始做自己的雕像,跟别人一样,从鼻子开始,心想到达鼻孔,不见得需要没完没了的时间吧。"就在这个时刻,他茅塞顿开,有所发现了。

瞧,基座上的伽倪墨得斯①!假如您问我,他与我隔开的距离,我会对您说听不懂您说什么。您所谓"伽倪墨得斯"就是被朱庇特的老鹰攫走的翩翩少年吗?若是如此,我会说,他与我之间没有任何距离的现实关系,理由是他根本不存在。相反,您指的是雕塑家按童子的形象塑造的大理石雕像,是吗?那么,这关系到一件实在的东西,一块现实存在的矿石,那我们就可以估量啦。对这一切,画家们早已心知肚明,因为在图画中第三维空间的虚构,势必带动其他二维空间的虚构。这样,在我眼里的人物距离是想象的。我若向前,就接近布画,并没有接近画中人物。我即使把鼻子贴到布画上,看到的人物与二十步外也没有区别,因为距我二十步时画

---

① 伽倪墨得斯,系达耳达尼亚国王的儿子,因少年美貌,被神祇拐走,成为宙斯的酒僮。又传宙斯亲自化作一只鹰把他攫走。这则神话常当作艺术作品的题材:一个翩翩少年,手持酒杯,诸如列奥哈尔、米开朗琪罗、提香、柯勒乔、伦勃朗、托尔瓦尔德森等人雕塑和绘画作品。

中人物已一劳永逸进入我脑海了。如此说来,绘画摆脱了芝诺所谓有限与无限的矛盾了:即使我把圣母玛利亚的脚和圣约瑟的脚之间的空间劈成两片,两片中的一片再分割两片,如此类推,以至无穷。我偏把布画的一定长度进行这般分隔,而不去分隔支撑圣母玛利亚及其丈夫的大理石铺面。雕塑家们认识不到这些基本事实,因为他们在一块实打实的大理石上进行三维空间的创作,尽管他们的艺术产品是虚构的人物,但他们自以为是在一个真实的广延层面创造出来的。现实空间与虚构空间混杂产生了奇特的后果:首先,雕塑家们面对原型,比如处于十步之遥的模特儿,并没有将其所见复制出来,而是把模特儿本身用黏土形象地塑造出来。由于他们确实希望塑造的雕像能让站在十步之遥的观者获得自己面对模特儿所感受的印象,所以他们觉得合乎逻辑的是给观众看的形体便是雕塑家们自己面对的模特儿。这只能有一种可能性:"这边(自在)的大理石雕像与那边(外在)的模特儿如出一辙。"那么,什么叫处于这边(自在)和那边(外在)呢?我处于十步之遥,从这位裸体女人取得某种形象,但要是走近她,凑近瞧她,就认不出她了:但见她满身凹凸不平,坑道纵横,裂纹条条,黑毛糙糙,其线路油腻发亮,通体活像月球上的山峦,决不可能是我在远处所欣赏到的那种光滑肌肤和青春活力。难道这就是雕塑家必须模仿的吗?这样的话,就没完没了,再说啦,不管离多远,总还能靠得更近吧。由此,塑像既不真正与原型相像,也不与雕塑家眼中的模特儿相同,而是根据某些相当矛盾的惯例筑成的,所谓约定俗成,系指表现某些细部,推说它们是存在的,尽管远处看不清楚,而故意忽略的某些其他细部,推说没有看见,尽管它们是存在的。这说明什么呢?莫非依托观者的视点来重建可接受的相貌?倘若如此,我与伽倪墨得斯雕像之间的关系就要根据我的方位变化而变化:

我若靠近,将会发现处在远处发现不了的细部。从而我们被引向这样的悖论①:要么我与一个幻象发生了真实的关系,要么我与大理石雕像的真实距离和我与伽倪墨得斯的虚构距离混淆了,没准儿人们更乐意接受后者呢。结果,真实空间的属性覆盖和掩饰虚构空间的属性:特别是,大理石的现实可分性破坏了人物的不可分性。旗开得胜者则是石头和芝诺。

因此,传统雕塑家便陷入教条主义,因为他以为可以排除属于自己的眼光,进而按人的特性雕塑人,而不顾一个个具体的人,但实际上,他并不知道做了什么,因为不是按照亲眼所见去雕塑。这样,雕塑家,在寻求真实中遇到的则是常规俗套。归根结底,他推卸责任,让参访者自己去激活毫无生气的幻象,这类绝对之探求者最终将其作品依附于别人爱怎么看就怎么看的相对性。至于观者,要么把虚构当作真实,要么把真实当作虚构,总是寻求不可分性,却到处遇到可分性。

贾珂梅蒂跟传统背道而驰,为雕塑作品恢复虚构而不分部分的空间:从认可相对性入手,终于找到了绝对。正因为他第一个胆敢塑造亲眼所见的人,就是说与人物保持距离。他赋予石膏塑像人物一种绝对距离感,恰似画家与布画人物所保持的那种感觉。他创作了"十步距离""二十步距离"塑像,不管怎么样,以他的塑像现存于世为据。于是他的塑像一下子跃入幻象王国,因为他与观者的关系不再取决于观者与石膏塑像的关系,这样,艺术就解放了。

一尊传统雕塑,首先需要熟悉或接近,一刻不停拼命记住细部,按顺序把每个局部单独记住,然后局部连局部,浑然一体,最后

---

① 即上述芝诺悖论。

反倒弄得晕头转向,什么也记不住了。贾珂梅蒂的雕塑作品则不然,是接近不了的。别指望随着走近,塑像的胸部就绽露清晰,非但一成不变,而且走着走着,令人产生进退失据的怪异感觉。一对乳峰,我们预感到了,猜想到了,即将收入眼帘:再向前走一步或两步,总感到马上触手可及,不料再往前一步,一切化为乌有,但见满胸石膏皱褶。原来观赏这类塑像需要保持适当的距离,豁然一目了然:洁白、溜圆、美丽而成熟的乳房有弹性地微微下垂。一切明了,就是看不清塑像材料。二十步之遥,人们认为看得清清楚楚,却眼不见粗糙得令人生厌的脂肪组织。所以,这里的一切都是暗喻的,勾勒的,意涵的,但不是已知已定的。

现在我们明白,为了压缩空间,贾珂梅蒂使用压榨手段,这种手段只有一种,那便是距离:他把距离搁在手边,信手拈来,就在我们眼皮底下,把一个女塑像展现在远处,即使我们用手指触摸得到,她依然待在远处。隐约所见的,令人期盼的乳房永远不会裸露出来:只是给人一种期盼而已。这样的形体创造充足的素材,只是足以提供一种许诺。有人会说:"这不可能哪,同一个对象决不可能近处和远处同时看成一个模样。"因此,所谓同一个对象,是指近处是石膏块,而远处则是虚构人物。"这么说来,至少必须把距离在三维空间里进行压缩。然而受到压缩的是宽度和厚度,而高度保持原样。"确实如此,但每个人在别人眼里则拥有绝对维度,这也是实情。比如,有人走开,我看不出他在变小,但他的特点长处在聚集,这就他的"风度"留了下来。倘若有人走近,我看不出他在变大,但他的特点长处变得鲜明了。然而必须承认,贾珂梅蒂创造的男男女女,高度比宽度更接近常人,好像他们修长的身躯自动向前倾斜。这是贾珂梅蒂故意把他们拉高的。其实,必须明白这些人物是完整的,一下子冒出来就是这样子,无须记住和细察,一见到就清楚了,他们从我视野里冒出来,就像一个概念从我脑海里油然而生,唯有这样的想法才拥有即时的半透明度,唯有这样的想法才一下子就有完整度。由此,贾珂梅蒂以自己的方式解决了倍数单位化的问题,干脆利索地删繁就简。

石膏或青铜是可分的,但一个走动中的女人具有一种概念和情感上的不可分性,她没有局部可分,因为她一下子就全身投入了。贾珂梅蒂之所以借助于拉长人物,是为了创造一种令人冲动的表达,使人感受到人物纯粹存在、自我献身和瞬间涌现。作品人物的原始动势,这种无限期又不可分的动势,通过又长又细的双腿绝妙地勾画出来,以希腊雕刻的方式贯穿全身,使人物向天空升华。把贾珂梅蒂的人物塑像与伯拉克西特列斯①的竞技者雕像相比,我觉得前者更像有原始冲动的人,更像姿势的绝对源头。贾珂梅蒂善于为他的雕像材料注入名符其实的人体单一性,即行动一致性。

我以为,这就是贾珂梅蒂企图把哥白尼式的革命引入雕塑领域。在他之前,人们相信可以雕塑生物,这种绝对倾覆于无限的表象之中。他却选择了雕塑被确定方位的表象,结果表明人们通过这种被确定方位的表象达到了绝对。他向我们展示的男男女女都是有目共睹,不是他个人见到的。这些已经有目共睹的男女形象就像我们很想学的那种已经普遍流行的外国语。每个男女形象向我们展示的人,是人们所见的人,是别人见到的人,是突然在人与人之间出现的人,而不是我以上所说的那种十步之遥或二十步之遥的人,那是过于简单化了,其实是人与人之间的距离。每个男女

---

① 伯拉克西特列斯(约公元前375—前330),古希腊著名雕塑家,雅典人。原作有《传信使者》(即《赫尔墨斯》),模仿作有《爱神》《羊神》等。

形象向我揭示,人首先不是为了事后被人看而存在,而是人之所以存在,其本质是为了别人而存在。我对石膏塑像的感觉是在她身上发现我自己沮丧的目光,从而产生有趣的尴尬;是她的视线使我不安起来,我感到拘束。但不知道因什么而拘束,受谁拘束,直到发现我是出于迫不得已而细看的:我作茧自缚了。

况且,贾珂梅蒂经常拿我们的尴尬取乐,例如把一个位于远处的头颅安置在近旁的身躯上①,以至于我们不知道待在什么地方观看,简直无所适从。甚至没有这些精心策划,就模棱两可的形象而言,够我们困惑不解了,乃至搅乱了我们最珍惜的视觉习惯:太长久习惯于欣赏光溜缄默的人物形象了,那是专门创造出来的,为了治愈我们每个人因有一个身躯而感到的苦恼。这些家宅的守护神监视我们幼时的游戏,在花园里见证天下太平,人人安康,故而除了生老病死,一切安然无恙。

然而,相比之下,贾珂梅蒂的人物形体有些不同凡响:难道它们从凹面镜反射出来的?从青春之泉冒出来的?抑或从集中营放出来的?一眼看去,还以为是布瓦尔德集中营②骨瘦如柴的殉道者哪,但旋即又改变了看法:精美纤细的人物塑像直摇天空,我们还以为一群耶稣和圣母一起升天哩。他们手舞足蹈,没准儿就是舞姿的状态,用相同的稀世材料塑成,这些享天福的圣身令我们大开眼界。然而,我们还在出神地观看这股神秘冲力时,跃入眼底的则是瘦骨嶙峋的形体正绽放光彩,仿佛满眼都是世间的鲜花。

这位殉道圣女塑像只不过是个普通女人,所谓地地道道的女人,是指隐约被人家注视过,被人家偷偷动过欲念,带着修长女子

---

① 即小头巨身,把距二十步之遥看到的头形安置在近旁看到的硕大身躯上。
② 德国集中营,位于魏玛附近,建于一九三七年,曾关押二十四万人之多,死亡五万人,一九四五年被美军解放。

那种滑稽可笑的尊严,她们肢体不灵便,容易摔跤,好像穿着高跟鞋慵懒地从卧房走到梳洗间;带着灾难性的恐慌,好像被大火熏黑或饥荒饿得发黑的灾民;所谓地地道道的女人,是指特定的女人,被遗弃的,不管跟人亲近或疏远的;所谓地地道道的女人,是指秀色可餐的女人,是指处于世间危险之中又已经不再完全处于世间的女人,她们还活着,给我们讲述令人吃惊的肉欲冒险,其实也是我们大家的冒险。这不,生不逢时遇上了呗,与我们一脉相承。

可是,贾珂梅蒂并不满足。他可能马上赢得这一局,只要下定决心就可拿下。但他下不了决心,一小时又一小时,一天又一天,推延决定。他有时夜里创作,几乎要自认稳操胜券了,却在第二天清晨把成品销毁一干二净。难道他担心胜利的彼岸等待他的烦恼吗?这样的烦恼把黑格尔搞得狼狈不堪,太冒冒失失了结自己的体系:或许雕塑材料从中作祟,或许从自己雕塑作品中驱逐的无限可分性死灰复燃,不断在他与他的目标之间作梗。不过,终极目的明摆着,为了达到目的,尚需加倍努力。只要稍微努力一点点就行,但这位现世阿喀琉斯①永远赶不上乌龟。一个雕塑家,以这样或那样的方式,应当是被上帝选定的空间牺牲品,如果不在他的作品中做出牺牲,那必将在生命中做出牺牲。尤其他与我们之间,毕竟存在着地位的不同。他知道自己想做什么,我们却不知道,但我们知道他做了什么,他自己却不知道:他的人物塑像多半还深藏在自己的肉体里,却见不着它们,因为没等完全塑造成功,就已经在想象中把女人们搞得更瘦、更高、更俏:凭借自己的作品来设计理想人物,以理想的名义来评判自己的作品不完美。他没完没了

---

① 阿喀琉斯,又译阿基里斯,古希腊神话人物,传说中的神行太保,相传他除脚踵外,全身刀枪不入。芝诺曾有悖论:"阿喀琉斯永远追不上乌龟。"由此相传兔子和乌龟赛跑的故事。

追求完美,仅仅因为一个人总要超越自己已有的成就。他说:

"我一旦大功告成,就将写写画画,让自己优哉游哉,聊以卒岁。"

然而,他必将在大功告成前就仙逝啦。我们说得对,还是他说得对?首先,他说得对,因为达·芬奇说过,一个艺术家称心受用决非好事。其次,我们说得也对,而且终极正确。卡夫卡临终前嘱咐把他的书全部烧毁,陀思妥耶夫斯基在生命的最终时刻还梦想写《卡拉玛佐夫兄弟》的续集。也许他们两位临终时心情恶劣,耿耿于怀。前者心想自己尚未见容于世就溜出人间,何苦呀。后者以为未能写出像样的作品,仍需努力。但,他们俩,不管自己怎么想,都已大功告成。

贾珂梅蒂也是如此,其实他自己心知肚明。何必那么枉费心机抓住自己的人物雕塑不放呢,就像吝啬鬼守着隐藏的钱财。他拖延时间,等待时机,施用诀窍,为偷得一点时间,不也是白费力气嘛;别人照样进入他的画室,把他撇到一边,拿走他所有的作品,连同铺满地板的石膏也不留下。他心里清楚,掩盖不住走投无路的神情,但不管心里怎么不乐意,他知道自己成功了,因为他是属于我们大家的。

译自《处境种种》第四卷

没有特权的画家[*]

戈雅①以降,刽子手没有停止过杀戮,善良者也没有停止过抗议。每隔五年或十年就会出现一位画家,把《战争的恶行》(又译《战争的灾难》)重新入画,以现代的军服和武器去迎合时尚。不过成就平平,心中怒火虽然毫无疑问,却总落实不到笔端。

拉普雅德的艺术事迹不同凡响,全属另类。他的创作不在于把艺术固定在为正统思想服务上,而在于拷问绘画的"内在"是否具有批判性、敢于批判、恢复裁断的胆量。拉普雅德以其画笔拓展的绘画为引导,使我们分享临场式绘画,同时显现每个组成部分的内在与外在。"象形"②并不适合用来表现临场式绘画,尤其因为形象把世人的痛苦隐藏在体内:人体消亡,艺术的基质里某种东西则从人体死亡中诞生。瞧瞧,这些被滥施酷刑的受难者、被夷为平地的城市,也有施刑者,各处同时显现。受难者,刽子手:画家描绘了我们的肖像,总之,构成了我们世纪的图像。与此同时,他的艺

---

[*] 一九六一年三月十日至四月五日,巴黎皮埃多麦画廊举办法国艺术家、作家拉普雅德(1921—)画展。萨特为之目录概览作序,后载《媒介》杂志一九六一年第二季度第二册,题为《关于拉普雅德的一次画展:群众云集》。

① 弗朗西斯科·德·戈雅(1746—1828),西班牙画家,艺术家,道德家。其油画《五月二日》以鲜明的色彩描绘战争的恐怖。他大部分蚀刻画也多次表现同样的主题,如版画《战争的灾难》。

② 象形艺术,亦称形象艺术,是与抽象艺术或非形象(象形)相对的。

术对象不再是个体的,也不再是典型的,而是一个时代的怪诞和现实。拉普雅德怎么运用抽象艺术的戒律取得形象艺术从未取得过的成就呢?

自从绘画得以服从油画独自的规则以来,艺术家终能重申创作与审美这一不可超越的基本联系。一幅布画,不管出自何处,美或不美,总可以评说的;在画布上乱涂,终成了油画,涂鸦而已,定睛一看,一片锅垢似的涂沫。美甚至不是艺术的目的,而是艺术的肉和血,是艺术自身存在。是的,大家始终这么说,硬说了然于胸。其实不然,这种纯粹的基本考量,于世纪之初,被炼丹术士之梦想弄模糊了,被创造一种真实的绝对欲弄扭曲了,却在抽象艺术之中重新发现了自身原本的纯粹。于是乎老毛病又犯了,"为艺术而艺术"死灰复燃,愚蠢之极!因为,想搞艺术,或想搞大写的艺术,一言以蔽之,不是任何人想搞艺术就搞得起来的。拉普雅德绘画并不奢望在画布上增添几厘米审美的面积,而是从其艺术的动势本身发现动机、主题、顽念、宗旨:当视觉造型的世界消融束缚它的象形时,难道为继续存在还有什么要求可提的吗?这里我们看到的全部作品,已经不必追本溯源,这是我们必须明白的。《广岛》①就是受大写的艺术诉求而大功告成的。

此画必须震撼人心。很久以来,政治家们习惯要求艺术家尽微薄之力。一些佩戴勋章的变节者久已反复证明,一旦他们想使绘画屈服于旁门左道,绘画旋即消亡。事实上,迄今为止,当人们千方百计揭示一部分人对另一部分人作恶多端时,人们立即会面临不愉快的抉择:要么不顾道德背弃绘画,要么,不管怎样,作品是

---

① 拉普雅德的代表作,表现反战题材,即第二次世界大战末期的广岛。

美的，就为了美而背弃世人的愤怒和苦楚。反正，两者都是背弃。

　　崇高的感情倾向于学院派①：假如有人想向公众传播一种正当的义愤，首先公众必须了解内容，从而对艺术的忧虑必将从属于虚假的安全感。生动活泼的美总是处于建构过程中，为了不受探索而迷失方向，人们总是选择无生命的美，比如采纳最易看得懂的画法，那必然是古典风格，已是约定俗成。至于展示酷刑，断臂残腿、血肉横飞的尸体，或还活着的躯体，但挨过车轮刑、钳烙刑、火烤刑，不错有人尝试绘制过，但我以为他们不会重蹈覆辙了。事实上，艺术家们在激活视觉习惯的同时，竭力向我们展示令人不安的现实模拟，促使我们做出反应，让我们好像身临其境地体验恐怖、愤怒，尤其让我们设身处地怀有同情心，切身感受别人的伤痛，也是一切人的伤痛，声张的众口好像全长在他自己身上。令人无法忍受的场面，使观众溜之大吉。其实，没准儿，画中会有巧妙的结构，精湛的均衡，色彩相得益彰。无关紧要啦，反正我们避之不及，不会回过头去再看个究竟。即使回过头来看，又只见稀里哗啦，爆裂崩碎一大片：破裂的眼珠，结痂的创伤：美永远无法重建。

　　这些话，有人肯定会向艺术家们直言相告，责备他们丧失分寸。说什么他们倘若再要搞这类棘手的主题，请他们保持雅致之外还要谨慎。有分寸、知轻重，当属大名鼎鼎的提香，是他最主要的品质嘛。当朝主宰们委派他按他们的旨意绘制一场已经执行的屠杀，然后便可以高枕无忧：他必定画出一场迎神赛会或一片芭蕾舞式的热闹场景，非常美丽，那是当然的。假如按他那一套手段去绘画酷刑，那必定让严刑拷打从布画消失得一干二净，就像所有花束都缺少"玫瑰花"。提香笔下的刽子手们将是一身最名贵料子

---

① 即拉斐尔派的绘画风格。

的穿着,粗暴大兵般的躯体健美,他们监督着运作,也许,必要时,画只光脚,那将是遭难者完好无损又人见人爱的光脚,而腿、躯、头一概藏而不露。凭借上述论据,我把威切利·提香视为背信弃义者:他强迫他的画笔把恐怖画成安详,把伤痛画成安然,把死人画成无尸。由于他的笔法,审美背弃了百姓,倒向君王一边。一位冥顽不灵的画家待在一个房间,窗口开向一处拣矿场,正画着几只高脚果盘,并无大碍嘛,因为疏忽遗漏吧。真正的罪过在于像画高脚盘那样去画拣矿场。

我承认有两种例外。第一种显而易见,没说的:戈雅,被愤慨和悔恨搅得心痛欲裂,一时拿不定主意,变成焦虑不安的幻想者,不直接画战争,而只画幻觉。他自己已经完全误入歧途,根本不想向大众指迷津,何必以其昏昏使人昭昭呢,干脆只画战役刺杀和执行死刑的恐怖,渐渐地,在他的心底,变成戈雅的存在便是赤裸裸的恐怖。

《格尔尼卡》①则是另一回事儿:最幸运的艺术家交上了最出奇的好运。实际上,这幅布画把互不相容的品质聚合在一起了。不费吹灰之力。刻骨铭心的反抗,对被屠杀的受难者的纪念,画作好像聚合了所有的元素,仅仅为了追求审美,更有甚者,居然大功告成:美不胜收。粗暴的非难仍不绝于耳,但无损于静穆的造型审美。反之,这种造型美表达忠实,有助于审美。因为,西班牙战争是在战前最重要的时刻爆发的,其时画家的生活和油画正逢关键时刻。画笔的负能量消耗着"形象艺术派画家"的正能量,为摧毁已形成的体系打开了通道。那个时代,象形依然完整,探究的目的

---

① 毕加索(1881—1973)的名画,《格尔尼卡》(1935)表现轰炸造成灾难场景,物毁人亡兽死。

恰恰是瓦解象形的动势。这种暴力不需要遮遮掩掩或脱胎换骨,只要识别得出即可:世人运用自己制造的炸弹把自己炸得分崩离析。艺术探索的手段变成一种反抗的特殊意义和对一次屠杀的揭露。同样的社会强制力迫使一位画家变成对抗其秩序的负能量,早就准备好法西斯的毁灭性破坏,由此产生《格尔尼卡》。命运的捉弄使毕加索不必装虚美。罪行成为"造型艺术"之所以令人发指,是因为发生了爆炸,而毕加索画笔下的美,用布勒东的话来说,是一种"固化的爆炸"。掷骰子般的奇迹是不可重复的,一九三九年之后,毕加索想重拾原则,他的艺术早已发生变化,世界也一样变了,尽管两者是相反相成的。总之,剪刀般锋利的审查依然如故,涉及表现人物及其痛苦,我们既不可采纳恐怖的象形,也不可接受在华丽的掩饰下恐怖象形的消失。

对拉普雅德而言,只此一招,别无他法,这样,问题便不复存在了。这不,我已借用上述象形艺术的例子了。不过,自相矛盾,如果说人物象形是模仿的,那正义的戒律来自外部;如果说造型模仿没有发生,那戒律则来自艺术本身。

这是长途旅行的最近阶段。多年来,人们发现他的布画上一个个裸体,一对对夫妻,一簇簇人群皆瓜熟蒂落般见于笔端。瞧瞧他画的那些少年,无懈可击。然而,他们的肉体失去了粗糙的外表,所谓外表,是指模仿的形体轮廓。这些轮廓并没有借此机会在画布上各处点缀。轮廓、体积、主体、透视效果,这一切难道还不足以把一个裸体"呈现"在我们面前吗?显然不是,或更恰当地说,结论正好相反:画作有自身的要求,迫使我们体察它摆脱外在形式束缚的时刻所呈现的那种红润肌肤的细腻。

拉普雅德初入画坛时,对艺术心神不安,但一旦摆脱学院派传统,便决心毕生耕耘自己的花园,耕耘这片移归于他的平坦地面,决心改造墨守成规的大地作物,因为会引起土地荒芜,进行集约耕作,进而取消海关和入港税、省市入界税、绕道行驶税,并取消模仿所强加的路线禁令,这样可大大扩充造型限定的数量,就总体而言,更可加强造型艺术的统一性。探求的深层动机,在于赋予审美一个更精练的亮点,一种更坚定不移的、更明细的可靠性。这位艺术家唯一的关注想必是艺术。我们观赏拉普雅德的画作时,总觉得他不像寻求另类画法,而是赋予绘画另类秉性,其余则顺其自然。然而,一切美术每当发生切实的变化时,总是始于材质,终于形式:这是经过提炼的微妙物质。拉普雅德属于艺术建设者的一代。在毕加索自称"裂变形象艺术"之后,布拉克[①]以及运用分析法的一代新人,唯一可搞的是云集色彩,扩展调和,只剩下破碎的残骸。他们哪有选择余地呀:经过提炼和延展的素材允许并要求他们融合成为崭新的整体。至此,这些年轻人结伴组合,回应共同的任务对他们的期待。之后,各执一隅,各自根据其目的和资源考查新艺术。拉普雅德选择为我们重塑世界。在我看来,这是一个头等重要的选择。但,不妨断定世界根本无此要求:世界之所以血淋淋,面貌一新地回归,是因为出于绘画的需求。

美,并非是一种均匀的色调,必须有两个单一体,一个可视性单一体,另一个隐秘性单一体。假如有幸达到某个时刻,哪怕经过很久的研究,我们一眼就可概括画作,那么对象即可归结为惰力可视性,美即刻消失,只剩下消遣点缀。说得更雅一点,画家的笔和观者的眼无限期地追求协调一致,应当通过某种物质存在的不断重组来加以实现。反之亦然,这种存在不可能向我们提供不可分割的整体,除非在艺术领域,通过画家的努力和我们观众的努力才

[①] 乔治·布拉克(1882—1963),法国立体主义代表画家之一。

能构成或重构一种整体的美。

绘画作为行为是纯粹的审美,但只要谁都不寻根究底,整个画面沉浸在视觉合成之中,由此构成其形体,赋予其力度。确实,画家为我们的眼睛勾画审美路线,但尽管我们找到路线,并按图索骥,寻幽探胜,也得要我们把突然扩张的色彩和精炼浓缩的材料聚合在一起,也得要我们激发共鸣与诱发调和。就在此时,艺术显现,作为被否定的直觉,使我们茅塞顿开:它自身不是直接确定路线图,而是复因决定的。至于创作,只需建立视觉联系就够了。为了确保这种创作,为了消除整体性谬误,超验性统一不可或缺。凭着超验性统一,视觉的动势得以确保永不停顿,是眼睛的旋转造成连续性的隐形单一体,所以我们要转动眼睛,如果停止转动,那一切就化为齑粉了。

假如有人问何谓艺术显现,我马上让他人放心,拉普雅德不是柏拉图主义者,我也不是。我不认为他为追随某种大写的观念创作。不是的,调控的原则显露在每幅布画上,与布画如影随形,两者无论哪一方脱离另一方就不复存在。这位抽象画家执意将具象显现铸入每件画作。假如非得给所有的画作取个相同的名字,那好吧,姑且说他的每幅作品必定探索特定的意义,并且每每如愿以偿。更有甚者,请勿混淆:感觉并非标记,亦非象征,甚至形象都谈不上。

卡纳莱托[①]画威尼斯,相似性完美无缺:一半是标记,一半是形象,海上霸王尽心竭力避免混淆,我们决不会搞错,所以画作看上去没有意义,不比一张身份证更有意义。而瓜尔迪[②]用强烈刺

---

① 卡纳莱托(1697—1768),意大利风景画家,尤以准确描绘威尼斯风光而闻名。
② 瓜尔迪(1712—1793),意大利画家,被认为是印象主义的先导。

眼的光线绘画衣衫褴褛和碎砖破瓦,画中一条条小巷或小运河怎么选择,恰如常言道,意义不太大了。比如到处都有的一小段堤岸,抑或故意用光线将其解体。卡纳莱托用他的画笔为他出生的城市服务,而瓜尔迪只关心造型问题、光线和材料、色彩与光线的关系,通过一丝不苟的不确定性来定位多样性的统一。结果:威尼斯显现在他的每幅布画中,既属于他的,也属于我们大家的,更是大家感受到的威尼斯,却谁都未曾见过的威尼斯。

一天,我去拜访一位作家,他住在河边一座砖砌豪宅很漂亮的阁楼里。瓜尔迪喜欢拿来描绘的那种顶楼形状,我却一处也未见到。但,一旦到了那个地方,瞥见主人的生活状况,我立刻想起画家瓜尔迪:我仿佛重见威尼斯,我心目中的威尼斯,我们大家的威尼斯;我对其他人物、其他事物、其他地方也感受到这一点。相同吗? 不完全相同:感觉取决于使人产生感觉的物质;瓜尔迪总能说出更多的感觉,而且是我们根本感受不到的。反正,"象形"绘画带头服从于双重单一性的规则,然而自相矛盾的是,无形迹存在的体现多多少少被一种意外而机械的联系所掩盖,这种联系是指从外部使肖像屈从于模特的。人们以为,画葡萄的画家必定用画作来体现一串真实的葡萄,好像自阿佩莱斯①以降,"艺术家只醉心于愚弄小鸟儿,除此别无其他雄心了"(黑格尔语)。然而,梵高画一片田野时,并不着意把田野照搬到画布上,他一心关注艺术,企图通过虚构的象形,在一方垂直的支架画板上厚厚涂饰色彩,用来体现广袤而实在的世界,那里有田地有百姓,其中包括梵高和我们,那是我们的世界。

---

① 阿佩莱斯(约公元前4世纪),古希腊画家,擅长肖像画,据传他是马其顿国王亚历山大的御用肖像画师。

我们要记住：梵高笔下的田野没有乌鸦，更没有果树，他从来不肯让我们看到他画的田野里有乌鸦和果树。理由很简单：这些客体甚至不可用形象来表示。这些客体提供美的元素，向体现现实的画笔挑战：覆盖田野的世界恰似从"一根魔杖"喷薄而出，生机勃勃，鲜花遍野。还必须让艺术形象远离原型，否则客观世界将不成样子了。梵高之所以不得不一开始就扭曲天地万物使之变形，是因为他执意通过艺术向我们揭示大自然最温馨最纯洁的纤细优美与丑恶可怖是不可分离的。因此，"形象艺术"要具备三项：一种导向性现实布画非得与之较轻不可；画家把这种导向性现实表现成艺术品，现实的存在最终融入作品之中。可以想见，这样的三位一体必定显得叫人十分尴尬：确实令人不舒服。所谓导向性现实，从实质上讲，是模棱两可的，其实什么也导向不了：它飘逸不定，无所适从，世人根本帮不了它，也拿它毫无办法，除非把它变成实实在在的东西，就是说把它变成一件想象出来的东西。没有一片原野赋予得了大千世界的魅力或丑恶，除非经过严肃的艺术改造；或确切地说，艺术赋予得了魅力也赋予得了丑恶，即大千世界的聚合或离散。艺术能向我们反映一切，但断断续续，时隐时现：没有刚毅之气，有的倒是似是而非、东拉西扯、含糊不清的东西。这种千篇一律的混乱，若不进行裁剪，将无法表现艺术家感受到大千世界的复杂结构：画家倾注在画布上的东西，是他生命的时日，正在度过和尚未度过的时光。这些强烈的试剂将使被表现的对象变形：生活原型的无活力特性进不了画作，但勾勒出来的画像也不可带有类型或符号的一般特征：现实世界对世人的影响力，世人对世界长久的激情，两者都被归结在快镜的虚幻闪光中，必将影响具备传记特征的几个黏土塑像。它们必定会展现生活中种种冒险，比如静观疯狂即将爆发，又如自投罗网去拼死。无独有偶，这种偶然的形式，权且集成在一幅创作中，经受着艺术加工、提炼和浓缩。

樊尚(梵高)说,他"制作"一片田野时,该做什么心中了然:布画上秩序井然,从未想过完全再现风吹麦田那种软绵绵的飘逸,也从未想过完全把这种广阔田野的显现称之为人的隐私显现:既是大千世界的心脏,也是被大千世界所拥吻的人类心脏。当他最终放下调色板,当显现体现于画作之中,对象的表现变成什么了?变成一种色彩的半明半暗,几乎是对被表现的对象一种出彩的讽喻。田野,归根结底,就是人们所说用象形表现的那种普通田野,没准儿会从布画消失,假如大千世界不来救助:没有麦浪和收获的象形,没有天际脱颖而出的浑厚太阳或天边阳光璀璨的火轮,那么田野就体现不出来,因此麦浪、收获、播种者、落日是这幅画的唯一真正的占据者,创造行为的真正踪迹。

在象形绘画中,常规并不怎么重要:只需自己说服自己就行,在这类参照系中,所提出的象形是表现对象最出色的。所谓最出色者,就是说最雄壮有力、最浑厚密实、最富有意义的形式。这是机遇性问题,或机灵性问题。然而,自十九世纪以来,每一次的抉择都导致形象与被形象的对象之间隔阂越来越大。两者相隔的距离越大,作品内在的张力就越强。当艺术家终于把相似性抛弃不顾,并预告形象与现实之间的一切相似性只能是偶然的,这时,感觉一旦被"表现"的蜕变所释放,就会暴露自身的消极面,成为失败的密码;画面闪烁着变形、空隙、近似、蓄意的不确定性,令人看不出踪影,摸不着头脑,因为画面使象形溶解到不可用象形表现的显现之中。上述种种也是使我们人间颇为纠结的种种感觉。这样的画作消融了细节,却从中汲取了营养。象形绘画在表现威尼斯时,每一堵砖墙,只要是单独的,都对我掩藏着威尼斯,即使华丽宅府在必要时消失了,建筑外表统统合拢为一,使人无法看清,我依然感觉得到这座城市。

艺术家在布画上还想给我们提供真觉的象形表现元素,但立即将其删除。因这种排斥而产生的"显现",既没有细节也没有局部空间,是作为实体本身得以体现的。但,这是艺术家设下的一个圈套:他引进其他象形,其性质与原定的对象不搭界,是其他材料,一种别的物料,诸如纸料、沙土、卵石等等,可引出其他暗示的东西。他决意创造一种新的实在,一种更严苛的显现,因为这种"显现"依然需要养料,不可能排除暗示而不露痕迹,还是需要一些代替品来暗示一下。两次世界大战之间,有多少画家作为化学家和炼丹术士的同时,梦想点石成金:以精炼化的艺术使对象的本质得以体现。其中有一位画家有意使变形倍增,把一件衣柜画成一个蛙形扑满,却依旧是衣柜:他希望所选定的信号可以把这个或那个对象视为造型物质或对象的化身。这种愿望令人质疑:艺术家执意不肯挖掘世界纷纭散乱的意义,不让我们体验这些意义,却硬要创造出从未存在过的意义让我们去感受。无意义的艺术手段,耍花招玩把戏,一点儿流派都谈不上。艺术家经历天长日久的危机,其创造力终于沦为幻术,根本不懂意象是唯一的绝对,于是象形审时度势地崭露头角了。那么,意义呢?难道与象形同时消失了吗?相反,正如我们以上所述,两者之间没有任何真正的联系。被体现的"显现"一旦得到释放,就表露出对抽象艺术最严苛的要求。

形象被砸碎了,化为齑粉,这不是画坛新手心平气和的抉择,而是一次画坛事件,至今方兴未艾:每个画家同时将其视为自身的问题和自己的材料。大写的艺术给艺术家一个爆炸性的物件去处理,将以爆炸性秩序去开拓。前辈们兴风作浪,如今后继者要想驾驭风暴,必须在飓风中扮演飓风,必须具备无情的严苛,哪怕搞点闪光的小玩意儿。他们必须根据新创的法则和视觉的逻辑保存和聚合碎片齑粉,寻求多样性的多样统一,获取布画新的含义;善于在油画上历数细描、容纳膨胀扩张和增稠变厚,善于表现转轮般的红日普照下田野以及田野上黑色的斑点、雨后的积水和血红阳光的残迹,善于把这种变化莫测的流动、密实稠厚的聚合与整体造型的排场和狭小的园艺集成为一体。艺术家不再藏着掖着,不再弄虚作假,画面上不再有可忽略的细节,而有的是大量货真价实的东西。

然而,假如画家局限于扩展色彩、加强耕耘、发掘机遇、开发经营、调节旋风、补偿局部的乱象,使之保持严格的均衡,那么他锁定一件了不起的事情即将发生:在最差的情况下,我们将看到一幅描绘圆花窗的作品,在最好的情况下,则是一幅描绘雅致的旋转木马。为了给爆发性的空间保持匀称,为了延长色彩的颤动,为了彻底利用实在的怪异和可怕的蜕变及其涡流的动势,画笔势必强加给画面一层含义,并且也把这层含义强加给我们。没有道路就没有流通,没有方向就没有道路。若不是艺术家开阔视野,谁能做出这种定向的决定呢?然而,必须抓住一个强有力的主题,以便着手把一大堆缤纷散乱的东西统一起来,而不去寻求象形或相似。主旨只有一个:画作的内在统一。换个说法,统一性寓于画作自身。艾吕雅[1]说过,在绘画世界里存在另外一个世界。但若不亲自着手与布画协调一致,是发现不了这个世界的。每次我们施行新的合成时,抑或每次视觉把相邻的物体协调一致时,"显现"就暴露得更多一点。我们永远得不到全部的显现,因为它仅仅是作品的

---

[1] 保尔·艾吕雅(1895—1952),法国著名诗人,左派社会活动家。早期曾竭力倡导达达主义和超现实主义。

本身，仅仅被视为有机体。

拉普雅德受到大写的艺术诱惑而摈弃象形绘画的虚构统一性。他刚一上手，便明白人家逼他做什么：必须排除偶然性，并赋予这块可分割无限次的画面一种整体不可分割的统一性。

这种统一性，有些画家与之感同身受，选择了抒情统一性。拉普雅德怀着奔放的激情投入布画，成功之后扑面迎向我们，令我们震撼。他绘画仿佛释放一种情感冲击，画面体现的"显现"正是他自身的显现。他赋予自己的作品一种刺激性的灵活统一。拉普雅德不认为抒情绘画是完全不可能的。抒情画是可行的，并且做起来了，已经做成了。至于他自己，或许担心这种自我投射于艺术纯媒介是不可理喻的。当然，艺术，尽管像人们常说的那样，不是一种语言。但只能靠语言符号来沟通也并非真实。我们通过别人感受到的同时，别人也通过我们感受到了：我们与周围的众人有着共同的感受。正是如此，这些画家着意把他们的情感统一性赋予布画的同时，奉献一种冲劲或一种放松。总之，他们选择艺术展览会的观众作为他们独特探索的体验。难道没有某种先决的一致性就可以如愿吗？除非显得与众不同，否则独特性是显露不出来的。仅仅涉及绘画，每个画家蛮可以各自碰运气：艺术，即使闭门造车，也将保持自身的完整性。然而，抒情绘画作为一种创造行为，也得立此为证，在多样性方面打上不可或缺的印记。然而，这个行为证据，艺术势必要画家更新创造，否则，美就出现不了。

既然沟通是眼睛的直接动机，既然沟通代表不断再创造的结果，同时代表抽象艺术的永恒活力，画家就必须直接和持久关注沟通；既然意义是通过作品的统一性来揭示的，既然意义在被揭示的同时得以统一，意义就必须可以自然而然地交流。提出条件却不提供实现沟通的手段，就会冒终将失败的危险，作品也会陷入前途未卜的境地。

我以为，拉普雅德深切的自信是：绘画的一条广泛沟通的途径，在每个十字路口都可找到它所体现的"显现"。难道就不必去寻找这种显现了吗？假如艺术家执意采集显现的意义，他是可以成打成打地找到的。视觉也许可以捕捉显现的意义，但无精打采，因显而易见而缺乏诱惑力，也就没有必要了。意义是根据正在组合的画料颤栗微动的需求所产生的，也是根据画布画的人和看布画的人共同的迫切需求所唤起的，如果不是这样，难道有人想把这些意义强加于我们吗？这些不言自明的事实交错而过，比如我们路上遇见了画家。他之所以根本无需用耳朵注意听便听到大道和小路的嘈杂声，是因为他自己跟普通人一样身处十字路口。且不说处处还有人迹稀少或弃而不用的道路呢。拉普雅德经过人世数不清的十字路口，遇见交通阻塞，目睹人群因呼喊尖叫，或鸦雀无声，停滞不前，之后又是比肩接踵向前，义无反顾，哪怕弥漫着沥青的神秘气息。他坚持认为离群索居不适合画画：他的布画令我对此言深信不疑。

马克思曾说过，总有一天不会再有画家：普普通通的老百姓都会画画。这样的日子还很遥远。不过，拉普雅德处于奇特的自相矛盾中：他们几个同代人一起，从本质上把绘画提炼成排场挺大的朴实无华，不过从体现于他布画中人性显现的层面上来看，则是不让自己享受特权的第一人。作为画家，他凭自己的画作拉下艺术家的面具，立足于平民百姓之中，毫无特权地充当我们当中的一员，湮没在自己画作的辉煌中。

不如看一下他的画作吧：他画了一些普通人群。他倒也不是第一个认为画面上乌合之众越多越热闹。但，旧时的大师们是受到保护的，专事权贵，占有工作平台，必要时，直面人民，与人民平起平坐,况且受到士兵的保护。作品向权贵们很明确显示想说的意思:"我是画家,你们是世间的伟人,我属于你们,从外部展示你们所统治的乌合之众,你们的恩宠让我永远铭记在心。"

拉普雅德生活的时代是负有责任的时代,"画像"也一样负有责任。怎样描绘人群眼中的人群,自我体验和自我塑造的人群,此处和各处同样的人群?怎样把空间变成弧形,以致勾勒成无限的圆圈,其圆心层层纠结在周界之内呢?怎样展示领头人和追随者各自统领头上一方天呢?这些人类分子以什么形式、什么色彩揭示每个分子与其他分子是不可比较的、而所有的分子又是不可互换的呢?选择何种参照系去让艺术爱好者明白:画家只有与民众打成一片才被民众接纳,画家只有感到自己拒绝与民众有任何差别、拒绝视觉产生任何自主性以便为民众说好话,而保持警惕的大众则可拒绝作证,画家必须剥去一切伪装,不加修饰地跟民众站在一起,作为一个普通人参与一切活动:躲避或攻击,主动承担训练有素的领头人,经受考验和开拓进取。承受着二十、一百、一千个"自我"之重。反馈到布画,在最好的情况下,会带着强烈而无形的回忆吗?一次集会的内在反应在画面上是看不出来的,已经融化在画里了,观者感觉到了,意识到了,最后让人别有会心,却很难用形象表现出来。

这就是所谓的新型民众画家:只能在拒绝用形象把民众表现出来时才能体现民众的存在。当然,他把大写的形象从自己画室驱逐时,正如所有的艺术家那样,宣告这样一句贫乏的誓言:美,从来未曾停止也永远不会停止苛求。更有甚者,他居然摒弃专席论坛;作为普通人,他以特殊的地位拒绝推卸自己的责任,并从外部静观自己的同类。象形绘画,是双重放逐,以原型把画家和形象隔开,而形象也把画家和原型隔开,相反相成。一些无政府主义和资产阶级艺术家使形象变形时,带着温文尔雅的讥讽高谈他们离群索居:瞧瞧,根本谈不上沟通嘛!

正好相反,拉普雅德首先是以作品与民众沟通的。实实在在的民众,吵吵闹闹的民众,惶恐不安的民众,人们接受着考验。比如,十月二十七日巴黎共和广场举行的游行受到警察的冲击,尽管场面的细节逐步消失,游行集会的意义却长存。所谓意义,是指成千上万互不认识的人进行实践的经验,他们深信这种经验对所有人都是相同的,必须有一种媒介,促使经验得以体现:艺术语言不够用了,分解为繁多的明显事实,而每一个显而易见的事实都从其他的事实得出自身的意义,只要画家刻意固定其探索,可互换的人们就可从事无数次和多样探索,拉普雅德将把众多人群当作一种动态的媒介,严格统一在人群扩散的范围内。分解的质点聚合起来的整体实现了一种超越:民众爆发性的协调统一。以此为起点,群体的每个人被召唤去重新获得其人生的详细整体。

引导我们参观的这位画家如是说:用一些具有表现力的直接材料,在布画下端抹上厚厚的深暗稠密色彩,之后揭去一层材料,明亮的光线向画面上端喷射,成百上千条光芒向上齐发,这就构成布局的主要成分,但只能起到激励人心的作用。最主要的在于画笔独具匠心的勾描运行:时而密集,时而稀疏;时而厚重,时而单薄;材料本身不会让人看得出隐现之处,所看到的则是脱胎换骨的变形,仿佛我们处在一个空地上面对丛林、草原、原始森林。这种变形以自身的结构和路线图来暗示某些东西。造塑的严格确定性和感受的相对不确定性形成对照,使画家获益匪浅:画面上密集的斑点仿佛彼此避之不及;一条新道忽然开辟,迫使色彩变得淡薄,建立色彩之间新的关系。我们终将通过这些突如其来的变化去把握密密麻麻游行人群的整体显现。接下去突然出现一条沥青熔流,划破空间,漫溢而出,向布画下端流淌。然而,有上端吗? 有下端吗? 这时,空间本身成为一种意义,由人群集成的意义根据人群行为来决定。人群聚合成整体仿佛是一股熔流,一片浓稠的奔泻,一场向着地平线的溃逃,究竟是什么倒无关紧要,反正是出其不意的空间大开口:警察们袭击,逃跑还是抵抗? 不管怎么样,空间是保持全部维度合而为一的维度空间,这时空间就是距离:一方退缩,另一方延伸,好像无止境的延伸。不必明示,色块足矣:意义不言自明,失而复得。不像魔术化时代的那种小花招,以假乱真的临摹:什么鱼形衣柜,什么狼形桌子;真正的画面"显现"是不可分解的,既普通又独特。总之,画家用自己的一切使画面更加丰富,而观者也竭尽所能充实其内容。

个人处于众人之中,人处于人世之中,人世处于众人之中,这是唯一的现实存在,决无所谓大师的爆炸性突破;这也是既独特又寻常的考验:拉普雅德协同我们、通过我们、为了我们经历这一切;这更是唯一的沟通:首先我们置身画景,甚至受到启示之前,布画就让你眼睛一亮,其中奥妙一目了然。然而,拒绝特权,等同摈弃象征手法,这既是画家也是个人的一种承诺,引导着拉普雅德创作了一幅又一幅的布画,取得他所承诺的事业最彻底的结果。

首先,假如他不再静观细想,假如他被抛入同辈们中间,那么跟其他人的关系,要么与其团结一致,要么跟所有人和每个人对立,这就是实践。他行动、历练、解脱、支配或被支配,而其静观只是被动之举。画笔必须付诸行动,不是从外部,而好像是画画的人经历另一个人的考验那样:大写的意义将是另一个人的体现,"另一个人"则是通过人们使他承受的变化而认识的,画家本人通过自己的经历变化,或"另一个人"使他遭受的变化才发现自己本来的面目。

不管肉色如何红润，一个呆滞的裸体一般都令人难受；女人单独一人，画家处在房间另一头；在实际生活中，无论谁，尤其画家不会离那么远静观如此温顺的裸体。拉普雅德画一对夫妻，经常唤起对青春肉体的柔情，但在题为《问题的要害》系列画中，他执意暗示那是男人们想靠近的女人，表现出要做爱的女人。总之，一个裸体，是涉及男女双方的事儿。即使临场只有女人，男子被暗示处在色彩的动势中若隐若现，这就使画作中的女居民得以"显现"。色彩和内容化为齑粉之后聚合一体的同时，情节，作为众人之间的多层关系，完成对画家构思的确定：非象征性艺术为无法用象征表现的东西提供鲜明灿烂的色彩。抽象的机制好像一开始就有限制性的，反倒为绘画发现了一种新的领域和一些新的功能。

这种选择的另一个结果，当然是这位没有特权的画家毅然决然确定与其他民众团结一致。团结是不言自明的，他只拥有他们所拥有的，一点也不要比他们更多，一点也不比他们更高明。再说，这也是一种持久的行为：女人透过追求爱情出现在他的画作，男人则透过共同的角力而入画。最令人惊奇的却是最为简单的事实，正是他以艺术自身的名义选择抽象，导致再次把人置于其布画的中心对象。根本不像从前很长时间那样以王亲国戚或神职人士的面貌出现，而是谦卑地、无名无姓地进行坚毅顽强的斗争，为吃饱肚子而斗争，为从压迫中解放出来而斗争，在拉普雅德的画作中到处有人，确实，他从未停止画人，而且不断深度提炼人的形象。

现在，拉普雅德明白，不带特权的眼睛看出来的人如今既不伟大也不渺小，既不美也不丑：艺术催告人们把人类王国的全部真相放进布画中，因为今天的人类包括施虐者以及帮凶，也包括受难者。施虐者的数量很少，同谋者更多一些，绝大多数是受苦受难的或备受折磨的。拉普雅德心里有数:一九六一年①谁讲到世人时无不针对刽子手,谁跟法国人讲到法国人无不讲到受酷刑的阿尔及利亚人:那是我们自己的面目。瞧他那副德行!之后,我们必将决定把它保存下来或给它动一下手术。

拉普雅德选择揭露施虐,因为这是我们的根本,唉,我们可耻的根本。当他企图描绘这种根本时,他发觉自己的艺术,因为诉求这个"意义"的单一性,所以是唯一可以完成这幅画作的。三折画是非常美的,可以义无反顾地追求这种美。反正在非象形绘画中,美是不藏着掖着的,是显现出来的,而画作本身却让你什么也看不出来,把血腥恐怖过滤,这才有美感,就是说,要经过最复杂最丰富的方式布局之后才行。被展现的场景,其准确性取决于画笔的精确性。观者必须重新收紧和组合这片纵横交错的条纹,这些鲜艳亮丽却含义不详的色彩,才是体察阿莱格②和狄加米拉③笔下殉难者的意义唯一手法。但,我所说的意义,假如对造型视觉增添不了新意,那对整个画面就提供不了崭新的、外在的元素。我们终将把握拉普雅德的表现:他全身心体现在狂乱的色彩、伤残的肉体、不堪的痛苦之中。但这些痛苦是受难者的痛苦,我们大可不必说什么这些痛苦以蛮横而散淡的形式表现出来,使我们的视觉不堪忍受。在光彩夺目的美背后,也多亏了这种美,展现出一种无情的命运,是我们这些普通人给人类创造的命运。至臻完善的成功是从绘画以其崭新的法则中取得的,符合抽象绘画的逻辑。我以为

---

① 暗指阿尔及利亚人在独立战争中受到法国军人的折磨。

② 阿莱格(生卒不详),《问题》的作者,曾用英语出版。一九五八年禁止在法国翻译出版,就因为该书详尽描写法军残酷虐刑,被指危害国家安全,后成为驻阿尔及利亚法军的囚犯。

③ 狄加米拉(生卒不详),被誉为阿尔及利亚的贞德,受尽酷刑后被判死刑,只因其不幸遭遇成为世界丑闻,才得以缓期执行。

这是相当了不起的事件,一位画家毫不掩饰地揭示我们的心殇,同时又让我们赏心悦目,实在难能可贵。

原载《媒介》一九六一年第二季度第 2 号
译自《处境种种》第四卷

马　松[*]

艺术家是可疑分子，谁都可以盘问他、扣留他、审问他。他的每句话、每个作品都可能受到攻击。不错，艺术家享受很多好处，但作为交换，每个公民都有权跟他算账。比如马松画一些孩子，别人就会问他是否爱他们。为什么画孩子而不画缩绒匠、不画陶瓷工、不画韦辛格托里克斯[①]身旁受伤的高卢战士？他要是偏爱画几个泰坦[②]，别人必定问他：您相信自己画的神话吗？他若不怀真情实意，那根本没有机会感动我们。当然，我们不要求现如今的法国画家具有伏都教士海波利特[③]的信仰，他曾画过爱情女神艾尔

---

[*] 安德烈·马松(1896—1987)，法国画家，毕业于巴黎美术学院，经历过立体主义、超现实主义等阶段：第一位系统从事自动绘画(无意识绘画)，但画作多具立体派结构性遗风，如《被箭穿透的鸟》。一九二八年以后，倾向可识别性和象征性主旨，其形式却几乎是抽象的，偏爱攻击性主题，诸如《屠杀》系列(1931)，《动物搏斗》《昆虫》《祭献》《斗牛》等多有表现主义倾向。第二次世界大战期间与安德烈·布勒东一起在美国居住，影响不小。战后回法国从事装饰性绘画，如为马尔罗的《征服者》画插图，应文化部长马尔罗邀请为奥岱翁剧场绘制天顶画。二十世纪六十年代又转向抽象超现实主义或表现主义，但影响不大。这篇散论是萨特于一九四七年为马松《以性欲为题材的二十二幅图画》所写的导言。

① 韦辛格托里克斯(约公元前27—前46)，高卢部落阿维尔尼人首领，公元前五十二年领导反对罗马人统治的起义。

② 希腊神话中的巨神族。乌拉纽斯和地神格伊阿所生的子女，共十二人，六男六女。

③ 维克多·海波利特(1894—1948)，海地伏都教士。安德烈·布勒东一九四五年去海地旅游时会见过他，十分赞赏，萨特一九四九年也在海地与他相遇。海波利特从事过三四年的画家生涯(1945—1948)，画过一些伏都教(安的列斯群岛黑人的一种宗教)所崇拜的精灵，特别是爱情女神艾尔居莉和萨姆帝男爵(死亡和复活之神)。

居莉和象征死亡和复活之神萨姆帝男爵,他每天都可抬头不见低头见得到。但信以为真的方式多得很哪。假如马松笔下的那些魔鬼是自动产生的,而不是刻意所为,假如他依然是那种自动笔法的纯粹见证人,假如他在自己的画中看到一些内心隐藏的性欲迹象和无意识的恐惧,那么我猜他是信以为真的。情况并非如此:马松之所以承认"某些主题是出其不意呈现的",那是因为想补充说明"意外出现的主题使原创的长河流量更加充沛"。再说,他并非是自己作品的见证,也不需要发现作品的意义,因为随着创作的进展逐渐获悉其含义:"没有一幅绘画是我不能解释其象征意义的。我甚至觉得很容易区分其中大部分绘画的源头……总之是一种文化和交流的成果……此外也是所见所闻的模糊回忆。"丝毫不像强迫性感情那般咄咄逼人:大写的自然和大写的他人曾给他提供了托词。但或许是他有意采用约定俗成的言语,认为唯有他能够把色情世界象征化:难道这依然是一种信不信由你的方式?不,那么,拔地起飞却流淌着鲜血的鹰群象征着什么呢!难以与过去和习惯决裂吗?难以与本能和动物性决裂吗?难以与因自尊而引起的抽象和痛苦的孤独决裂吗?难以与超验性决裂吗?难以与因出生而引起的精神创伤决裂吗?难以与"因羽翼被困在地面上而引起的恐惧"决裂吗?爱怎么说都行吧!反正,他绘制这些女神巨星的灵感是在一次有关凡夫俗子的友好闲谈中获取的。既然马松心里一清二楚,他不再掺和象征主义了。他修饰学识,做自己喜欢做的事情:铅笔投了出去,描绘自己偏爱的曲线,形状开始呈现,未完成的,模棱两可的。马松以同样的动作去辨识和描绘象形,从象形出发创造再现,而后把象形再现出来。从某种意义上讲,他很少相信自己所为,就像烟火是一种告别。马松勾勒这些画是为了告别一切神话。

应当谴责他吗？只把这种图画看作一种文学手段吗？完全相反。他在严肃对待图画的同时搞点儿文学意味罢了。既然人们不必借助隐喻就可接近现实，那为什么要用华丽而俗气的外衣掩盖现实呢？为性欲或恋母情结而创造象征不是画家的事情：神经错乱的人当仁不让，胜任愉快。像古罗马斗兽士的马松却有着天生俱来的忧虑，一种比较深沉的、比较技术性的忧虑，这是油画对于画家所提问题的一种暂时性回答。那么神话可以解决技术性问题吗？是的，假如技巧及其问题本身产生于一则神话，马松本质上是神话般的人物，很像博施①和海波利特。但他的神话故事是不入流的，比性行为低级得多，正如社会学家们所说："自然本性"和"文化素养"是难以识别的，画画的设想与人生的设想区分不开呀。

诗人和艺人，根据各自的气质，利用两种主要的灵感类型，一种是感情外露型，另一种是感情内敛型。感情内敛型包含相当重的悭吝和恐惧心理：在外形边线之内聚集元素、勾勒轮廓、框住内含、珍藏其间。他们竭尽全力首先说服自己，然后说服他人，必须明白现实是绝对的存在者，空间是一种幻影，一个概念秩序，而多样性只是统一性自给自足的一种表象。科贝②趁一个秋高气爽的日子陪伴马拉梅日常散步。次年马拉梅写道："我散步的秋天使我想起我秋天的散步……"真可谓惜墨如金，所有的散步蜷缩成一种唯独的散步。这个马拉美包括他的妻子、女儿、手杖、散步，他的散步就像一个转动的球：季节、昼夜、时辰都是烁烁生辉地折射着散步，温馨脉脉。这种柏拉图主义是一种迷思。

---

① 博施(1874—1940)，德国工业化学家，一九五一年与伯吉尤斯共获诺贝尔化学奖。
② 法朗索瓦·科贝(1842—1908)，法国诗人，深受巴那斯派(即高踏派)影响，强调为艺术而艺术。

在绘画中也有相似的迷思,比如外形就是其中一种:用铅条卡住的彩画玻璃围着鲁奥①画的肖像,但见肖像透出一种五雷轰顶的恐惧:憎恶变化多端和多面性,深切眷恋程序。这种眷恋,尽管被时间和空间撕得四分五裂,却依然追求恢复客体的平静永恒。鲁奥按上帝创造的世界描绘世界,塞尚按"上帝展现在我们眼前的大自然"去描绘大自然,格里斯②心怀"原始艺术的理念、客体对大家一律平等的概念,以餐桌为例,这个概念对家庭主妇、对细木匠、对诗人都是共同的。"如果说这个概念对大家都是共同的,那它本身不属于任何人:格里斯画的餐桌就是抽象的、普世的主体眼中的餐桌。

正相反,兰波写道:"黎明像鸽子一样飞翔"或"他那既猩红又漆黑的伤口在健美的肉体炸开。生命固有的色彩变得黯淡,舞动晃荡,消散在观察工地的视野四周。"我将其称之为:碎片化的统一。强调实体的多面性,远非掩盖它,而是竭力在多元性不明显之处想象多元性,但为了逼迫多元性去表现爆炸式的碎片统一。黎明,看到一群鸽子起飞的人恰似看见清晨像一座火药库给炸开了,说道:"这种爆炸就是震旦曙光遍地。"

对于这类精神族来说,美成"爆炸的积淀"(布勒东语,参见《狂爱》),由于空间具备僵尸般的难以识透性,诗人们的灿烂礼花产生一种征服力,从神性到无限,无坚不克,成为自命不凡的萌芽。每个客体向四面八方延伸,穿过千山万水,而自身存在却岌岌可危,陷于无限的四马分尸的境地,在紧守着自己不放的同时,投身

---

① 乔治·鲁奥(1871—1958),法国画家,早期作品多为风景画(1895—1903),尤其《圣经》和神话场景画最为突出,显露唯灵论倾向的浪漫气质。
② 胡安·格里斯(1887—1927),西班牙立体主义画家,其代表作《窗前静物》(1915)是立体主义空间与文艺复兴空间的完美结合。

于汹涌澎湃的陆生潮汐,每时每刻在虚无中征服新的存在区域。这种酒神狄俄尼索斯式的神话让我们一饱眼福,使我们感到浑身是力量。至于诗人,他从自尊汲取源泉,尽管这种自尊是穷凶极恶的,依然认定不统领一切死不甘休,但这种充满自信的慷慨是自生自灭的。创造者的神话,不禁使人想象摩尼教信徒们崇拜的神明被活活钉死在十字架的同时,整个世界变成"光芒四射的十字架"。但对于刻意改变生活和再创情爱的人来说,耶稣只是个累赘。抑或更确切说,这位人类救星遇万事不离其"悲怆的面孔",其实他自己也是人。艺术家的追求是迫使大写自然的外在向人类体现世人的升华。

故而迷思,依旧迷思,这不,印象派块状化、形状碎片化,轮廓边线被否定了。这么看来,马松的蓬勃活力,也成迷思了。塞尚、鲁奥、格里斯的绘画泄露了他们对万能神明的信仰,不管他们承认也好,不承认也罢,马松的信仰却有自己的特征,则是卡恩魏勒①所谓的"存在元素侵入"。

但不必去从中寻找焦虑,或至少,首先大可不必。不过,因为形象画家们正千方百计描绘没有世人的自然,依然相信实验者可以摆脱经验从外部静观自然。马松知道实验者是实验系统不可或缺的部分,是有形事变的真正要素,也知道他变更了自己的所见所闻,并非精神使然,像理想主义者们那样一意孤行,而实实在在的人间见闻,仅凭亲眼所见。这位艺术家想把画家置于画中,让我们看到有人居于其中的世间。人们不禁想称他为动势画家,但又不完全准确。画家并不怎么想方设法用形象把一个现实的动势表现

---

① 卡恩魏勒(1884—1979),德裔法籍画商兼艺术批评家,为推崇立体派和野兽派艺术作品做过重大贡献。

在一幅静止的布画上，更不想揭示静态的潜在动势。他没想多久就把轮廓外形取消了，而对他这一代画家来说，塞尚以及立体派的影响虽然非常强大，但很快就投身改变立体派的意义的斗争了。与此同时，他千方百计固化永久性的颠覆，即系列性原形质的碎片化，从而组成事物内在结构，即事物的实体。他执意彻底改变把事物按路线图圈起来的线条，而将其变成箭头，标在地图上指引路程，为军队行程、为执行使命标识方向，或为了识别风向。然而，是谁的路线图呢？是谁的行程或什么路程？正是此处揭晓马松的原始神话，作为世人的神话，作为画家的神话。

等于说，在黑板上划的一条线：连成线的各个点同时存在，就是说，值得特别提出的，我可以自由扫视由点连成的系列，朝哪个方向都行。不妨由我"抽取"这条线，并用我的眼睛"尾随"它从黑板这一头移向另一头。不过，我的视线从右到左或从下朝上移动时，脑子里，甚至视觉的肌肉里，都可能感觉到从上往下或从左到右的移动，以至于眼睛所完成的动势让我觉得好像纯粹是我任性的结果，跟受注重的图形毫无关系：线条是僵滞不动的。然而，在某些情况下，因为某些原因，我的视线不得按照一个既定的路程尾随这条线。在这样的情况下，我的视线从一个点滑向另一个点，好像一粒弹球在一个倾斜的平面滑行，其动势不言而喻，是不可能出现其他动势的。

然而，既然人们不能让时间倒流，那我更不可能沿着这条线逆向尾随，这种不可能性给予空间在限定的区域内具有不可逆转性，而此类不可逆转性只属于时间：我把自己眼睛的动势抛向这条线的同时执行了眼睛的动势，而感觉动势却来自线条，并把明亮的尾流变成它的一个特性。线条已经存在的同时，迫使我给它划出来。因此，接续交替体现着并行不悖，空间吸收时间，浸透时间，将其反馈给我；既然因果性只是一系列不可逆转的时刻单一性，线条中止僵滞，表现出某种内在因果性：由此每个点使我觉得我为了达到它而尾随众点的结果，也是我将继续尾随众点的原因。这个点被前一个节逐出之后，仿佛是向自己身外抛出接续的节，实际上，它只是把我的目光向前抛出而已。才思把各个点并列连接在直观把握的合成统一之中，与此同时，每个点的因果性起着粉碎力很强的作用。从而，媒介同时作为实体和事变的姿态出现。好像出于自身的原因吧，因为线条既是早已存在，又通过我们的视线做中介进行自我创新。

言归正传，讨论绘画吧。如果被描绘的对象外形只是一条线，那么一切就陷入无时间性的惰性永恒之中；但，如果画家能使轮廓变成种种媒介，那么观者的眼睛就赋予它们具有旋律性的递嬗统一体：这种统一体是鲜活的。这正是马松的梦想：让他的绘画变得比立体派或野兽派的作品更加急需、更加迫切，刻不容缓！让他的绘画隐藏额外的需求吧！他的理想在于：如果你们有好的审辨力，一切将在你们的眼皮底下安排成形，创造成功。如果你们懂得按逆反方向审视，那就让一切分崩离析吧。他的问题在于：怎么迫使我们抓住他的画作线条，特别是作为媒介的物体外形。换言之，什么样的心理因素能够迫使我们朝确定的方向看清一座大山或一条大路？

回答是明确的：一条线要变成媒介，只有它能向我反馈我拥有用目光尾随这条线的固有能力才行。它好像在每个点上都留下它的过去，同时它好像又在每个点上超越自己，面向未来，但事实上，是我超越自己，而媒介的方向只是我最近的未来临时定位。然而，线条本身是很简单的多点并列连续，不是什么物体结构，而它的需求产生于世人赋予它的意义。

从我窗下经过的大路，我可以把它变成一条系带或一股熔流。前者，我从它的物质层面去看待；后者，我从它的意义整体性去考量，不管作为人群走过留下长长的足迹，抑或作为一辆固定的运载工具以备送我去上班的地方，我掺入这一长条痕迹中的东西有：留下足迹的养路工所做的定向工作，经过大路的卡车所散发的生命力，由大路连接的东方大工厂所发出的呼唤，等等。但，要说一座高山，并非人为所造，怎么讲？我可以随意将其视为大路上山越往上山体越升高，抑或大路下山越往下山体越崩塌。是的，但要根据某个准确的主题迫使我从最低处往最高处"阅读"，以便从中寻找一种放肆攀登的动势，抑或从最高处向最低处"阅读"，让下山向我反射使我纠结的各种社会力量的形象以及我自己内心的崩溃。

总之，线条或画面硬要当作媒介让人承认，只有通过独特的手法才能向我体现人的超验性。凡是媒介，都是迷思，因为它隐秘地诉求神人同形同性论：那是个神圣的空间。

画家若想把他的画搞得生机盎然，他就得使事物体现出人的越验性，就得把事物整合一体，其严格的程度胜于色彩的调和与形状的一致，同时让它们在一起介入人的同一个动势中，还得让它们稍稍攫取、抛弃、逃跑的动作，最后还得让人，不管明显可见或隐秘不露，成为磁极，把整个布画都吸引过去。

以上正是马松的意图。但在他，目的和手段是混淆不清的：世人之所以跟他的绘画和雕刻纠缠不休，是因为他透过人看出人性，看出纵横交错于其画作的霹雳闪电表现了这位酒神狄俄尼索斯式的艺术家把自己变成原始选项，看出自己拒绝剥离世界而占据九天俯视世界，看到自己毅然决然深入探究生物之心灵和描绘潜入世界所激起的波澜。人是折射的介质，马松通过人这个介质看待事物，刻意表现给我们看，像一面哈哈镜折射出人的千面百目。因为,在马松心目中,人本身就是透过人看出来的。

十九世纪的画家,倘若要表现某个面目可憎的人物,给他画上画家认为能引起我们可憎可怖的形状和色彩就得了,但马松则硬要让他笔下的魔鬼们自己引发狰狞面目,而不是由我们受惊吓的目光所产生的各种奇形怪状。提香笔下的女人,鲁本斯笔下的女人,秀色可餐,富有性感,而马松硬要把女人画成被男人动了欲念的样子,把她当成酵素来搞,让面团发酵,把面团拉长,加以塑造;乳房的外形留下被一只手抚摸过的痕迹,整个玉体变成一条雷电,闪烁着被强奸的幽光:他背负的却是自身的蹂躏。圈圈多多益善,可诱发盘旋飞舞;垂直线越多越好,可诱发上升、坠落、雨水;光线越多越好,可诱发能量的种子。"宇宙起源,萌发,杂草丛中昆虫起舞;蛋破雏出或眼珠凸出,在土地母亲的怀抱里,在土地女人的皱襞深处"①。故而必须让外形翩翩起舞,这类盛大的巫魔夜晚只有一个目的,那就是用尽一切办法促使生物的坚硬种子变软发芽,千方百计释放生物内在的能量和导致生物体内新陈代谢。马松刻意描绘时间。

他如何描绘时间呢? 中性和僵滞的画面,我们随意可以看到静止的或动势的,如何把它们固定在他的布画上,从而迫使我们永远不再感觉它们处于休眠呢? 如何迫使我们永无止境地,甚至老大不乐意地把它们看成隆突鼓胀,雄劲勃起,软塌陷落,熔流滚滚,涡流旋转,漏斗似的挖掘生物的肉蒲团呢? 那座大山,我瞅着它像一大堆昏昏沉沉的东西,他如何使我觉得把它变成向上的陡坡又突然崩塌,朝偏斜方向塌陷,然后向东方逃遁呢? 他不断探索手法,寻求解决办法。马松会不会放弃单线画? 不会,除非等到他实

---

① 引自法国作家兰布尔(1900—1970)著作《安德烈·马松及其世界》第103页。——原注)

在画不下去了才罢手。他简直成了轮廓画的囚徒,被判定了,被限定了,但一味要让他的布画非得碎化绽放不可,这种强势繁殖的矛盾是他所有进步的根源。

从这个角度看,他的种种神话其实只不过是他曾尝试过的办法之一,也许是最幼稚的吧。一天,他把太阳关进捕鼠器[《捕日器》(1938)],用钢牙囚住太阳别无目的,只是展示太阳的"强度性"及其"逆境率":被囚的星球变成"老鼠",呈温顺的圆块,沿着钢杆,狂乱地滚动。但毕竟是个猎物,这个巨大的怪家伙见证了人类在星际空间的显现,证明人的存在,正如天穹有规律的运动经久不息证明上帝的存在,以资证明他也有那么一点儿文学天赋。

但,马松很快放弃了文学性手段,而从事谜语式画风:既然只有世人才能使自然具有感染力,那么世人的形状是他要到处渲染标记的,是他要炫示于万物之巅的,是他要化解为植物束状和矿物溅污。这棵树是一只手①:请别追究马松想说什么,要不然您会陷入文学领域。马松不搞文学,他一点也不想说出他的本意,比如说,树枝是手指,仅仅因为手指叉得开,张得开,或收得拢,以便攫取和握紧,他只要求把手指变成树叶束状。这些片状物②之所以使人想起骨骼的形象,是因为站立只属于人类的姿态,也属于几种猴类的姿势,而马松的画里,则体现站立的山头。请看《马提尼克的风景》(1941):山丘画成一条条大腿,一块块腿肚,一具具性器官;树根画成一只只手,却不失为依然是树根。您要是乐意,可以从中看出一堆横七竖八的阴茎抑或一幅人体器官的全景图。但,若想从中找出某种泛性感化的征象,那是徒劳的、危险的,否则我

---

① 引自《安德烈·马松及其世界》第38页,参见《两棵树》(1943)。
② 即《生物之顶峰》,参见《生物的神话》(1939)。

们又陷入隐喻之道。腿和腿肚承担战图上勾勒的箭头功用,即战略行动计划的功能,把山脊线路和乳头似的圆形山顶变成媒介,更使我们印象深刻的是半露半掩的肌肉暗暗牵动着整体,不为我们的视线所注意。

至于女性的生殖器,我们从马松许许多多画作中都可看到,但既非让他想起生殖,也非发情,或至少一开始是如此。它体现玉体失调、迸裂、爆炸性解体。从他的《女人素描系列》(1922)开始,马松责令他的女模特们叉开双腿,使人联想起阴阳两种力量在同一个点上行动,同时双方各自把对方朝相反的方向吸引;性器官这个有裂缝的肉块在这样高度紧张的作用下爆裂碎化。所以,马松的铅笔往往把这种爆裂搞成累累痕伤。不管怎样,我们一再在他的风景画中发现这种性画面。勾画出的或着重点出的性器官,反正是在叉开的双腿之间被折磨过的,既非标记也非象征,更像驱动模式。正如兰布尔所说,因为马松的画作是以纠葛为特征的。并非马松特别具有挑衅性,而是这位沉着的精神失常者一味表现人的升华,刻意把人的升华描绘在物体上,这种升华在人自身表现的性高潮却总是提前或滞后来到,既是原子又是波列,一方面还被囚在现时存在的陷阱里,另一方面却已经进入未来,很远的未来,向往着原子的主力部队将占领的地方。这种不调和性绽放出神话,强迫马松接受其形状和主题。既然我们保留外形,既然我们执意指明他通常显示的事物反面:并非限度性,而是爆裂性,并非实在受挤压的惰性,现时的实在是什么样就什么样,别无其他,但是别样的实在与现有的实在不一样,永远不完全一样。我们被引导把单线画视为一种模棱两可的现实,正如双线画,圈圈相遇,一环套一环,既属于某个圈的周界,也属于另一个圈的周界,双线扣在一起既是自己又是别人,互相拉扯。

兰布尔已经指出:"画作的主要角色是一种动势,净化的线条,虎虎有生气,甚至有一股刚性的冲劲,条线在环环相扣中并在各个末端挂着一些个体的标记,我们从中认出:头和嘴,鸟儿的冠毛、羽毛,一绺绺体毛,爪子,等等。"

但这一切是满足不了马松的:一根线条像箭一样从一个点射向另一个点是不够的,还必须让它在驰过各个点的过程中产生一种变异,成为一个状况与另一种状况之间的一种传承。要想剔除全部的僵滞,外形就得包蕴正在发生的脱胎换骨变化,就得不让别人知道外形最后变成一个人或一块石,因为在外形周界之内石正在变成人。因为在马松的作品中事物双倍地具有人性:事物变成世人,以形象表现事物的特征使人同时联想起动势和质的变化。由此导致马松描绘出一整套巨变奇观:他把矿物界、植物界和动物界变成人类界。

马松抱着一以贯之的精神,把由内在关系构成的双色性形状统一起来,而内在关系既是排挤推斥的,又是色调不一的,所以他首创把两者对立在不可分离的统一体中,诸如仇恨、色情、冲突的统一体中。他画《两棵树》(1943),把树画成一半男人一半女人还不够,还得让它们做爱;在《强奸》(1939)中,两个人物紧紧融合在一起,融合在同一个伤口、甚至同一个性器官的单位中。从而产生诸多主题:强奸、谋杀、单独格斗、剖腹、捕人。尽管如此,这个残酷的畸形世界只不过是我们世间的全面再现:所有暴力并不象征我们性欲和本能的野蛮,而是为了在布画上固定我们最温柔最人性的姿态;为了画出最纯朴的性欲,所有这般狂暴的色情变态并不过分。施虐淫、受虐淫,一切都为动感服务;从被折磨的农牧师这个人身羊头羊角的幻想生物身上,必须看得出最平常的动物、植物、世人的特征。以上种种梦魇,马松深信不疑,这却是他无神论现实主义导致的结果。假如上帝不存在,悬岩、植物倒是存在的,人为人自己而存在。

如今,他献给我们的图形组成他最终的神话。具有自我意识的艺术旨在表达动势的各个阶段,这是动势和生成的图像表现,必须追寻的。别无其他,现有的已经不错了。请看这幅画的题词:

> 长翅膀的人们被困在冰岩里,只有抛弃他们的机体才可摆脱这座多面体的喜马拉雅。

首先是什么呢?一股喷射:一束箭,一派上升的、散射的动势。

为什么这些人长翅膀?为什么这些翅膀体现的就是人?因为没有翅膀,人们可以摆出挺直的样子,但升腾不了:大地始终是他们的支撑点,最终受制于地心吸力。不过倒是可以看到他们蜷缩起来,做个假招,让自己的双脚吃紧来承受重力。而翅膀则让动势臻于圆满,一劳永逸:翅膀本身并没有动力,只是通过其意义来表示活力。请仔细瞧一瞧这些翅膀:它们笨拙碍事,老要掉下来似的,像风中雨伞翻来转去。唯有人体可体现用力,拔起,为什么画中人一个个像无头的畸形动物?因为头脑中止动势,或对其有利时,引导动势,改变动势,即便草图画出来,也太显眼了,因为力量显得更强势,从而更盲目。这些生物塑造出来是给人看的,不是为了看而看的。只要看一眼就把一切凝固住了。

为什么血迹斑斑?为什么塑造水晶多面体?鲜血,疼痛,肌肉抽搐,表现抵抗,赋予纯介质一种攫取的力量;甚至于惰性也是一种腕力,一种压榨力。倒过来说,这些压榨力必须是惰性的,把肌肉和矿物之间的反差推之极点很恰当。有什么比水晶玻璃多面体更好地象征矿物那种纯粹而抑郁的倔强呢?翅膀、鲜血、水晶,都是为动感服务的画片,而人体则相反,提供了起飞的直接再现。

视线则在重重矛盾的拉扯纠缠中爆裂了，比如这位少年弯腰，活像阿特拉斯大力神，因为要背负世界；他俯身，却因为要采摘一朵花。他俯身吗？他弯腰吗？您可以按您的意图去看两者，而两者之间的争执已经是一种蜕变了。

请看一位女巨人双手中的一个小小男人。瞧瞧他吧，他笔直倚靠在一块岩石上，岩石像女泰坦，整个儿变成悬岩，她的背部，她强壮的肩胛都是石化的。请抬起眼睛，瞧女巨人本身，石化的外表却正在销形匿迹，一切在移动，女泰坦无影无踪，变成一个女人腾起奔向天空。

另一幅同样如此，一双双巨手托着微型女人相当好地表现人类状况的暧昧性。瞧瞧她们吧：女人变成小塑像，护身符，僵滞的玩具；女人的双手凝固了，变成大理石双手，简单的物质托架双手。正因为我们的视线在运作变体，恰似圣餐中面包和葡萄变为耶稣的身体和鲜血，正因为是我们的视线用对大理石的记忆来纠缠大理石。到处是受挫折的期待，未实现的盼望，感觉发生了有意识的蜕变：性器官爆裂了，头脑炸成花朵，女性玉体分崩离析成雾霾，而雾气中充满着鲜血。马松从来没有如此完美地玩弄线条，既减轻了外形，又调动了外形，他画面的移动变化和盘旋回转也从来没有如此丰富地具有感召力。他至善至美地掌握演绎神话的技巧。

正因为如此，他会抛弃这种技巧。其实在画画时，他并不清楚自己笔下的画是告别之作，但也不是完全没有意识到，他感觉到他的手艺已大功告成，找到了解决自己问题的办法。然而，必须寻找其他解决办法，他不能满足于某种幸运的独特想法，因为一旦付诸实施，有可能蜕化为程序。作为变异画家，他的艺术必须随他自身的变异而变异。他对自己所作所为看得很清楚，眼下不再视而不见自己处于实施的困境,发现在自己的神话中某种作弊特技:他的作品不尽然是构图,还连带某些意义,可谓意义溢于图形。为了使他的雕刻或布画富有生气,马松发觉自己也求助于象征。为了使他的女性雕像或画像富有某种令人不安的柔弱,为了使我们有陷入其境的感觉,他运用轻雾缭绕,就是说雾给观者展示意念与情感是紧紧结合在一起的。他仅仅部分勾勒轻雾绕身的女人轮廓:这是一个开放的形象。然而,他之所以放弃线条,之所以摆脱轮廓画,是因为他选择描绘轻雾缭绕的实体允许他抛弃线条轮廓画。假如他甩掉栏杆、线网、跳板,还有什么保护措施能框住他的艺术呢? 假如他凭一声简单的号令弃置不顾轮廓画呢?

其实很久以来,马松一直耐着性子千方百计消耗轮廓画,一九四〇至一九四七年之间,他在勾勒轮廓画的同时,试图剔除其价值和功能:它们乐意待着就让它们待着吧,待在画作里,待在草图上,但必须停止定义"限定性",斯宾诺莎说过:"一切规定性皆为否定。"马松试图否定的,正是这种规定性。时而,他用粗线条在挖掘主体内部的同时,把勾勒形状的外部线条端部画得又细又薄:笔触着力之处落在实体上,条纹、条痕、解理呈现为肉体内部的变异,而为肉体划定界限的定线是枯萎的、僵滞的、纤细的,好像其扩展突然暂停了。① 时而,造物者被螺旋形龙卷风拔地而起,作茧自缚似的轮廓,被这种生动的绳形线条突然啄住,紧贴着螺旋形卷筒,随之转动,根本不像抵抗内部力量所竖起的障碍,倒像被"内里空间"②所牵引。时而,他在自己的图画上涂满杂乱无章的曲线、晕线、逗号,而就本意而言的轮廓则迷失在这片森林之中,被杂草吞

---

① 《乔治·兰布尔》(1946),《正在谈话》(1946)。——原注
② 《干活》(1946)。——原注

噬,即使保住自主性,也将失去鉴别的功能。难道是勾勒面貌"内部"无数删划杠子中的一杠①? 抑或是构成背景的众多删划杠子之一? 他没有抛弃删划杠子,却把图解的形式抹掉,未免过分了吧。但就在同时,凭借穿透萎蔫的薄膜的渗透作用,背景渗透出形状,之后形状在背景中流淌消散。更为大胆的还是,他后来把轮廓分成两份,画出的一张脸好像被抛在头部的前面,这一次是形状开始爆裂,脱离自身主体。只剩下一步要走,但已经迈出去了。

从一九四八年开始,外形消失了,活生生的实体破壳而出,布满画面,不再有任何阻碍了,马松尽可以纯正地向我们揭示他的酒神狄俄尼索斯的神话了。斯多葛画派发表怪论:"如果一条腿掉入海里,整个大海就变成腿海了。"腿、大腿、乳房,在他的晚期,掉进天空,坠落水中,整片水,整片天,四面墙,天花板,全变成乳房或大腿。神话就一无所用了:不再需要把一座山画成一条肌肉发达的、扭扭弯弯的腿了,因为一切都混在一起了:腿寓于山中,山寓于腿中。一九四七年马松写道:

"请想象瀑布前面一头长而密的秀发……"

然而,他若想把瀑布改变为长发,那是为了使不似瀑布胜似瀑布,使一头蓬松长发的性感分量让我们感到水坠落那样变化不定的温柔快感。现如今,这些比较已不再必要。诚然,我们依旧看得到一些蜕变。但不再是一只鸟变成人那样变形化了:蜕变这里是指某个东西变成鸟类。一天,康拉德②写道:

"我且听得震动、沉闷的敲打声……原来是下雨了。"

这正是马松当下想画的:不画腾飞,不画山鸡,不画山鸡起飞,

---

① 《马松自述》(1945)。——原注
② 康拉德(1857—1924),英国波兰裔小说家。

而是画了一次成为山鸡的起飞。他去了田野,灌木丛中一声火箭炸响,山鸡炸开花,这就是他的画作。他全盘保留先前所有的探索成果,但将其有序地排列在一种新的合成之中。仅仅在这个时候才适合让我们返回他一九四七年的图画,也仅仅在这个时候我们才能懂得这些图画。

一九四七年,这些图画才臻于完美,好像自我封存了:这正是马松的风格:自己倒是有限定的、有外形的。今天,雕刻爆裂碎化了,令我们震撼不已,因为我们可以从中悟出另一种风格的告知即将降临,尽管依然不确定。

导言《以性欲为题材的二十二幅图画》(1947)
译自《处境种种》第四卷

萨特评说萨特

记者：您怎么看待自己前期的哲学著作，尤其《存在与虚无》（又译：《实有与虚无》）与目前的理论专著《辩证理性批判》之间的关系？

萨特：根本问题是我与马克思主义的问题。我想通过亲身经历设法解释早期著作的某些观点，因为这有助于理解为什么我在第二次世界大战以后彻底改变看法。可以简单地说：生活教我懂得"势在必行"。事实上，我本应该从《存在与虚无》（又译：《实有与虚无》）就开始发现"势在必行"，因为当时别人让我当兵，而我却不乐意。所以，我已经体验了不属于我的自由，从外部控制了我。人家甚至把我俘虏了，那偏偏是我千方百计要摆脱的命运。就这样，我开始发现人在天地万物中的境况，我称之为"实在于人世"。

然后，我渐渐发觉人世要比这复杂得多，因为抵抗运动时期似乎出现自由决定命运的可能性。我以为自己最初的剧本是非常具有征兆性的，反映了我在战争年代的精神状态。我把这些剧本称为"自由戏剧"。有一天，我重读为《苍蝇》《隔离审讯》及其他剧作所写的序言，真正感到无地自容。我曾写道："无论形势如何，不管处在何处，一个人总能自由选择是不是当叛徒。"念到这句话，我自言自语："难以想象，当时我确实这么想的呀！"

为了搞清楚我之所以这么想,必须回顾抵抗运动时期产生一个非常简单的问题,归根结底是个勇气问题:必须接受行动的风险,就是说被捕入狱或流放远乡的风险。除此之外呢?一个法国人只能要么拥护德国人,要么反对德国人。没有其他选择。真正的政治问题引导您"拥护,但是……"或"反对,但是……",在那个时代是不存在的。由此我得出结论,在任何形势下,总会有选择的可能。这是错误的。错误到家了,以至于后来,我决意批判自己,在《魔鬼与上帝》中,我塑造海因里希这个人物,他无法选择了。当然,他很想选择,但他既不能选择抛弃穷人的教会,也不能选择抛弃教会的穷人。他完全被他的境况束缚住了。

然而,所有这一切,我很晚以后才明白过来。战争的悲剧给我的,正如带给所有参加过这场战争的人那样,是英雄主义的经历。当然不属于我的英雄主义,我只不过扛过几个箱子而已。但被捕入狱并经受拷打的抵抗运动积极分子对我们而言已经成为神话。积极分子当然是真实存在的,但对我们而言,代表着一种个人的神话。难道我们自己在严刑拷打下也能坚持下来吗?那是关乎体力耐抗的考验,不是什么挫败大写历史的诡计和揭穿异化的陷阱。一个人被严刑拷打:他怎么办?招供抑或拒绝招供。这就是我称之为英雄主义的经历,对我而言,是一种未亲身经历的英雄主义。

战后,真正的经历来临了,即社会经历。但我认为,对我而言,必需首先通过英雄主义这一关。战前的人物,一种自私自利的、斯当达尔式的个体,必须身不由己地被投入大写的历史中去,以至于战后作为被自己的社会存在完全约束的人能够迎战错综复杂的问题,并成为对自己的社会存在负责任的人。因为,我从未间断发挥的思想是,归根到底,每个人总是要对别人把你变成的样子负责的,即使充其量只能承担这种责任。但我又认为,一个人总能做一些事情，不管别人把他看成什么样子，这就是我今天给自由下的定义：把一个完全受约束的社会人变成一个不构成受其约束的整体性的人，这个小小的演变使热内成为一个诗人，而他先前是因为完全受到制约才成为小偷的。

《圣热内》这本书也许是我把自己有关自由的说法解释得最好的。因为，热内先前不得不当小偷，他说了"我是小偷"，这一小点儿差距是他成为诗人进程的开始，之后，说到底，就是一个不再是社会之外的人了，只是一个不再知道置身何处的人，一个静默的人。处在像他这种情况下，自由不可能是幸运的，自由不是一种凯旋。对热内而言，自己仅仅打开一些道路而已，而这些道路并非一开始就向他开放的。

《存在与虚无》阐述内在经历，与外在经历毫无关系，这种内在经历，在某个时段，对我这样的小资产阶级知识分子，是历史性灾难。因为，不要忘记，我写《存在与虚无》是在法国失败之后。然而，灾难不包含教训，除非灾难是实践的结果，除非可以自责："我的行动失败了。"这样，在《存在与虚无》中，您可以称之为"主观性"的东西如今对我而言已经不是了：演变程序中的微小差距使一次内在化本身再次外在化为行动。现如今，不管怎么说，我觉得"主观性"和"客观性"的概念完全没有用了。没准儿我偶尔还会使用"客观性"这个词，但仅仅为了强调一切皆客观。个体的人把社会决断内在化。即把生产关系、童年时的家庭、历史经历、当代体制统统内在化，然后把这一切再次外在化为行为和选择，这些行为和选择必然把我们反馈到所有已经内在化的东西。但，这一切《存在与虚无》中根本没有。

记者：在《存在与虚无》中您给意识下的定义完全排斥无意识的可能性：意识对自身始终透明，即使主体躲藏在"真诚作弊"（又译"自欺欺人")的欺骗性屏障后面。不过,从那个时代之后,您写过一些东西,尤其写过有关弗洛伊德一部电影脚本……

萨特:我中止与修斯顿合作,恰恰因为他不懂什么是无意识。所有麻烦来源于此,他要求把无意识去掉,用前意识替代。反正,他不要无意识,不惜代价……

记者:我想请问您的是,现如今您对弗洛伊德的著作给予怎样的理论定位?鉴于您的阶级出身,也许并不令人惊奇您战前没有发现马克思。但弗洛伊德呢?您本该可以接触到的吧,即便在那个年代,无意识艰深难解,令人摸不着头脑。这与阶级斗争不是一码事嘛。

萨特:不过,这两个问题是有联系的。弗洛伊德思想和马克思思想都是外在制约理论,两者莫不如此。马克思说:"不要去管资产阶级认为做什么,重要的是资产阶级做什么",只要把"资产阶级"换成"歇斯底里患者"就可以变成弗洛伊德的说法:"不要去管歇斯底里患者认为做什么,重要的是他做什么。"话是这么说,还是应该从我自己的经历来解释本人与弗洛伊德著作的关系。不容置疑,我年轻时对精神分析学深感厌恶,也应该被解释为同样对阶级斗争一无所知。因为我是个小资产者;所以我拒绝阶级斗争。同样也可以说,因为我是法国人,所以我拒绝弗洛伊德。

此话绝大部分是真实的。永远不要忘记在法国笛卡儿理性主义的重量。我十七岁刚通过中学毕业会考(业士学位考试),满脑子基于笛卡儿"我思故我在"的教程,彼时打开《日常生活中的心理变态》,读到家喻户晓的西纽雷利故事,充满置换、位移和组合,这些东西意味着弗洛伊德同时想到的是已经自杀的病人,土耳其某些习俗以及其他许多事情……不禁令人感到窒息。

反正弗洛伊德的这些研究,与我当时操心的事情毫无关系,我专注的是给现实主义打下一个哲学基础。这事儿,依我看,今天有可能了,我毕生为之尽力。问题在于如何给人提供自主权,同时使他在现实客体中具有自己的现实感,既可避免唯心主义,又不至于落入机械唯物主义。我用这些措辞提出问题,因为我当时不懂辩证唯物主义,但我应该说这使我后来能够为辩证唯物主义提出某些局限,在声明历史辩证法有效的同时,抛弃自然辩证法,因为后者让人像一切事物那样沦为一种自然规律的简单产物。

言归弗洛伊德,不好意思,我无法理解他,因为我是个法国人,受到笛卡儿主义的养育,满脑子理性主义,无意识这个理念使我非常反感。但不仅仅就此而已。时至今日,我确实依然反感弗洛伊德那个不可避免的事情,即他求助于生理学和生物学的言语去表达缺乏这个媒介就无法转移的理念。结果,他用来描述分析客体的方式饱受机械论痉挛的痛苦。他有时也成功地超越这个困难,但更经常的情况是他运用的言语孕育着一种无意识神话,这是我无法接受的。我完全同意说伪装现象、压抑现象,作为现象,确实存在,但"压抑""贬责""冲动"这些词语,在某个时刻表达一种目的论,在随即时刻则表达一种机械论,我一概否决。

举"凝结"为例,这是弗洛伊德表达情绪矛盾的用词。我们从中可以看出只不过是一种联合现象,恰似十八和十九世纪英国哲学家和心理学家所描述的观念联合现象:两个形象被一种外部干预联合在一起,使两个形象组合成第三个形象。这是经典的心理学原子论,但是,我们也能把这个说词解释为表达一种合目的性:凝结产生了,因为两个形象的融合回应一种欲望、一种需求。这一类模棱两可在弗洛伊德的作品中到处可见。由此产生一种奇怪的无意复现表象,既像严密的机械论规定性,就是说像因果性系统,又像神秘的合目的性:有无意识的"诡计"存在,就像有大写历史的"诡计"存在。在许多分析家的著作里,反正在早期分析家的著作里,总有这种根本性的模棱两可:无意识首先是另一种意识,其次,之后的时段,是与意识不一样的东西。这种与意识不一样的东西变成一种简单的机械论。

因此,我指责精神分析学是一种诸说混合思想,而不是辩证思想。尤其"情结"这个概念清楚表明了这是无矛盾的相互渗透。当然我承认每个个体的脑子里都有大量"潜伏的"矛盾会在某些境况下表现出来,更多是通过相互渗透,而不是通过冲突。但,这并不意味着矛盾不存在了。

这种诸说混合的结果,众所周知,例如精神分析学运用在恋母情结上:他们随心所欲运用固恋母亲,无论对母亲的爱,还是对母亲的恨,一概固恋不已,梅拉妮·克莱恩①如是说。换句话说,可以从恋母情结中提取一切,既然没有一定的结构规范。分析家可以说事,但话音未落,就说相反的事,根本不管是否符合逻辑,因为反正"对立面是相互渗透的"。一种现象可以有这样或那样的意义,但它的反面也可以定为相同的意义。因此,精神分析学说是一种"蔫不唧儿"的思想。它并不依仗辩证逻辑。精神分析学家们告诉我们,这种逻辑在现实中不存在。对此,我不以为然,我坚信情结是存在的,但我压根儿不信情结没有一定的结构规范。

我尤其认为,假如情结是有真实结构的,那么"分析怀疑论"就应当被摒弃。我称之为精神分析学家的"情感怀疑论",是指他们当中许许多多人坚信连接两人的关系,无非只是对具有绝对价值的原始关系的一种参照,无非只是对父母之间无从比较的和难以忘怀的(尽管已经忘记)"初次场景"的一种讽喻。说到底,被成

---

① 梅拉妮·克莱恩(1882—1960),英国精神分析学家。

年体验到的一切情感,对分析师来说,都变成另一个情感再生的机会。此言有部分真实性:一个姑娘固恋比她年长的男人可以解释为她与父亲的联系,同样,一个男孩固恋一个姑娘则可以解释为一堆错综复杂的原始关系。然而,在经典的精神分析相互渗透中所缺乏的则是一种不可制约性的辩证理念。

真正的辩证理论,正如历史唯物主义,无论哪种现象都是辩证地从一些现象引出另一些现象:辩证的现实均有不同的形状,其中每一种形状都受先前形状的严格制约,既融入前者又同时超越前者。恰恰这种超越是不可制约的:永远不能以一种形状去缩减先前的形状。正是这种自主性的理念在精神分析学说中是缺失的。两人之间的情感或激情大概受到他们与一个"原则客体"的关系强烈制约的:人们能够重新找到这个客体,并用来解释新的关系。这种关系本身依然是不可制约的。

我与马克思的关系和与弗洛伊德的关系有本质的不同。发现阶级斗争对我而言是一个真正的发现:今天我依然完全相信马克思笔下的阶级斗争。时代变了,但始终存在相同阶级之间的相同斗争,并以相同的道路走向胜利。相反,我不相信精神分析学向我们提出的那种无意识。

在我论述福楼拜的书中,用了我称之为"实际经验"这个词,替代我先前有关"意识"的概念,尽管我依旧经常用它。我一会儿试图解释用这个词的含义,并非指前意识的庇护所,亦非无意识,又非意识,而是平台,即个体经常被自己、被自己的财富完全占据的平台,在这个平台上,意识有诀窍通过忘却来自我定位。

记者:在《存在与虚无》中,根本不涉及梦,而梦对弗洛伊德来讲,代表无意识得天独厚的"空间",精神分析法得以发现的领域。您在目前的研究中是否力求赋予梦的空间一种新的地位呢?

萨特：我曾在《意象》中大谈梦幻，对福楼拜的研究中也谈到一些梦。不幸，福楼拜自己很少谈梦。不过也谈过两次，都是一噩梦，非常令人吃惊，尽管也许部分是杜撰的，既然两次噩梦都出现在《一个狂人的回忆》中，那是福楼拜十七岁时写下的一本自传。其中一场梦上演他的父亲，另一场上演他的母亲：两场梦都是揭示他与双亲的关系，令人一目了然。

很有意思的是，实际上福楼拜从来只字不提双亲。事实上，他与父母的关系十分糟糕，出于一系列的理由，是我试图在书中分析的。总之，他从不谈起双亲，他们甚至从未在他早期的作品中出现过。唯独一次他直接影射父母，恰恰是在一个精神分析学家等待着他讲述一场梦境。不过是福楼拜本人自发讲出来的。直到暮年，去世前五年，他发表一个中篇小说，题为《圣·于连修士传奇》，明确指出他三十年来一直想写这个中篇：讲述一位男子杀死自己的父亲和母亲，通过这个行为之后的一系列故事，终于成为一个圣人，就是说，对福楼拜来讲，成为一个作家。

因此，福楼拜用两种非常不同的方式来看待自己。第一种方式不超过平常描述的水平，比如他给情妇路易丝写道："我是什么呢？我聪明还是愚蠢？我灵敏还是笨拙？我偏狭还是大度？我自私还是忘我？根本说不清楚。我推测自己像大家一样，在两者之间摇摆……"换句话说，在这个层面上，他完全迷茫无助。为什么？因为这些概念本身毫无意义，只有在两个主体之间才有意义，就是说与我在《辩证理性批判》所谓"客观精神"比较而言才有意义，而"客观精神"关系到群体或社团的每个成员自我评价和被他人评价，就这样与其他人形成一种内在性关系，即建立在共同的信息或共同的背景之上的内在性关系。

同时，我们总不能说处在创作活动顶峰的福楼拜对本身最暧昧不明的历史起源一点也不懂吧。一天,他写下一句精彩的话:"毫无疑问,你们跟我一样,你们大家都有同样可怕又恼人的深渊。"涉及精神分析领域,还有比此言更好的描述吗?因为在这个领域,人们不断取得可怕的发现,不管怎么令人恼火,所有的发现一律从同一个东西开的口子。然而,福楼拜对这类"深渊"的意识不是学识性的。他后来写道,自己经常产生突如其来的直觉,好比强力的闪电,既让人眼花缭乱,又叫人豁然开朗。每次他试图在重新出的黑暗中磕磕绊绊的同时,再次在眼花缭乱中发现崭新的道路。徒劳无益!

我以为,上述体验给福楼拜与人们所谓的无意识规定了关系,而我更乐意称之为认知完全缺失,兼有实际的理解内涵。这里,我把情感理解和智力理解区分开来:可能存在对某种实际行为的智力理解,而另一种则仅仅是情欲理解。我称之为实际经验的东西,确切地说,是心理生活的辩证进程总和,一种必然跟自己不透明的进程,因为它是一种恒定的综合,一种综合是不可能意识到其本身是什么。确实,人们可以意识到外部的综合。但不是同等地综合意识的一种综合。在这个意义上讲,实际经验始终可能理解的,但从来不可能认知。

实际经验的最高形式可能孕育自身固有的言语,尽管始终未必适合,但经常具备梦幻的隐喻结构。梦的内涵在世人用梦出来的言语翻译时就显露了。拉康说无意识是当作一种言语被构建的。我认为不如说表达无意识的言语具有梦幻结构。换言之,无意识内涵,在大部分情况下,永远找不到清晰的表达。

福楼拜常言"不可言"之事。"不可言"这个词,也许在那个时代,是方言,但不管怎么说,正常的用词可能是"说不出口"的。不过,"不可言"对福楼拜来说是非常确切的。他在二十五岁寄给情妇的自传中写道："您猜想得到所有不可言之事。"这并不意味着指家庭隐秘或类似之事。或许,福楼拜忌恨兄长,但与此无关。他想讲的确实就是这类不可言表的自我理解,而一般人总会忽略。

这种实际经验的设想标志着自《存在与虚无》(《实有与虚无》)以来我自己的演变。在我的早期著作中,我尽力构建一种意识的理性哲学,可以长篇大论个体行为表面上的非理性进程,而《存在与虚无》(《实有与虚无》)只不过是一座理性的里程碑。使这座里程碑最终倒向非理性主义的,是它不能把意识"骨子里"出现的进程理性地回馈出来。"实际经验"这个概念的引进,代表一种努力,旨在保存"自我在场",我觉得,这对一切心理现象的存在是不可或缺的,同时"自我在场"是如此缺乏透明,对自身如此瞎眼,以至"自我在场"也等于"自我缺场"。

"实际经验"始终既是"自我在场",又是"自我缺场"。凭着这个概念,我竭力超越心理现象模棱两可的传统精神分析,既超越目的论的心理现象,也超越机械论的心理现象,同时指出一切心理现象旨在某个东西的意向性,但其中某些心理现象只能存在于这样的条件,即这些现象都是单纯理解的客体,未被命名的、未被认知的。

记者:显而易见的问题是关于您对福楼拜的论述。您先前已经写过一篇有关波德莱尔的评说⋯⋯

萨特:写得很不充分,非常糟糕,甚至⋯⋯

记者:然后出版关于热内的巨著,再后论丁托列的论著,再后一部自传《文字生涯》,紧接着有关福楼拜这本书新的方法论著。为什么您再一次把诠释人生确定为自己的写作目标呢?

萨特:在《方法问题》中,我研究了不同的媒介和程序,可以使我得以深入认知世人,如果这些媒介和程序得到联合使用。事实上，大家都知道，都承认，比如应当能够找到使（精神分析与）马克思主义相结合的媒介。当然，大家进一步说，精神分析法不是真正的基本方法，但准确地、理性地与马克思主义相结合，就能够是有益的。以同样的方式，大家都承认美国社会学的一些概念具有某些价值，进而普通社会学应当得到使用，当然不是指苏维埃社会学，后者只不过是一串列举单，一张术语表。对此，大家有共识。反正，大家都这么说的。但有谁试着去论述呢？

我自己在《方法论》中只不过重复这些无可非议的准则。有关写福楼拜这本书的想法是抛弃这些理论分析，最终走向漫无边际，千方百计提供一个力所能及的具体例子。结果将是什么样就是什么样。即使尝试失败，也能给别人一些启发以便重新尝试，做得更好。在这本书中，我竭力为之寻找答案的问题如下：我怎么能够运用所有这些方法研究一个人，在研究的过程中，这些方法是如何推进一种方法制约另一种方法又怎么找到各自的方位呢？

记者：您撰写《圣热内》时是否已经使用这些秘诀呢？

萨特：我还没有完全掌握。显而易见，通过热内的客观历史事件来研究他的包装是不够的，远远不够的。考证热内的大概经历是，他出身是公共救济事业局属下的孤儿，寄养在一个农民家庭，自己一无所有，这些当然都是真实的。但这一切发生在一九二五年，情况特殊，我的书中完全没有提及。另外，公共救济事业局以及弃儿领养的境况本身，都是特殊的社会现象，热内是二十世纪的一个产物。然而，这一切在《圣热内》都没有提起。

我很想在下一本书中让读者觉得福楼拜始终在场。我的想法是读者能够同时感觉、理解和认知福楼拜这个人物，完全作为个体，但也完全代表他那个时期。换句话说，福楼拜只能通过使其区别于同代人才被理解。

您明白我想说的意思吗？举个例子，那个时代有许多作家，诸如勒孔特·德·李勒①或龚古尔兄弟，他们制定一些与福楼拜相似的理论，受到自己理论的启发，创作了一些多少有点价值的作品。必须研究的是，他们怎么下定决心采纳这种特殊的视野，却完全被引导采纳另一种观点。我的目的是试图揭示个体的发展与历史的发展如何相遇，恰如精神分析学开导我们的那样。有这样的情况发生：一位个体，受到自己最沉重、最隐秘的制约，受到自己家庭的制约，可能在一个时段完成一个历史职责。罗伯斯庇尔就是一个很好的例子。但，不可能对他做上述的研究，因为缺乏资料，比如，必须知道罗伯斯庇尔·德·阿拉斯夫妇的儿子与公安委员会发动的革命相遇时是怎么样的。

记者：这就是您的理论目标，但为什么选择福楼拜呢？

萨特：因为他是个意象者，与他为伍，我处于梦界，就在梦的边界上。事实上，我选择他，是有一整套理由的。首先纯属应时，历史人物或文学俊杰很少把自己大批量的资料留存于世。而福楼拜的通讯则有十三卷，每卷近六百页。有时他同一天给好几个人写信，内容大同小异，变异之处则往往意味深长。也有许多关于他的故事和证词。龚古尔兄弟经常见到福楼拜，每次会见之后，不仅在日记里记下他们对福楼拜的想法，而且笔录福楼拜对自己的说词。不过，这不是绝对可靠的源泉，因为龚古尔兄弟在许多方面只不过是尖刻的低能儿，但他们毕竟在自己的日记里写下许多有趣的事情。还有福楼拜写给乔治桑的信件，乔治桑给他的信，以及他年轻时写的各种"自传"和其他许许多多东西。所有这一切，尽管都是应时的，但非常重要。

---

① 勒孔特·德·李勒(1818—1894)，法国诗人，巴那斯派诗人领军者。

其次，对我而言，福楼拜代表我自己文学观的准确对立面：彻底不介入和追求形式理想，正好与我的介入和理想完全相反。比如就作家而论，我喜欢斯丹达大大超过福楼拜，尽管后者就小说发展而言没准儿更为重要。我认为斯丹达更敏锐细腻又更强劲有力。他的书引人入胜，完全被他迷住了。他的文笔完美；他的人物亲和，尽管不是"正面人物"；他的世界观正确；他的历史观非常机灵。所有这些在福楼拜著作中根本没有。

然而，福楼拜在小说史上比斯丹达占据的位置重要得多得多，假如斯丹达不存在，毕竟还可以直接从拉克洛①直接过渡到巴尔扎克。而比如说，从左拉一直到"新小说"，若没有福楼拜，简直不可思议。法国人非常喜欢斯丹达，但他对小说的影响是微小的，而福楼拜的影响则相反，是巨大的。仅凭这一点足以证明福楼拜值得研究。对我而言，另有初衷：福楼拜开始使我着迷，恰恰因为从各个角度上我从他身上看到我自己的反面。我寻思："怎么可能有这样的人呢？"

于是，我发现了福楼拜还有另外一个格局，况且是他的天才另外一个源泉。我读斯丹达以及其他作家时，习惯全神与主人公保持一致，比如于连·索雷尔或法布里斯。然而，阅读福楼拜却深陷于一群令人恼火的人物中间，跟他们根本无法保持一致。有时倒是分享他们的情感，但后来他们突然拒绝我们的好感，把我们打回最初对他们的敌意。显然是这种感受使我迷惑，让我好奇，因为这正是福楼拜全部艺术之所在。显而易见，福楼拜很讨厌自己。他谈起笔下的主要人物，带着一种虐待和受虐相混合的劲儿，令人毛

---

① 拉克洛（1741—1803），法国军人出身的作家，代表作为《危险的关系》（1782）。

骨悚然。他折磨自己笔下的人物,因为这些人物就是他自己,但也为了表明其他人乃至于整个人世都在折磨他;他折磨他们,也因为这些人不是他,因为他既恶劣又肆虐,他喜欢折磨别人。在双重交叉火力之下,这些不幸的人物哪有机会逃身。

同时,福楼拜描写笔下人物的内心,始终是以某种方式讲他自己。他的写法绝对独一无二。福楼拜对自己的见证,这种赌气的、伪装的忏悔充满对自己的憎恨,充满他明白而不认知的事情的恒定参照系数,充满完全保持头脑清醒的意志,而这种意志却始终阻止不了他牙齿咬得咯吱响。多么异乎寻常的事情,前无古人,后无来者。这是我之所以选择福楼拜的第二个理由。

第三个理由,对我而言,研究福楼拜代表着我早期作品《意象》的后续。在这本书里,我试图指出形象不是被唤醒的感觉,或被智力重塑的,甚至不是被知识减弱和变质的原先感觉,而是完全不同的东西,是一种不在现场的现实,即便不在场可通过我称之为"相似物"揭示的现实:一种用来类似托架的客体,是被意向渗透的。比如我们睡着了,我们的眼皮底下出现点点微光,这叫眼压光感觉(假光感),可以作为类似载体来支撑任何的梦境图像或将入睡时的幻觉。

总之,有些人在醒和睡之间看到模糊的形状飘过,通过这些眼压光感应入眼帘一个人或一件物的图像。在《意象》中,我试图证明假想的物体,即意象,是不在现场的。在谈论福楼拜的书中,我研究假想人物,他们像福楼拜那样,扮演各种角色。不管是谁都像煤气泄漏,大家都逃到假想中去了。福楼拜经常如此这般,不过也必须正视现实,既然他憎恨现实,这正是现实与假想之间的关系问题,我试图从他的生活及其著做出发研究相关的问题。

最后,通过这一切研究,就可能提出以下问题:"一八四八年充满幻想的资产阶级怎样假想世俗社会的呢？"问题本身已经是个迷人的主题。一八三〇至一八四〇年，福楼拜就读鲁昂中学，他当时所有的涂鸦全是描写其同窗学友的，那些平庸可鄙的资产者。然而，事有凑巧，那个时代竟然在那所中学发生剧烈的政治斗争，长达五年之久，一些年轻小伙子在一八三〇年革命之后就介入学校的政治斗争，义无反顾，结果败下阵来。福楼拜多次向他父母将浪漫派的影响描绘成一种挑战，只能从这个视角才可理解：每当反叛的青年人变得"看破红尘"，便与"说反话"的资产者为伍了，也就是说，他们失败了。

不同凡响的是，福楼拜对这一切只字未提。他描写周围的年轻人就像他们只是未来的成年人，意思是说贱骨头。他写道："我看到的缺点将会变成缺陷，需求将会变成怪癖，疯魔将会变成罪行，总之，孩子将会变成男子。"对他而言，求学年代的经历限于从少不更事过渡到成熟懂事。实际上，这是资产阶级，通过其子孙，因羞耻而惊跳的历史，因子孙们失败而惊跳的历史，因磨灭羞耻而惊跳的历史。这一切导致一八四八年的屠杀。

早在一八三〇年以前，鲁昂的资产阶级隐匿在庇护下，当资产阶级终于冒头了，儿子们便惊呼："棒极了！我们快宣告共和国吧！"但父辈们觉得毕竟还需要一层庇护。于是路易-菲利浦当上国王。不过，儿子们深信父辈们受骗上当了，进而决定继续斗争。结果，中学里闹得昏天黑地，却毫无实效：闹事者统统被开除。所以，一八三一年路易-菲利浦要掉拉法耶特，为反动派开道。在福楼拜进中学前不久，一些十三四岁的男孩默不作声地拒绝做忏悔。断定在这个平台可以与当局较量一番，既然资产阶级说到底是公认的伏尔泰主义者。在学校做忏悔是王朝复辟的一种苟延残喘，关系到义务宗教教学的敏感问题，按学生们的看法，最终将由众议院来裁决。

我向这些十四岁的男孩们行举帽礼,他们居然制定了这样的战略,明明非常清楚将被校方开除。首先,他们顶撞指导神甫("忏悔吧!"——"不!"),然而冲着另一个公务员:"不,不,不!"之后因顶撞校长(公立中学)被开除。于是激起全校公愤,这正是他们所指望的。四年级(即初三)学生向校长助理扔臭鸡蛋。其中两名被开除。第二天清晨走读生聚集起来发誓替他们的同学报仇。第三天清晨六点,住校生全体夺取一些校房并占领下来。已是1883年,学生们从楼房高处,向举行校务委员会的邻近楼房大楼投掷杂物。

正当其时,校长拖了高中班学生的后腿,恳求他们不要支持"占领者",获得成功。最后初四班学生没有获准让被开除的学生复学,但当局许诺不会对占领者执行任何处分。三天之后,学生们发现被欺骗了:公立中学关门大吉。跟现如今如出一辙!

第二学年,学生们返回学校,他们当然依旧耿耿于怀,很快在学校照旧不断闹事。福楼拜亲身经历的正是这段时期,但根本不是以闹事的方式去体验的。他虽写过许多文字谈及童年和少年,但没有一篇隐射中学生们反叛。事实上,他自然与同代少年们经历相同的事态演变,却以他自己的方式行事。他虽没有参与占领学校这样的暴力插曲,但之后不久以一种不同的方式达到相同的效果。

果然,一八三九年的一天,哲学老师病倒了,代课老师接替。学生们裁决代课老师不称职,把他折腾得难以为继。校长试图拿两三个"闹事者"问罪,但全班跟他们团结一致。正是福楼拜草拟了集体抗议书,声称同学们向校长质疑老师的教学质量,从而成为遭受威胁的对象。这足以使他跟两三个同学一起被开除。这一次抗议的意义非常清楚:福楼拜及其同窗们都是资产阶级青少年,要求良好的资产阶级教育:"我们的父母毕竟交付相当昂贵的学费!"这是第二个插曲,揭示一代人和一个阶级的演变。如此多样的经验催生了讽刺资产阶级的书籍,事情过后,作者们明哲保身,只不过讽刺挖苦一通而已,那是另一种资产者的活法。

记者: 您为什么放弃小说,近几年撰写评传和剧本呢?是否因为您认为马克思主义和精神分析学以其概念之重使得小说变成一种不可能的文学形式呢?

萨特: 我经常给自己提这样的问题。不过,肯定还没有任何技巧像通过马克思主义和精神分析学那样能够诠释一个确确实实存在过的人那样表达小说人物。假如一个作者企图运用这些诠释体系而事先没有找到适当的形式技巧,那么小说就消失了。这种技巧还没有被任何人发现,我不肯定它是否存在。

记者: 总之,自从出现马克思主义和精神分析学,任何小说家都不再可能"真诚坦率地"写作了吗?

萨特: 那倒不是。当然可以做到,但这样的作者就被认为是"天真的"。换言之,不再有小说的自然世界,只能有某种类型的小说:"本能的""天真的"小说。不乏出现非常好的例子,但他们的作者今天应该有意识地决定视而不见马克思主义和精神分析学的诠释方法,故意不认的话,必然使他们失去"真诚坦率"了。也存在另一类小说,像贡布罗维奇[①]笔下的人物简直是一些地狱般的机器人。他却非常熟悉精神分析学、马克思主义和其他许多东西,但始终抱着怀疑的态度,以至于他构建的客体甚至在构建活动

---

① 贡布罗维奇(1904—1969),波兰作家,其小说人物多为怪诞传说,不真实,暴力、色情、黑色幽默等。

的过程就自我摧毁了,这样就创造一种模式,可能成为一种既是分析性的又是唯物主义的小说。

记者:那么为什么中止写小说呢?

萨特:我不再感到有这个必要。作家总是多多少少选择了意象的笔者吧:必须拥有某些虚构的含量。对我而言,在研究福楼拜的过程中找到了这种虚构的含量,简直可以当作小说来读。我甚至期望有人说这是一部真正的小说。在这本书中,我试图达到某种通过假设来理解福楼拜的水平。我运用虚构,有引导的、有控制的虚构,但毕竟是虚构,以便重新找到理由,比如说福楼拜于三月十五日写过一封信,之后三月二十一日给同一个通信者又写过内容与之相反的信,但没有感到有什么矛盾。因此,我们假设引导我部分地创造了我的人物。

记者:您还继续写剧本吗?

萨特:是的,因为戏剧,毕竟是另一码事。对我而言,戏剧本质上是神话。举个例子吧,一个小资产者跟他的妻子一天到晚吵架。您若将他们的争论用录音机录下来,您得到的不仅是关于他们两口子的资料,也是小资产阶级及其小天地的资料,更是社会把这些资产者变成什么样子的资料。二三份这类资料的研究足以使描写小资夫妻生活的任何小说贬值。相反,斯特林堡①在《死神舞》(1901)向我们提供关于一男一女关系的形象将永远不会被超越。主题是相同的,却以神话的层面加以处理。戏剧作家向世人展现他们对日常生存的思索,向他们指出自身固有的生活,好像他们从外部观看自己的生活。布莱希特的天才正在于此。如果有人对他说他的剧本都是一些神话,他没准儿会强烈抗议。然而,《勇敢的

---

① 斯特林堡(1849—1912),瑞典小说家,戏剧家。

母亲》(1941)是什么？号称一部反神话的剧本,到头来身不由己却成为一则神话,是不是？

记者:《辩证理性批判》有一种博大的幅度,今天凡是新的读者应该感到吃惊。在某些方面,这部著作好像预想到近几年发生的两大最重要的历史事件:法国的五月造反(五月风暴)和中国的"文化大革命"。您在书中对一九三六年占领工厂期间发生在各种阶级、干部、工会、政党之间的辩证关系做了长篇分析,好像处处预示一九六八年五月法国无阶级的行为。另外有一大段文字,您回顾北京天安门广场在六十年代初的官方大游行,您从中看出官僚集团把分散的类系铸成金字塔般的矿物"人群",赋予他们一种社会集团的假象。您是否把"文化大革命"解释为一种尝试,旨在消除被某种巨大的"灾难"可能引起中国体制的渐变,能够在全中国重新创建"凝聚体",就像以前举行长征的集团,从而赢得人民战争,是吗？

萨特:我认为自己对"文化大革命"了解得非常不全面。"文革"现象在意识形态、文化、政治层面展开,就是说在上层建筑方面展开,而上层建筑代表着整个辩证阶梯的最高梯级。但,经济基础发生了什么呢？谁发动这场上层建筑的运动呢？很可能是中国社会主义经济基础出现了决定性的矛盾,从而导致了这场运动,旨在回到某种不断更新的"凝聚体"。也有可能是"文化大革命"的源头应当从大跃进及其当时的投资政策所引起的冲突去寻找。这是日本马克思主义者经常发挥的论断。按个人的看法,我应该承认自己不能从整体性上理解"文革"现象的原因。不断启示大灾难的想法当然很有诱惑力,但我深信不完全与此有关,必须从经济基础中寻找"文化大革命"的原因。不过,这并不意味说这场运动是经济基础产生矛盾的机械反映。我认为要理解"文化大革命"

的完整意义,还是应当能够正本清源的,把爆发"文革"的历史进程和经济发展的准确时段重新整理清楚。比如,显而易见毛泽东有一段时间潜在地被排挤,现在重新掌控权力。这个变化不容置疑地与党内冲突有联系的,至少可以追溯到大跃进。

记者:中国依然是个很穷的国家,生产力发展的比率十分低下。您在《辩证理性批判》中谈到匮乏支配体制导致的结果是:在这样的国家不可能消除官僚主义。一切旨在避免革命官僚渐变的企图不可避免地被匮乏强加的客观局限所扼制。这个论点可以解释为在中国是有栏杆阻挡群众创举,所谓栏杆,必须是制度性的,比如军队,或意识形态的,比如个人崇拜。

萨特:显然群众的主动性完全不受控制可能导致某种疯狂。个体自由的、无政府主义的发展,不会构成对他本人的危险,但可能对社会构成危险,这里的个体不是未来的社会个体,而是今天"实际的自由有机体"。然而,宣告个体在凝聚的团体内部完全自由,又同时在个体的头脑里塞进标榜"毛泽东思想"的砾石,这不是创造一个完整的人。两者之间是绝对矛盾的。

记者:"文化大革命"的悖论,或许在中国,这场革命最终不可能成功,因为这种革命思想产生在中国,而这样的文化革命没准儿在超发达的西方国家会有可能,对吗?

萨特:我想确实如此,但有个保留:在不发动革命的情况下,可能发动革命吗?五月风暴中,法国大学生很想发动一场文化革命:为获得成功缺少什么呢?缺少发动一场真正革命的手段。换句话说,一场开始根本与文化无关的革命,在于通过强烈的阶级斗争夺取政权。这并不是说在法国发动"文革"的想法是一种纯粹的海市蜃楼。相反,五月运动对大学和社会的既存价值表达出一种彻底的质疑、表达出一种意志,认为既存价值已经死亡。继续这种质疑问难是非常重要的。

我始终坚信不疑五月风暴的根源是越南战争。对于发动五月事件的大学生来说,越南战争更加推动他们站在阿尔及利亚民族解放阵线和越南人民一边反对美国帝国主义。这场战争对欧洲或美洲积极分子的效应是扩大了有所作为的范围。以前越南人要抵抗美国这种军事大机器并取得胜利好像是不可能的。然而,这正是他们已经实现了的。这样一下子就完全改变了法国大学生的看法,其他国家大学生也是如此吧。大学生们终于明白是有不被人知的可能性存在的。并非一切都是可能的,但人们只能在尝试做一件事并失败了以后才能知道是不可能的。这是一大发现,具有丰富的潜在力,对西方来说,是革命性的发现。

今天,事隔两年,显而易见,在某种程度上,我们发现了不可能性。特别是只要法国共产党依然是法国最主要的保守党,那么像已经失败了的五月自由革命运动将是不可能的。这仅仅意味着必须继续革命,不管革命可能多么漫长,但只要像越南人那么坚持不懈,像他们那样继续斗争,他们必将取胜。

记者:五月运动不是一场革命,没有摧毁资产阶级政权嘛。下一次发动革命,必将协调和领导斗争。依您的看法,怎样的政治组织今天可能充当适当的工具呢?

萨特:今天跟昨天一样,无政府主义一事无成。根本问题在于知道是否唯一可能的政治组织类型最终依然是我们所知道的那一类,即目前各国的共产主义政党,其状况却是:领导与基层之间等级分割,自上而下的指令和通告,支部孤立行事,顶层执掌纪律,劳动者与知识者分离。这种模式是从沙皇时代地下组织派生的。有什么客观理由在当今西方国家坚守不弃呢?其目的似乎只不过确保禁止一切民主实践的专制中央集权嘛。当然,在内战时期,军事纪律是必需的。但，一个无产阶级政党必定要像当今的共产主义政党吗？难道不可以设立一类政治组织，其中的成员不被压制和窒息？在这样的组织中，可以有各种不同的倾向，在危险的时刻可以自我封闭，然后再向外开放嘛。

当然，为了战胜一个东西，自己也得成为一个东西，我想说成为另一个东西是不够的，必须成为与之对立的东西，是的，屡试不爽。一个革命党在一定程度上应当受中央集权限制和被强制完成任务，跟资产阶级政权一样，而推翻这个政权，正是革命党的使命。然而，整个问题，我们这个世纪的历史正在求证这个问题，就是一个政党一旦辩证地经受过考验，很有可能故步自封。结果，这个政党极其困难走出官僚轨道，一旦起步时接受遵循这个轨道，尽管是为了反对军事官僚机器而闹革命的。到了这个时段，唯有反对新秩序的文化革命才能阻止其衰败。在中国目前发生的不是一场温和的改革，而是猛烈摧毁整个特权阶层。不过，我们根本不知道中国将来会怎么样。

假如革命在不管怎样的西方国家取胜，官僚体制衰退的危险巨大，经常发生。这是不可避免的，因为这个国家会遭到帝国主义的包围，还因为阶级斗争会继续下去。一触即发的彻底解放是一种乌托邦。我们已经能够预见某些局限和束缚将会强加于未来的革命。但是，谁由此得出论据而不去干革命和从今不再为革命而奋斗，那简直就是反革命。

记者：在国外，您经常被认为是法国大学文化的传统产物。您在大学体系中成长并开始您的职业生涯，这个体系正是引起五月风暴发生最初的对象。今天您如何看待这个大学体制呢？

萨特：我是这个体制的产物，完全确实，尽管希望并非仅此而已吧，我当大学生时，唯有一小撮"精英"上大学，外加有"运气"进入高师,我们享有一切物质利益。从某种意义上讲,培养我的大学体制比老师们重要得多,因为在我那个时代,老师们除一两个月例外,都十分平庸。大学体制,尤其高师,我全盘接受仿佛与生俱来的:作为小资产阶级的儿子和孙子,脑子里从来没有闪过质疑的念头。高头讲章的宣教,我们觉得愚蠢,只是因为宣讲的教授们言之无物,我们学不到东西。后来,其他一些人也明白了主讲大课的原则本身就站不住脚。于是,我们干脆从来不去索邦大学①。我们只去过一次,因为法学系反动学生威胁要占领。否则我们才不屑踏进校门哪。我那个年代,大部分高师学生能成为会考领衔教师非常自豪,尽管有少数人认为区分领衔教师与学士学位教衔是令人气愤的。当然,尼赞②是个例外。他讨厌高师,出于十分高明的理由:比如因为高师是个教学机构,旨在创造特权精英。尽管尼赞在大学学业上"成功"了,但他永远融入不了这个体制。他读完三年,感到度日如年,逃到亚丁湾去了。当然他也有个人原因,但出走的根本原因,还是觉得在这个专门为垄断知识而设计的体制深感窒息。

记者:五月风暴之后,您如何设想能够正确运用马克思主义,只要资产阶级文化的机制依然存在?

萨特:换个问法吧:今天,积极的革命文化是否仍可想象?对我而言,这是您的问题引起最为困难的疑点。我个人真诚的看法是在资产阶级文化中一切被革命文化超越的东西都将被后者保存下来。我不相信革命文化会忘却波德莱尔或福楼拜,仅仅因为他们是非常资产阶级的,又恰恰不是人民之友。在未来

---

① 原为索邦神学院,后为巴黎大学,现为巴黎三大、四大。
② 尼赞(1905—1940),法国哲学家、散文家、小说家、社会活动家。萨特同窗好友。

的一切社会主义文化中,他们都将有自己的地位,但那将是根据新的需求和新的社会关系所确定的新地位。届时,他们或许算不上主流价值,但必将是由新实践新文化重估的传统组成部分。

但今天尚不存在革命文化,怎么能够重新评估他们呢?他们只有现存社会中的地位,即资产阶级赋予的地位。凡塞纳或楠泰尔的社会主义青年积极分子能把兰波派上什么"正确的用场"呢?根本不可能回答这个问题。不错,有一定数量的大学教师前辈曾经成为革命者,因为他们所处的社会环境让他们免除了资产阶级文化。但之后,形势发生了根本性变化。仅举大学教育所需的物质条件来讲,我那个时代,传统的宣讲大课约莫有十五到二十人出席,还不太引人反感,因为原则上可以进行讨论,学生可以打断老师,并说不同意老师的讲解。老师听之任之,因为这种表面的自由主义掩盖着整体课程完全的权威性。现在,原先二十个学生的课堂,容纳一百五十到三百个学生,打断老师宣讲不再可能了。从前可以对资产阶级文化反戈一击,指明自由、平等、博爱变成其反面,现今,唯一的可能性是一味反对资产阶级文化,因为传统的体制正在崩溃。高中毕业会考成为古老得难以想象的东西。去年在鲁昂大学,出了一道这样的哲学试题:"伊壁鸠鲁劝导他的一位学子说:'Vis caché'(离群索居吧——拉丁语)[1],您有何感想?"若在现代向十七岁的高中生出这样的试题,简直荒谬之极,况且百分之十至二十的考生以为"Vis caché"意思是"Vices cachés"(隐匿你的恶癖),大概以为

---

[1] 出自伊壁鸠鲁享乐主义(享乐至上)的格言:Pour vivre heureux, vivons cachés(要活得幸福,就得离群索居!)。

vis等于法文中的Vice,于是成了"cache tes vices"(隐匿你的恶癖吧)。考生们得出结论,伊壁鸠鲁语录的意思是:"如果你有恶癖,尽管满足好了,但偷偷干吧。"接着,他们长篇大论铺展开来。最离奇、最可悲的则是他们赞同这个说法。"由于社会上就是如此这般:可以有恶癖,但必须偷偷得到满足。"质朴的回答,但恰好表明实际上这正是资产阶级道德观;可怜的回答,因为很明显学生是这么思考的:"伊壁鸠鲁应该是个伟人。如果我批评他,必将名落孙山,所以我必须说同意他的见解。"

学生与老师之间没有真正的关系,没有任何接触。在法国,资产阶级文化自行摧毁。眼下,对未来不抱成见。我以为青年积极分子无可选择,唯其彻底否定现存文化,所以否定就意味着经常采取强烈的质疑形式。

记者:您会写《文字生涯》续集吗?您有什么计划?

萨特:不,我以为《文字生涯》续集没有多大意义。我之所以写《文字生涯》,是因为要回答与研究热内和福楼拜中同样的问题:一个世人怎么变成某个写作的人?变成某个执意讲述意象的人?这就是我竭力回答有关我的事情,就像竭力回答有关别人的事。一九三九年以来关于我的生活有什么可说,是吗?我怎样变成写下这么些特殊著作的作家。首先我写《恶心》而不写别的,其理由并不重要,有意思的是决定写作的初衷。其次,同样有意思的是,我写作的理由与我想写的东西正好相反。但这是另一个主题:一个人与他所在时代的历史之间发生的关系。所以,我将要写的东西是一种政治遗嘱。标题也许不好,因为"遗嘱"包含劝告的意思,我只是想讲述一生的终结罢了。

我想描述的是,一个人怎样从事政治,怎样被政治俘虏,因为请您不要忘记我不是搞政治的材料,然而政治把我改变得太厉害了,最终我不得不搞起政治来。这事儿真是出人意料。我将讲述为这个领域所做的事,犯了哪些错误,其结果如何,顺便试图把当今政治的结构定位于我们生活的历史阶段。

原载《新左派》(英文),转载《新观察家》一九七〇年一月二十六日
译自《处境种种》第四卷

作家其人其事

玛德莱娜·沙普萨尔：我想向您提文学方面的问题。

让-保尔·萨特：您这是逗我开心吧，因为我几乎从来不谈文学。哲学，则相反……

沙普萨尔：听说您目前准备好几部著作：一部关于马拉美的，一部关于丁托列托的，一部关于福楼拜的，一部自传。听说，您哪，四部齐头并进，却一部也不想写完，或者根本写不完。能解释一下吗？

萨特：我有一种解释。这不，文学终结了嘛。咱们言归哲学正传吧。十五年，我寻找某种专业，任您怎么想，是有关为人类学打政治基础的，一发不可收拾，迅速繁衍，像扩散的癌症。我思绪纷乱，还不知应该怎么处理，于是随着思潮起伏，不管场合，信手拈来，笔录于正在写的若干书中。

现在，业已完成，思绪已组织整理妥当，可以解脱了，写成一本著作，名为《辩证理性批判》。第一卷一个月后问世，第二卷一年后出版。我不再感到需要在书中离开主题，好像老跟着我的哲学后面奔跑。我的哲学即将在一个个小棺材里寿终正寝：我倾筐倒箧，和盘托出，于是心平气和了，恰似当年写完《存在与虚无》（又译:《实有与虚无》）。空空如也。对一个作家而言，这是运气。再没有什么要说的,那就什么都可以说了。

一旦关于人类学的书出版,我便可以创作了,写什么都行。至于哲学,我将仅仅为自己搞点儿心智上的陶冶参照。

沙普萨尔:对您来说,是不是哲学理念总是排在第一位的?

萨特:排在第一位的,总是我还没有写的,总是我打算写的,不是明天,而是后天,也许我永远写不了的。

当然喽,由于思想问题上要向前迈进一点就得花许多时间,这等于说哲学至关重要。但也不总是如此。例如,我写《隔离审讯》(又译《密室》《间隔》),一个小剧本,里面我没有谈哲学。当时《存在与虚无》(又译《实有与虚无》)出版了,反正是开印了。我写入了地狱那几个人的故事,不是什么象征,我不想"重复"《存在与虚无》,为的是什么?只不过创作一些故事,凭借一种想象、一种感觉、一种思想,而《存在与虚无》的构思和写作以某种方式把这一切统合、集成、构建在一起了。任您怎么说,我厚厚的哲学著作中叙述的一则则小故事并不含哲学。观众们以为小剧本里头有什么要领悟的,其实根本没有什么哲理可言。

不过,即使撰写非哲理著作,也会始终反刍哲学,因为我尤其最近十年,稍稍写上一页,稍稍写点散文,就像得了疝气,痛苦不堪。

最近,每当感到笔下疝痛时,情愿搁笔,所以我这些书都遇到难产。

自然喽,我很愿意把书写完,不过也很愿意同时写些其他完全不同的东西。比如,说真话,这是一切日趋衰老的作家的梦想。他认为自己从来没说过真话,不需要说了呗,反正已经赤裸了。不管怎么说,总算一心想跳脱衣舞了。我停顿下来的著作,都是些预约的。我一向搞应时文学,按订单生产。当然,雇主不可能再是国家了,不论团体或个人都可以预约,比如我参加的某个政治团体,某个特定的形势。这些约稿的好处在于迫使作家从来不顾"情愿不情愿"。而且,一箭双雕,读者公众是被明确限定的。

关于辩证法的书,就是预约出产的。一家波兰杂志约我写一篇关于存在主义的文章。我写了,后来又为《现代》读者重写了一篇。之后,重读之下,发现文章缺乏根据:必须建立辩证法的意义和有效性。于是我写了即将出版的大部头著作:《辩证理性批判》。其中的理念,我早有之,但不敢下笔;先前,我发表一本书的时候,并没有思想准备,写完了以后,就完了。但,波兰的约稿好像向我踢了一脚,使一个跳伞的新手坠入空中。

沙普萨尔:您需要论述辩证法是为了能够评说福楼拜吗?

萨特:是的,有据可寻:在为波兰写的文章中,我情不自禁地谈论福楼拜。反之,我把论福楼拜的专著中大段大段的文章移植到《辩证理性批判》中。目前,这部专著已经很可观了,还未完成哪。但不需要绑止痛的疝带了。

沙普萨尔:这种作业方式,是属于您个人特有的吗?

萨特:我以为这与境况有关,与哲学家们的近忧远虑有关,一切都变得不一样了:黑格尔时代,历史是突发性的,像哲学中的悲剧;克尔恺郭尔时代,传记就像滑稽戏,酷似剧本。

笛卡儿,倒是探求指导精神的固有规律,由此得出认识和伦理的理性主义。当然,笛卡儿主义表达和造就了经典理论。然而,不管笛卡儿主义与悲剧有什么关系,很明显悲剧并不直接表达这种普遍主义的内容。

沙普萨尔：那么当今又如何呢？

萨特：今天，我想，哲学富有戏剧性。如今，问题不再在于仔细观察原本原样的实体静止性了，不再在于取得系列现象的规律了。重要的是人，既是一个因子，又是一个戏子；创作并演出自己的戏本，亲身经历自身境况的种种矛盾，直到本人崩溃或找到解决冲突的办法。一个剧本，史诗的，比如布莱希特的剧本，抑或戏剧的，是最为合适的形式：如今展现行动者，就是说，日常生活中的人。而哲学，从另一个角度来看，所要照管的，正是这样的人。正因为如此，戏剧是哲学性的，而哲学则是戏剧性的。

沙普萨尔：假如哲学成为如您所说，那其余作品又为何呢？为什么您不光写哲学著作呢？

萨特：我在知道什么是哲学以前很久就想写小说和戏剧了。现在我还这么想，我一生都是这么想的。

沙普萨尔：从初中就开始了？

萨特：还要早呢。后来在哲学班的时候，对哲学烦透了，深信哲学不值得我花费时间，哪怕一个小时。这也许因为当时实行的教学有问题。

但，不管怎么说，关于人这个现实的观点在哲学上是不可互换的。哲学是戏剧性的，却不把个体作为个体来研究。《福楼拜》（即《家中的低能儿》）和《辩证理性批判》两本书之间有一些互相渗透。但前者永远渗透不进后者，这正是对理解福楼拜这一个体，我所做的努力。我的努力失败了或部分成功了，这并不要紧，当然，更何况事关业已了断的解释：就拿《包法利夫人》来说，是永远搞不出哲学的，因为这是独一无二的书，比其作者更独一无二，其实别的书也一样嘛。但人们可以"想方设法"研究它。有待评说的是"世人"。比如有个名叫雅库的律师,有人想研究他,却对他不甚了了,谈论他唯一的办法,就是杜撰一则故事。

沙普萨尔:在《什么是文学?》中,您说过:"对你们作家而言,散文不再仅仅是一种工具、一种手臂的延伸、一种手的拉长。你们感兴趣的作者,诸如福楼拜、热内、马拉美,他们则把写作视为目的本身来呈现。"您如何解释这种对立?

萨特:三种情况是不同的。关于福楼拜,我用他来展现文学既受困于被视为纯艺术又从其精髓提取自身的规律,掩盖着对所有领域所采取的一种愤世立场,包括社会和政治领域,也掩盖着作者本人的某种介入。他是一个非常可贵的范例。我断定会有人责备我专挑软柿子捏。谁之过?福楼拜是个非常伟大的作家。总之,《包法利夫人》自我少年开始便引起我赞美和厌恶兼而有之的感受,为什么我不可以尽力加以解释呢?

马拉美和热内则相反,我怀着极大的好感研究他们,两者都是自觉敢作敢为的。

沙普萨尔:马拉美吗?

萨特:这是我的想法。马拉美应该与人们从他身上得到的形象是非常不同的。他是我们最伟大的诗人,一个充满激情的人,一个疾恶如仇的人,自我控制力极强,以致一下子卡住声门就可自我了断生命的。我觉得他的介入是尽可能全力以赴的:介入社会和介入政治,一概如此。

沙普萨尔:这么说,是一种介入拒绝喽?

萨特:不仅如此。马拉美既拒绝他的时代,又守住他的时代,作为过渡,作为隧道。他盼望有朝一日在他当时称之为"群众"面前,在他当时设计为公众的面前上演大写的悲剧,宁愿在无神论教堂而不愿在剧院上演。单独的、唯一的悲剧既是人的悲剧,又是世界的运动,也是季节悲情般的轮回,作者匿名恰似荷马,也许死了,抑或消失在观众场中,观赏不再属于他的杰作铺展,大家给予他的与大家所得到的一样多。马拉美把诗的观念,尽管这些观念是俄耳甫斯式的和悲剧性的,与一国人民的宗教团体紧密联系在一起,而不是与个体的神秘难懂相连的。后者仅仅体现对资产阶级愚蠢的拒绝。当然,马拉美不认为必须为人民大众写得"通俗易懂",自以为对团结一致的人民而言,晦涩难懂也会变得明晰易晓。

沙普萨尔:总之,即使人们认为离群独处的作家们也会是介入当代的?您研究福楼拜和马拉美,就是为了展现他们对当代问题表达或采取行动的吗?

萨特:是的,但还有其他原因。对于马拉美,我只刚刚开始,而且以后较长时间前不会再碰他。我跟您谈起他,是为了向您指出纯文学是个梦想。

沙普萨尔:所以您认为文学始终是介入于世的?

萨特:如果说文学不是包罗万象的,那就不值一谈,这就是我想说的"介入"。假如您把文学概括为纯洁无邪、简化为一些歌曲,那文学是憔悴的;假如每句笔录的话语响彻不了世人和社会的各个层次,那么这句话就毫无意义。一个时代的文学是被这个时代的消化了的。

沙普萨尔:您曾经被指责对文学不够严肃,把文学隶属于政治。您认为如何?

萨特:我觉得指责我高估文学会更符合逻辑。文学之美在于刻意求工,不在于无效地追求美。唯有一个整体才可能是美的。那些没有弄明白的人们,不管他们怎么说,并不是以他们攻击我的艺术为名义,而是以他们私人介入的名义来指责我的。

沙普萨尔:从您的角度来看,您是否认为文学已经实践其所有的诺言?

萨特:我不认为文学能够实践其诺言,特别对于我,其实对于所有人,都做不到。我跟您讲的是自信的苛求。没有发狂的自信,写不了书,等到可以把自信置于著作,我们就谦虚了。话是这么说,作者有可能未命中目标,也有可能半途搁笔。之后呢?必须期望整体,如果真想做某件事情。

沙普萨尔:写成能成为整体的东西,说到底,难道不是一切作家所希望的吗?

萨特:我想是的,希望所有的作家都这么想。但我担心某些作家太谦卑。法兰西学院院士们,荣誉勋位勋章:必须谦卑才行哪!其他人嘛,说的东西微不足道却和盘托出。

沙普萨尔:有什么用呢?

萨特:如果他们藏着掖着,就会让矛盾永久延续下去,进而使其他作家为难。一个作家两手空空,囊中羞涩。他若手中有一副好牌,就必领先打出去。我讨厌形形式式的弄虚作假者,他们硬要别人相信存在一个写作的魔幻世界。他们欺骗未谙世情的新手,勾引新手们成为像他们那样的巫师。作家们必须一开始就摈弃幻术。想让别人把自己当作魔术师的作家实在太爱虚荣、太卑躬屈膝了。请他们说出他们想说的话和他们正在做的事情吧。

批评家们鼓励他们永远不承认,特别不向自己承认他们的欲望和手段。他们执意保留陈旧的浪漫主义想法:最好的写手应当写得像鸟儿唱歌,可是作家不是鸟儿。

沙普萨尔:今天有没有作家按您的理念写作:为了更多的自由彻底介入于世呢?当代作家中哪些让您感兴趣?

萨特：您若以这种形式提问，那我回答您：说不太清楚。有一些才华横溢的作家：布托，贝克特。我对罗伯-格里耶和娜塔莉·萨洛特的作品很感兴趣。但，如果从整体性角度来衡量他们的作品，我对您说吧，法国只有一位作家明确提出问题，自成一格，并且回答了整体性的要求，他就是布托。

其他人，我不认为他们对此感兴趣，他们追求别的东西。为什么不承认他们有权从事探索呢？

沙普萨尔：您认为作家不该限定他们探索的领域，是吗？

萨特：倒也不是，如果他们宣告了，也许他们宣告了，那就不对了，但有哪个作家一生中在某个时刻不是这样做的呢？事实上，哪怕只有一件事要做，那就是他们正在做的事情。然而，探索和经验都是有价值的。我们生活在一个国家里，人才济济，集中一起或各自分散，都是从事文学这个**现实的整体性**①作为客观精神！他们可以拘泥于细节，却对整体性的贡献不薄，因为所有其他作家也都有功劳嘛。

沙普萨尔：您认为您对自己的探究是否更为整体性？

萨特：主观上来讲，是的，至于实现整体性，则是另一回事儿！许多人在涉及细节时，视觉观察的锐敏度占据上风，然而一旦必须把细节置于整体应有的位置时，他们的视觉就模糊了。

娜塔莉·萨洛特写的东西，我一直觉得了不起，无保留叫好。但，她以为通过描写原生质交流可以建立最基础的、个体间的联系，而实际上她只刚刚展示非常限定的社会阶层既抽象又微小的结果：富裕的、有产的、颇为社交世俗的，在这个阶层，工作与闲散

---

① 康德哲学用语，又译全体性。

向来区分不开。偏执狂结构在她的书中越来越显而易见,揭示了这些阶层固有的一类关系。但既不是个体被真正重置于限定他的那个阶层,也不是阶层被真正重置于限定它的那个个体:我们处于现时未分化的、虚幻的层面。实际上,所有这些个体之间的活动都被整体性限定了,甚至意味着被粉末化。然而,在娜塔莉·萨洛特的书中,整体性明显缺失。最近一本名叫《天象馆》的书可资证明她存心被排除在外。为此,《天象馆》因充斥多如牛毛的细节使人错以为是《复得的时间》的一个样本,继而慢慢受《失去的时间》[①]的影响而分崩离析。由此也可以说是一本女人的作品,就是说这种分崩离析确确实实是拒绝的反面,即拒绝肩负被原子辐射创伤的世界,这便是被拒绝的行动。

沙普萨尔:您刚才说"一本女人的作品"。难道您认为一个女人不能写出除女人作品以外的东西吗?

萨特:完全不是,一本女人的书,就是这本书拒绝承担男人们所做的事情。反之,许多男人一向只写女性的书。所谓女人,我这里指的是"社会女人"。就是说人们剥夺了女人的话语权:"我与男性邻里一样创造世界。"我提到"女小说家",意思是说:女小说家以其才干表明自信,但不愿意摆脱不幸的生存状况,跟冤家对头既结怨又勾结。

我刚才谈起偏执狂结构,还得指出这种结构是强加给作者的,即使他不乐意,也许根本不知道。当代音乐千方百计把这类结构限定在音响空间里,而大部分"青年小说家"却一无所知,抑或将其赶出小说世界。他们发现人物、性格、主旨根本不存在,很有必要让每一个人重新发掘小说世界。难道这意味着曾经出产小说的

---

① 暗指普鲁斯特著作《失而复得的时间》上下篇。

社会里不存在共时性和历时性的结构吗？难道他们不知道从自己作品中淘汰掉的，正是构成人类学和人类研究基础的东西吗？

举例说吧，有人认为罗伯-格里耶执意取消制约小说观念的同时，彻底铲除先定意义。左派批评家们喜爱罗伯-格里耶，思想却很正统，甚至说这种取消制约必定使我们从资产阶级观念解放出来。

很不幸，取消制约是可能的，就像韦伯的音乐世界，情况特殊，关键只是解除听众的等待就行了。

但，在小说里用形象表现的完整客体，却是人这个客体，没有人的意义就毫无意义了。罗伯-格里耶开拓的客体在人的意义两个层面之间浮动，即在两个极端之间浮动。很可能涉及图景、人体测量、纯客观描写。然而涉及图景、人体测量、纯客观描写。然而涉及标界使用、计算、丈量，没有什么比人更有关联了。剔除人，事情就无所谓远与近，根本不复存在了。肯定可以把事物描绘、归类、整理，这是数学比率的第一矩。抑或是另一个极端，非常严格的描绘突然显得像强迫性和纯主观世界的象征，即有意选择客体象征，因为着迷入魔的人，他的思想，正如拉康所说，是不可能依次连接表达的。比如罗伯-格里耶《窥视者》(1955)中那场有名的强奸。这部中篇小说让人看到一些孩子在沙滩上走动，作品唯一的兴趣好像在于两个动势的结合：波浪的起伏和与之成直角的脚步走动，而脚步却在湿润的沙滩上留下印迹，一切突然之间倾倒在象征里。只待教堂钟声提醒我们注视孩子们的步伐，模糊的、无目标的步伐，却可以用口令使得他们的步伐有规律，但从来不知道口令是真实的还是梦想的，好像既是唯一的，又是不断重复的。总之，只不过是我们的生存状况有点平淡无奇的象征罢了，再一次恰如勒内·夏尔所言："人，仿造的幻象。"

我觉得这些背离主子们的客体非常可爱。反正有必要搞一搞实验图解。稠密的曲线表现人事,其意义无论是谁都无权选择。它们的存在不可或缺,所有的曲线一条也不可少,但没有必要一一列出它们的名称。不管怎么说,首先文学是静悄悄产生的。

沙普萨尔:您不认为事情总是存在的,全部存在于静默之中,即使作家只列出其中几件事情吗?假如是您亲自批评罗伯-格里耶或娜塔莉·萨洛特的一本书,您会指出世界是如何围绕着他们的语句整体存在的吗?

萨特:是的,也许吧。但大概会是浪费时间吧。反之,应当承认当今法国有个人,心怀大志,极有机会能成为一位大作家。1945年以来名列第一:布托尔①。我们应当尽量帮助的正是他,尽管他不需要任何人帮助,我想,但不妨尽力辨认他的意图,并将其公布于众。此公自信高傲:他以写作为生。他刻意触及有时好像从民众主义小说走出来的一些人,一些历尽沧桑、迷茫无助的人们。正因为如此,这些人中没有一个最终是人们想象的人物:每个人都失落在整体中,最后被内在化了,被复原了。每个人终于写下自己的一生。

我正在读《程度》。从来还没有人比得上他具有如此干练、如此深远的企图心,通过家庭和职业的关系去把握人物,因为正是家庭和职业造就了他,限定了他,改造了他。一个新的生命诞生了:在这部小说中,一个人,既非可还原于世俗,也非严格意义上的个体实在;既不是社会现象的一种定量,也不是个体的一种定量。事

---

① 米歇尔·布托尔(1926—2016),法国著名作家,代表作有《变》(1957)、《程度》(1960)等。

实上,个性原则被抛弃了。人们看到在职业的、传统的团体中出现排演的团队同时也是不确定性的团队,但总是相同的团体。这本书肯定是不同寻常之作。假如我是批评家,我乐意予以评说。

更何况,令我吃惊的是已经发现《变》的锦绣前程:客体在罗伯-格里耶看来只不过是令人纠结的密码,而布托尔则通过一种算不上崭新的技巧和极其严密的考量赋予其真正的含义,即一种工具,一种改造使用工具的人的工具。乘火车的意图起着不确定中心的角色。但眼下,正是火车在行动:它的移动,它的停止,它的惯例,火车站及其不可逆转性(不可逆转的到站,反之亦然,不可逆转的出站),人与人之间保持的距离,等等。这一切都在改变着人物。

通过布托尔的最初三本书,我感受到一位真正的作家所采取处心积虑的策划,简直是发了疯似的策划,企图控制一切。他占领了一些林荫大道,必将占领其他康庄大道。

沙普萨尔:还是谈谈您自己,好吗?您的文学工作有什么自己特有的经验?是否像您希望做到的那样把文学运用自如?满意吗?乐观吗?抑或您曾经失望过?

萨特:没有,我从未失望过。我的文学工作嘛,始终顺利。我中途搁置过一些书,因为不知道怎么进行下去。我发表过一些自己希望是好的书,而别人觉得不好,有时发觉我错了,批评家们是对的。这个行当,就是这样。反正,不管怎样,所有的职业都会有相同的挫折。

我想说的是,文学本身不可能包含失望。我要说的话可能让您感到糊涂,否则要讲太长的时间:在文学表达方面,成功势必意味着失败。避开不谈十九世纪曾经有过的误会,对于当时贵族气派的作家,成功与否势必可用他们的书出版数量来解释。当今行不通了,因为人们把失败置于始发(以静止来确定运动,等等),通过一系列的谎言,到头来重新归于失败:一系列的小失败堆积到一定程度,进行不下去了,一切都完蛋了。正如我的贾柯梅蒂所说的,末了,可以把雕塑作品扔进垃圾箱,抑或拿去画廊展览。一旦大功告成,您哪,管也管不住了。一下子就成了一座雕像或一本书,成了您想要的反面。假如失败系统地被纳入负极交给公众,那么失败就会一一显示出必然造成的结果。因此,观者成为虚空中真正的雕塑家,读者则从字里行间读懂书。

沙普萨尔:对啦,公众呢?您跟公众的关系怎么样?怎样演变的?您是不是说过公众对作品的生命起着很大的作用呢?

萨特:是的,关系非常密切,不仅跟所处的时代,而且在这种民族主义的时期跟民族社会关系紧密得很,作者除了跟公众的关系以外,根本不可能有什么个人的故事。一天,我们还很年轻,西蒙娜·德·波伏瓦和我,我们决定去滑雪。决定很严肃,经过深思熟虑的,我们觉得相当别出心裁。出发那天,我们发现所有的巴黎高中生和他们的老师都跟我们一样别出心裁。这就意味着从来不把我感觉的东西说出来,除非坚信大家都已经感觉到了。我不愿意表现我的公众,那是情不自禁的,就像二十世纪初的敏感豪门派,他们执意从托莱多或戈雅的画作汲取美好雅致的感觉,终于表现出资产阶级故作风雅的企图心,却被第一次世界大战扼制了。我竭尽可能想说自己跟大家一样感觉到的东西。

沙普萨尔:那么哪些是您的公众呢?

萨特:大学生,教师,真正对阅读感兴趣的人,即读书成癖的人,加起来不过是个小小的圈子。发行量毫无意义,不管印刷数量

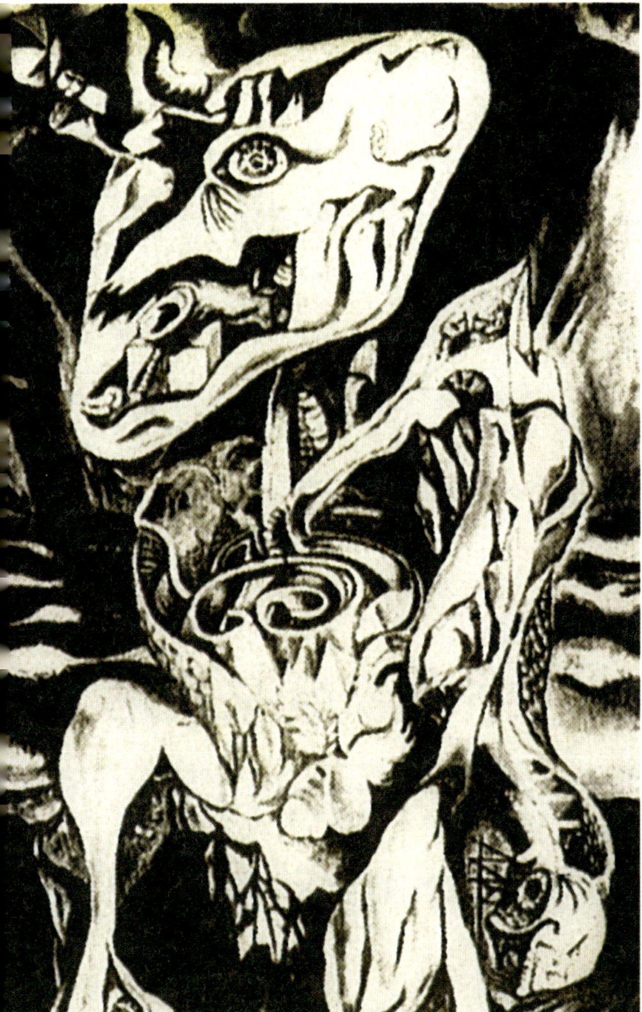

迷宫 — 马松

1938
布面油画
120×61 cm

巴黎 路易雷里美术馆藏

是大是小。读者总是相同的,不光是我的读者,也是我们的读者,所有写书上瘾者的读者。

新闻记者做的事很奇怪,他们搅和发行量,计算平均数,做统计比较,马马虎虎根据一般来说不准确的消息做比较,随便下结论。因为他们混淆了一本书发行量的意义和他们的报刊发行量的意义。像苏联那样的国家,拥有国家出版社,书籍出版有真实的含义:读者公众之所以要求一本左拉的新译作品,是因为有实实在在的阅读或重新对左拉的需求。但是在自由资本主义和企业私有的国家里,发行量毫无意义。施瓦兹巴尔经过深思熟虑,反复检查,深谋远虑却不抱希望地企图找回被人们杀害的死者,他写下《最后的正义者》。一天,我在餐车里见到一位风雅少妇,她脸色冷峻而愚笨,一边吃着果酱面包片,一边看这样一本书:两者之间有何干系呢?她阅读这本书,但算不上此书的读者。

沙普萨尔:您没有完全回答我的问题。有关您自己,您个人,您有没有成就感或失败感?会不会认为由于您的著作,有些事情改变了?

萨特:没有任何改变。相反,从青年时代到现在,我得到的是完全无能为力的经验,但根本无关紧要。这么说吧,起初,我写的书并不直接面对社会问题。后来法国被占领了,这才开始考虑应当采取行动。战后也认为书籍、报刊文章等等可能有用。结果毫无用处。再后来,我们想,更确切地说,反正我这么想过:想出来写下来的书虽然不含明确的现实意义,但久而久之可能有助于世。差矣,没用,根本不是如此对世人发挥作用的。我们想到的和感受的东西在别人看来只不过走样罢了。以其人之道,还治其人之身:经过某个青年人改造之后,设法顺手给你当头一棒:他行之有理,换了我也会如此行事。这就是文学影响力,您看它不会产生人们希望得到的效果。

沙普萨尔：不管怎么说，您曾影响过的人不全是好斗的吧！在他们身上，您难道从未高兴地认出您自身吗？

萨特：不错，但请理解我的意思是，要我器重他们，总得让他们做一些我做过的事情吧。既然我还活着，势必要跟我现在做的形成对立吧。受器重的人不可以被动地承受影响。假如我真的在某人身上认出我自己，他会使我恼火的：为什么重复我做过的事情。相反，一个让我喜欢的作家或一个还未写作的年轻读者，对我来说，真正的机会是一开始让我有点困惑。过一些时候，如果我发现新东西后面有我走样的老形象，或我的半拉形象，那就再好不过了。

总之一句话，阅读的荣誉，在于读者自由地受影响。这足以抛弃阅读被动性的无稽之谈，所谓被动性，是指读者运用我们的词语去创造和自设属于他们自己的陷阱。读者是积极的话，就会超越我们，因为我们写作就是为了别人超越我们。当然，我力不从心的学徒期是有过的，但那是因为一九四〇年我还相信圣诞老人。

沙普萨尔：也许我会使您惊讶，但我有时总觉得您有点自我封闭，自囿门户于这个时代、这个社会以及您的作品。比如，我看了《阿尔托纳的隐居者》，心里直犯嘀咕：这位隐居者，就是您本人嘛。

萨特：是吗？不错，因为至今我还没有按我的方式隐居。假如我是弗朗茨，不会因内疚而纠结得死去活来，其实，这是我一个梦想的负面：待在一间单身陋室，能够安静写作。我将怀着这个美好的遗憾直到死亡！……

不错，我确实很想表达自己有所感悟的一些事情，我想大家都是这么想的。我这个岁数（五十四岁）以及稍比我们年轻的人们看到由我们大家亲手塑造的社会不免万分沮丧，叹道："嘿，是这个样子呀。"我不是说一个年轻的俄国人可能这样想的，而是指一个法国人义无反顾的感受。

这么说吧，我们年轻的时候，我们是平和的，对暴恐的问题焦虑不安。结果呢，青年人采取暴力，把自身的问题置之脑后。我这是试图对您说，在他们身上我认出自己是多么艰难哪！因为"隐居"中的我们就是他人。

沙普萨尔：正是这样，暴恐的问题使人焦虑不安，让人觉得您在如此黑暗的社会比其他人更为难受，您非常不自在，感到窒息，把焦虑不安分隐藏到您的作品里好像进入庇护所。为此，我想问您难道没有觉得"被隐居"吗？

萨特：不，阿尔托纳的隐居者们思想阴暗，主要取之于法国社会当今状况的启发。况且，我自己感到与大家一样完全被尔虞我诈的大混乱牵连了。我受现有制度的困扰，而所有人都说没有，而且一再说没有。

沙普萨尔：您说的"暴力"是指什么？

萨特：我们，我这个岁数的人，经历了两次神圣的暴力，介于童年与少年之间。一九一四年的战争，人家对我们说战争是正义的，上帝支持我们。一九一七年，俄国革命。在此期间，确实，我们有点儿识破真相了，对一九一九年，我曾寄托过希望。别以为我把一场资本主义的战争与列宁格勒的革命混为一谈。今天我可以认为一九一七年十月不可逆转地改革了世界。但我在跟您讲我们的儿童时代，受到父辈们的暴力侵入。从一九一四到一九一八年，我生活在拉罗歇尔：一切由孩子们说了算，他们以为处在前线，我有一个同学,手持餐刀追杀母亲,因为母亲给他端上土豆,而他不喜欢土豆。何况,像他这样的孩子们还是非常懂事的,只不过世事使他们头脑有点发热罢了。因为,总而言之,人家要求他们把这种神圣的暴力化为自己内在的东西。他们做到了,但许多孩子包括我在内,很快厌倦了,根本不屑以神圣的革命去取代这场臭名远扬的圣战(第一次世界大战)。我进高师(巴黎高级师范学校)时,没有任何人,哪怕一个贫血病人,敢说应当拒绝暴力。我们尤其纠结疏导暴力和限制暴力,保持一种文质彬彬的暴力和一种亲和性的暴力。我们当中大部分人都十分温和,但实际都变成暴力者,因为我们有一个问题要解决:难道这样或那样的行为是一个革命的暴力行为,抑或超越可解释成为革命而实行暴力吗?这个问题一直是我们的问题:我们永远超越不了。

您明白我想说的意思吗?我们当中许多人生儿育女。我嘛,无后。但教育别人的后代(我曾经是教师):同样向大众负责。我的学生再生孩子。然而,我觉得这些孩子受到了我们的影响,但他们当中许多人把事情极端化了。殴打安的列斯黑人的伦敦青年,仇视犹太人的德国青年,法国法西斯青年,他们的特征是喜爱和使用绝对纯粹又无条件的暴力。这种暴力从来不进行自我争议,也不试图做自我批评:自恋性暴力。可以因贫困引起的仇恨而爆发,也可以由一次娱乐引起仇恨爆发。巴黎市郊"喜洋洋居宅区"就有一些穿黑色皮夹克的阿飞。他们三五成群,看上去一切是那么的祥和,其实是带着不祥之兆的祥和,他们居住的楼房是由心怀新家长主义的资本家精心设计建造的,现在只剩下把它砸个稀巴烂。

这让我们触目惊心,因为人们设想的,正如我们设想的暴力,产生于剥削和压迫,作为反对剥削和压迫的暴力。从某种意义上不管怎么说,是有一种政策指导建设的"喜洋洋居住区",而这种政策正如一切形式的长家主义,与劳动人民的利益背道而驰。我们这些上了岁数的人懂得年轻人砸房门和窗户以示反对这种政策。我的意思不是说他们做得对,而是说理解他们的行为。但不仅如此,他们互相殴打,头破血流,或者去袭击过路行人。正是这种境况挑起了他们的暴力,在他们看来是正当的,因为这种暴力是无政府状态的。假如暴力哪怕有一点点政治化,那他们就会对这种暴力表示怀疑。对我们而言,暴力可能被使用,如果事关拯救群众的利益,如果事关一次革命,等等。对他们而言,不把暴力派什么用场:暴力没有意义,便是好的。

不跟您谈这些了,只给您指出一种影响。当然,不是我们的观念制约了他们,首先是冷战吧。不过,冷战,是我们挑起的。

沙普萨尔:您继续认为您塑造了这个时代吗?

萨特:五十四岁的人了,无论如何总可以开始面对过去了吧。但年岁不管有多大,事情总是这样的:历史创造人和人创造历史。

沙普萨尔:您认为我们是有责任的吗?

萨特:有责任的,也是同谋。法国全社会应对阿尔及利亚战争负责,对战争进行的方式负责,诸如酷刑、监禁营,等等。全体社会都有责任,包括不断反对阿尔及利亚战争的法国人。我们陷入其间不能自拔,左派运动互相之间渐渐斗得死去活来,哪怕最小的争论,都给酷刑、政变以把柄。我们成了有点懦弱的绅士,思想保持正统,所以必须使战争在我们身上内在化。于是我们团结起来,投入暴力,而且越来越投入。这正是我想在《隐居者》表达的意思,当然还有别的意思。弗朗茨死了,这个刽子手,就是我们自己,就是我。

这一切不妨写出来公布于众。

沙普萨尔：您给予文学何种作用，假如您感觉到无能为力，假如这个世纪比以往任何时候更加暴力？

萨特：人生活在自己形象的包围之中。文学予人以批判自己的形象。

沙普萨尔：是一面镜子吗？

萨特：一面批判的镜子。描绘，证明，表现。之后，世人自己照照镜子，想干什么就干什么，十八世纪，作家是由大历史烘托支撑的。现如今早已结束：作家成了可疑分子。那就尽量保持这个角色好了。如果一个社会没有可疑分子，那还剩下什么呢？

沙普萨尔：您竟认为作家是"可疑分子"！您不是有意抬举他们吧？

萨特：人们怀疑作家口袋揣着镜子，生怕他们把镜子拿出来给别人看，很有可能趁人不备，让人一见之下昏厥过去。

他们是可疑分子，因为诗歌和散文首先变成了批判的艺术，先是马拉美称他自己的诗为"批判的诗歌"。写作，总要对整体的文体风格提出疑问。今天，绘画、雕塑、音乐也一样的：整个艺术投入单独一人的冒险，他寻找界限，并使界限向外推移。但写作如果不对写作本身整体提出责疑，就不可能是批判的。这涉及写作的内容。每个作家的写作冒险都对世人提出责疑。任何一个句子，只要作家是有才的，哪怕谈及原始森林，都可能对我们所做的一切提出责疑，提出某个正当性问题，不管怎样的正当性问题，反正有关人的能力。不妨把这些可疑分子与人种学家做个比较：人种学家描绘，而作家不再可能描绘了，他们必须参与。

沙普萨尔：作家这个职业难道不是一种很奇怪的职业吗？要

求精力充沛,理所当然,但难道不是也建立在某种薄弱的基础上吗?

萨特:我自己选择这个职业,以死相许,因为我不信教,没有信仰足以表现某种软弱。七八岁的时候,我跟守寡的母亲生活在外祖父母家,夹在一位笃信天主教的外祖母和一个笃信耶稣教的外祖父之间。在餐桌上,外祖父母互相讽刺对方的宗教,并无恶意,家庭传统习俗而已。但一个孩子想事情是直来直去的:我由此得出结论,双方的宗教信仰没有一方有价值。虽然家人以为向我灌输了天主教,但也从来没有指望过什么。

然而,在这个岁数上,死亡令我非常害怕。为什么?也许,正因为还是孩子的我不信行善积德求来世的神话。我已经写作了,像孩子们通常所做的。但在我的写作趣味中掺入与世长存的欲望,当然指的是文学长存。不过,这种文学长存的想法,我早已抛之云霄,但起初肯定是我全心倾注的中心思想。

基督徒,原则上不怕死,因为必须死了以后才开始真正的生活。世上的生活是一个考验期,完成考验才配得上天堂的荣光。这意味着一些明确的义务,一些要遵守的礼仪,也要有意愿,诸如服从、贞洁、贫寒。我掌握所有这一切,用文学言词将其全部搬移:我毕生将会默默无闻,但会得到永生,凭着勤奋写作,凭着职业的纯洁性。我的作家荣耀始于我死亡之日。去世之前,我内心发生过严肃的争论:该不该全知全晓以便把一切都写下来?抑或像修道士那样生活,把我的全部时间用来琢磨句子呢?不管怎么说,对一切都产生了疑问。文学生涯在我的想象中是仿制宗教生活的,我一心想拯救我自己。

这一切,我一直浑然不觉,直到四十岁,这很简单,因为我从未问过自己写作的动机是什么。我质疑一切,但从来不怀疑自己的职业,以至于一天撰写有关伦理的论述时发现,我为作家写作家伦理学时,居然是在企图跟不写作的人说话!这就迫使我追本溯源,弄清楚这种奇怪的态度,找一找先决条件,或干脆反省一下我童年时代倾注的精力。现在,我肯定这正是问题之所在。况且年岁比我长一些或差不多的,都有相同的演变过程:是时代培养了未来的作者。

因此,果不其然,这是一种逃逸,一种懦弱,毫无疑问。"至于我个人,无所谓了,因为我写了《打摆子》①……"

沙普萨尔:您刚才不是说您对文学荣耀不再感兴趣了吗?

萨特:不是不感兴趣了,而是从某个时刻起,文学荣耀没有什么意思了。死亡越变得现实,荣耀就越减少神秘感。某人最近说过他不知道有什么比身后恢复名誉更卑劣的事情了:不妨举个我们当中的例子,大家把他逼得发疯气死了或伤心过度冤死了,四分之一世纪之后,给他树了一块碑。在纪念碑肖像面前为他发表颂辞的就是整他的那些人,依然是那些豺狼:予以死者荣誉是为了可以整死某个活人。

事实上,什么事也没被恢复,他痛苦到断气,死在绝望中,如此而已。他们把波德莱尔和尼采整得一贫如洗和疾病缠身,之后他们来跟您说后者是二十世纪的先知,而前者则是最伟大的法国诗人!……这能改变什么嘛:死亡是不能够挽回的!

所以,您刚才提到软弱,想说什么意思呢?这肯定不是我说的。

沙普萨尔:我以为作家总有挽救的办法:或行善或作恶。他写

---

① 《打摆子》(1895),安德烈·纪德的名著之一。此处萨特模仿纪德的口吻,意为"我豁出去了……"

作品嘛,如您刚才所说,文学工作本身不能让人失望。当现实使他不满,他可退居一隅,找张白纸写字,而一个投身行动的人绝对可能失去一切。

萨特:照您这么说,好像我们可以选择似的。事实上,除了一小部分属于领导阶级的富裕者,我们选择了写作或政治,是由形势决定的。例如对阿尔及利亚民族解放阵线的人们来说,政治问题首当其冲,本身就带有暴力,整个一代从幼儿起就被投入战争了。在这种情况下,强暴挽救并不代表一种抉择,但代表为形势所左右的一种方向。然后,当战争结束了,他们当中也许有些人会写作。但,政治和战争有自身的命运归宿。

在我们国家,是中产阶级不加区分地提供民族的文学人才和政治人才。民族有点被贬抑了。有很多年了。犹豫不决,听之任之。结果,如您所知,我们的政治家软弱无能。在这个层次上无法区分:蹩脚的文学以其政治内容来自救,而政治成了蹩脚文学的组成部分。不加区分的状况延续下来,发展到了责备作家们——人家就是如此责备我的——输掉了战争(这个,是右派的指责)抑或没有鼓动群众攻克我们各种形式的巴士底狱(这个,是左派的指责)。

从前有个记者来看我,对我说:"我想发表一个呼吁,谨请阁下大声疾呼,行吗?"有时候,您想不到吧,我真的大声疾呼了!呼吁的力量参差不齐,取决于其他所有的参与者,他们的数量当然是事先决定游行时预约好的。但这恰恰是悲怆文学的兴与衰:在政治上,完全取决于他人。介入文学作家的真正工作,我已经对您说过,是描绘、论证、指明真相,用辛辣的笔调揭穿神话和偶像。没准儿碰上一点运气,别人通过创造新的神话,抑或像普希金或伊丽莎白一世时代那样,最纯粹的或最辉煌的风格将成为政治行动的相等物，因为作家必将使全民族发现自己的语言，就像民族统一最终现实的时刻终将到来。这样的机会没有落到我们身上。我担心如今导向文学的动机越来越稀少。我年轻的时候，人们一心想寿终正寝，瞧着始终健朗的年迈外祖父，我确信自己一定长寿，有权加入文学宗教。我可以有六十年的信仰和胎痣。但自从冷战以来，人们训练青年人去思考死亡随时可能发生，于是上帝重新引领文学，随时拯救文学。但是，上帝变得更加严酷，苛求文学作品必须完善！……就这样，故弄玄虚的东西死灰复燃了，无中生有的事情层出不穷。所有这些话无非向您说明因为软弱或通过用暴力而产生的动机，抑或出于一切其他主观动机，表面上是正义的，但实在过于简单化了。请别忘了：一个人生见证整个时代，一个浪花见证整个大海。

沙普萨尔：您觉得人们写作的欲望减弱了吗？

萨特：人们有写作欲望，肯定无疑。但他们乐意只干这个事吗？也许有朝一日，文学遍地开花，人人秉笔直书，然后消失，以便从同胞身上重现，到那时就没有什么作家了，仅仅是从事其他工作的同时写点东西。届时更接近人人都有写作的需要，甚至今天也是如此，是一种绝对。我们作为职业作家，强烈要求获得授权者，要求世人让我们自由写作，因为他们自己不写作嘛。我们是作为被选中的幸运儿出现的。然而，这是一个谎言。出版数量制约着天方夜谭，把每本已出售的书变成全民选举。事实上，人们阅读，因为心里想着写作。阅读，不管怎么说，本身多少意味着再创作。

从这个角度看问题就对了，世人发现他们需要表述自己的生活。我被囚在战俘集中营的时候，有个贫寒的偷猎者，从小被父母遗弃，在孤儿院长大，其结果您可以想象。他入伍当兵，有人写信给他举报其妻偷野男人。于是他持枪逃跑,回到家里发现妻子正在与情夫上床。他二话没说,两枪把他们俩击毙了。他回到队伍后当了俘虏。一九四〇年五月他被抓后关在一座军事监狱。他越狱逃跑后,被德国人抓获,送往德国一个战俘营。之后,他的情杀故事就这么不了了之,没有受到惩罚。我们,即他的难友们,都认识他,一个军事法庭的书记官中士可以作证。对于他来说,仍不满足,还觉得是被人欺骗了。由于办丧事,他觉得自己一无所有,只剩下一个抽象的回忆。他创造性地把它写下来,为了表述这个故事,就是说,为了明白无误地、标新立异地拥有故事,同时为了故事拥有他:故事怀着自己的作者而存在,凝结在体内,得以体现。当然,写出来的东西非常糟糕,困难就油然而生了。

不妨读一下布朗肖①的《埃特雷的悖论》,妙绝时人,他解释道,起初倾吐一切的欲望到末了全部咽进肚子里。当然,这是另一码事。但,我想说的是,普天下的人都想把自己切身经历的生活连带所有的阴暗面(心里一清二楚)也描述出来,但这样的生活要排除一切受到压抑的东西,表述时要抓住要点,把压抑他这个人物形象的理由浓缩到非主要的情况中去。每个人都想写作,因为每个人都需要活得有意义,需要对自己经历的事情予以意义。要不然,一切过得太快了,成天低着头,像一味拱地掏松蘑的猪,到头来一场空。

我失去了许多文学幻想:文学富有绝对价值,可以拯救人或干脆改变世人,除了在特殊的情形之下,今天这一切在我看来已经过时。作家一旦幻灭之后,仍继续写作,因为正如精神分析学家所说,他把一切都投入写作了。既然作家继续与他已经不在乎的人们生活在一起,就用另一种态度对待他们呗,因为社会是个大家

---

① 莫里斯·布朗肖(1907—2003),法国作家。

庭。但,我依然抱着一个信念,唯一的信念,永不放弃的,那就是写作对每个人都是一种需要。这个最高形式的交流需要。

沙普萨尔:这么说来,以写作为职业的人们大概应该是最幸运的喽,他们是否始终做到别人梦想做的事情呢?

萨特:不,既然这是他们的职业。我对您说吧,对每个人来说,关键在于趁他活着的时候使人迷惘的形式中夺取属于自己的生命。

沙普萨尔:还需要读者吗?

萨特:当然需要。正如科克托所说,"书写的呼声",只有在人们铭记在心时才成为一种绝对,只有在别人将其融入客观精神时才成为一种绝对。

沙普萨尔:因此,做作家是每个人最深沉的愿望,是吧?

萨特:也是,也不是。一个作家对自己的写作走火入魔,真叫人恼火。我八岁的时候,认为大写的自然本身对一本好书的产生是无动于衷的:作者写毕划上一个"终"字,相当于一颗流星从天上掉下来!今天,我却认为作家作为职业,相当于其他的社会活动。但,我对您重复一遍,这不重要,因为有意写作的人们,其中有些并非有意要成为作家,只不过想见证自己的时代,见证自己的生活,在所有人面前充当他们自身的见证人。再者,情感和操行是模棱两可的,一笔糊涂账,比如产生一些内心的反应迫使他们搁笔,又如,发生断断续续的寄生性精神崩溃,写不下去了。不需要悲剧性地感受悲剧体裁,也不需要满怀愉悦去体验愉悦。立意写作,图的是净化。

原载《作家自述》,儒利亚出版社,一九六〇年于巴黎
译自《处境种种》第九卷第9至39页加利马出版社

作家及其语言

韦斯特拉坦:给您提一般性的问题,有关您与法兰西语言的,对您来说是否有意义?

萨特:有啊,肯定有意义,因为我认为我生活在语言环境里嘛。言语是无所不包的现实之一种,我称之为惰性实践系统,与我始终联系在一起,不在我说话的范畴内,而在于首先对我来说包围着我的一种客体,在这个客体中,我可以得到一些东西,然后仅仅发现它的交流功能。

韦斯特拉坦:起初阶段是外在性阶段吗?

萨特:是的,对我而言,言语不在我身上。我猜,一般人说他们感觉词语在他们的脑里,不管他们事后怎么说。而我,则感觉词语存在脑外,好像脑袋上箍着电子系统,拨弄一下器材,结果就出来了。不必认为言语是思考的产物,比如我写相似的东西就不需要思考,但写这些相似的东西时是参照一种经验,我称之为既客观又主观的经验。这就是起点:我脑子里没有词语,它们处在脑外。

韦斯特拉坦:您对这种感觉有没有一种解释呢?

萨特:在《文字生涯》中有点解释。我想,这是因为我有过很长时间的混淆,小时候我把词语与物件混为一谈,比如说,"桌子"这个词儿,我以为就是桌子。我开始写作了,那是习以为常的时刻。但我依然没有摆脱混淆,总以为要把桌子占为己有,就得在桌子上找到这个词儿。就这样,词语与我之间有一种亲密的关系,一种财产占有的关系。总之,我与言语有一种物主与物件的关系。

作为法国人,法语是属于我的。正如它属于所有讲法语的人。关系到这个语言,我有一种占有感。我只是想说,占有法语活像占有一件外在的资产,甚至认为我只是一个法语的占有者,属于我的,但,这并不等于说,它不属于别人,不成问题的。与我的语言相处,我很自在,不过遇到的困难都很大,总觉得表达有困难,应对起来很困难。但即使力不从心,也知道大概可能成功,这是搞事业,懂吗?

韦斯特拉坦:但很容易被人称为资产阶级的关系,既然这是一种资产拥有关系,是吧!

萨特:一定的,原始性的嘛,所以我对您讲,这是一种资产拥有关系。

韦斯特拉坦:那么这种本能地出现在资产阶级思想中的关系是怎样形成的呢?既然您承认对于大部分资产者来说,语言是作为某种内在自律出现的。

萨特:我设想大概需要讲些带点儿分析性的理由,意思是说,我们童年时代做了不明晰的抉择,与心理分析中的迁移相吻合。我想指出的是,我,作为中产阶级的孩子,从未占有过什么东西;作为孩子,从来没有占有权。起先生活在外祖父母家,后来母亲改嫁,跟挣钱养家的继父生活在一起,我的需求得以满足,从来不缺什么,但从来没有任何东西是"属于我的",所以我处的这个状况,就一般占有资产而言,我完全没有负担。因为一方面我什么都有,所以没有经历过欲望引起的艰辛;另一方面,我从未拥有过任何东西,需求虽始终得到满足,却没有属于我的东西。于是便产生一种迁移,即心理分析中的所谓迁移。

以同样的方式,我在某个时刻把上帝引入文学,以为这样就把词语占为己有了。我一直以为词语是占有事物的一种方式,现在依然认为占为己有的原始资产者思想是存在的,先作为占为己有的成分,然后成为交流的集体手段。这不,讲讲年龄很有必要,虽然现在看来,已经过去了,或部分过去了,因为年老了呗,但肯定那是最初发生的事情。因此言语在我而言一半是所指(词义),一半是能指①(含义),但都是外在的。"桌子",这个词一半存在桌子里,一半是我的资产运作性延伸。

韦斯特拉坦: 您描述了您与法兰西语言当今的关系,但好像也蛮符合您童年时代与语言的关系。如此看来,好像并没有超越这层关系……

萨特: 超越了,在语言交流时显然就是一种超越。一切作家都有不肯交流的童年时代,比如用词语创造了"桌子",这就与桌子等同了,桌子就囚在词语里了。当下您便遐想起来,要是您写下几个字,几个美不胜收的字,组合在一起,接着写下去,就占据了一片空间,属于您的空间,同时与上帝建立了关系,对此,福楼拜毕生坚信不疑。您创造了桌子的同等物,桌子落入陷阱,作茧自缚。这意味着没有交流,因为如果说作家总是为他人写作的,这只是从长远来说是对的,但最初并非如此。词语不无神奇之处,反正让人为写作而写作,创造词语,至少创造一个个建筑群;创造一个词,就好像能够用沙搭古堡,不是为了展览,抑或即使搭成之后让人看看,如此而已,反正读者不是正式的,比如请父母来看:"看看我搭的沙堡多好看哪!"读者的角色首先只承担这个功能。为此,您会遇见好多人,当他们听到:"我们为交流而写作",势必感到莫明其妙,

---

① 意符(台湾译)。

这说明他们的心态还处在言语的童年期。况且,正如福楼拜所言,他们想"搭建一座词语古堡,单独顶天立地"。我认为这是作家迈出的第一步,倘若在某个时刻没有梦想过这么做,他就成不了作家。这个阶段必须在某个时刻被超越,否则孩子谈不上真正写作,哪怕到了十五岁。写作与交流的关系在某个阶段必将出现,然后言语的神奇面貌逐渐消失,这也就体现了幻想破灭。

一旦明白"桌子"这个词不是为占有"桌子"而造出来的,而是为他人指明桌子的名称,于是有了某种半透明的集体关系,得以向人反馈,却让你摆脱了绝对。只不过在演进过程中,很难说在何时何刻这种关系演变,也很难说旧信仰还残存多少。例如我吧,很清楚我有两种写作方式,有趣的是,最明显的则是带有旧信仰残留最多的方式,即文学方式。旧信仰表现的层面,我称之为散文,告诉您吧,在这个层面上,不管怎么说,一个散文家不可能单单是一个指定意义的人,而是以某种方式指定意义的人,这种似是而非的方式,通过某种类型的词语,通过词语的某些共鸣,等等。总之,不管怎样,此公把被描述的客体塞进句子里去了。一个散文家,或一个作家,他谈到一张桌子,趴在桌子上写几个词语,事实上根据纯主观的意念写下来,这种方式得到的结果则是,这组言语整体组合是某种桌子的产物或复制产物,导致桌子的含义几乎落入词语里了。以至于你看到的桌子,如果是我描述的,必定在句子结构本体中加入一些东西,比如与木头相符的东西,比如桌子斑斑驳驳、裂痕交错、死沉死沉等等,而要是纯粹交流的话,这些东西完全没有必要了。

因此,倘若我写人们称之为文学散文的话,始终会有上述层面的东西,否则没有必要用这种语言写作了。反之,哲学交流之所以最为困难正因为关系到纯粹交流。我写《存在与虚无》(又译《实有与虚无》),只是为了用符号交流思想。

韦斯特拉坦:您给我解释了原始信仰残留下来的东西,能不能也在技术上给我解释依然坚持旧信仰的写法重新带来的贡献呢?

萨特:重新带来的东西,是一种矛盾。您知道的,现在人们把作者区分为作家和写匠,比如《就像现在这样》①的那些人,说什么从事诠释的人们,描述事物的人们,为指出客体含义的人们,他们是写匠,而作家则是为了使言语本体表现出来,在其矛盾和修辞的运行中表现出来,在其诸多的结构中表现出来。依我的看法,富有生命力的东西,是超越以上两见解。我认为没有写匠就没有作家,同时没有作家也就无所谓写匠。这就像我最初遣词造句,所谓搭建沙堡那样,拒绝交流或不懂交流,残存下来的东西恰似超越交流器官的一种交流。我想说,**现在**,感兴趣的则是与读者沟通,从词语之间的关系来看不再是"桌子"的同等物了,但这正因为在读者的脑子里,这些词语通过它们互相的关系,通过互相擦出火花的方式,出现的"桌子"并不在眼前,并不只是一个符号,而是被迸发出来的一张桌子。我想强调,目的始终是返璞归真的,使我们回到写匠的位置,反正我这么看。

我想说某些事情,向别人说出来了,是向一些确定的人说的,他们赞成或反对的思想或行动与我自己所处的立场有关联。我认为,不管怎么说,目的是与他人有关联的。然而,显示作家特征的则是一种典型人物:作家认为言语是整体交流的客体,是整体交流的手段,不管言语的困难有多少,他考虑的不是一个词语有多种意思这一事实,也不是句法是经常模棱两可,依旧是言语困难叫人不

---

① 《就像现在这样》(*Tel quel*),法国文学评论刊物,一九六九年创刊。发刊词引用了一句尼采的话:"我要世界,我要它就像现在这样。"

好办。所以我想说,假如人们只用词语进行交流,显而易见残留的东西还是有的。就是说我们所用的符号指明一个不在现场的客体,能够名正言顺指明这种或那种含义,况且处于与其他客体相比较的这个或那个地位,但这些符号回馈不了人们称之为客体的肉身,反正总是到头来抱有某种语言的悲观主义,结论依然是:由于言语本质自身的原因,不可交流性依然残存,总会有不可交流性的余地,变化不定而已,但是不可避免。例如,我蛮可以用相当深刻的方式表明自己的感情,但从一定的时刻起不再与我提出的主线相关了。这有两个原因,一方面,因为在我们心灵深处存在太多的东西,一直限制着言语,而言语意义与言语能指那一层关系是一种向后的关系,一种改变词语的向心关系。我们总是或多或少想通过词语的使用本身道出其他的事情。

韦斯特拉坦:您把意义与所指区分开来吗?

萨特:是的,对我来说,所指便是客体。我定义的言语未必就是语言学家们的言语。比如,这把椅子,是客体,因此就是所指;接下来,就是意义,是由词语所构成的逻辑整体,即句子的意义。如果我说:"这张桌子在窗前",我瞄准一个所指,即由意义构成的桌子,这些意义又是被构成的句子之总体。我把自己视为能指。所谓意义,就是思想①,由嘴发声的音素联合组成。

韦斯特拉坦:借用结构主义者们的说法,不妨可以说意义就是一个个能指。像关节似的联接产物,声音消失后留下一串文字,意义就是意思的统一体,把断断续续发声的话语材料整合在一起。

萨特:正是如此,一个个能指串联后产生的意义,接力瞄准所指,这一切建立在原始的或创始的能指基础上。由此,我说,从意

---

① le noème 现象学的词汇,意为思想。

义的大体上讲,一方面凭空针对所指,即概念性针对所指,导致该现象本身缺少某些东西;另一方面与能指的关系过于繁多,造成句子在上下文中意义的限制。我使用的一些词,其本身多有一则故事,与言语总体多有一层关系,不待完全的关系,不是从严格意义上讲普遍符号逻辑的关系;而且有些词语与我本人有一种历史缘由,同时非常特殊。所以,一般说,所指应当待在外部:言语无非是一种意义的总体,这些意义让某些东西留在外部了。

例如,涉及我所感受到的某个情感,抑或某个体的总体情感,我可以赋予多层意义,但事实上,我已经被用自己使用的词语撰写的故事所限制,恰如产生双重使用:我使用一些词语来确定自己,而另一方面这些词语已经被我写的故事赋予另外的意思,况且在撰写整合言语的故事时,这些词语就有了不同的意思了。从此时起,一般人都说没有什么完全相符的了,而事实上,我认为一个作家恰恰就是那个对自己说:多亏这一切,相符性得以实现了。这正是作家的工作,就是人们称之为风格的东西。

韦斯特拉坦:这种悲观主义的来龙去脉几乎证明了文学实证主义的特征,是吗?

萨特:大概是实证主义吧,按照非常普遍的说法,是言语不可交流这一资产阶级观念,这种观念,甚至在福楼拜著作中找得到。福楼拜边写作边思考,认为我们不可能交流,导致他创造一整套意义组合,这个意义总体应该就是文学客体吧。

韦斯特拉坦:在这种情况下,文学客体的根源,就像您在互助会大厅的演讲中所说的,是上帝或是死神,因为这两种诉求,原则上都排斥人与人之间直接交流。

萨特:实际上,写匠作家,真正的写匠作家,我想说他们是二维作家,反正对我来说是如此,二维作家不得不把这个矛盾变成他的工作素材。说到底,我认为只要是发明表达,没有任何东西不可表达,但发明表达并不等于说发明语法,也不是说发明词语,尽管时不时可以发明一下,当然不成问题,但毕竟是个次要现象。事实上着力于词语的体态,返归其特有的故事,抑或作为故事返归能指。在这样的时刻,有点暗中摸索,不太知道在做些什么。几乎可以说是一种双重的文学工作,在于针对意义的同时,给意义加载某些东西,这样就可能向人显示独特的风格。

韦斯特拉坦:我搞不懂您在多大程度上能真正识别文学实证主义的方位。确实,文学实证主义的来龙去脉好像立即得出幻觉性的结果,能够达到被锁定的所指,故而能够将其公布于众。幻觉性的结果,作为所指,最终肯定是某种相对主义的产物,即心理相对主义,或心理分析相对主义,或甚至社会历史相对主义。总之,预先确定或预先剪辑所指的相对主义。可以这么说吧,与其去冒这种相对主义的风险,就是说做得像个样子或用我们可支配的东西去做,却忘记根本性的问题是在于交流的实用主义。一般人乐意节制交流,以避免上当的风险,尤其为了衡量能使地道的文学保存下来的东西,一旦把我们与所指这层意思来看,用您的视野写就的作品与用别人的视野写就的作品有着根本性的区别,那么无论如何您实际上处在与文学实证主义相似的方位上,而后者无非更激进更幼稚罢了。从这个时候起,难道您还能认为能够在两个方位之间确立一个原则性的区别吗?

萨特:这是因为我觉得正如梅洛-庞蒂有关可见物(可感知物)所说的,指示性信号是可见的,所以在预知力和可见性之间有一种实在关系,是一码事嘛。对您明讲吧,两者相同:能指始终是所指,所以在意义缺失的所指和同时被意义所指的能指之间有某种密不可分的关系。

韦斯特拉坦：这么说，我完全同意，但要讲清楚，您得求助于本体论。

萨特：确实如此，但您知道，主观性这一概念，我极少使用，除非加以限制，除非说："这个只是主观的""我没有足够的要素为……"等等，但对我而言，主观性不存在，只有内在化和外在化。一切所指皆为能指，一切能指皆为所指，就是说存在某种客体的东西，客体意谓言语，给言语确定它本身为言语，诉求言语和定义词语，同时存在某种叫意义的东西，即言语的意义，总会反馈到能指，如实地使其本身获得资格，所以言语让我不由自主，您看得出来，好像言语指定我，让我尽最大努力去指明客体。

韦斯特拉坦：这么说，您以此为名义完全把自己与文学实证主义加以区分，因为您同意把您的方位定在对人与其存在关系的原始理解上，就是说建立在一种本体论上。文学实证主义本身拒绝类似的本体论，因为一切实证主义拒绝越出其认为可能是实验场的东西，这类实验是随时完成的，或至少从结果中可以察觉的。然而，如同存在《就像现在这样》所代表的文学思想，更普遍存在所有跻身于罗伯-格里耶境域的作家超越这种文学实证主义的粗糙理论就有可能，甚至有某种倾向确立在海德格尔哲学基础上的文体概念，至少建立在海德格尔晚期哲学方向的基础上：存在（实在）往往包括被理解为文体本身或言语。您刚才为我们讲述"意义"与"所指"的关系，并且参照格洛-庞蒂受黑格尔影响那个时期的想法，您的这种方法使我们对您的立场与海德格尔的存在（实有）观念的关系产生好奇。我也许认为，为了确立区别，或给"区别"一个确立自身的机会，我觉得您在能指和所指中企求能指的东西之间确立了一种完整的互换,而在海德格尔的著作中则是最后落实到所指,即存在(实有),这就是对话语诉求的全部主动性。

萨特:对呀,因此我认为这是一种异化的表现,梅洛-庞蒂的著作在某种程度上也让人感觉到这一点:一切与存在(实有)逆行的关系,抑或一切向存在(实有)逆行的关系,抑或一切向存在(实有)敞开的口子,即在口子之前也在口子之后的存在(实有),是作为限制口子的,我觉得这就是一种异化。我想说我排斥这种存在,即自身限制向存在敞开口子的存在,也同时排斥这种结构主义,作为建立在我之后的结构主义:要知道我之后什么也没有了,因为有人可能从此作为起点建立一种结构的理论。我认为人处于中间,抑或即使在他之后有些东西,他也将其内在化了。在人之前,什么也没有,只有一些动物,只有人自己创造自己,但作为之后的之前,什么也没有,因为之前和之后都必须有人证实。对我而言,问题不在这里。给您讲的这个领域,我认为事实上一切对客体和对"我"的深入了解是从一种恒定实践出发的,其工具和中介就是言语。先有一个存在(实有),然后要去证实。实有的人存在于世,存在这个事实本身引导人们去把对人的深刻了解内在化,引导人变得莫测高深,同时又引导人破解莫测高深,从某种方式来看,这个事实只为这些人而存在。人不是以言语创造世界,只不过证实世界而已,以唯一的事实去证实,即建立数量无穷的客体之间无限的联系,把世界的莫测高深内在化,抑或把自己作为纽带外在化,去创造世界的莫测高深。可以说,人是莫测高深的世界,而世界则是莫测高深的人,这一切通过某种实践正常地形成,这种实践,就是使用人们称之为词语这个成品。因为人们太容易忘记的东西,恰恰是词语作为一种加过工的素材,即事实上通过我加工和再造的:我把说话时吐出的词儿描绘下来,这是具体有形的活动,其本身在言语中就拥有一个意思。为了真正渴望像作家一样写作,必须热爱把词写下来,大家都这么说的吧。

因为,比如福楼拜的书就有这种感觉,有一种对词语的喜爱,好像对待有形的物体那般喜爱。不知道您是否读过马诺尼①刊登在《胆小如鼠的人》杂志上的文章,很有意思的,极好说明弗洛伊德可能出于理想主义的原因吧,不认为词语在某些幻觉中相继出现时作为象征或象征的载体,借口说它们具有一种既定的形式,但把词语视为现实客体,对人具有现实作用的现实客体,总之视为具体有形的客体。我想说,真的是一种音节质料因相似,这种质料因相似在肉体上时人起作用,这才得以确定。首先,没有似是而非且被象征化的客体,但首先,确有一些客体。这是非常重要的事情:写作,也是对某类客体的喜爱,这些客体生就为了能指,所以意味着为了针对客体本身之外的东西,同时它们依然是客体,但这不意味着把我们交还给读者。

阅读,涉及文学作品,比如一部长篇小说,我以为始终既是读懂意思又是充实言语的、有形的、书写的载体,所以是可见的载体,抑或充实听得见的载体,所以是口头说的载体,使其具有某种模糊的功能,使客体现时化的同时把它作为符号让其消失。我举个例子,当您说:"我散步时,天已经黑了",读者看到"天黑"时以为现时天黑了,但看到别的句子,却发现天没有黑,因为句子里的动词是未完成过去时,所以对白天读者来说,不是现时的,碰巧对夜里的读者来说,那也不是现时,而是过去了的一个黑夜,因为未完成过去时与现在没有关系。但读者看到天黑这个词语,如果不及其

---

① 马诺尼(1923—1998),荷兰裔法国精神分析学家,女大夫,与拉康很接近,专事儿童精神分析学,特别是儿童孤独症。

余,确实是现时的,在一定的范围内是一种具体的现实,载有一个整体的元素,同时是作品的元素,一般文字作品的元素或个人作品的元素。词语本身有一种功能价值,彼时的"夜晚",可以说就是天黑的要素。除了说意义之外,咱们还说意思,所谓意思就是要素。有些我称之为"载有意思"的词语,不管载有什么意思,这个说法仅仅取决于这些词语在句子中所处的位置。比如在某个特定的时刻,您写下"打呵嚏",这个词可能使您觉得比"喷嚏"更滑稽。所以词语在句子中的位置为其增添一种现时化价值,我称之为意思。由此,如果您认为事实上您为读者做这个事,为他提供有血有肉的"所指"现时化,您就不得不主动使词语载满个人的文字重量,而反过来这些词语成为您的搬运者,正如表达出各种各样变了味的意思。

韦斯特拉坦:作家对词语的喜爱和对读者来说体现您称之为意思的可能性,这两者之间可能有某种形式的亲属关系,可以说是作家对词语喜爱的同时对读者用意思自我表达来确保文学交流。

萨特:对喽,一码事。当然,当作者重新阅读自己,当我重新阅读自己的文学篇章,为了知道读者的印象会是什么样的,我把自己当作读者了。当我不重新阅读自己,而作为另一个人来自我阅读,换句话说,若是在风格上下功夫,那本身就是文学工作,就得自问:"这个字句的整体,带着词语特有之重能奉献什么呢?"您试图给自己定位,与其保持距离,像一名什么也不知道的读者,反正不知道您的故事,只有读者自己的故事。

韦斯特拉坦:因此,意思可以说是一般概念的轨迹,既然它能使作者和读者的经验均质化,对吗?

萨特:对,是单称的一般概念轨迹或具体的一般概念轨迹,事实上,正是能构成最深层次文学交流之轨迹。显而易见,我们在哲学上并不需要这个现象,甚至要加以避免。假如我在一篇哲学作品中随意写下一句文学句子,我总有点觉得没准儿会忽悠我的读者:这叫背信。我写过一次这样的句子,被人记住了,因为它以文学面貌出现:"人是一股无用的激情。"①背信也!我本该用纯哲学词语写的。我认为在《辩证理性批判》中没有写过背信的东西,完全没有。所以,两者非常不同。在文学范围内,这不是一种背信,因为读者是预知的,他买书的那一刻就知道了,看到书面上写着"小说",或者他知道是一本小说,或者他知道是一种杂文,但也知道杂文中既有激情也有推论。他知道要找什么。如果在词语中有一层意思使人觉得与词语单纯的意义有点不同,读者心里有数,愿意接受,对此有所提防。这样就形成三重媒介:意义是人与物之间的媒介,就是说能指与所指之间以及反过来所指与能指之间的媒介。这就是三项一体。换句话说,假如失去客体最初的幻觉,即刚才跟您讲的沙堡,您只能在所有的词语厘清其本身可能有模糊的一切东西的情况下才乐意写作,所有模糊的东西,就是所有的意思,因为一个词语的模糊性始终是一个更深层的意思,而您只能通过它们向别人表达这一事实来揭开面纱。换句话说,您要写作,必须觉得写作有趣。不应该简单地把事情写下来就行,否则您写的是一些纯粹的意义。因此,我试图精准指明什么是非要写不可的,什么是获取一种风格。写作必须让您乐不可支。为了让您觉得写作有意思,必须让您与读者的关系,通过您给读者提供完美的意义,使您看清意义中含有的各层意思,这些意思贯穿您的故事让您偶然获得,让您能够与其玩耍逗乐,就是说让您使用这些意思,而

---

① 《存在与虚无》(又译《实有与虚无》)结束语最后一句。

不是让您占为己有。说到底,读者确实有点像分析员,尽管作家把一切都给了他们。

韦斯特拉坦:如此说来,属于启示一类喽!是不是可以说一旦出现事实上已经形成的另一个始作俑者,即咱们说的惰性实践或者用来产生言语的故事,产生于您,并为您而产生,带着一种非常特殊的味道,凭着这种现象本身,惰性实践或故事一旦内在化以后就被埋藏了、被忘却了,但同时又被进取心或被为与另一个同代人交流的考虑而重新活跃起来,如果这种交流的进取心必然在为您也为它揭开另一个始作俑者的面纱,对吗?

萨特:完全正确。在散文中,有一种相互作用;在诗歌中,我想他人仅仅作为启示者。我认为诗的进取心并不意味着在同等程度上的交流,因为在诗歌中读者基本上是我的见证人,使我在诗意上显露出来。

韦斯特拉坦:因此诗会产生根深蒂固的孤芳自赏。

萨特:诗确有根深蒂固的孤芳自赏,但自然会感染他人。在散文中正好相反,虽有孤芳自赏,但被交流的需求所控制,是一种更为大众传媒宣传的孤芳自赏,就是说应付不了局面,很快传给他人,况且很快使他人也产生孤芳自赏,然而被交流的需求所控制,是一种更为被大众传媒宣传的孤芳自赏,就是说应付不了局面,很快传给他人,况且很快使他人也产生孤芳自赏,使他人喜不自胜,因为这些词语返照回来让他人看到自己的面貌。这种现象,我称之为"共鸣"。共鸣型的阅读是最常见的事情之一,也是最令人遗憾的一件事情,如果仅仅如此的话。我想说读者突然有所震撼,被一个书面的句子、被一个完全出乎普遍意料之外的句子震撼了,抑或有可能成为达到某个东西的通道,一个突然感到共鸣的读者在那一刻内心被驱动了,被作品总体追求的交流改变了方向。然而,这种共鸣依然不可缺少的条件是能够让读者以及作者控制在某些界限之内。

韦斯特拉坦:因此,诗的孤芳自赏压根是多重的,不仅触动作者,而且触动读者。这样的话,读者与诗的关系跟诗人创作时与诗的关系相似。以此理由,交流可以说被排除了,既然从两个视角来看,都有利于自己赏识自己,从而产生诗歌,对吗?

萨特:对的,我想是的,不管怎么说,自浪漫主义以降,一直是诗歌的真相。

韦斯特拉坦:那么,您会不会因此而贬低诗歌的价值呢?

萨特:贬低?不,只是描述而已。

韦斯特拉坦:在人们运用孤芳自赏这个意境的情况下,有识之士之间为界定诗歌的作用,提出不可交流的想法或美学大媒介的见解,不管怎样总是一种否定的冲击吧。为此,您怎么设想拯救诗歌呢?

萨特:拯救诗歌,这不,还有散文在嘛,两者是互补的。从这个意义上讲,散文总要与诗歌决一雌雄:诗歌处于被超越的境地,被统摄进散文里面,成了真正的散文,就是说进入词语内部结构,反馈给我们,反馈给大历史,反馈给孤芳自赏,同时也反馈给惰性实践,而后者载负着人们不乐意注入其间的东西。从这个意义上讲,散文是诗歌的超越,但同时也可以说是诗歌真正获胜的时刻,因为我们每个人身上总会有孤独的一刻,可能往往被超越的,不过还应该进一步阐明的。不妨先继续说这一刻吧。恰恰词语为我们返照出我们是孤独的魔鬼,但温馨地、会心地返照的,这就是奉献给读者的东西。同时,也可以用孤芳自赏进行另一类的交流,而读者俯首帖耳地使作者在其心灵深处显现,然后自己也不得不成为孤芳自赏,把自己置于作者的地位。

韦斯特拉坦:这么说来,我们可以认为您一向以来都坚持认为散文与诗歌是有区别的,同时事实上两者,即与他者,一直维持某种交流的关系,但这种关系在某种情况下与他者则相反,即相反相成的,双向的交流活动相辅而行,一方几乎逆袭另一方,以便恢复深层交流,相反散文千方百计克服分离,抑或更干脆建立深层交流。此后,也许只需要理解这种双重交流的意思,与通过中性或中性化意义进行的普通交流相比,双重交流更为丰富。至于区分文学交流与简单交流,诚如您刚才所说,前者比后者具有更丰富的意义,就是说交流本身并不足以定位文学交流。在这种情况下,"交流"在文学现象的本质居何种地位呢?

萨特:简单交流是不足够的,因为显示散文特征的东西,一向超出简单意义。甚至可以说,处处超出简单意义,而正是这个"处处"奠定文学交流,或深层交流。例如,您问我:"我在什么街上?"我便告诉您在什么街上,这在我们之间有着一系列的言下之意,心照不宣,假如把这两句简单的问答引申开来,便会海阔天空,聊个没完。事实上,我们处于严格的实用层面,言语只限于给出标示。但,如果言语要成为真正的交流,就得让我们彼此的处境用言语时时刻刻表述出来。这样的交流办不到,除非用文字确切表达,用散文的文字表述。诗歌,则是深呼吸的时机,是苏醒,反躬自省。这种时机,正如我上面所说,在我看来是不可或缺的。所谓绝对交流不必以孤芳自赏的独居时刻为前提,我完全不接受这种观点。膨胀和收缩,扩张和挛缩,这些运动都是存在的。

韦斯特拉坦:这么说,有两种深层交流:散文设立的深层交流,几乎可以说是展望型的;诗歌的深层交流更恰当地说是回顾型的。在您的概念中是否与某种人类中心论结构相对应?我想说,展望活动和散文可以视为与历史、未来或行为的有机组成部分,就是说,与介入社会的有机组成部分,而回顾活动持有一种更为特有的反思形态。这种反思形态从其内容本身来看,则是比较静态的,就是说,最终反过来对自身不可逾越的结构表现出一种反省。总之,第一种交流组成未来人类中心论结构,而诗歌产生或揭示的交流组成起点本体论结构。这样演绎您的思想,对吗?

萨特:我觉得不错,着重指出内在化的外在化和外在化的内在化这个现象,是对的。您乐意说这是内在的时机,也行。然而这个时机,我们可以说在诗歌的范围内变成一种停滞。但,这是绝对必不可少的停滞,有点像一种片刻休止,人们通过这种休止,可以返回内在的现象,而永远不会看不到外在化的现象。

韦斯特拉坦:在您眼里,这个时机完成一种伦理功能,是不是?

萨特:是的,对我而言,只要具体的一般概念应当始终意味着不是概念认知的自我认知,始终意味着大写的欲望认知的自我认知,始终意味着大历史的认知。例如大写欲望的认知,对我而言,是一种欲望必然利用需求的力量,但需求是简单的需求。比如吃吧,吃什么都行,只要可食之物,那么需求处于伊壁鸠鲁哲学最低微的层次:我需要吃这个,比吃那个更合适,一旦我欲求吃这个而不吃那个,我很想吃这样的一个目的使我回归世道,因为实际上我讨厌吃生蚝,喜欢吃螯虾,或者相反,终归有个理由超越生蚝或螯虾,因为与生活有关嘛,与一大堆事物有关嘛,使我们回归自己本身,同时回归世道。那么,严格地说,这种欲望,正如拉康[①]所说,

---

[①] 拉康(1901—1981),法国著名医生和精神分析学家。

与着力而清晰地吐音没有关系,是不可发出语音的东西。我不能通过我的言语指明我的深层欲望,由此产生不可交流的另一种非实证主义的理论,因为人们永远办不到通过言语提供什么是欲望的同等物。除非不确定的、展望未来的近似物。我的说法则是,人们恰恰是在诗歌中提供同等物,而通过意义超越核心感知的正是散文。然而,尤其在诗歌中,人们通过运用词语提供同等物,但不是作为词语被发出清晰声音的同等物,而是作为不可发声的词语,因为词语的实际状态是不可发声的,就是说只要词语的质变恰好使我们返归词语本身而没有产生可发声的同等物,那就是还没有表达欲望的意愿。总之,着力而清晰地吐音并不是为了表达欲望而产生的,但欲望却悄悄溜进发声吐字之中。

韦斯特拉坦:您的回答引人入胜,但我琢磨是否事实上逃脱得了精神分析学理论的悲观主义。您说诗歌能表达欲望,我同意,但分析理论不同意说什么话语可以有限地表达欲望,但无论如何不能控制欲望,就是说诗歌可能成为欲望映象,却是带有诗歌特征的迎合所取得的映象,这种映象完全与欲望的剧作艺术性联系在一起,而您刚才的主张就像辩证关系的一种可能性发生的情况,因此也就是逐步发生的情况,即在诗歌中被隐匿的东西和散文中被针对的目的之间所发生的情况,既然散文与未来密不可分地联系在一起,故而是展望性的,而诗歌则是回顾性的,故而是创建性的。从这层意义上讲,从远期来看,或许可以考虑一种可能发生的情况,不太算得上调和的可能性吧,但可以是相互展望的可能性,故而可变化的可能性,即本体论孤独与完全也是本体论的交流之间的相互展望的可能性,对吗?

萨特:还是一码事嘛!我想诗歌就本身而言将永远不可能是一种净化,然而使人通过感知自身得到启示。感知是实实在在的。

诗人毕竟不是做梦的人吧,诗人知觉的意向性①毕竟超越知觉的物质基础吧。所以,毕竟有那么一点东西发生了,是客观性的,在我可以称之为词语之间几乎是默默无声的关系中存在这种客观性,从严格意义上讲,就是这种静悄悄的关系造就了诗。这种时刻应当是存在的,否则就谈不上产生散文的时刻。

韦斯特拉坦:因此会产生某种双重诉求,第一种可能有点接近弗洛伊德所谓死亡本能的东西,恰好是欲望萌生的时刻或沉思欲望的时刻,诗歌能够依靠自身的手段控制本能,就是说可以不超越本能,仅仅作为本能的见证;第二种是生命本能的诉求,即散文的诉求,但永远不能完全从诗歌解脱出来。

萨特:幸亏如此,恰恰是这个原因使诉求变成真正的感知。在这样的时刻,您利用您的欲望、您的方式推动世界超越现时而趋向其他目标,这就是词语的深度和厚度。

韦斯特拉坦:或许也在这个限度上只有散文可能是有活力的。我想说"有活力"的意思是散文激发事物直接变化,而并非以意识清楚促使简单的变化。诗可能给人展现它是什么,是人的意识清醒,这样便可以唤醒人的头脑里昏暗的区域,那是清醒之前人未能控制的。散文的能量在于有效性,其效率高于简单的文学可能发生的自我存在,同时给人一种现实掌控世道的可能性。在这个意义上,对您而言,诗歌不可能隶属介入文学的标准。

萨特:我们谈的是某些诗歌,现代诗。显而易见,有一种诗歌,比如斯巴达诗人提尔泰奥斯②,呼唤战争的诗,编成雄赳赳气昂昂的歌曲,等等。另有一种华丽词藻的诗,流行整个十九世纪,甚至

---

① 德国哲学家胡塞尔用语。
② 提尔泰奥斯(公元前7世纪),古希腊诗人,他的《劝诫诗》非常有名。

包括浪漫派。这两种诗当然不可同日而语,但一直存在至今的诗歌是慢慢通过浪漫主义诞生的,完全与奈瓦尔和波德莱尔同舟共济,我们今天谈的就是这样的诗。对于这种诗,我确实以为诗的时刻始终是一种中止,甚至经常是始于起步的中止,对自己的片刻怜悯,对自己的片刻成全,恰恰作为欲望呈现。这个时刻,欲望通过词语自我体现,但越过词语的发声吐音。不妨看波德莱尔的一篇散文诗:他喜欢云彩,言外之意,他喜欢某种形式的天外,表达他的不满,等等,不一而足,那我们就处于一些抽象的层面,但当他写道:"云彩,神奇的云彩",指的是另外的东西,而这另外的东西,是他的某个东西或我们的某个东西。

韦斯特拉坦:您刚才说哲学又转过来作为散文的反面和决然对称呈现,因此更不必说诗歌啦。那么您怎么解释概念交流的这类纯粹性与普通散文的套语常谈之间的关系呢?可以做到不让普通散文冒名顶替文学散文,也应当作到不让普通散文冒名顶替哲学散文;反过来说,普通交流的散文被认为是贫乏的,过分简单的、过于单纯的,如果将其与文学语言的载体那种感染力相比较的话。您听清问题之所在吗?因为弄不好的话,我们把事情弄反了:应当揭示普通散文已经充实得满满当当了,抑或不堪重负了……

萨特:那么,我得告诉您,对我而言,通常的散文,我们知道是什么样的,与哲学散文不搭界,因为好奇怪哟,最难懂的语言,从某种方式来讲,也是最想交流的语言,即为哲学。拿黑格尔来举例吧,您读黑格尔一个句子,却对黑格尔一点儿不熟悉,甚至不了解他,那您就很难读懂这个句子。当然,那样又出现另一个问题,因为事实上,对哲学的感知,据我所理解的那样,既非对人类学的感知,亦非认识人类任何类型的感知,甚至不是对历史的感知，而我们在散文中读到的是尽可能接近全民族具有的一般概念水平。不错，我觉得书写的散文，即文学散文，还是即时的完整性，而非自我意识。哲学却应当被意识到这一点的意志所激励，可支配的却只有概念。因此，哲学之目的是铸造概念，而概念是沉甸甸的，慢慢地越来越沉，直到我们找到直接适应于散文的原型。可以举卢梭《忏悔录》中一句深刻而真实的句子，作为要遵从的理想，这时就出现哲学概念啦。例如，他去德·瓦朗斯男爵夫人①家，经常孤独一人去的，也出去长途旅游，可总是回到她的身边，但不再心满意足了：这就是他失去好感的时刻。于是他说："我老待在我待过的地方，我老去我去过的地方，从来没有去更远的地方。"这就是说："我老受约束。"但您看得出这句话使感知有了意义。您明白像这样一句话如何向我们反馈一大堆东西。这是一句非常简单的话："我老待在我待过的地方"，没有什么超越嘛，为什么没有升华呢？因为与德·瓦朗斯夫人有一种内在的关系：他可以寻开心装作超越，在他的行进中，从来没有超越过他待的地方；抑或有一些别人给予的小小超越。那好，别人允许他去某个城市，他去了，然后又回来了。"我老待在我待过的地方，我老去我去过的地方，从未去过更远的地方。"如果我们把句子倒过来说，意思就是："我自由的时候，自由得像个流浪汉，老是要去多远就去多远。""要去多远就去多远"，说的是什么意思呢？这个时刻您得了真正的超越。这种超越向我们反馈自由、内在、超越以及一大堆东西，再加上这些现象背后的关系：男女两人之间的爱情关系。

---

① 德·瓦朗斯男爵夫人（1700—1762）接待年轻的卢梭，与他同居十四年（1728—1742年），他们之间的故事参见《忏悔录》第一至六卷。

韦斯特拉坦：可不可以这么说：一切哲学就像一种存在现象学的逻辑，其悖论在于通常这种区分甚至在哲学范围内也以抽象与具象的区分出现。黑格尔哲学中的现象学是具象，而逻辑则是抽象，以此理由，逻辑学可以用很少的词语包含现象学用很多词话表达的东西。然而，以至于斯，则相反，因为所发生的一切好像存在现象学，即卢梭《忏悔录》确实表达的句子以及这个句子所涵盖的经历，必定被兑换成一种哲学语言，比这个简单的句子要冗长得多、复杂得多。

萨特：那是肯定的，因为必须重新找到这个句子，并把它作为引申的基础。这是问题的症结。

韦斯特拉坦：我提出的悖论是想知道为什么基础在这种情况可以变得比主体本身更为繁冗？

萨特：因为哲学必须摒绝感知，之所以必须摒绝感知，是因为必须寻找感知。欲望是可表达的，但如同我们看到的，是作为间接地通过词语得到的感知：词语烦琐冗长，但以同样的方式，我们也可以说，实际经验，从散文写作的意义上讲，对位于出发点的哲学而言，是含糊不清的，因为恰恰问题在于把概念据为己有，同时又发明创造概念，慢慢在一种辩证的作用下，把我们引向一种更为广泛的自我意识，同时对实际经验更加理解。说到底，哲学总是为自我消亡而产生的。我的意思不是说哲学生来就是为消亡的，马克思说过，总会有那么一天，哲学将不复存在。然而，哲学的必然性是觉醒，一旦人们可以说他完全意识到自己所言所感，比如他说："我老是待在我待过的地方，我老是去我去过的地方，从来没有去过更远的地方"，这说明卢梭没有得到他要的东西。彼时，假如他能够保持在文学散文中所表达的实际经验的具体密度，同时具有概念上的认知，那么就是他与别人建立关系之时,也与自我建立关系之时,不仅是确定的关系,而且是被超越的关系,可通向另外的天地。这等于说,哲学必须不断自我摧毁,又不断再生。哲学就是思考,由于总是在实践死亡时刻发生的思考,那么思考产生之时,实践已经大功告成。换句话说,哲学发生在实践之后,同时不断面向未来,但必须自我禁止接受任何其他东西,只能支配概念,就是说作为概念的词语。然而即使如此,即使对概念有用,这些词语也未必完全确定无疑,就是说,哲学词语中依然会有某些模棱两可之处,恰恰可以利用这些模糊点向前拓展。利用模糊点故弄玄虚,黑格尔经常这么搞的,但也可以用来展望未来,黑格尔也是这么做的。

韦斯特拉坦:这或许是区别哲学语言和科学语言的方式,对吗?

萨特:对喽,科学语言是纯粹的交往,是行动,是术语技术意义上的认知,并不向人反馈。况且一般来说,我认为人类中心论是人的一门破坏性学问,因为人类学恰恰按照假定人是科学的客体,把人论述得无懈可击,越来越精确,进而假设客体并不是创造科学的人,只能用模棱两可的词语论述人。胡塞尔提出 Strenge Wissenschaft(严密科学)这个哲学理念是个天才疯子的理念,不管怎么说,是个疯狂的理念。况且,胡塞尔写的东西全是模棱两可的,模糊得不得了。假如想探讨胡塞尔的 Hyle(理论),并说这是一种科学理念,那么有可能引起不知多少不同的诠释,抑或探讨他关于被动综合的概念,这是个极其深奥的概念,但对他来说,恰似堵个窟窿,他就是这般进行哲学思维,要知道并不一定是主导理念最好。嗳,我们若是全面思考问题,便看得出把哲学当作严密科学是毫无意义的,相反,只要哲学中恰恰始终存在某种隐匿的文学散文,存在术语的模糊性,不管什么术语都行,那么概念就有趣了,因为概念保持一种厚度,使它通过模糊性,能够更加紧扣文学散文的句子,这个句子已经包含了哲学要表达的意思,虽然被浓缩了,却没有被自我意识到。

韦斯特拉坦:关于这个问题,您在《存在与虚无》(又译《实有与虚无》)改编了德语哲学用语受到一些批评,这些批评几乎针对翻译问题,您有什么想法?我猜想您认为这是无端指责,但您怎么辩解把哲学德语改编成哲学法语呢?

萨特:我再一次确认一切都应该能够表达清楚,从这个意义上讲,我反对文学实证论。我们刚才说过这种实证主义实际上引导人们认为不可能把海德格尔著作翻译成法语,因为有人认为根据结构主义,语言和语言之间不相等,各自限定:每种语言都被视为一个整体,等等。这样,我们就能得出一个想法:海德格尔语言中富有创造性的东西符合(是真实的)德语:他若用 da-sein(人的实在)①,或 Bewusstsein(意识)这个词,或胡塞尔若是用 Bewusstsein(意识)这个词,那就有两层意思,说什么在法语中找不到任何相应的词。不错,可以说不可能翻译成法文,或者说必须运用迂回的说法,转弯抹角说一大堆,结果还是一样的嘛。所以,我们要是能够说透,要是认为像海德格尔这样一个哲学家必须让我们读得懂,即使不懂他的语言;我们要是同时认为,在某种程度上,语言和语言各自内在都有规则,未必找得到相同的东西。我们得承认应当可以强迫语言,让它说出法语意义上不存在的东西。例如,把 da-sein 译为 être-là(在那儿),加上连词符,这不是海德格尔的意思,而是另一种意思,但某个东西"在那儿",也不是法语。

---

① 萨特译为 La réalité humaine(人的实在)。海德格尔在《存在与时间》提出的理论概念,可译为:实在,存在,在场,此在。

若把 existentiel 和 existential（实际存在和抽象存在）指为两种细微的差别，在德国哲学家的笔下很常见，但在法语中却没有"实际存在"这一说。可以创造法语词语，但要符合人们称之为语言精灵的创造谱系，或更确切地讲，在语言学体系内在的而有活力的关系范围内。以至于当诗人创造词语，比如列翁-保尔·法格①，或如米舒②，他们的创造发明是融入语言之中的。有鉴于此，法国哲学家要引进一个德国人设立的哲学概念，这个德国人，严格地说，强行把自己的语言拿来注入特定的意义，那么法国哲学家未必能够把这些创造发明注入法兰西语言的意义中去。

韦斯特拉坦：您认为已经逃脱这种责难了吗？

萨特：不，不，正相反，我认为承担了这种责难，不得已而为之，因为要引进一个概念呀。概念不可以被肢解，不可以与表达概念的词语分离。没有词语的思想观念对我而言没有意义。因此，遇到一个用德意志语言变形词组成的概念，等于说，这个概念有创造之必要。在一定的时刻，这种创造填补了海德格尔思想的空白，为了精确表达自己的思想，海德格尔改变了词义。这种细微差别不可能是一种严格意义上德语的细微差别，因为不管怎么说，涉及一种具体的一般概念。所以，我不能为其提供一个同等意义的法语词语，也不能创造真正符合语义的词语。然而，我需要这样的词语。于是，我真实地把一个德语概念引进一个思想当中，使用的却是变了形的假法语词语，好在思想比语言更为普世。有一个绝对令人吃惊的现象：我对德语原文不太精通，阅读译文，即使很好的译文也很吃力，但这根本无关紧要，因为过了这一关，一切迎刃

---

① 列翁-保尔·法格（1876—1947），法国诗人。
② 昂里·米舒（1899—1984），法国著名诗人。

而解。

韦斯特拉坦：可不可以补充一下：只要这些概念具有创造性，或奠基性的功用，人们甚至可以向法国读者推荐说，硬着头皮面对词语有好处，因为恰恰对读者而言关键在于下功夫方可获得新的理解，是吗？

萨特：不过，我要补充的却是，技巧不断改进，导师们也逐渐改进表达的可行性，通过集体努力，经过十年努力，同一个思想会表达得更为清晰，使用的词语也会不怎么难懂啦。关键在创始阶段：不得不强扭语言去填补思想的某个空白。从这个意义上讲，毫无疑问，我用在这个意义上的所有词语和以这种方式从德语引申出来所有词语都不是什么好辞佳语。但并非我一下如此这般。您可以仔细看看海德格尔所有的译本，您也可以看看席勒的译本，甚至黑格尔的译本，您定可找到他们获得的一些说法是强扭语言的，直叫人感到不舒服和丑不可言。这种感觉，我想，是会消失的，但也令人有一种充实的感觉，因为恰恰哲学具体的一般概念比语言的严格范畴更为宽广。

韦斯特拉坦：在这一点上，可以说《辩证理性批判》亏欠德国哲学语言要少得多。但，人们对您的责难也不少哇，但责难不在同一层次上，既然在这种情况下，人们没能直接造成影响。有人说《辩证理性批判》的文字写得呆板、沉闷、冗长、难懂等等。为这个问题找理由，可以说这种文体与主题有关，功能性使然，对吗？例如，我想到列维-斯特劳斯的意见，他说实际上，一切文体，他原话或许说一切思想，反正一码事儿，因为您刚才说过，没有词语，没有文体，就没有思想，一切思想都是分析性的，那么萨特有什么权利用分析性说词写一部论述辩证法专著，而他本人却恰恰运用辩证法声称超越或创立分析法呢？我同样想到圣-琼·佩斯①。他从另外一个层面提出与英语相比，法语基本上综合性的，而英语是分析性的。换句话说，您一方面认为《辩证理性批判》的文体对其客体而言具有一种固有的特异性存在于它的物质结构之中，另一方面在哲学层面上如同在一般文学层面上，与其他语种相比，法语具有一种辩证的能力或得天独厚的综合能力，正如圣-琼·佩斯所言，与英语相比尤其如此，对吗？

萨特：首先必须坦率直言。有关掌故逸事方面，我肯定能够把《辩证理性批判》写得更好些。我这么切入的想法，假如我重新读一遍，剪剪贴贴，紧缩一下，或许看上去不会这么密集厚实。因此，从这个角度看，应当考虑到掌故和个体。但，就这么一点自我批评而已，这部书稿毕竟还是像原来应有的样子，因为事实上，每个句子之所以很长，之所以充斥插入语、加上许多引号，"作为，鉴于……"等等，仅仅因为每个句子代表一个辩证变动单位。列维-斯特劳斯不懂什么是辩证思想，他不懂，也不可能懂。撰写"二分法（又译：二难矛盾）辩证法"的人当然完全不可能懂得辩证思想。

一种辩证思想首先在同一个变动中审视作为一个整体组成部分的现实，因为这个整体包含这个现实、限定这个现实，故而否定这个现实，因为这个现实由此相对整体而言既是肯定的，也是否定的；因为它的变动相对整体而言应该是一个破坏性的和保守型的变动；因为这个现实与整体每个组成部分都有一些联系，而每个组成部分既是对整体的否定，又是本身包含整体；因为这些组成部分的总体，或这些组成部分的总和，在某个特定的时刻否定我们认定的部分，既然每个组成部分又包含着整体；因为这个部分否定所有

---

① 圣-琼·佩斯（1887—1975），法国诗人，一九六〇年获诺贝尔文学奖。

的部分；又因为组成部分的总和重新变成总体时又变成相连的组成部分的总体，等于说减去总和的整体，制止总和的整体；最后因为所有这一切的总体，每次都被视为既肯定又否定的，所产生的变动通往又一次的整体重组。这些现象的总体涉及人们叙述的历史任何时刻或历史时刻的时刻，怎么能想象、怎么能设想，除了通过十五行或二十行的句子，谁有本事说得清讲得明呢？列维-斯特劳斯怎么能说："思想是分析性的，为什么要采取辩证形式呢？"既然辩证法不是分析的对立面嘛！其实辩证是以一种整体性的名义来控制分析。

韦斯特拉坦：我以为他不会提出："为什么要采取辩证形式呢？"可他会说："不可能采取辩证形式！"

萨特：我很想让他证明一番，因为他所说的正好证明他不懂我想说的意思。事实上，比如在语言亲属关系中从来没有辩证法，从来没有，就是说从来没有关于现象本身的研究：积极地否定整体或从属整体，至于反转过来，则从来没有辩证反转，而这个步骤的形式对于辩证法是绝对必需的。换句话说，当您认为一个部分是正面肯定的，进而您就会认为它本身的全部就具有某种整体性，因为部分本身包含全部，您不得不把部分倒过来，把部分的否定当作全部来展现，因为一个限定同时也是否定。因此，您始终必须掌握两个东西。但，这类思想在列维-斯特劳斯著作中不存在。然而，辩证思想恰恰压根儿就是分析性思想的一种运用，就是辩证法的运用，这正是我在《辩证理性批判》中试图解释的东西。辩证的思想到在惰性方面与有自动的思想对立，即无自动力思想总体的综合利用，即无自动力的思想本身是一个整体的一些部分，以此类推，不一而足。接下来，怎么可能设想句子长短，只有很长很长的句子才行，既然辩论法恰恰需要使用分析性句子。

韦斯特拉坦：是的，但这种使用长句，作为既是整体的构建又是整体的破坏，是在"所指"的层次上进行的：当您说您在《辩证理性批判》中早已解释清楚，但说清楚的同时，也带有意味深长的语言"能指"。然而，这里，我以为，重要的是要重提，您同时通过文体现象本身以及您的文体有形幅度格局加以揭示。所以，不妨这么说吧，在文体有形表象及其内容之间存在某种类同。

萨特：我对您说过了，自我批评有必要，但，除此之外，《辩证理性批判》这本书不可能有别的写法。

韦斯特拉坦：这么说，辩证文体如今不得不强暴既存语言吗？

萨特：在这个层次上，是的。根本不重要嘛，强行就强行好了。

韦斯特拉坦：是的，根本不重要，但很有意义，因为这毕竟确定语言也有一种惰性。

萨特：这叫惰性实践，就是说一种有形的范围，完全由某种意识形态构成，或由某种意识形态传统构成，或由某种类型的历史把事情引向以这种或那种方式发生而构成，不管怎么说，我不认为有一种现存的语言比其他某种语言更好或更差地适合处理辩证法。

韦斯特拉坦：因此您拒绝认为法兰西语言与别的语种相比更具备得天独厚的综合性能力，对吗？

萨特：对的，从我们语言学发展的水平来看，我觉得正面回答是愚蠢的。

韦斯特拉坦：按照您的看法和经验，法兰西语言传统对您的语言构思存有哪些设陷阱的形式？举例来说，您已讲得很明白，我们也按图索骥，从开始到现在，我们已潜入言语的深层，但相对本义而言的法语来讲，这种浸入会有哪些后果？您已经指明，比如萨德使用"本性"这个词就是一道陷阱，萨德千方百计想逃脱这个陷阱，但说什么也不行，而您终于能够理解萨德如何超越这个陷阱的同时承认了它。您自己有过相似设陷阱的经验并最终得以逃脱吗?可能只是一些死的陷阱吧,我想说是一些去势后的陷阱吧。

萨特: 由于萨德时代"本性"这个词带有陷阱,既然最终表达彼时社会总体的愿望和状况的某种方式,况且十分复杂,那就不得不探索现今相等含义的词喽……

韦斯特拉坦: 我倒可以给您提供范例,即您的文体中使我吃惊的范例,比如"概念"的使用,原则上,先验地从您的论说中被排除,却再现于某些论战的转折点上,或在某些比较口语性的文字中,诸如以下词语:"智力""意志""精力""勇气"等等,您毫不犹豫使用这些词汇。

萨特: 是的,但这要取决于用在什么地方和如何使用。我认为使用"意志"时一向都会加上引号,理论性引号,互相视而不见的引号。我们说的与小说无关,自然与散论杂文有关,因为如果马蒂厄①说:"我缺乏意志力",人家会让他自己负责。不,我想不曾使用过类似的词语,因为这个词语只与政治性文章有关。

韦斯特拉坦: 或与论战性文章有关。例如,您会毫不犹豫地说:"这个小子很聪明,但他弄错了。"

萨特: 是的,我也许会说的,甚至会说他有时很愚蠢,尽管他很聪明。

韦斯特拉坦: 正是如此。然而,您仍然从另一方面指出智慧一向最终是个境况的产物,某种与世界发生关系的产物,等等。不过,笔锋一转,您好像又把它转化为内在价值,从而遵循学院派心理学最经典的传统。

---

① 萨特长篇小说《自由之路》中男主人公。

萨特：我甚至会说，愚蠢是一种压迫现象，对我而言，没有比压迫更愚蠢的现象了。这不，儒昂多①写道："笨蛋不一定总显出与之适宜的被压迫样子。"我觉得这句话妙极了。不错，我坦率对您说吧，这属于风格的组成部分，是自欺欺人的手段。这跟任何东西无关，对我而言，甚至是对抗敌手的一种方式。

韦斯特拉坦：这么说，这与您提出法兰西语言的困难或问题无关，对吗？

萨特：智慧从来没有作为哲学问题让我操心过。智慧是难下定义的，没有任何限定的意义，智商测试不说明任何东西。我们有个朋友，女哲学家，最近在给西蒙娜·德·波伏瓦的一封信中写下一句非常特别的句子："盎格鲁-撒克逊的心理学家宣布智慧遗传的现象占百分之八十。"我觉得实在令人毛骨悚然，不是吗？必须告诉您，我终于在写作时脑子里运用好多语言，从一种语言到另一种语言，畅通无阻：我写散文、哲学、戏剧等等，一概如此。

韦斯特拉坦：按传统的说法，英语与法语是有区别的，进而认为法语是伟大文化传统的语言，比如我们认识的大部分作家都上过大学，而在美洲却不一样，这在某种程度上可解释为美国文学的特异性，对吗？您认为这种区分是否恰当？您给这种区分予以何种意义？我以为这正是圣-琼·佩斯所影射的，对吗？

萨特：首先，我认为法语有更多得多的分析性，而不是有更多得多的综合性；并且还会说，实际上，因为问题始终是相同的，就是说赋予意义之外的意思，所以应该在这个层次上提出问题。我取一个有综合性价值的盎格鲁-撒克逊词语，就是说本身浓缩很多东西的词语，或者，我考察盎格鲁-撒克逊的综合是被简单化这一现象，即我有时会

---

① 马塞尔·儒昂多（1888—1979），法国作家，小说家和评论家。

想,我也许喜欢用英语表达胜于法语,恰恰因为用法语表达综合语会有某种困难。总之,实际上法语是一种分析性语言。

另外,如果人们不得不更深入、更广泛寻求我称之为感知的东西,以及刚才把"意义"与"能指"相比较的东西,那就不得不寻找所有阴暗的区域,也不得不开辟静默。总之,只要是提出工匠型的问题,而不是艺术家型的问题,对我而言,就没有多大意思,因为我们要对付的是有关联的问题。不妨这么说吧,为了用英语写作,也许应当增加更多的分析性思考,而在我们国家,应当增加词语更多的含义,以便付之一种综合,向四方扩展其含义。这是一些可比较的任务,有点杂乱多变,但不妨碍对方确切说出要说的东西、想说的东西、可说的东西,甚至付出代价,即付出我刚才指出使语言传统发生扭曲的代价。我们应当能够写出我们想说的东西,千万别把"想要"像陷阱那样使用……总之,我们应当能够以此手段表达一切,这是我觉得最根本的东西。

韦斯特拉坦:因此,归根结底,语言,对您来说,是一种手段,大大多于一种目的,对吧?

萨特:依我看,是的,但同时,我承认,对一个作家而言,唯一的兴趣,是达到这样的时刻:这种手段本身被当作目的来对待;在这个居间的时刻,您正在寻找,就像寻找调色板上的色彩;您正在寻找您的词语。不管怎么说,这是最令人愉悦的时刻,不过当然喽,必须只有一种手段,那就是媒介活动。

译自《处境种种》第七卷第 40 至 82 页
原载《美学杂志》一九六五年七至十二月
由皮埃尔·韦斯特拉坦采集并誊写

人类中心论(又译:人类学)

《哲学手册》:承认不可能存在不属于哲学的真正人类学,是不是说人类学已经汲尽哲学全部领域了呢?

让-保尔·萨特:从其领域而言,我认为哲学就是人学,等于说一切其他问题只能与人有关才可构想。无论涉及,而上学或现象学,无论如何只能与人有关,即与世间的人有关才可提出来。关系到哲学世界的一切皆为人居于其间的世界,必然是人与人居于其间的世界。

哲学领域是由世人限定的。难道就意味着人类学凭自身的学科就成为哲学了吗?人文科学所企及的人与哲学所企及的人是相同的吗?这将是我提出的问题。我将试图表明方法尤为重要,会为被研究的实在带来变化,抑或您若乐意,我将证明人类学中的人是客体,而哲学中的人是客体/主体。人类学把人当作客体,就是说世人是庶民、人种学家、历史学家、分析师等等,即把人作为研究客体。人对于人来说是客体,不可能不是客体。难道只是客体吗?问题在于深刻领会我们是否客观上完全把握其实在。

《精神》杂志关于残疾儿童的专刊登载过医生、分析师等签署一份全面协议,事关近二十五年来错误地把弱智儿童当作客体,认为患者有缺陷。人们规定的结构似乎固定不变,以此出发,考虑临床治疗。现在,唯一的方式是把儿童当作主体而不是客体来对待。

这使我们接近哲学，因为客体寓于社会，但当作发展中的主体进程，进行历史性的演变，处于一个总体构思，同时取得主体性。梅洛-庞蒂说得极好：人对于世人、人种学家、社会学家来说是客体，我们面临的事情不再可能粗略研究一下就行的。不对这些认知的总和进行质疑的话，我们不得不说事关人与人的一种关系，人以人类学家的名义进入与他人的某种关系，不是在他人面前，而是处于与他人有关的境况之中。从哲学意义上讲，人的概念永远不是自囿门户的。

人类学只要阐述客体，就必须研究人的某些东西，此处的人不是整体的人，而是以某种方式纯粹对人的一种客观反映。这就是我在《辩证理性批判》中称之为惰性实践，就是说人类活动作为经过完全客观的物质包装后又将其反射给客观性。例如在经济学上，我们对人的认知不像哲学上可能定义的人，但认知人类活动就像惰性实践所反映的人类活动，即人类被倒转的活动。

在这些条件下，社会学和人种学的知识所反射的问题不是人类学的问题，而是超越人类学层次的问题。例如结构的概念和结构与大历史的关系。

让·普永①对科博人②的研究专著向我们展示小小的社会群体内部组织结构，其中政治的、宗教的关系是由一定方式规定的。群体虽然区别分开，但是群体互相之间非常体谅。不妨将他们比较一下，就可以察觉整体实践体现不同的范例，尽管有关政治和宗教关系的结构比较普遍一致。从研究提供人们观察的社会团体到

---

① 让·普永（1916—2002），法国人类学者，对乍得和埃塞俄比亚古代人考证研究的成果卓越。自《现代》一九四五年创刊起，一直担任编委，是萨特始终不渝的朋友。代表作为《非洲研究》(1966)。
② 科博人，乍得科博村原居民。让·普永一九五八年前往考察。

研究某个有一定结构的社会,一概如此,而后者则只能通过众多具体现象才得以实现,恰恰通过异样现象从此出发重新上升到客体结构。某种结构主义的人类学赋予历史的职责是非常特殊的;人们从重建的结构出发,可以抽象地环绕在所有不同可能性下发生的情况周而复始地进行重组。另外,还有一定数量可能发生的情况在实验场得到。那么大历史的职责则是汇总分析这个被规定的总和(所有可能发生的情况或几个可能发生的情况)是否自我实现了。换言之,人们把大历史浓缩为纯粹的偶然和外化。结构变成建构。

然而,我们观察到,结构倘若像某些结构主义者所说是被当作自在而设置的,那么是错误的合题:事实上没有任何东西能为其提供结构单位,除非单一实践可维持结构。毫无疑问结构产生行为。根据激进的结构主义,大历史相对有一定的结构总体,具有外在化和偶然性的风貌,而秩序的纯粹进展被视为自身时间进展的准则提供一种结构,这样的结构主义使人尴尬,因为只字不提辩证的反面,并且从来不展现产生结构的大历史。事实上,结构造就世人,因为大历史——这里指的是进程实践——创造大历史。如果我们审视一番作为激进结构主义客体的人,就会感到缺少实践这一维,看不到社会代理人根据外部形势为基础引领自己的命运,也看不到,作为历史的存在,对结构实施双重行动,同时不断以自身的行为、以同样的行为维护这些结构,但又经常不断毁坏这些结构。整体运行归结为历史对结构的作用,发现结构本身包含其辩证的可理解性,不必参照这种可理解性,就可留在分析性外在场,奉献其单一性,不像纯粹故弄玄虚那样采取统一行动。相反,如果我们寻思这些惰性结构怎么保护、维系和被实践改变,那我们就重新找到作为人类学学科的历史:结构即媒介。趁着资料和文献尚在,尽管有些人种志文献不一定尚存，但必须探索实践如何坠入惰性实践的深渊，又不断腐蚀惰性实践。况且，这个问题让我返回去进行纯哲学研究：历史学家是搞历史的，就是说他处的位置与社会团体有关，因为他从事历史研究嘛。至于哲学，其本身已经定位，从辩证的视角研究社会境况罢了。

我们可以区分三个时段：第一时段，相关人的行动改变了人与人之间的关系，因为被加工的物质性是人与人之间的媒介。当一种惰性实践的总体由此建成，如果它的运行比较慢，就有可能受到结构分析冲击，是为第二时段。然而，这些比较缓慢的运行并不因为缓慢而不浮现，我们不妨研究一下罗马共和国的体制，这是第三时段：这种研究本身返过去研究深渊的势力和各种不平衡，而不平衡使各种力量浸入罗马帝国的体制。这样，结构研究成了人类学的一个时段，这个时段既是历史性的，也是结构性的。在这个层次上重提哲学问题，即整体性问题：原动力又成为主体—客体，既然它消失在这个产生物里，同时通过其相同的实践逃脱了他产生的东西。哲学开始于结构—历史辩证联姻之时向我们揭示无论怎样，人，作为一定社会的真实成员，而非作为抽象的人性，对人而言，那只是个准客体。问题不在于认知客体，也不在于认知主体本身，而在于当我们跟一些主体打交道时那种认知所规定可能达到的东西，这种认知以为人既是客体、准客体，又是主体，进而认为哲学家始终处于与其相关的位置。从这个意义上讲，人们可以设想一种人类学基础，来敲定世人自我达标的界限和可能发生的事情。人类学范围走向是从客观到准客观，并规定客体的真实特征。

哲学问题首先是：如何从准客体过渡到客体—主体和主体—客体。这个问题可以这样被提出：一个客体应该如何使自己能够作为主体抓住自我（哲学家属于问题的组成部分）；一个主体应该如何使我们把它作为准客体(权充客体)来领会。换个说法：内在化和再外在化的总和确定哲学范畴，因为哲学探求可能发生事情的基础。人类学的发展，即使它集成所有的学科，也永远取消不了哲学，因为哲学叩问 homo sapiens①(开化的现代人)，从而警示世人提防把一切客观化。哲学向人指出，如果人权充世人的客体，那么人也是客体，进而世人也成客体了。在这个层次上再次提出问题：整体性是否可能？

《哲学手册》：有没有独立的人文科学？或者有没有一种人类科学和多种人类学可以论述涉及人与世界关系的媒介呢？

萨特：假如发端没有单一性，那么终了也不会有的，但会有一批聚积。从一个共同意愿出发，会产生一种多样性，但只有在同一种关切得以表达的范围内才有意义。说到底，关切有二：一种是论述外在化的人，为此必须将其当作世上的自然人来探讨，并当作客体来研究，在这个层次上，多样性不是来自相同的意愿，而是来自不能同时通盘研究的结果；另一种关切倾向于始终论述内在化的人。还有一个多样化的时段来自作为客体的人和不得不推测整体性的辩证时段。再说，存在许多分散的学科，但没有一门学科说得清道得明的。

一切片段的研究都会折射到其他方面，每个零碎知识的背后都有一种知识整体性意境。一切研究都是一个合理性分析的时段。我认定的马克思主义是应该向前发展的，致力于重新引入整体性。如今某些马克思主义者把马克思主义引向结构主义的同时，取消了整体知识的切实可行性。

《哲学手册》：语言学模式能否成为人类所有现象可理解性的

---

① 拉丁语，人类学术语，系指摆脱原始状况后进入文明时代的现代人。

模式呢？

萨特：语言学模式本身是明白晓畅的，假如您不把它与说话的人联系在一起；明白晓畅，除非我们不通过交流的历史联系加以理解。但是，必须说话哇。语言学真正的可理解性迫使我们诉诸实践。语言学模式是最清晰的结构模式，但必然折射到其他方面，比如话语这样的整体性。我创造语言，语言也创造我。总会有一个独立的时段，严格意义上属于语言的时段，但这个时段应该被视为临时的，就像一个抽象的哲学模式，一种停滞。只要它没有被交流超越，言语依然属于惰性实践。我们从中发现人的一幅倒置形象，僵滞在里面，但这是一种不真实的整合。

模式倒是站住脚了，却落入僵滞。一切结构主义的模式都是僵滞的模式。世人消失在言语中，因为把自己投入其间。我们处在惰性综合层次的语言学中。

《哲学手册》：按照您的去整体性的整体概念，如何定位人类学意义？

萨特：去整体性的整体概念兼有主体多元性、主体辩证行为和由媒介联系的多主体的特性。确切地说，我把结构时段称之为去整体性的整体。在这个层次上，智力活动应当介入，包括多种多样的学科，诸如经济学、语言学……都应当靠近自然科学的科学模式，几乎可以说大自然没有惰性整合。从智力活动过渡到内涵力就是从僵滞过渡到辩证；所谓僵滞，是指分析已知数据或描述已知数据，可谓分析性僵滞，也称现象学僵滞。必须把研究过的客体重新投入人类活动。只有实践产生内涵力，只有通过实践才有内涵，而内涵则以实际整体性名义把结构研究的分析性重新内在化。智力活动的时段就是语言学的时刻，即辩证理性发生惰性的分析性时段，分析只是零度辩证理性。内涵，就是在研究模式之后，见证模式向大历史迈进。整体内涵的时段也许就是人们通过其言语去理解历史形成的群体,又通过历史形成的群体去理解言语。

《哲学手册》:您曾批判过卡迪纳和莱温①,批判他们实证的、完形心理学的企图,说他们企图设立一些人类学学科,而在这方面,具有内涵的人类学是否将重新使用这些学科所揭示的资料,仅此而已,抑或更恰当地说,每种人类学学科的人文基础加在一起是否将颠覆这些学科呢? 换个说法,真正的人类学是否将能使我们懂得实证主义的论说和方法,当然从其社会和人文的意义上讲的?

萨特:假如重提实证主义,势必将其颠覆。实证主义要想把知识碎片化,必须反对,真正的问题在于没有局部的真理,也没有分离的场,处于整体性总和的各种元素之间唯一的关系应当是部分与部分的关系,部分与整体的关系,一些部分对抗代表整体的其他部分的关系。人们始终应该以部分的角度对待整体,以整体的角度对待部分。这意味着人类真理是整体性的,就是说有可能通过不断去整体化来把握处于整体性过程的大历史。一切已经研究过的现象只在具备历史的世界其他现象的整体化中才一目了然。我们每个人都是这个世界的产物,以各种不同的方式表述世界,但由于我们与自身固有的整体联系在一起,所以我们是整体表述世界的。

在每个群体中,我看到一定类型的部分与整体的关系。如果说我们在这里说越南战争的现实,也可以这么讲越南人在说我们呢。大历史这个客体见证主体,而主体也一样见证客体。同样也

---

① 卡迪纳(1891—1981),美国著名心理学家;莱温(1890—1947),美裔德国社会心理学家,以行为场学著称。

可以讲无产阶级和雇主阶级通过相互斗争各自定位。有一种类型的关系是圣纳泽尔①特有的：一方水土，别样的策略，别样的斗争。可以这么讲，圣纳泽尔一个老板跟他的工人说道说道，同样，工人们也跟老板说道说道。

《哲学手册》：您已经把方法论与人类中心论这两个原则区分开了。人类中心论的原则是以人的物质性来定位人的。马克思确定人的物质性具有两种特征，即需求和感知水准。您能否阐明您赋予人的物质性何处意义呢？

萨特：物质性是指这个事实：出发点作为动物机体的人从其需求发端，创造物质成套产品。假如不从这个基点出发，永远不会产生物质生物这个正确概念。我不完全同意某种马克思主义对上层建筑的论断，所谓经济基础与上层建筑之间的区分并不存在的说法，如果明白这层意思，我想，深刻的意义一开始就确立了。劳动已经是一种对世界的扣押，根据工具而变化。不应当把意识形态变成僵死的东西，但意识形态处在与劳动者相适应的层面上，是劳动者以某种方式把握世界。

如果按哲学家拉歇利埃②和康德的观点来审视思想，那么思想就死了。劳动已经属于意识形态了，劳动者通过运用工具创造了自己。真正的思想寓于工人、工具、器具、生产关系的层面。在这个层面上，思想是鲜活的，但不是言明的。

《哲学手册》：Ⅰ.精神分析场与由该场设立的实验关系问题、与该场设立的存在维度问题以及与您的思考基础问题将构成问题的起因、疑问的起因。实践总体理论，我将其视为一种意识本体

---

① 法国港口市镇，位于大西洋岸卢瓦尔省。
② 儒尔·拉歇利埃(1832—1918)，法国哲学家。

论,这种本体论绵延不断,比较好定位。您的意识本体论与精神分析学的关系问题被提出的起点则是否定:也许否定是您介入存在的中心。您已经把这种否定变成质疑的原动力和人文认知的原动力,这是一种被赋予人性的否定。这种否定与一种诠释联系着:诠释意向性的意识,诠释作为否定自在的自为,诠释被自为揭示的一切现象,正如被自为揭示的一切已知项,诠释自为当作自立之实在的虚无,其代价有二:把自在不断虚无化,把超验性不断虚假化。自为,这个实践的自由权,您将其陈述为是由历史客观性来定位的,力求超越它,力求通过革命实践来超越被异化的劳动,这叫原始实践。

Ⅱ.然而,自为成为否定的问题而存在,重新提出相异性问题,则是在精神分析识破相异性发生的时刻重新提出来的,是从他人说词的某个点出发的。所以我乐见您准确明晓地说清楚您与拉康的关系,因为据我所知您没有一篇文章说清你们的关系。意识与他人的象征之间有何关系?是否意识作为对他人的否定,即作为否定他人说辞的意识,并非注定孕育所有的言语,也非注定用思考代替话语。那么拒绝所希望的意识缺失反过来抵制主体,以便给主体只留下一种空虚的意识,即虚无化的意识,也是对自在的否定,而为得到认知,被迫不断质疑,是吧?

果然,实证意识与需求联系在一起,而需求的满足意味着一种未分化的团体。即使去异化的劳动赋予团体一种性别的差异,作为实践的劳动者并不意味着不需要人世,也不意味着团体的中立性,对吗?

萨特:首先,您的问题混淆了否定和虚无化。虚无化构建意识的存在本身,而否定则处于历史实践自创自建的层面上,始终由一种肯定伴随着。人们在否定时自我肯定,在自我肯定时否定。

您向我提出的异议不符合辩证法,即:否定难道不会导致否定他人吗?您看待否定,好像否定不存在反面。我指责精神分析学停留在非辩证的层面上。您可以认为一切构想都是一种逃避,但您也应该想一想一切逃避也是一种构想。每次发生逃避,必须看一看是否存在对另一方面的肯定。福楼拜在逃避中自我描述。在福楼拜与颠倒的境况做斗争时,确有第一否定时刻,这种否定导致他言语混乱,发生唯我论和情绪亢奋,这时还没有达到《包法利夫人》的水平,但已经表现出来非常伟大的天才迹象。我们不去诠释福楼拜青少年作品,假如我不认可这样的否定不能成立,那他便以为拒绝自己的生存状况,即可以某种肯定的形式抛出否定。

《佛罗伦萨的鼠疫》,这是福楼拜十四岁写的作品,给我们提供关于他自己的信息大大多于十七至十九岁写的作品,后者描写普通的少年。他在自我逃避的情况下,描绘自己,并把自己的作品念给朋友们听,以便建立起某种形式的交流。福楼拜的范例把我们重新引向辩证法,作为方法论的辩证法翻了个儿。

第三点不一定指一个人,"其他的象征",可能是公众,与公众的关系不是一种与象征性第三者的关系,是确确实实存在的,不需要毗连。福楼拜对他的读者公众持一种非常明晰的看法,以某一种方式看待公众,但这种第三者不是象征性的,因为是现实的:与公众的关系是一种现实,并非替代可能不存在的第三者。福楼拜写作为了否认他的落后儿童状况,为了树立自信,为了取回言语权:他夺回言语权,因为被家人剥夺了。他写作为了获得福楼拜大夫认可,为了父亲认可、家庭认可、公众认可,这里的公众是缩小的第三者,即父亲这个能说服大家的元素。

这种否定是否迫使福楼拜注定眼睁睁看着言语权从他身上溜走呢？我以为言语权在福楼拜三岁时就溜走了，我是想说，这孩子是不受欢迎的，过度受保护的，消极被动的，缺乏一种原始交流，言语权是神奇的东西，"他人"寓于言语权之中，却并非认可。福楼拜未能很早读懂，某种交流的断裂使他变成落后的儿童，所以他写作为了取回言语权，否定来自外部，否定之否定是一种肯定。他写作，因为对他来说，语言是一种神奇的认可。

我同意精神分析学者对结构元素总体的分析，而哲学对此不甚了了。但《包法利夫人》不仅是一系列的补偿，而且也是一种积极的客体，某种与我们每个人交流的联系。

形象是一种外无，但并不意味着世人之间的关系就是外无一外在，一些传承模式还是存在的。关于言语的无意识结构，某些言语结构的外在贴切地形容着无意识。对我而言，拉康阐明了无意识，将其视为通过言语散发的说辞，或者视为话语的反合目的性；作为说话的律动构成惰性实践。一些口语性的总体具有一定的结构。这些总体表达或构建一些使我下定决心，却没有成为我的意图。在这些条件下，即使我同意拉康的说法，也必须把意向性当作基础来构思。没有心理进程是不会有意向的，也没有心理进程不被言语胶黏、偏向、背离。但，我们互相都是这些背离的同谋，而正是这些背离构成了我们的深度。

我远没有质疑性感躯体以及作为基本需求的性欲存在，后者把与他人的某种关系牵到自身的发展之中。只不过我发现这种需要取决于个体的整体性：对慢性营养不良的研究表明食品中缺失蛋白质会引起性需求的消失。另外，农民突然迁居城市，他们新的活动，例如气焊，劳动条件与先前的生活节奏相矛盾，可能引起二十五至二十八岁的男人性无能。性的需求只能以性欲的形式与他人互相传递才行,即已经具备某些历史的和社会的条件。换言之,分析的真正功能是媒介的功能。

原载《哲学手册》第二期,一九六六年二月三日
译自《处境种种》第九卷第83至98页